AF074428

Überall und nirgends zu Hause

Emigranten zwischen Altem Europa und Neuer Welt
Ein Radio Revue-Lesebuch des Bayerischen Rundfunks

Herausgegeben von Gabriele Förg

Der Allitera Verlag ist ein Books on Demand-Verlag der Buch&media GmbH, München. Dieser Verlag publiziert ausschließlich Books on Demand in Zusammenarbeit mit der Books on Demand GmbH, Norderstedt, und dem Hamburger Buchgrossisten Libri. Die Bücher werden elektronisch gespeichert und auf Bestellung gedruckt, deshalb sind sie nie vergriffen. Allitera-Bücher sind über den klassischen Buchhandel und Internet-Buchhandlungen zu beziehen.

Weitere Informationen über den Verlag und sein Programm unter:
www.allitera.de

Bibliographische Information der Deutschen Bibliothek

Die Deutsche Bibliothek verzeichnet diese Publikation in der Deutschen Nationalbibliographie; detaillierte bibliographische Daten sind im Internet über <http://dnb.ddb.de> abrufbar.

Dezember 2003
Allitera Verlag
Ein Books on Demand-Verlag der Buch&media GmbH, München
© 2003 Buch&media GmbH, München
© der Einzelbeiträge bei den AutorInnen
Umschlaggestaltung: Kay Fretwurst, Spreeau
Herstellung: Books on Demand GmbH, Norderstedt
Printed in Germany · ISBN 3-86520-031-1

Inhalt

Gabriele Förg
Überall und nirgends zu Hause   7

Thomas Kernert
Bavariamerica 11
Eine transatlantische Feldstudie

Christoph Lindenmeyer
Salzburg. Savannah. 26
»Ausführliche Nachricht von den Saltzburgischen Emigranten,
die sich in Amerika niedergelassen haben«

Ursula Naumann
»Germantown, welches der Teutschen item Brüder Statt bedeutet« 42
Franz Daniel Pastorius in Pennsylvania

Werner Meyer
»Weiß keiner nicht wohin …« 59
Verkaufte fränkische Soldaten in Yorktown 1781

Henrike Leonhardt
Der »Endspieler« Johann Nepomuk Mälzel 77
Ein Schattenriss

Bernhard Setzwein
»Pfüa di God, scheene Hoamat!« 98
Warum einer sein Sach' verkauft hat und nach Amerika ging

Marita Krauss
»Jeder Mensch jamert und die reichersten Farmer leuen sich Geld« 115
Auswanderer berichten aus Amerika

Dirk Heißerer
»Ich lege großen Wert auf Ihre Freundschaft« 133
Thomas Mann und Oskar Maria Graf in München und Amerika

Lisbeth Exner
Escape to Life 150
Erika und Klaus Mann im amerikanischen Exil

Ulrich Chaussy
Zwei Mal Amerika und zurück nach Bayern 169
Das bewegte Leben des Egon Hanfstaengl

Ulrike Voswinckel
»Aber was tue ich hier?« 182
Helen Hessels Jahre in Amerika

Die Autoren 202

Gabriele Förg

Überall und nirgends zu Hause

Die amerikanische Welt« ist das Thema der Radio Revue 2003/2004 in Bayern2Radio. Diese Welt, die »Neue Welt«, die Welt der USA, hat für manchen sogenannten »alten« Europäer zuletzt durch den Irak-Krieg an Glanz verloren. Vielen war sie über Jahrhunderte immer wieder eine Welt der Verheißung, ein Paradies, gelobtes Land der Freiheit und Gerechtigkeit, der besseren Chancen, und sie brachen nicht selten auf zu einer Reise ohne Wiederkehr.

Eine Reihe von Features der Redaktion »Land und Leute« versammelt aus zum Teil unveröffentlichten Briefen und Tagebüchern Auswanderer-Geschichten zwischen Altem Europa und Neuer Welt: von Franz Daniel Pastorius, der den Quäkern um William Penn nach Pennsylvania nachreiste und 1683 in der Nähe von Philadelphia sein Germantown gründete, oder von den Salzburger Exulanten des 18. Jahrhunderts, die nach Georgia kamen, wo sie in den Sümpfen des Savannah ihre Stadt Eben-Ezer bauten; bis hin zur Geschichte eines Egon Hanfstaengl, Urenkel des berühmten Münchner Lithographen Franz Hanfstaengl, der, 1921 in New York geboren, seine Kindheit in München in familiärer Nähe machtversessener Nationalsozialisten verbrachte, ehe er seinem Vater ins amerikanische Exil folgte und erst 1955 zurückkehrte, um den Kunstverlag seiner Familie weiterzuführen; bis hin zur Geschichte einer Helen Hessel, die 1950 nach desillusionierenden Erfahrungen als Haushälterin in Kalifornien wieder nach Paris zog, wo sie spät noch zur Ikone einer modernen Frau wurde – durch Jeanne Moreau in François Truffauts Film »Jules und Jim«, der ihre wahre ménage à trois der 20er Jahre mit dem Schriftsteller Franz Hessel und seinem Kollegen Henri Pierre Roché erzählt.

Solche Auswanderer-Geschichten sind Geschichte, für die sich nicht nur Historiker interessieren. In Hamburg liegt das ausgediente Frachtschiff »Cap San Diego«, das einmal 30 Jahre Rinderfleisch und nassgesalzene Häute von Südamerika nach Europa transportierte. Nun dient es – weiß, schlank und elegant – schon längst als Museumsschiff, das in seinen beiden ehemaligen Frachträumen eine Ausstellung zur Geschichte der Auswanderer zeigt; schließlich war Hamburg im 19. Jahrhundert nach Le Havre, Antwerpen, Liverpool und Bremen zur wichtigsten europäischen Auswandererstadt geworden, zwischen 1836 und 1934 verließen hier mehr als fünf Millionen Menschen ihre Heimat in Richtung USA. – Das »Haus der Bayerischen Geschichte« bilanziert mit der Ausstellung »Von Bayern in die Neue Welt« mehr als 300 Jahre bayerisch-amerikanischer Beziehungen: Wie war die soziale, wirtschaftliche und politische Situation von Auswanderern in der alten, wie in der neuen Heimat? Wer wanderte aus, warum und wie? Welches Amerikabild hatten die Auswanderer? Und wie veränderte sich dieses Bild in der amerikanischen Welt?

Fast ein Viertel aller US-Amerikaner hat deutschsprachige Vorfahren. Doch der letzte Massen-Exodus von Europa nach Amerika war wohl der von Juden, Intellektuellen, Schriftstellern und Künstlern während des Nationalsozialismus.

Auswanderer-Geschichten sind selten Erfolgsgeschichten – wie die des Levi Strauss aus Buttenheim und seiner Jeans oder die des Henry Villard aus der Pfalz, der zum amerikanischen Eisenbahn-König wurde, oder die des Simon Ochs aus Fürth, der 1896 die »New York Times« übernahm. Traumkarrieren blieben Ausnahmen. Ein Glückssucher und Endspieler wie Johann Nepomuk Mälzel aus Regensburg, der nach 1825 in Amerika als »Prince of Entertainers« die Kunst der Täuschung als absolute Vervollkommnung des Vorhandenen perfektionierte, wurde mit dem Schach-Türken des Baron von Kempelen von Edgar Allen Poe als Schwindler entlarvt. – Ein Bild im New Yorker Metropolitan Museum zeigt George Washington, lässig an eine Kanone gelehnt, nach seinem Sieg in Yorktown/Virginia 1781 mit Ansbach-Bayreuther Fahnen zu seinen Füßen; Markgraf Carl Alexander hatte fränkische Soldaten verkauft, die mit den Briten im Unabhängigkeitskrieg kämpfen mussten; so mancher von ihnen, der Krieg und Gefangenschaft überlebte, blieb dann in Amerika – namenlos.

Namenlos, fremd in der fremden Sprache blieben die meisten europäischen Autoren in den USA. Eine weltgewandte Journalistin wie Helen Hessel brachte dort keine Artikel in Zeitungen oder Zeitschriften unter. Eine Dichterin wie Emerenz Meier, die mit ihrer Familie aus dem Bayerischen Wald aufgebrochen war, in der trügerischen Hoffnung auf ein bißchen Wohlstand, verstummte in Chicago. Oskar Maria Graf, aus emigrationserfahrener Familie, lebte nach 1945 einigermaßen exotisch als bayerischer »Provinzschriftsteller«, wie er sich selbst einmal nannte, weiter in New York; dass ihn während des Exils trotz widersprüchlicher politischer Ansichten eine respektvolle Freundschaft mit Thomas Mann verband, ist eine Seelen-Geschichte für sich. Thomas Mann, dessen Weltruhm die Nationalsozialisten nicht beschädigen konnten, der Repräsentant und »Kaiser« der Emigranten, kehrte 1952 aus Amerika nach Europa, wenn auch nicht nach Deutschland, zurück. Auch Erika und Klaus Mann distanzierten sich mit Beginn des Kalten Krieges von den USA, wo sie das andere Deutschland so engagiert gegen Hitler-Deutschland vertreten hatten; zuvor, auf einer Weltreise 1927, hatten sie nur als »The Literary Mann Twins« kokettiert.

Überall und nirgends zu Hause? Irritierte Identitäten? Labile Lebensläufe? Brüchige Biographien? Egon Hanfstaengl glaubt – nach zwei Mal Amerika und zurück nach Bayern – von »Luftwurzeln« zu existieren. – Joseph Wühr, einer der vielen Auswanderer, der wie viele längst vergessen wäre, wären da nicht seine thomaesken Filser-Briefe, zog 1882 nach Streitereien mit seinem

Vater von Hofern bei Kötzing »ins Amerika«, um reich zu werden, was er nicht wurde. Seine Heimat hat er nie mehr besucht, wie zur Rechtfertigung hat er geschrieben: »Aber ich kan doch nicht mehr sehen was ich gesehen habe befor ich fort bin.« Und in der Tat, das Hofern, das er nach Jahren in der Fremde wieder gesehen hätte, wäre ihm fremd gewesen. Seine alte Heimat war so verloren, wie Kindheit im Erwachsenwerden verloren geht. Nur als Metaphern der Erinnerung sicherten sie ihm seine Identität.

Also gibt es Heimaten, alte, neue, verschiedene? Nicht umsonst gerät die gute, alte »Heimat« in immer mobileren Gesellschaften und Zeiten der Globalisierung mehr und mehr aus dem Dunstkreis politischer Stammtische, die regionale Ideologien konservieren. Sie wird inzwischen eher auf der Couch der Psychoanalyse verhandelt; von Identitätsarbeit, vom Zuhausesein im Paradoxen und von hybriden Identitäten ist da die Rede. – Aus Bayern und Amerika wird »Bavariamerica« und bleibt doch Bayern und Amerika.

Thomas Kernert

Bavariamerica
Eine transatlantische Feldstudie

Machen Sie die Probe aufs Exempel: Schauen Sie auf die Kappen, T-Shirts und Schuhe der Jugendlichen in den Fußgängerzonen von Miesbach, Ansbach oder Kulmbach! Schauen Sie ganz genau hin! Was sehen Sie? Exakt: den Nike-Swoosh.

Halten Sie in den Innenstädten von Nürnberg oder München nach einem Wirtshaus Ausschau! Was sehen Sie? Exakt: das große, schwungvolle, gelbe »M«.

Gehen Sie ins Internet und tippen Sie www.stoiber.de ein! Was sehen Sie? Exakt: einen nach amerikanischem PR-Vorbild digital voll durchgestylten Ministerpräsidenten in der Kirche, beim Aktenstudium und als Baby im Oberaudorfer Laufstall.

Woraus folgt, dass Ähnlichkeiten öfters als man denkt vor allem eins sind: Zufall! Weshalb man lernen muss, sie im Zweifelsfall souverän zu ignorieren. Einen Wirtshaustisch mit einer Sau zu vergleichen, nur weil beide vier Beine haben, ergibt noch lang keinen Schweinsbraten. Weshalb auch Bayerns transatlantische Affinitäten aus einer Raute noch lange keine stars and stripes machen. Weshalb, wodurch und womit das Wichtigste auch schon gesagt wäre: Bayern ist selbstverständlich Bayern. Und nicht Amerika.

Rekapitulieren wir: Bayern ist ein von fleißigen Menschen, glücklichen Kühen und huldvoll winkenden Würdenträgern bevölkertes, den Trachtenboutiquen von Bayrischzell und Berchtesgaden vorgelagertes kulturelles Gebilde, das neben Fastfoodketten auch viele sehr schöne Golfplätze, Landschaftsschutzgebiete sowie über 800 Heimatmuseen sein Eigen nennt. Sowohl das Wessobrunner Gebet, als auch das vierstufige Abfallwirtschaftskonzept sind ganz ohne fremde Hilfe auf bayerischem Boden bzw. Mist gewachsen. Und auch beim kontinuierlichen Ausbau seines auf minimaler Betreuung und maximaler Selektion basierenden Bildungssystems geht Bayern seit Jahrzehnten ebenso glorreiche wie eigenständige Wege. Die Kontrollmechanismen der bayerischen Enkulturation funktionieren! Auf diesem soliden mentalen Sockel ruhend, braucht der Freistaat keine Angst vor irgendwelchen transkulturellen Übertragungsprozessen zu haben. Weder türkische Döner, noch italienische Pizzen, weder japanische Notebooks, noch ukrainische Lolitas können die geistig-moralischen Fundamente unserer Leitkultur ernsthaft untergraben. Und auch der Umstand, dass in Freising, Bad Reichenhall und Coburg Schüler gelegentlich wild um sich schießen, hat absolut nichts mit Littleton, Colorado, sondern einmal mehr allein mit dem Zufall, Bayern, zu tun. Wer anderer Meinung ist, muss sich auf harte Reaktionen gefasst machen. – Wie heißt es so schön: »Früher hat der Dreck gschtunga, heit redt er!«

Dass es gleichwohl eine Reihe äußerst intensiver Kontakte zwischen Bayern und Amerika, sprich: den USA gibt, soll hier selbstverständlich nicht in Abrede gestellt werden. Im Gegenteil: Fakt ist, dass wenn der Ami an Deutschland denkt, er in 49 von 50 Fällen an Bayern denkt. Die andere Hälfte sieht lieber fern. Fakt ist ebenfalls, dass es ein kleiner oberfränkischer Jude aus Buttenheim bei Bamberg war, der Amerikas Mythos der Unbesiegbarkeit mindestens so stark beeinflusste wie John Wayne und Rambo zusammen. Dabei massakrierte Löb alias Levi Strauss weder Indianer noch Südostasiaten, sondern gab dem amerikanischen Unterleib lediglich ein reißfestes Zuhause. Als Bluejeans gingen die ursprünglich braunen Hosen aus Zeltplanen vom kalifornischen San Francisco aus um die Welt. Ohne Bluejeans hätte es keine Cowboys, keine Halbstarken und keine Rockstars gegeben. Heute gehören sie zum amerikanischsten aller amerikanischen Lifestyle-Accessoires, passen aber auch prima zu Lenggrieser Trachtenjankern und italienischen Slippern. Diese Großtat soll gerüchteweise mit dazu beigetragen haben, dass wir nach dem Ende des Zweiten Weltkrieges von Amerika nicht mit dem Morgenthau-Plan, sondern mit Cola, Kaugummi und Rock'n Roll verwöhnt wurden. Und das, obgleich der Bayer von Haus aus mehr zu Bier, Schnupftabak und katholischer Kirchenmusik tendierte! Die Art und Weise, wie aus diesen Antagonismen dennoch eine wunderbare Völkerfreundschaft erwuchs, sollte uns nicht nur historisch, sondern auch methodologisch zu denken geben.

Könnte es nicht sein, dass sich die tiefere Wahrheit der bayerisch-amerikanischen Beziehungen weniger in ihren vordergründigen Scheinähnlichkeiten, als vielmehr in ihren eklatanten Unterschieden erkennen lässt? Könnte es nicht sein, dass sich Amerika und Bayern gerade deshalb so innig lieben, weil sie auf so harmonische Weise so völlig verschieden sind?

Natürlich gibt es auch bei besagten Unterschieden viel heiße Luft. Dass die durchschnittliche Körpertemperatur des Amis 98, 6 Grad und die des Bayern 36, 8 Grad beträgt, ist ein alter Kalauer. Während der Amerikaner darüber hinaus den Raum in inches, feet, yards und miles bemisst – wobei ein foot zwölf inches, aber nur drei feet ein yard ergeben –, benutzt das Bayerische lediglich Ortsangaben wie »auffe« und »druntn«. Für den Bogenhausener liegt Schwabing »druntn«. Der Oberviechtacher indes geht nach München »auffe« – und das, obgleich das Gelände abfällt. So verschieden die Denkansätze, so analog das Chaos.

Womit wir auch schon bei den substanziellen Unterschieden wären. Sie manifestieren sich vornehmlich in sechs Bereichen: Im Raum. – Im Wort. – Im Trinkgefäß. – Im Gehirn. – Im Getümmel. – Und in der Nacht.

In dieser Nacht sah ich den ganzen Staat Nebraska vor meinen Augen abrollen. 175 Sachen in einer Tour, eine pfeilgerade Straße, schlafende Städtchen, kein Verkehr, und der Express-Diesel der Union Pacific, der im Mondschein hinter uns zurückfiel; es war durchaus vertretbar, 175 zu fahren und alle die Städte Nebraskas – Ogallala, Gothenburg, Kearney, Grand Island, Columbus – mit traumgleicher Geschwindigkeit abzuspulen; so brausten wir dahin. Es war ein herrlicher Wagen; er hielt sich auf der Straße wie ein Schiff auf dem Wasser. Gestreckte Kurven nahm er mit singender Leichtigkeit...

Selbstverständlich kennt auch der Bayer die Poesie des Gaspedals. Ein tiefer gelegter 3er-BMW mit Breitreifen, Heckspoiler und Dolby-Surround-Anlage macht bei jedem Beinahezusammenstoß auf der B12 eine Superfigur. Mit einer Harley um den Walchensee zu brettern oder in den oberbayerischen Sonnenuntergang einzutauchen, gehört neben dem Fingerhackeln zu den hedonistischen Highlights des Oberländers. Und dennoch sind die Bewegungen des Bayern in der Weite des Raums grundsätzlich bumerangartig, seine Mobilität besitzt trotz Reihen-Sechszylinder und ABS etwas Regressives. Am Ende aller Amokfahrten auf der Überholspur lockt nicht die Exotik des Fremden, sondern die heimische Bierbank in Feldmoching oder Fischbachau. Zu ihr zieht es ihn – ob er will oder nicht – immer und immer wieder mit Höchstgeschwindigkeit zurück. Nicht wenige träumen des Nachts von Rattenlaufrädern.

Ganz anders der Amerikaner. Er ist kein Raser. Desgleichen tut er nur in Hollywood-Filmen oder in Kultromanen von Jack Kerouac. Im wirklichen Leben fährt er brav 55 miles per hour Höchstgeschwindigkeit, hält an jeder roten Ampel an und achtet peinlich darauf, dass der voll gefüllte Cola-Becher in der Halterung der Armlehne nicht überschwappt. Er hat es nicht wirklich eilig, denn er weiß, dass er, egal ob er schnell oder langsam fährt, immer unterwegs sein wird. Darüber hinaus ist er sich sicher, als Bürger der Neuen Welt das Alte Europa eh längst überholt zu haben. Das Auto ist für ihn keine Herausforderung, kein Sportgerät, kein Rauschmittel, sondern ein Dauerzustand. Der Ami fährt sein Auto nicht, er bewohnt es. Im Auto isst er Hamburgers, im Auto sieht er Filme, im Auto zeugt er kleine Amerikaner, im Auto bekommt er einen Herzinfarkt. Bewohnt er ausnahmsweise einmal nicht sein Auto, so sitzt er mehr oder minder ratlos in einem spröden Motelzimmer, einem kahlen Großraumbüro, einem möbliert angemieteten Appartement oder einem Holzhaus ohne Keller herum. Generationen von europäischen Amerikareisenden haben vor allem in dem nicht unterkellerten Haus eine Chiffre der amerikanischen Wurzellosigkeit und des beschleunigten Kulturrelativismus gesehen, eine Art Auto sozusagen, nur ohne Räder.

Dass bayerische Amerikareisende diesen Zusammenhang stets für etwas überkonstruiert gehalten haben, verwundert nicht. Obgleich Bayern großflächig unterbunkert ist, besitzt doch ausgerechnet eine der wichtigsten weiß-blauen

Kultstätten ebenfalls keinen Keller: das Bierzelt! Kein Ethnograph würde deshalb auf die Idee kommen, die Sesshaftigkeit Bayerns ernsthaft in Frage zu stellen. Dabei beweist gerade das Bierzelt, wie mobil Bayerns Quartalsäufer mental sind. Spätestens nach der sechsten Maß herrscht in ihren Köpfen allgemeine Aufbruchstimmung. Mit ungewohnter Kreativität sprengen sie alle Fesseln der Kausalität und des Modus Barbara und durchmessen die Landschaften der Weltpolitik mit Siebenmeilenstiefeln.

Ganz anders der Amerikaner. Nach seiner sechsten in einem bayerischen Bierzelt hat er endlich gefunden, wovon ihm sein Psychotherapeut schon seit Jahren vorschwärmt: das Meer der Ruhe in einem Ozean der Hektik und Blechblasinstrumente, das tote Auge im Zentrum eines Hurrikans, den absoluten Nullpunkt, ground zero, 80 Zentimeter unterhalb der Tischplatte. Endlich darf auch er einmal zu Hause sein, sich auskotzen, sich wohl fühlen, entspannen, Wurzeln schlagen. Die Folge ist, dass alljährlich zigtausende von Amerikanern in den Bierzelten auf der und um die Theresienwiese herum ihr bavaro-buddhistisches Urerlebnis finden und sich anschließend zum Kauf eines tiefer gelegten 3er-BMW mit Breitreifen, Heckspoiler und Dolby-Surround-Anlage entscheiden …

Während sich gleichzeitig der eine oder andere Bayer auf der Suche nach den Geheimnissen hinter den grenzenlosen Horizonten Amerikas wie zu Hause fühlt und ganz plötzlich und unerwartet an einer völlig unbedeutenden Ampel in Ogallala, Gothenburg oder Kearney, Nebraska – aufs Bremspedal steigt. Und schon steht alles still und schweigsam da und wartet darauf, still und schweigsam zur Kenntnis genommen zu werden.

Noch im 18. Jahrhundert mokierte sich der holländische Naturforscher Cornelius De Pauw über die monotone Ruhe, welche überall auf dem amerikanischen Kontinent herrsche. Selbst die Hunde würden niemals bellen. In der Zwischenzeit haben nicht nur die Hunde der Neuen Welt das Kläffen gelernt. Die Geräuschkulisse des modernen Amerika gehört sicherlich zum Gewaltigsten und Gewalttätigsten, was Menschen je errichteten. Millionen von Lautsprecherboxen und TV-Geräten überfluten heutzutage nicht nur Amerika, sondern den gesamten Globus mit Lärm, made in USA. Die Amerikaner selbst nennen den von ihnen produzierten Lärm natürlich nicht Lärm, sondern Kommunikation. Ohne Kommunikation, so ihr zentrales Glaubensbekenntnis, bräche die Welt in sich zusammen. Also verlangen sie ihren Kehlkopfmuskeln und deren maschinellen Surrogaten schier Unmenschliches ab und produzieren immer neue Popsongs, Hollywood-Filme, Talkshows und Weltordnungen. Von einem Amerikaner zu verlangen, die Klappe zu halten, hieße in etwa so viel wie von einem

CSU-Abgeordneten zu fordern, alle seine Beraterhonorare für Medienunternehmen und Rüstungsbetriebe vollständig offen zu legen. Nicht, dass beide nicht willens wären: Sie können nicht!

Hier offenbart sich der zweite, substanzielle Unterschied zwischen Amerikanern und Bayern in seiner ganzen tragischen Größe: Während erstere eindeutig zur Logorrhöe neigen, zeigt das allgemeine Kommunikationsverhalten der Bayern stark autistische Züge. Die frappierende Maulfaulheit der endemischen Bevölkerung gehört sicherlich zu den deprimierendsten Erfahrungen jedes im südlichen Deutschland tätigen Ethnographen. – Selbstverständlich gab und gibt es auch erstaunlich eloquente Bayern, denen es scheinbar mühelos gelingt, die ganze Opulenz und den konnotativen Reichtum des weißblauen Idioms zu entfalten. Abraham a Santa Clara, FJS und Uli Hoeneß wären an dieser Stelle zu nennen. Bei genauerem Hinhören fällt freilich auf, dass ihre Rhetorik vor allem stets dann an Drive gewinnt, wenn sie sich an einem wie auch immer gearteten Feindbild reiben darf. Der Bayer schimpft gern, der Bayer wird verbal gern grob. Egal, ob es um die Gottvergessenheit einer leichtsinnigen Jugend, Freiheit statt Sozialismus oder die Inkompetenz des DFL-Ligaausschusses geht. In der Rolle des cholerischen Grantelhubers fliegen ihm die Wörter plötzlich wie gebratene Hähnchen in den Mund. Platzt dem Bayern der Kragen, so platzt auch seine sprachliche Timidität, und es wird laut und heftig. Als keifender Wadelbeißer gibt selbst ein grenzdebiler Feldmochinger Hausmeister noch einen passablen Demosthenes ab. Woraus folgt: Nicht die Kommunikation an sich, sondern der kommunikative Schmusekurs ist das Problem des Bayern. Der Bayer kann einfach nicht Kreide fressen. Und tut er's doch, weil er z.B. Bundeskanzler werden will, dann mutiert er zum Stotterer.

Den Ami entzückt diese partielle Insuffizienz. Sie entzückt ihn, weil er selbst gerne ein wildes Urvieh wäre, es aber meist nicht sein darf. Obgleich er in seiner relativ kurzen Geschichte dem Englischen einige Grausamkeiten angetan hat und es in Hip-Hop-Kreisen mittlerweile usus ist, sich metaphorisch fast ausschließlich im Genitalbereich zu bewegen, treibt ihn doch eine seltsame Scheu um. Da kann er noch so inflationär jenes berühmte four-letter-word im Mund spazieren führen, sobald damit mehr gemeint sein könnte als nichts, wird's heikel. The Land Of The Free ist mittlerweile eine sehr komplexe Angelegenheit, in der man zwar Schusswaffen besitzen darf, ein grobes Wörtchen zu viel aber zu Schmerzensgeldprozessen in Millionenhöhe führen kann. Deshalb Vorsicht, wenn Sie in New York oder Chicago laut werden wollen: Von allen weltweit zugelassenen Rechtsanwälten praktizieren rund 70 Prozent in den USA.

Ganz anders in Bayern. Wollen Sie sich hier einem Amerikaner gegenüber als guter Gastgeber erweisen, wäre es eine Schande, ihn mit banalem »p.c.«-Talk – politisch korrektem Süßholzgeraspel – abzuspeisen. Sie würden Ihrem Gast die wahre Exotik Ihres Heimatlandes mutwillig vorenthalten. Geben Sie ihm, was er selbst trotz seines phänomenalen Kommunikationstalentes zu Hause nur in Spurenelementen haben darf: ein bisschen echten verbalen Grobianismus! Will heißen: Lassen Sie sich auf keinen Fall zu bereitwillig auf einen Wirtshausdialog mit ihm ein, auch wenn Sie ihm noch so gerne Ihre gerade erst in New York frisch renovierten Amerikanischkenntnisse sowie ein paar coole Slangwörter vorführen wollen. Zeigen Sie ihm lieber das ganze Repertoire ihrer angeborenen, bayerischen Schwerfälligkeit. Es wird ihn daran erinnern, dass er, ontogenetisch betrachtet, selbst aus einer sehr stillen Gegend stammt.

Haben Sie alle Kommunikationsangebote Ihres amerikanischen Gegenübers mindestens eine Viertelstunde lang souverän ignoriert, nehmen Sie einen tiefen Schluck Bier, gefolgt von einem Ihr ganzes Wohlbefinden explizierenden Rülpser. Ihr amerikanisches Gegenüber wird die Ohren spitzen. Animieren sie nun Ihr amerikanisches Gegenüber mit einfachen Handzeichen seinerseits zum Alkoholgenuss. Sollte es entsprechend reagieren, verfallen Sie erneut mindestens eine Viertelstunde lang in lähmendes Schweigen. Wiederholen Sie dieses Spielchen zwei bis drei Mal. Ihr amerikanisches Gegenüber wird kein Spielverderber sein wollen. Amerikaner sind Sportler. Kurz bevor die Stimmung kippt, legen Sie dann los. Beginnen Sie mit einfachen Vokabeln: Sagen Sie Ihrem Gegenüber z.B., dass es a Hosnbiesla sei. Sagen Sie es auf Bayrisch und ohne englische Untertitel. Vertrauen Sie auf die Macht der Phonetik. Fordern Sie es auf, das Wort korrekt zu wiederholen: H-o-s-n-b-ie-s-l-a. Belohnen Sie es bei korrekter Aussprache mit kameradschaftlichen Schlägen in die Nierengegend. Nehmen Sie jedoch den Ihnen angebotenen Handschlag nicht an. Steigern Sie statt dessen die Dosis: Zeigen Sie direkt auf Ihr amerikanisches Gegenüber und formulieren Sie: O-a-sch-g-s-i-ch-t. Grinsen Sie gutmütig. Sollte Ihr Gegenüber »colored« sein, sagen Sie: »N-e-g-a-d-ei-f-i!« Womit Sie sich ziemlich »p.u.« – politically uncorrect – benehmen. Gut möglich, dass Ihr amerikanisches Gegenüber jetzt kurzzeitig drohende, aus dem Tierreich bekannte Gesten ausführt. Bedenken Sie: Wäre es bei sich zu Hause, könnte es jetzt zum Schusswechsel kommen. Weshalb in dieser Phase alles darauf ankommt, ihm den Schneid abzukaufen. Gehen Sie in die Offensive. Öffnen Sie sich und Ihren antiamerikanischen Giftschrank! Sagen Sie ihm, dass Sie die amerikanische Küche für mindestens so beschissen wie amerikanische Autos halten. Sagen Sie ihm, dass Julia Roberts keine Frau, sondern ein Breitmaulfrosch sei. Sagen Sie ihm, dass amerikanische Präsidenten selbst zum Nasenbohren noch zu blöd seien. Je leidenschaftlicher Sie sich präsentieren, desto faszinierter wird Ihr amerikanisches Gegenüber an Ihren Lippen hängen.

Amerikaner lieben nämlich leidenschaftlich vorgetragenen Antiamerikanismus, sind selbst latente Antiamerikaner. Das heißt, natürlich wollen Amerikaner geliebt werden. Wie der bayerische nährt sich jedoch auch der amerikanische Narzissmus zu einem Gutteil von den Antipathiegefühlen seiner näheren und weiteren Umgebung. Wie der Bayer braucht auch der Amerikaner von Zeit zu Zeit das prickelnde Gefühl, von Neid und Missgunst umstellt zu sein. Ausländer, die sich mit den Baseball-Regeln auskennen und Lassowerfen können, sind ihnen mindestens so suspekt wie uns Preußen, die ständig »Grüß Gott« sagen und den dunklen Andechser Bock für das beste Bier der Welt halten. Wie wir Bayern wissen auch die Amerikaner, dass nur Looser immer und überall freundlich behandelt werden. Weshalb die Interaktion mit einem schimpfenden Bayern für das amerikanische Selbstwertgefühl eine fast mystische Erfahrung ist. Wenn Sie Glück haben, kann es sogar vorkommen, dass sich Ihr amerikanisches Gegenüber kurzzeitig aus seiner »p.c.« zu befreien vermag und Ihnen ein paar original amerikanische »dirty words« als Gegenleistung zum Geschenk darbringt. – In diesem Fall ist es angebracht, sich trotz 2,6 Promille sofort zu erheben und die rechte Hand zum Herzen zu führen.

Alle Menschen sind sich einig in dem Wunsch nach Glück. Die Natur hat uns allen ein Gesetz für unser Glück gegeben. Alles, was kein Glück ist, ist uns fremd; einzig das Glück hat eine unverkennbare Macht über unser Herz. Wir fühlen uns zu ihm durch eine unwiderstehliche Lockung hingezogen; es ist ein unauslöschlicher Eindruck der Natur, die es unserem Herzen eingeprägt hat.
Diese berühmte Passage aus der »Encyclopédie« von Diderot und d'Alembert spricht Amerikanern wie Bayern gleichermaßen aus tiefstem Herzen. Beide Völker bejahen das Glück auf ebenso naive wie brutale Weise. Gleichwohl existieren gewisse Unterschiede. Während der Amerikaner gemäß seiner Verfassung das Glück vornehmlich »verfolgt«, »baut« der Bayer gemäß seiner Nationalhymne an seines »Glückes Herd«. Für den Amerikaner ist das Glück folglich eine Art Fluchttier, für den Bayern ein schweres Küchengerät. Interessant in diesem Zusammenhang: Ausgerechnet ein Amerikaner war es, der 1784 die große Küche der Militärakademie in München einrichtete und sich sowohl um den bayerischen Herd mit geschlossener Bratröhre, als auch um den bayerischen Dampfkochtopf größte Verdienste erwarb. Sein Name: Benjamin Thompson alias Graf Rumford.

Auf eine historisch-kritische Standortbestimmung des Einflusses des amerikanischen Jagdtriebes auf die transzendental-gastronomische Struktur der bayerischen Glückserfahrung wartet die Philosophische Fakultät der Ludwig-Maximilians-Universität zu München bis heute leider vergebens. Auch so freilich lässt sich gefahrlos behaupten, dass sich der Bayer cum grano salis dem Glück eher bedächtig bis schwerfällig, der Amerikaner eher dynamisch nähert. Auch wenn die Wappentiere beider Völker zu den Raubtieren gehören, ist vom Löwen doch bekannt, dass er gerade in Glücksmomenten äußerst faul in der Gegend herumlungern kann. Von Billy the Kid ist darüber hinaus bekannt, dass er sein Glück mit der Waffe erzwingen wollte, während Herzog Max lieber zur Zither griff: *Das liebste auf der weiten Welt / Ist mir der trauten Zither Spiel / Ich schätz es mehr als alles Geld / Und kostet's auch der Mühe viel.*

Auch wenn der normative Durchschnittsbayer von heute dem Zitherspiel längst nicht mehr in diesem Maße zugetan ist, zum Amerikaner taugt er trotzdem nicht. Im Gegenteil: Spätestens vor der ultimativen Spaßkiste der Moderne, dem TV-Apparat, zeigen sich gravierende Verhaltensdivergenzen: Der Ami inhaliert TV-Monitore. Ein eingeschalteter Fernseher bringt ihn auf Höchstgeschwindigkeit und beflügelt seinen Kreislauf wie ein Minirock den Italiener. Leben findet für ihn grundsätzlich in unmittelbarer Reichweite der Mattscheibe statt. Was man vom Bayern beim besten Willen nicht behaupten kann: Spätestens nach »Report München« schlummert er selig grinsend ein. Für ihn ist der TV-Monitor kein Amphetamin, kein permanenter Lieferant permanenter Stimulation, sondern ein Tranquilizer. Das liegt vor allem daran, dass sein Wahrnehmungsprozessor wesentlich langsamer als der des Amerikaners arbeitet. Glück ist für ihn keine Achterbahn, kein Dauerfeuer von Gags und »special effects«, sondern ein stiller, linearer Prozess, in dessen kontinuierlichem Verlauf er sich langsam und geduldig dem Nirvana entgegen treiben lässt. Am augenscheinlichsten tritt diese emotionale Ausrichtung auf Großveranstaltungen zu Tage. Für Außenstehende ist es immer wieder ein beeindruckendes Schauspiel mitzuerleben, mit welchem Bierernst sich der Bayer zu vergnügen im Stande ist. Auf dem klassischsten aller bayerischen Saturnalien, dem Münchner Oktoberfest, kann man die einheimische Bevölkerung am präzisesten an ihrer demonstrativ zur Schau getragenen Einsilbigkeit und Steifheit identifizieren. Während Neuseeländer und Österreicher mit Haut, Haaren und entblößten Brüsten dem kollektiven Delirium entgegenzappeln, betätigt der Bayer ausschließlich seine Schluckmuskulatur. Einziges Zugeständnis: Um bei dieser ebenso stoischen wie statischen Arbeit an des Glückes Herd nicht vorzeitig abzutauchen, verzichtet er auf Zithermusik und hält sich mit Blasmusik wach.

Ganz anders in Amerika, dem Land der Actionthriller, Las Vegas-Shows und großformatig explodierenden Welten! Was hier nicht exzessiv nach außen getragen wird, existiert nicht. – Zu den amerikanischsten Vergnügungsritualen schlechthin gehört »spring break«, jene alljährlich im Frühjahr stattfindende hysterische Massenmigration nordamerikanischer Schüler und Studenten Richtung Fort Lauderdale, Panama City und South Padre Island. Fünf bis sechs Tage lang lässt der durchschnittliche »spring breaker« im sonnigen Süden die Sau raus, wie jüngst der »New Yorker« ermittelte, ernährt sich von Cola, Hamburgern, lauter Rap-Musik sowie der Hoffnung auf einschlägige Körperkontakte. Zu seiner Grundausstattung gehören eine XXL-Packung bester amerikanischer Partylaune, eine XXL-Packung bester amerikanischer Partysprüche und eine XXL-Packung Kondome. Im Mittelpunkt dieser Kulthandlung steht als zentrales

Eucharistiegerät der so genannte »beer bong«: Ein »beer bong« ist ein Krug oder ein Küchenkanister, an den ein Plastikschlauch angebracht ist. Man füllt den Kanister mit Bier, hält ihn hoch, legt den Kopf zurück und lässt den gesamten Kanisterinhalt direkt durch den Schlauch in die Kehle zischen.

Mit dem, was man in Bayern üblicherweise unter Biertrinken versteht, hat diese Zeremonie nur entfernt zu tun. Zwar gibt es auch im Freistaat vereinzelt ähnliche Phänomene: Bei der so genannten »Preßhoiben« z. B. presst sich der Trinkende, wie es der Name schon andeutet, einen halben Liter in einem Zuge in den weit geöffneten Schlund. Doch besitzen derartige Trinksitten keine allzu hohe Reputation bei der zechenden Mehrheit der Bürger, degradieren sie doch den verantwortungsbewussten Umgang mit dem Gerstensaft zu einem schnöden Tankvorgang.

Dem Amerikaner macht das nichts aus. Im Gegenteil: Wenn das Glück flüssig ist und in einen Kanister passt, so seine »line of reasoning«, dann gehört es, verdammt noch mal, in einen Kanister! Schließlich ist das Glück ein Fluchttier, woraus folgt, dass es im nächsten Moment einen Haken schlagen und auf Nimmerwiedersehen in den Wüsten Neumexikos verdunsten könnte.

Nicht zuletzt sein katholisches Gottvertrauen bewahrt den Bayern vor solch fatalen Konklusionen. Den Rest besorgen seine dickwandigen Maßkrüge. Sie halten das Glück in gut gekühltem Zustand auf dem Biertisch fest. Und eben deshalb kann sich der Bayer alle Zeit der Welt lassen und das flüssige Glück langsam und bedächtig und ohne alle Showeffekte in seine Blutlaufbahn transmittieren.

Die Tatsache, dass man diesseits und jenseits des Atlantiks das Glück auf unterschiedliche Art und Weise verköstigt, darf andererseits freilich nicht den Blick für gewisse fundamentale Parallelen verstellen. Glück ist, wie jedes Kind weiß, sehr kontextuell. Will heißen: Es kann der Friedlichste nicht glücklich sein, wenn es seine böse Umwelt nicht erlaubt. Weshalb es entscheidend darauf ankommt, sich vom Diktat der Umwelt zu emanzipieren und sich zum radikalen Konstruktivismus zu bekennen. Der radikale Konstruktivismus basiert auf der wissenschaftlichen Entdeckung, der zufolge der Mensch nur über läppische 100 Millionen Sinneszellen verfügt, wohingegen sein Nervensystem an die 10.000 Milliarden Synapsen enthält. Daraus folgt, dass unser »Inneres« in seiner neurophysiologischen Gesamtheit rund 100.000-mal potenter ist als die von außen empfangenen Signale der Umwelt. Oder anders formuliert: Wer seine 10.000 Milliarden Synapsen richtig bei der Stange hält, entgeht mit 100.000-facher Wahrscheinlichkeit der Gefahr, sich von den Widersprüchen seiner Umwelt anbieseln lassen zu müssen.

Wie die autodeterministische Weltanschauung von Amerikanern und Bayern zeigt, scheint es niemandem gelungen zu sein, die numerische Übermacht seiner Synapsen effizienter zu nutzen als diesen beiden Sozietäten. Sowohl im Kleinen als auch im Großen lassen sich beide grundsätzlich von nichts und niemandem abhalten, die Außenwelt stets so zu interpretieren, wie es ihrem Inneren am passendsten erscheint. Dies bedeutet: Auch auf den Bahamas bleibt der Bayer ein Bayer, auch am Hindukusch der Amerikaner ein Amerikaner. Während anderen Völkern der Sumpf der multikulturellen Assimilation bis zum Hals steht, weiß man in Bayern zwischen einem Zwiebelturm und einem Minarett jederzeit klar zu unterscheiden. Als Merkhilfe gilt: »Weißblau ist bayrisch, grün scheißen die Maikäfer!«

Die beste Merkhilfe des Amerikaners ist seine Flagge. Wo immer diese weht, weiß der Amerikaner, dass Coca-Cola besser als grüner Tee schmeckt. Da der Amerikaner eine zwangsneurotische Vorliebe besitzt, seine Fahne fast überall zu hissen, schmeckt fast überall Coca-Cola besser als grüner Tee. Sogar auf dem Mond. In den USA selbst begegnet der durchschnittliche amerikanische Staatsbürger der Fahne öfters noch als der Bayer bei sich zu Hause dem Kruzifix, was eine nicht zu unterschätzende propagandistische Leistung darstellt. In jedem Amtsraum, in jedem Klassenzimmer, in jeder Kirche steht sie in der Ecke und erinnert an die geschmackliche Dominanz von Coca-Cola gegenüber grünem Tee. Sehr gerne trägt der Amerikaner das Sternenbanner auch vor sich her, gefolgt von den »Majorettes«, einer Garde im Gleichschritt hopsender Mädels, deren rot-weiß-blaue Miniröcke das hohe erotische Verhältnis der Moral Majority zu ihrer Flagge symbolisieren sollen. Während auf bayerischen Fronleichnamsprozessionen vornehmlich frommes Liedgut sowie Weihrauch zum Einsatz gebracht werden, hegen unsere amerikanischen Freunde eine fatale Neigung zu mit hundert und mehr »penny-whistles« dargebrachter Marschmusik sowie dichtem Konfettigestöber. Auch wenn ihren Paraden dadurch partiell die bodenständige Wucht unserer Umzüge verloren geht, lässt sich ihr patriotischer Nährwert doch kaum toppen. Amerikanische Paraden sind leidenschaftliche Bekenntnisse zu Coca-Cola, Disneyland und Microsoft im Allgemeinen sowie zur Suprematie der amerikanischen Synapsen im Besonderen. Im Gleichschritt wird der Sieg des inneramerikanischen Bewusstseins über die externe Wirklichkeit gefestigt und gefeiert. Im Windschatten der Fahne bekennt sich Amerika zum selbst gemachten Glück, zur Klimaanlage, zur Schönheitschirurgie, zur Genmanipulation und zum Lifestyle-Marketing.

Natürlich liebt auch der Bayer seine Fahne, wenn auch vornehmlich im metaphorischen Sinn. Um sich auf heimischem Terrain nicht beim Glücklichsein stören zu lassen, vertraut er darüber hinaus gerne auch auf seine internationale Erfahrung. Bayern weiß, wie man sich die nach Knoblauch und Curry riechende Außenwelt erfolgreich vom Leibe hält: Man streicht ihr die Sozialhilfe, quartiert sie in geschmackvoll eingerichtete, so genannte »Ausreisezentren« ein und verwöhnt sie mit den Highlights der regionalen Küche. Nach der Zwangsverköstigung von zwei Tellern saurem Lüngerl nehmen die Fluchtreflexe besagter Außenwelt erfahrungsgemäß sprunghaft zu.

Um auch bei den nicht ganz so privilegierten Ständen für optimale Gaudi zu sorgen, existiert in beiden Ländern eine stark spaßorientierte Medienlandschaft. Wenn der Torwart des FC Bayern einem so genannten Partyluder den Kopf oder sonst was verdreht, rauscht der bayerische Blätterwald mindestens so gewaltig wie der amerikanische, wenn ein alternder Hollywood-Star der Inlandspresse seine neuesten Silikoneinlagen präsentiert. Keine Frage, beide Länder verfügen über eine beachtliche Zahl äußerst kritischer Zeitgenossen. Die Mehrheit freilich lässt sich in beiden Ländern lieber mit grenzwertigen Statements aus dem Promimilieu verwöhnen. Damit die Gefühls- und Erlebniswelt der Amerikaner auch in komplizierten Zeiten semantisch nicht allzu heftig in Mitleidenschaft gezogen wird, befleißigt sich die amerikanische Kriegerkaste seit neuestem des so genannten »Pentagonspeak«. Angreifen heißt darin »going kinetic«, was dabei in die Brüche geht, heißt »collateral dammage«, und eine der größten US-Bomben nennt sich »Daisy Cutter«, »Gänseblümchenpflücker«.

Amerika ist ein großes Land. Bayern ein kleines. Amerika ist ein junges Land. Bayern ein altes. In Amerika wachsen aus dem Boden Wolkenkratzer. In Bayern Hopfen, Futtermais und Raps. Amerika hat Hollywood. Bayern Oberammergau. Amerika ist eine multikulturelle »salad bowl«, eine Salatschüssel. Bayern eine Wurstwarenhandlung mit Ochsenfurtern, Nürnbergern, Regensburgern, blauen Zipfeln und Weißwürsten. In Amerika arbeitet man sich traditionell vom Tellerwäscher zum Milliardär empor. In Bayern vom Giesinger zum Kaiser. In Amerika steht ein gerader, vertikaler Strich für die Zahl »eins«. In Bayern für eine Halbe.

Dass trotz dieser fulminanten kulturellen Unterschiede die bavaro-amerikanische Freundschaft in üppiger Blüte steht, beweist nicht zuletzt die alljährlich stattfindende Münchner Sicherheitskonferenz, ehemals »Wehrkundetagung« genannt. Wie kaum ein anderes gesellschaftliches Ereignis hat sie in den letzten Jahren dafür gesorgt, dass sich CIA-Agenten und bayerische USK-Beamte beruflich, aber auch menschlich näher gekommen sind. Gemeinsam friert man sich in den kalten Januar- und Februartagen beim Patrouillieren um die Tagungsstätte, das Hotel Bayerischer Hof in der Münchner Innenstadt, die Zehen und Finger ab, gemeinsam wärmt man sich bei größeren und kleineren Scharmützeln mit der verspielten Münchner Jugend wieder auf. Vor allem beim traditionellen »Einkesseln«, einem typisch bayerischen Abwehrritual, kommt es trotz mancher Sprachbarrieren immer wieder zum intimen Kontakt der Sicherheitsorgane beider Länder. Das Ergebnis sind langjährige Brieffreundschaften und gegenseitige Einladungen zu Grillfesten.

Auch wenn die soeben erwähnte Veranstaltung selbstverständlich in keinem irgendwie gearteten Zusammenhang mit lustvoll ausgeübter Gewalt steht, fällt doch auf, dass beide, Amerikaner und Bayern, ein sehr unverkrampftes Verhältnis zu eben dieser haben. Sowohl der Bayer als auch der Ami sind leidenschaftliche Raufbolde. Dass ihnen diese Passion in stereotyper Manier immer und immer wieder von selbst ernannten Friedensaposteln zum Vorwurf gemacht wird, gehört mit zum Spiel. Sowohl in Bayern als auch in Amerika erfreut sich die Maximierung der eigenen Muskelkraft größter Beliebtheit, was zur Folge hat, dass sich die antrainierten Muskeln notwendigerweise auch austoben müssen. Während der Amerikaner dabei bevorzugt die blanken Fäuste einsetzt, bedient sich der Bayer am liebsten seines Maßkruges: *Beim Mooswirt ham s an Humpn ghabt / An irdana, an blaua / Den nehmas, bals zum Raffa kimmt / Gern her zum Köpf naufhaua.* Wie dieses Apokryphon bestätigt, gehört die Zertrümmerung der gegnerischen Schädeldecke zum Ziel derartiger Leibesübungen. Steht besagtes Sportgerät einmal nicht zur Verfügung, dürfen auch andere Gegenstände wie Stuhlbeine, Prothesen oder Kruzifixe in Anwendung gebracht werden. Des Gegners Auge mit dem nackten Daumen auszudrücken, gilt hingegen als unfein.

Obgleich die Freistil-Schlägerei in Bayern mit viel Hingabe und Hinterlist betrieben wird, fristet sie doch ein Mauerblümchendasein, verglichen mit den Verhältnissen in den USA. Unter dem Pseudonym »Wrestling« hat sie sich dort bereits seit längerem einen Spitzenplatz im allabendlichen Unterhaltungsprogramm diverser TV-Sender sichern können. Die virtuos eingesprungene Pirouette in des Gegners Wirbelsäule lässt das Publikum regelmäßig vor Begeisterung toben. Stars der Szene wie Hulk Hogan, Rob Van Dam oder Raven genießen nicht nur in ihrem Heimatland, sondern auch bei der Landjugend zwischen Aschaffenburg und Mittenwald größten Respekt.

Selbstverständlich existiert kein Mangel an Theorien, die sich mit den tieferen Ursachen dieser Rauflust befasst haben. Dass im Unterholz sowohl des amerikanischen, als auch des bayerischen Charakters eine genetische Disposition zur Gewalttätigkeit liege, darf als Polemik gewertet werden. Trotz Slogans wie »Brandt an die Wand« hat FJS den ehemaligen Vorsitzenden der SPD nicht ein einziges Mal geohrfeigt, Kennedy Castro nie ins Bein gebissen, Bush Chirac sogar angelächelt. Dass Graf Arco den ersten republikanischen Ministerpräsidenten Bayerns auf offener Straße erschoss, hatte nichts mit Gewalt, sondern ausschließlich mit der Sorge um das geliebte Vaterland zu tun. Ebenso unhaltbar sind Spekulationen, die den exzessiven Fleischverzehr beider Völker zum Ausgangspunkt nehmen. Auch wenn die bayerische Vegetarier-Lobby nur über einen geringen politischen Einfluss bei der Vergabe von Bierzeltkonzessionen auf der Münchner Theresienwiese verfügt, erfreuen sich z.B. Rote Rüben selbst bei der CSU nach übermäßigem Alkoholgenuss größter Beliebtheit. Und auch

Kartoffel- und Semmelknödel genießen beim Volk hohe Akzeptanz, nicht zuletzt ihrer beruhigenden, die Frustrationstoleranz spürbar anhebenden Wirkung wegen. Wer weder Rote Rüben noch Kartoffel- oder Semmelknödel mag, kann auch auf den Schnupftabak als Hauptnahrungsmittel zurückgreifen. Er beugt Augenleiden und Nierensteinen vor. In Amerika steht den Herbivoren neben Kaugummi, Cornflakes und Pharmazeutika aller Art neuerdings der Gemüse-Burger als pazifizierende Schnellkost zur Verfügung.

Wenn es dennoch einer Erklärung für die bayerische bzw. amerikanische Kampfbereitschaft bedarf, so kann diese allein in der Geschichte gesucht und gefunden werden. Fakt ist, dass sowohl Bayern, als auch Amerika lange Zeit intensiv verachtet und verspottet wurden. Ihr zivilisatorischer Beitrag zur universellen Entwicklung des Menschengeschlechts wurde als äußerst gering erachtet: Dabei steuerten Amerikaner u.a. Truthähne, Kartoffeln und Tupperware, Bayern Wolpertinger, Regensburger Domspatzen sowie die Haarlocken der Heiligen Anna bei. Bis ins 19. Jahrhundert hinein flüchteten sich wohl wollende Fremde meist in pathetische Lobpreisungen der landschaftlichen Schönheit beider Länder, nur um nicht von deren Bewohnern und Sitten berichten zu müssen.

Etwas weniger Wohlwollende beschlich ab einem gewissen Zeitpunkt regelmäßig die von der berüchtigten englischen Amerikareisenden Frances Trollope klassisch formulierte Frage: *Obgleich ich immer wieder feststelle, dass dieses Land den Augen schmeichelt und mit allen Gütern ausgestattet ist, muss ich mir doch die Frage gestatten, woran es liegt, dass ich es nicht mag?* Dass eine solche Frage, einmal geäußert, launige Antworten provozierte, kann nicht verwundern. Der Berliner Friedrich Nicolai nannte den Bayern ein *von Natur aus dummes und faules Tier*. Dass er keine esoterische Minderheitsmeinung vertrat, bestätigen bis zum heutigen Tag zahlreiche ähnlich gefärbte Statements.

Nicht anders erging und ergeht es dem Amerikaner. Er kann Kriege, Nobelpreise und Tour de France-Siege gewinnen, so viele er will. Frankreich und die Welt sind sich dennoch einig: Niemand kann gleichzeitig so großspurig und kleinkariert, so clever und tollpatschig, so obszön und prüde auftreten wie er. Und so kommt es, wie es kommen muss: Am Ende all seiner Großtaten schleicht sich irgendein verkommener Slumbewohner von hinten an ihn heran und macht ihm einen Kratzer in seine strahlende Ritterrüstung. Seit mindestens 50 Jahren gehören Amerikanerwitze weltweit zu den Brüllern schlechthin. Selbst am Oberlauf der Lena machen sich die Schamanentrommeln über ihn lustig.

Kein Wunder, dass sich Bayern und Amerikaner ständig unter Druck wähnen. Eine ordentliche Portion Verfolgungswahn, gepaart mit einer stabilen, widerstandsfähigen Profilneurose, gehört heute zu den Triebfedern ihres gesamten Tuns. Pausenlos glauben beide, die Welt mit allen Mitteln davon überzeugen zu müssen, dass sie bei der göttlichen Vergabe von Gehirnschmalz doch nicht in der allerletzten Reihe standen. Mit fast religiöser Inbrunst versucht sich Bayern derzeit als smarter Kombattant an der internationalen Hightech-Front in Szene zu setzen. Und das, obgleich vor 20 Jahren neun Zehntel der Bevölkerung noch ihre Fernsehgeräte aufschraubten in der Hoffnung, darin Harry Valerien in natura anzutreffen. – Auch Amerikas augusteisches Zeitalter ist relativ jung. Es begann mit Mickey Mouse und erreichte seinen Höhepunkt mit Arnold Schwarzenegger. Heute feiert sich die Nation als Nonplusultra der menschlichen Spezies. Und das nicht zu Unrecht: 70 Prozent der Bevölkerung sind übergewichtig!

All things must pass.« Nichts bleibt, wie es ist. So unumstößlich dieses Gesetz ist, so verzweifelt versucht sich Amerika dagegen aufzulehnen. Die wahre Angst des »too good to be true«-Amerikaners, so einmal Jean Baudrillard, sei überraschend archaisch: Amerika hat Angst davor, dass seine Feuer irgendwann ausgehen könnten! Eben deshalb bleiben die leeren Bürotürme von New York, Chicago und Dallas die ganze Nacht über erhellt. Eben deshalb wird die amerikanische Nacht mit Scheinwerfern, Leuchtreklamen, Subwoovern und Monitoren in allen Farben und Formaten zugestopft. Amerika weigert sich, Tag und Nacht als verschiedenartige Zustände anzuerkennen. Amerikaner sind Monisten: Alles muss immer und überall funktionieren. Nichts darf die künstliche Macht des Menschen unterbrechen, denn nur sie trägt dafür Sorge, dass in der rasenden Veränderung alles beim Alten, sprich: neu, hell und laut bleibt.

Bayern erweckt in Bezug auf Zeit und Vergänglichkeit den Anschein von Abgeklärtheit. Man weiß, dass der Boandlkramer auf jeden wartet, egal ob auf der stimmungsvollen Heimfahrt vom Volksfest oder nach Verzehr eines original bayerischen BSE-Rindes. Die Dunkelheit, sowohl die nächtliche, als auch die ewige, schreckt hier niemanden wirklich ab. Ohne Pathos fügt man sich ins Unvermeidbare. Mitleid gibt es nur in sehr geringer Dosis: *Da hintn im Eck / Liegt a Bauer und verreckt / Bauer verreck zua / Solche Luder gibt's gnua*. Etwas eleganter in der Wortwahl umschrieb einst der Dichterfürst Ludwig die Vergänglichkeit alles Irdischen: *Gleichest dem Strome der Zeit, o Isar! Es schiffte noch keiner / Je auf euch beiden zurück, vorwärts treibend allein*.

Dass Zeit so etwas wie vorwärts treiben kann, war dem bayerischen Landeskind freilich lange Zeit unbekannt. Bayern ist ein konservatives Land mit eher geringem Strömungsgefälle. Als das Tausendjährige Reich lange vor seinem offiziellen Haltbarkeitsdatum überraschenderweise zerbröselte, setzte ein erster zögerlicher Reflexionsprozess ein. Die breite Öffentlichkeit indes kapierte das mit der Strömung der Isar erst, als die so genannte Asylantenschwemme die S- und U-Bahnhöfe der Landeshauptstadt flutete. Mit dem Ergebnis, dass heute in Bayern des Nachts immer mehr Kirchtürme angestrahlt werden. – Mit anderen Worten: Auch im alten, scheinbar so gelassenen, in Beton gegossenen

Bayern hat die Globalisierung für Irritationen gesorgt. Längst ist das moderne bayerische Zeit- und Lebensgefühl mit diffusen Ängsten aller Art unterfüttert. Immer bedrohlicher kriechen die Börsenkurse nach rechts unten, die Grenzen von Schengenland werden immer länger, die Sozialhilfeempfänger immer gieriger. Weshalb man instinktiv immer näher an die Feuer der Zivilisation heranrückt und einander mit forschen Reflexionen zum Thema »bayerische Leitkultur« Wärme und Mut zufächert. Oder anders ausgedrückt: Noch nie wurde in Bayerns Mentalitätsgeschichte so inbrünstig »gebayert« wie heute.

Bedurfte es früher noch einer Dampfwalze vom Schlage eines FJS, um aus der Bevölkerung die nötige Begeisterung für die CSU herauszuquetschen, so genügt heute schon ein homöopathisches Mittel aus Wolfratshausen. Bedurfte es früher noch eines ganz besonderen Anlasses, um sich am Samstagvormittag auf dem Münchner Viktualienmarkt in Paulaner-Lederhosen und Caroline-Reiber-Dirndl sehen zu lassen, so besuchen heutzutage schon Minderjährige an Werktagen besagte Lokalität in besagtem Outfit! Immer mehr bayerische Familienväter nötigen darüber hinaus ihre Sippschaft zu Wochenendausflügen nach Altötting oder Füssen, ohne dass es zu Zerwürfnissen oder Familientragödien kommt.

Immer mehr bayerische Patrioten hissen in ihren Vorgärten das Rautenbanner und bestücken ihre Wohnzimmerschränke, Haustüren und Kampfdackel mit den Produkten des bayerischen Devotionalienhandels. Immer weitere Bevölkerungskreise glauben in den brasilianischen Siegen des FC Bayern München eindeutige Beweise einer von Gott gewollten Suprematie Bayerns erkennen zu dürfen. Immer mehr bayerische Starfrisöre, Fernsehköche und Rennrodler äußern sich zu Themen wie der »sittlichen Weltweisheit« in Kants »Metaphysik der Sitten«. – Mit anderen Worten: Bayern leuchtet in immer amerikanischeren Farben.

Was nichts zu bedeuten hat: Amerika ist Amerika und Bayern Bayern. – Vielleicht könnte man auch so sagen: Sollten aus irgendeinem blöden Zufall dennoch eines fernen Tages in Amerika die Feuer erkalten und Air Force One nach nächtelanger Odyssee über dem Atlantik mit Triebwerkschaden irgendwo notlanden müssen, so könnte es durchaus sein, dass der amerikanische Präsident und seine Crew verdammt froh wären, wenn sie tief unter sich das hell erleuchtete Erdinger Moos entdecken.

Christoph Lindenmeyer

Salzburg. Savannah.
»Ausführliche Nachricht von den Saltzburgischen Emigranten, die sich in Amerika niedergelassen haben«

Ebenezer in Georgia, America, 20. April 1734. Weil man hierzulande kein Bier hat, so haben die Saltzburger von den Engländern ein Halb-Bier zu kochen gelernt, welches sie sich unterweilen zubereiten ... Die Einwohner dieses Landes preisen uns das Bier als etwas Gesundes an, hingegen halten sie das Wasser-Trincken für schädlich, als hätte die rothe Ruhr davon ihren Ursprung. Wir hingegen ziehen das Wasser vor, und befinden uns dabey sehr wohl, wenn wir zuweilen etwas Wein darunter mischen.

Erzählt werden soll eine Geschichte, die in Salzburg begann und die – wenigstens für einige unter mehr als 20.000 Menschen – in Savannah endete. Savannah: Mündungsgebiet des gleichnamigen Flusses, Georgia, Amerika. Erzählt werden soll von den Salzburger Protestanten, die im Jahr 1731 aus ihrer Heimat ausgewiesen wurden. Das Dokument der Ausweisung, das Reichsemigrationspatent, wurde am 31. Oktober jenes Jahres von Fürsterzbischof Leopold Eleutherius Anton Graf von Firmian unterzeichnet. Es trat am 11. November in Kraft. Zwei bewusst gewählte Daten: Reformationstag der Oktobertermin, Luthers Tauftag der Novembertermin. Politik der Vertreibung kommt nicht ohne Symbole aus.

Mehr als 20.000 Menschen, manche Historiker reden von 25.000 Personen, waren von der Ausweisung betroffen. Ihre Namen sind überliefert, ihre Reiserouten aufgezeichnet, ihre Kolonnen im Einzelnen notiert. Niemand sollte verloren gehen, aber die Spuren vieler wurden verweht auf den Strecken Salzburg – Savannah und Salzburg – Preußisch-Litauen. Es gab Verlorene, und es gab die anderen, die in Amerika die Geschichte des heutigen Bundesstaats Georgia mitbegründeten.

In der Silvesternacht des Jahres 1731 erreichten die ersten 200 Vertriebenen das Stadtgebiet von Augsburg. Sie galten als »Staatenlose«, die Tore blieben verschlossen. Die ersten Kolonnen, es waren sieben, reisten als Kolonnen der Ärmsten und der Nicht-Ansässigen. Tausende waren auf dem Weg, das sprach sich herum, und nun waren sie auf der Reichsstraße von Kempten über Haunstetten in der Stadt der konfessionellen Parität angekommen. Die Stadtregierung achtete auf die Einhaltung der Balance, sie war schwierig genug, und der innerstädtische Frieden durfte nicht gefährdet werden. So begann in Augsburg die Zukunftsarbeit für die allerersten Ärmsten.

Die Vertreibung galt allen, die sich als Evangelische bekannten. Nicht alle bekannten sich, auch wenn sie protestantisch waren und dachten und lebten: Die Geschichte kennt den Unterschied zwischen Bekennern und Nicht-Bekennern, zwischen Widerstand und Anpassung.

Ich bin ein armer Exulant,
also muß ich mich schreiben.
Man tut mich aus dem Vaterland
um Gottes Wort vertreiben.
Doch weiß mich wohl,
Herr Jesu mein,
es ist dir auch so gangen;
jetzt soll ich dein Nachfolger sein,
Mach's Herr, nach dein'm Verlangen.
Ein Pilgrim bin ich auch nunmehr,
muß reisen fremde Straßen;
drum bitt ich dich, mein Gott und Herr,
du wollst mich nicht verlassen.

(Aus dem Sendbrief des aus Dürrnberg bei Hallein
stammenden Bergmannes Joseph Schaitberger)

März 1998. Ein Regentag in Salzburg. Schneereste auf den Bergen. Die Salzach: lehmig trüb und schnell dahinfließend. Interviewtermin mit dem Dechanten des Metropolitankapitels zu Salzburg, Prälat Johannes Neuhardt. Doktor gar, Protonotar und Koordinator der 1200-Jahr-Feier des Erzbistums Salzburg.

1998 im Festprogramm des Metropolitankapitels kein Wort, kein einziger Vermerk, kein Hinweis, die am Ende des 20. Jahrhunderts daran erinnern, was im 18. Jahrhundert geschah: die Vertreibung von mehr als 22.000 Protestanten aus Salzburg.

Das ist das Problem in diesem Interview: Stimmt denn überhaupt diese Fehlanzeige? Können solche Lücken in Geschichtsbewußtsein und Geschichtsdarstellung vermutet oder behauptet werden?

Kann die heutige Geistlichkeit des Schweigens verdächtigt werden über Taten, die das damalige weltliche Regiment vollzog? Ist nicht vielmehr der Unterschied zwischen geistlichem und weltlichem Reich juristisch, staatsrechtlich, völkerrechtlich relevant, wonach der Fürstbischof im Jahr 1731 Entscheidungen traf, für die der Erzbischof und seine Rechtsnachfolger nicht mehr zuständig sind?

Es schneit in Salzburg im März 1998 – und trotz des Schneegestöbers über der Altstadt und der früheren bischöflichen Residenz bleiben die Demarkationslinien der Rechtsauffassung so trennscharf, wie sie das 18. Jahrhundert sah: Geistlicher und weltlicher Herrscher in Salzburg zugleich war in zwei Reichen, die sich auch in ihrer Ausdehnung voneinander unterschieden, Leopold Anton Freiherr von Firmian, aber diese eine Person unterschied sich in zwei Rechtspersonen.

So mag das sein, so mag das damals gewesen sein, als er 1731 seine Unterschrift unter das Reichsemigrationspatent setzte. Wer damals seine Salzburger Heimat verlor, wird dies anders, wird dies existenziell anders empfunden haben.

Wer war dieser Landesherr, wer war dieser Bischof eigentlich – und wie wird seine Geschichte heute erzählt?

Firmian ist 1679 in München geboren, wo sein Vater kaiserlicher Gesandter war, seine Mutter war eine geborene Gräfin Thun. Er hat die übliche Laufbahn genommen, wurde im Germanicum in Rom von den Jesuiten erzogen und galt allgemein als äußerst sittenstreng und sogar aufgeklärt. Er hat manchen barocken Zopf in Salzburg, der hier noch üblich war, abgeschnitten, gleich nachdem er 1727 zum Erzbischof gewählt wurde.

Was hier offenbar nicht geschehen ist, ist die Rezeption der so genannten Frühaufklärung. 1685 hat Ludwig XIV. das Edikt von Nantes aufgehoben, und dies hatte zur Folge, dass die Hugenotten in Frankreich nicht mehr ihre Religion frei ausüben durften und deshalb 250.000 Hugenotten Frankreich verlassen mussten. Die meisten sind in die französische Schweiz gegangen bzw. nach Berlin. Ganz Europa hat dazu geschwiegen. Es hat nur ein einziges Flugblatt, das in Straßburg gedruckt wurde, gegeben, aber ansonsten keine öffentliche Reaktion.

50 Jahre später werden in Salzburg 10 % davon, etwa 22.000 Protestanten, vertrieben, und es geht im selben Moment ein Schrei des Entsetzens durch Europa. In Salzburg haben sie das Echo vollkommen unterschätzt, weil sie offenbar geglaubt haben, das geht so still und heimlich leise über die Bühne wie damals die Aufhebung des Ediktes von Nantes. Was inzwischen in diesen 50 Jahren sich an öffentlicher Meinung verändert hat, das haben sie in Salzburg verschlafen.

Dazu kam natürlich noch, so brutal das klingt, eine enorme wirtschaftliche Notsituation: Salzburg war dank der klugen und festen Politik seines damaligen Erzbischofs Paris Graf von Lodron im 30-jährigen Krieg von diesem furchtbaren Geschehen herausgehalten worden.

Aber der Klimaeinbruch, der damals im 18. Jahrhundert und bereits im 17. Jahrhundert deutlich festzustellen war, hat eine derartige Verschlechterung der Ernährungssituation mit sich gebracht, dass das, was man bisher angebaut hat, nicht mehr gewachsen ist.

Die Revolution des Volkes war primär natürlich auf den geistlichen Fürsten gerichtet, der in dieser unsäglichen Verquickung zwischen Staatsgewalt und geistlichem

Amt dem Volk ständig als großer Spion dastehen musste. Derselbe, der auf der Kanzel steht, derselbe, der im Beichtstuhl sitzt, derselbe, der am Altar steht – dem habe ich Steuern zu zahlen, und der urteilt mich ab bei Gericht. Diese Dinge kamen zusammen, sodass jeder, der Änderung versprochen hat, den Stich gemacht hat. Dass sich dies auf der religiösen Basis abgespielt hat, ist aus der Zeit verständlich, aber es ist nicht zwangsläufig damit verbunden. Die Unzufriedenheit hat nach anderen Heilsbringern Ausschau gehalten, und das war nun dieser Kryptoprotestantismus, der auf vielerlei Weise hier in das Land eingesickert ist.

(Johannes Neuhardt)

Was die protestantischen Schriftsteller von der Ehrsucht des Erzbischofs schwaetzen, die denselben bewogen haben soll, dem Papst zu gefallen, das Luthertum in Salzburg gaenzlich auszurotten, wird dadurch hinlaenglich widerlegt, daß weder der Papst, noch der päpstliche Nuntius in Wien von Salzburg aus ueber diesen Gegenstand Bericht erhalten haben, bis beynahe das ganze Geschaeft schon vollendet war. (…) Und, wahrhaftig! Ein Erzbischof von Salzburg, ein Primas von Deutschland – und – wenn man auf päpstliche Dignitaeten Ruecksicht nehmen will – ein gebohrner Legat des apostolischen Stuhls, was kann er sich vom Papst fuer eine Vergroesserung seiner Wuerde erschmeicheln wollen? Den Kardinalshut vielleicht? Schon lange ist es keinem salzburgischen Fuersterzbischof beygefallen, sich um diesen zu bewerben, vermuthlich, weil sie einsahen, daß die erzbischöfliche Wuerde reeller, und selbst der Einsetzung und dem Alterthume nach weit ueber die Wuerde eines Kardinals erhaben sey. Der in der Folge von Rom aus erhaltene Titel: Excelsus: konnte wohl auch der Gegenstand des Ehrgeizes eines Erzbischofs von Salzburg nicht seyn.

Franz Xaver Huber. Aus seinem Vorbericht zur »Aktenmäßigen Geschichte der berühmten salzburgischen Emigration« aus dem lateinischen Manuskript des ehemaligen Hofmeisters der hochfürstlich-salzburgischen Edelknaben Johann Baptist de Casparis. Salzburg, 1790.

Augsburg – diese Stadt zwischen Lech und Wertach, diese alte Freie Reichsstadt der Renaissance, diese Stadt der Reformation und des neuen deutschen, bildungs- und weltorientierten Pietismus in Deutschland, diese Station zwischen der alten Salzstraße und den neuen Straßen in die neuen Welten – dieses Augsburg war an der Zukunft der ausgebürgerten Salzburger spätestens seit der Silvesternacht 1731 beteiligt wie keine andere deutsche Stadt.

1998 in der Augsburger Fuggerstraße 8, dem evangelisch-lutherischen Dekanat, ein Gespräch mit Rudolf Freudenberger. Damals Dekan des evangelischen

Dekanatsbezirks, Pfarrer von St. Anna, Ehrenbürger des County of Effingham im US-Bundesstaat Georgia. – Rudolf Freudenberger ist längst im Ruhestand, aber am Sockel der holzgeschnitzten Kanzel zu St. Anna, deren Trompeterengel als Leihgabe Weltausstellungen geschmückt hat, ist eine Kupfertafel befestigt, die neben anderen Dokumenten des Dekanats und der Gemeinde St. Anna belegt: Die Nachkommen der Salzburger Exulanten in Amerika haben nie vergessen, was sie dieser Stadt Augsburg und ihren damaligen evangelischen Gemeinden verdanken.

Der Blick geht durch das große Fenster des Amtszimmers in den Pfarrgarten mit seinen Kolonnaden. Der Schlag der Kirchturmuhr ist zu hören. Elias Holl, der große Stadtbaumeister der Renaissance, hatte den Kirchturm von St. Anna auf dem Orgellettner stehend ohne Fundament konstruiert. Auch dieser Baumeister einer, der seine Heimat verlor – vor jenen Jahrzehnten später, über die Rudolf Freudenberger spricht.

Leopold Anton von Firmian: Kurzformel für den Salzburger Landesherren und Fürsterzbischof. Erinnerungen an einen weltlichen und an einen geistlichen Herrscher – aufgezeichnet 1998 im Gespräch mit dem damaligen evangelischen Dekan in Augsburg.

Der Bischof Firmian war ein Südtiroler, in Rom erzogen durch die Jesuiten – er war der erste Jesuitenzögling auf dem Salzburger Erzbistumsthron. Die Brandmeldungen der Jesuiten und auch der Kapuziner aus den Bergtälern und aus dem Salzbereich haben ihn wohl zutiefst beunruhigt, und zwar weniger als Landesherrn, sondern stärker als geistliches Oberhaupt dieses großen Territoriums.
Umgekehrt waren die Kryptoprotestanten durch pietistische Einflüsse in einer neuen Bekennerlaune. Das 18. Jahrhundert war das sensible Jahrhundert, es bahnte sich ein Jahrhundert der religiösen Toleranz an, und das alles färbte sicher auch auf diese Leute ab, die ja nicht weltabgeschieden, sondern gerade in den Passtälern und im Salzbau in offenem Austausch lebten mit allen möglichen Strömungen der Zeit, und regte sie an, nun ihrerseits stärker ihren Glauben offen zu bekennen, ja sogar lutherische Pastoren für sich zu verlangen.
Auf der einen Seite die Aufmüpfigkeit seiner Untertanen, auf der anderen Seite die religiösen Brandmeldungen der von ihm ins Land geholten Jesuiten haben den Erzbischof wohl veranlasst, hier scharf durchzugreifen. Der Widerhall hat ihn wohl doch sehr überrascht und auch die Dickköpfigkeit (aus seiner Sicht) der Leute, die sich auch durch Haft oder durch Androhung der Vertreibung oder des Entzugs ihrer Kinder nicht umstimmen ließen. Das Ergebnis war natürlich eine deutliche Verarmung, hauptsächlich auch durch den Niedergang des Salzbergbaus.
(Rudolf Freudenberger)

Aus der »Aktenmäßigen Geschichte der berühmten salzburgischen Emigration« von Johann Baptist de Casparis, Salzburg, 1790.

Sie übten also gegen alle Gesetze, frey ihre Religion aus, und versäumten nichts, recht sehr viele Proselyten zu machen. Auf allen Wegen gab man sich alle erdenkliche Mühe, die Vorübergehenden zur Annahme der augsburgischen Glaubensformel zu bewegen. Unter andern soll Leonhard Oberpichler dieses Geschäft Anfangs mit Versprechungen, dann auch mit Drohungen betrieben haben. Auch Christian Abbtenau bestrebte sich sehr, das Volk abtrünnig zu machen. (...) In Radstadt stellten sich sogar zween Bauern an die Kirchthuer, beobachteten diejenigen, die in die Kirche giengen, lästerten sie und drohten, daß sie bald dafuer bestraft wuerden. Sie trieben ihre Ungesthuemtheit aufs hoechste, denn sie giengen in fremde Haeuser, lagen mit listigen Reden gutgesinnten Maennern in den Ohren, und liessen sich so ganz nicht davon abbringen, dass man gezwungen war, sie mit Gewalt aus dem Hause zu schaffen. Indeß hoerte man die katholischen Geistlichen immer mehr klagen, daß sich der Haufe der Protestanten von Tag zu Tag vermehre, und fuer die katholische Kirche großes Unheil bevorstehe. Man haette in den vorigen Zeiten, behaupteten sie, zu sehr in Salzburg geschlafen. (...) Die Kapuziner wurden zu Radstadt in ihrem eigenen Kloster verspottet.

Der Gottesstaat an der Salzach, auch das war seine Realität: Priesterehen, Konkubinate und eine bemerkenswerte Schlichtheit in der Bildung des Klerus. Die Welt öffnete sich für Presse und Kommunikation und Aufklärung – und hier saßen geistliche Herren, denen jeder Knecht an Herzensbildung und Lebensweisheit, an Ehrlichkeit und Geradlinigkeit überlegen war. Der Klerus verwahrloste. Das Volk murrte. Die Kirche regierte, die Kirche ignorierte. Seit langem, seit Jahrhunderten. Es konnte so nicht weitergehen.

Das erste war das Konzil von Trient mit der Erneuerung des Klerus hinsichtlich seiner Bildung, die ja katastrophal gewesen ist. Das zweite war, dass die entsprechende Bildung des Volkes natürlich zu wünschen übrig gelassen hat. – Der Pfarrer von Stuhlfelden im Oberpinzgau wurde gefragt, was er von der Heiligsten Dreifaltigkeit wisse. Er sagt: Sie war eine Jungfrau oder Märtyrerin. Die Frage wird lateinisch gestellt, also muss es ein Wesen weiblichen Geschlechtes sein, was bleibt also? Jungfrau oder Märtyrerin. Man kann sich also vorstellen, wie es um die Bildung beim Volk bestellt war. Priesterseminare wurden gegründet, und man hat Maßnahmen ergriffen, dass die Bildung des Klerus besser wird. Das wesentlich Wichtigere war jedoch, dass man die Reformorden in das Land gerufen hat, das heißt, die Franziskaner und die Kapuziner. Die Jesuiten wurden erst unter Firmian geholt, weil er sie als Lehrer im Germanicum hoch geschätzt hat. (Johannes Neuhardt)

Es begab sich auch, daß, als der Pfarrer einst auf der Kanzel das Lob Mariae predigte, ein gewisser Bau-Bauer, Andreas Fischer, überdrueßig dieses Lobes, sich zu den Umstehenden gewendet, und ausgerufen habe: es eckle ihn vor diesem Lobe, und er wolle lieber jede Peyn ausstehen, als dieser Predigt noch laenger beizuwohnen. Der Poebel glaubte insgemein, die Katholiken betheten die Bilder der Heiligen, wie Goetzenbilder, an. Daher drohten sie, diesselben zerstoeren zu wollen. Sie spotteten ueber das Zeichen zum englischen Gruß, das zu Mittag und Abends gegeben wurde, und sagten, auch sie ließen sich von der Glocke das Zeichen zum Mittag- und Abendmahle geben. Dergleichen poebelhafte Schimpfreden wurden zu St. Johann von Pilzegger, und anderen gefuehrt; Pilzegger pflegte auch in den Schenkhäusern über Glaubenssachen zu raesoniren, und gegen die seligste unter den Weibern so unverschaemte Reden auszugeifern, daß man erroeten mueßte, sie zu erzaehlen. Zu Werfen soll Johann Huber sehr veraechtlich von der katholischen Religion gesprochen haben. Wenn die Mutter Jesu, und die Heiligen vor den Beschimpfungen der Bauern nicht sicher waren, so waren es noch weniger die Bischoefe, und Vorsteher der katholischen Kirche (…)

Sie behaupteten z.B.: dreyßig Paepste waeren zur Hoelle verdammt, und der letztere davon vom Teufel in Stuecke zerrissen worden. Sie setzeten hinzu, die Messe sey Gott verhaßt. Als man einen Bethtag nach St. Martin hielt, kamen einige Bauern zusammen, lachten ueber diesen Gebrauch, und nannten ihn Kinderpossen.

So waren die Zeiten. Verhaftungen. Razzien in den Häusern. Beschlagnahme von Druckschriften und Büchern. Datenmäßige Erfassung der Protestanten. Geheimverhandlungen mit den evangelischen Ständen, dem »Evangelischen Corpus« bei dem Reichstag in Regensburg. Hoffnung auf Unterstützung bei den einen, Hoffnungen auf Interventionstruppen bei den anderen. Die Waffenarsenale wurden bewacht. Rebellion befürchtete der Erzbischof. Aufstand. Chaos. Die Protestanten wurden gezwungen, das Skapulier zu tragen, einen symbolträchtigen Umhang. Aufgezwungen wurde ihnen die Grußformel: »Gelobt sei Jesus Christus«. Spione kontrollierten Versammlungen. Sie kontrollierten das freitägliche Fleischverzehr-Verbot. Sie durften ihre Toten nicht mehr bestatten, ohne Genehmigung der Missionshäuser durften sie nicht einmal ein Stück Vieh verkaufen. Selbst Sennerinnen benötigten Arbeitsgenehmigungen durch die Regierungsbehörden. Eheschließungen verbot der Staat. Familien wurden getrennt. Berufsverbote für Handwerker, Zwangsdeportationen, Beugehaft.

Groß war der Zorn auf den Klerus. Im Spott enttarnte sich der Geist des Widerstands. Sprache und Gesten unterschieden Mitläufer von jenen, die sich für die ultramontane heilige römische Kirche und gegen den neuen Geist stark machten.

Das, was das Volk zutiefst verletzt hat, ist, dass der Priester von der Kanzel herunter eben nur geschimpft hat, und sie in das Eck des Bösen gestellt hat und dass sie natürlich die Form des barmherzigen Samaritans nicht erfahren konnten. Dass er, der ja zugleich Pfründeninhaber war, eben die ihm abzuliefernden Zehente massiv eingefordert hat, obwohl durch die Klimaverschlechterung das nicht mehr gewachsen ist, und die Bauern das nicht herbringen konnten, was sie in natura abliefern mussten. Das hat ja das böse Blut gemacht, und den Grund wusste keiner. Das Wort »Großwetterlage« haben sie nie gehört, sie haben nur faktologisch festgestellt, sie können das, was sie abliefern müssen, nicht mehr produzieren. Dass die Kältewelle schuld ist, wussten sie nicht. (Johannes Neuhardt)

Weil sich die Lutherischen, die Protestanten, die Kryptoprotestanten im Sommer 1731 offen an den Reichstag gewandt hatten, kündigte der Salzburger Herrscher jede Toleranz auf. Schnee lag bis in die Täler, die Passstraßen waren kaum noch passierbar. Es würde zu einem Jahrhundertwinter kommen. Auch das noch. Es war ja auch kein Sommer gewesen wie damals, als sie noch Kinder waren. Nicht Unruhe brauchte das Land. Deshalb schlug der Staat zurück.

Das Entsetzen über dieses Patent war von Anfang an da, sogar bei der Beamtenschaft, denn es hatte ja etliche Schärfen, die als »Spitzen« ausgedacht waren. Und nachdem nun also Salzburg diesen entsetzlichen Aderlass kaum verkraftet hat, hat Firmian selbst eine völlig andere Position eingenommen. Das ist das Merkwürdige, dass dieser Mensch zehn Jahre später in einer ganz ähnlich gelagerten Situation die Partei des Aufklärers einnimmt. Das ist die Tragik. Wäre Firmian bereits zehn Jahre früher in den Sog der Leute des Moratori-Kreises gekommen, dann hätte diese Katastrophe wahrscheinlich einen anderen Fortgang genommen. (Johannes Neuhardt)

D ie verpasste Aufklärung und 22.000 Opfer. Eine Katastrophe, unbestritten. In der Beurteilung ihrer Auswirkung gibt es heute zwischen den Konfessionen keinen Dissens mehr. Das war lange Zeit anders.
Salzburg. 1966. Bei der Amtseinführung des ersten Superintendenten der neu errichteten evangelischen Diözese Salzburg-Tirol erscheint unerwartet Erzbischof Andreas Rohracher. Er schweigt nicht, er redet.

Als Entschuldigung für diese Anordnung kann ich nur anführen, daß der damalige geistliche Landesfürst noch im Banne jenes unseligen Grundsatzes des Westfälischen Friedens stand, der lautet: »cuius regio, eius religio«. Wie jedem historischen Ereignis die Auffassung jener Zeit, in der es sich begab, zugrunde zu legen ist, so muß dies auch hinsichtlich dieser Anordnung geschehen, um ein gerechtes Urteil fällen zu können. Nichtsdestoweniger drängt es mich hier … mein aufrichtiges Bedauern über die damaligen Ereignisse auszusprechen, und nicht nur in meinem Namen, sondern auch im Namen meiner ganzen Erzdiözese die evangelischen Brüder und Schwestern dafür um Vergebung zu bitten, wie es Papst Paul VI. zu Beginn der Zweiten Session des letzten Vatikanischen Konzils getan hat.

Die Vergebungsbitte des Andreas Rohracher hat ein weltweites Echo ausgelöst, weil so etwas damals ganz und gar undenkbar war, und Rohracher das aus seiner eigenen Initiative getan hat. Die Optik ist trotzdem schief, denn das Reichsemigrationspatent hat ja Firmian als Staatsoberhaupt erlassen und nicht als Bischof, und Rohracher kann sich ja nicht für einen weltlichen Fürsten entschuldigen, der er nicht mehr war. Also es ist klar, dass Firmian als Staatsoberhaupt gehandelt hat und deshalb als reichsunmittelbarer Fürst souverän war. Er musste den Kaiser nicht fragen, der war im höchsten Maße entsetzt darüber, weil ihm seine ganze mühsam aufgebaute Konstruktion, um die Thronnachfolge für seine Tochter Maria Theresia zu sichern, die so genannte ›Pragmatische Sanktion‹, natürlich größte Opfer abverlangt hat, und er auf das Wohlwollen der evangelischen Kurfürsten angewiesen war, die er sich bemüht hat zu besänftigen und mit Geschenken gnädig zu stimmen. Und jetzt kommt dieser Querschuss daher, der ihm in höchstem Maße ungelegen kam, und er zudem durch seinen Beichtvater, den Jesuitenpater Tönnemann, der die Position Firmians eingenommen hat, natürlich in einen ganz furchtbaren seelischen Zwiespalt getrieben wurde. (Johannes Neuhardt)

Schuld und Sühne und ein Erzbischof mit Doppelprofil: einem weltlichen und einem geistlichen. Niemand damals, niemand im Jahr 1731, hätte solche Unterschiede machen wollen. 7.400 Personen folgten den ersten 3.200 Exulanten bis zum Sommer 1732. Das Vermögen blieb zurück. Die ersten Asylanten, die in jener Silvesternacht in Augsburg ankamen, verfroren, deprimiert, erschöpft, Staatenlose, Menschen ohne bürgerliche Ehrenrechte: Sie stammten aus Wagrein, St. Veit, Gastein und Saalfeld. Kinder unter 15 Jahren mussten nach dem Emigrationspatent zurückbleiben.

Im Februar erfüllte der preußische Hof seine Zusage, die staatenlosen Salzburger im ostpreußischen Litauen anzusiedeln. Friedrich Wilhelm I. unterzeichnete ein Einwanderungspatent. Die Salzburger waren preußische Untertanen.

Tausende von Geschichten, von Einzelheiten könnten erzählt werden: dass die evangelischen Städte in Süddeutschland, dass die Preußen mit Spenden halfen, dass der Augsburger Senior des evangelischen Pfarrkapitels Samuel Urlsperger an einem einzigen Sonntag eine Kollekte von 21.000 Golddukaten einsammelte. Geschichten könnten erzählt werden über die Reisewege nach Preußisch-Litauen, über Cholera, Pest und andere Krankheiten, über Katastrophen, neue Not und landwirtschaftliche Misserfolge ... Hier soll nur eine Geschichte erzählt werden: »Salzburg. Savannah. Ausführliche Nachricht von den Saltzburgischen Emigranten, die sich in America niedergelassen haben«.

Aus dem Reise-Diarium der beyden Prediger Herrn Boltzii und Herrn Gronau, so dieselben Saltzburger von Halle aus bis nach Georgia, auch dieselben noch einige Zeit nach ihrer Ankunft in solchem Land geführt haben.

April 1734
Die Indianer pflegen uns fleissig zu besuchen, weil man ihnen dann und wann etwas zu essen und zu trinken gibt. Sie sagen uns viele Indianische Wörter, wenn man ihnen die Dinge vorzeiget, die man in ihrer Sprache wissen will.

Mai. Den 9ten
Weil wir einen Ort haben müssen, unsere Betstunden und Gottesdienst zu halten, bis die Kirche erbauet worden, so soll von Brettern eine räumliche Hütte an einem gesunden Ort aufgeschlagen, und uns zugleich zur Wohnung gegeben werden, bis unsere beyden Häuser fertig sind. Mit dem Bauen geht es langsam her, weil wir nur einen einzigen Zimmermann bekommen haben, dem die Saltzburger wegen ihrer eigenen Geschäfte jetzt nicht helfen können, indem es hohe Zeit ist, ihren Samen in die Erde zu bringen, wo sie noch dieses Jahr was ernten wollen.

Kurtze Nachricht von Georgia und den dasigen Indianern:
Das Clima ist warm und im Monat Junio, Juli und Augusto heiß, dagegen die Nächte sehr kalt sind. Sonst ist daselbst ein beständiger Frühling und wenngleich zu Winters Zeiten des Morgen ein Reif fället, so schmeltzet doch die Sonne in etlichen Stunden wieder weg, so daß man Winter und Sommer in dem Acker arbeiten kann. Die Einwohner dieses Landes haben sich gegenwärtig keiner Feinde zu erwehren, denn innerhalb 400 Meilen sind sehr wenige Indianische Familien und diese leben in größter Einigkeit mit der Englischen Nation.

Noch ist nicht erzählt, wie die Salzburger in die neue Welt kamen: die ersten 300 Salzburger zu Fuß auf dem Weg von Augsburg über Dinkelsbühl, Markt Steft am Main, rheinabwärts bis Rotterdam, dann per Schiff über Dover, Charleston und Savannah.
1730 hatte der anglikanische Geistliche Dr. Thomas Bray seine dritte Missions- und Siedlungsgesellschaft gegründet. Unter der Leitung des britischen

Generals James Edward Oglethorpe sollte sie mit befristeter Genehmigung des englischen Parlaments einen Landstreifen zwischen den Flüssen Savannah und Altamaha in der südlichsten Kolonie South-Carolina besiedeln. Von Weißen bisher nicht bewohnt, sollten sich zunächst nur verschuldete Engländer dort ansiedeln; schnell entstand die Idee, verfolgten Protestanten aus ganz Europa hier eine neue Heimat anzubieten.

1733 brachte Oglethorpe die 300 ersten Siedler über den Atlantik; nach langen Verhandlungen mit den Yamacraw-Indianern begann er an der Savannah-Mündung den Bau der gleichnamigen Stadt. Den Salzburgern wurde zunächst ein unbrauchbares Territorium angeboten: ein kleiner »creek« nördlich von Savannah. Ein sumpfiger Dschungelstreifen mit subtropischem Klima. Sie nannten ihre erste Stadt Eben-Ezer, Stein der Hilfe. Erst später, östlich gelegen, entstand Neu-Ebenezer, und mit dem besseren Land keimte neue Hoffnung auf.

Aus einem Schreiben von Johann Martin Boltzius, Prediger bei der Saltzburgischen Gemeinde in dem Americanischem Georgien, an seine leibliche Mutter.

6. März 1734

Es ist zwar dis ein Land, wo noch keine Aecker, Weinberge und Gärten, sondern lauter Wälder sind; es wird aber durch Gottes Segen so lange nicht währen, so haben sie das Land von den vielen Büschen und Bäumen gereiniget und zum Fruchttragen geschickt gemacht. Was ihnen an Samen, Vieh und Hausrath fehlet, wird ihnen reichlich geschencket. Der Acker ist sehr locker und leicht zu bearbeiten, daß sie dazu weder Pflug noch Pferde oder Ochsen, wie in Deuztschland nöthig haben. Steine und Berge sind hier gar nicht, sondern ein ebenerdiges feines Land.

Gute Nachrichten für das Alte Europa. Im zweiten Anlauf, im zweiten Jahr. Im neuen Ebenezer. Alt-Eben-Ezer, ein Ort der Tränen.

Es stellte sich schnell heraus, dass nur eine ganz dünne Schicht von Humus, wie sehr häufig im Urwald, über reinen Sandbänken lag, und dass das Land auch sehr schwer erreichbar war, weil dieser Creek eben sehr deutliche Untiefen hatte. Zwei Jahre später wurde Eben-Ezer verlegt an den Savannah-Fluss. Und 20 Meilen flussaufwärts und flussabwärts und landeinwärts siedelten dann die Salzburger.

Aber zunächst wurde eine barocke Gottesstadt planmäßig angelegt: mit Gärten, mit – als erste Gründung – einem Waisenhaus, das wieder errichtet werden soll als eine evangelisch-lutherische Jugendtagungsstätte. Man hat die Pläne und kennt auch noch die Fundamente.

Neu-Ebenezer wurde im amerikanischen Unabhängigkeitskrieg von den englischen und verbündeten Truppen zerstört, so dass dort nur noch die alte Kirche,

Samuel Urlsperger, 1722–1772 Pfarrer von St. Anna, und Jahrzehnte Senior des evangelisch-lutherischen Pfarrkapitels in Augsburg

die Jerusalem-Kirche, die einzige Kirche, die aus der Zeit vor dem Unabhängigkeitskrieg in Georgia stammt, erhalten blieb und in der Umgebung auch relativ viele alte Farmen, die mindestens in ihrer Grundanlage auf die Salzburger zurückgehen.
(Rudolf Freudenberger)

Von einem Kontakt zwischen den Salzburger Familien in Preußisch-Litauen und im amerikanischen Georgia ist nichts bekannt. Die Nachrichten erfolgten vor allem über die in Augsburg verlegten »Ausführlichen Nachrichten« in meist halbjährlicher Erscheinungsweise, herausgegeben von Samuel Urlsperger.
Samuel Urlsperger, der zum »Ehrentrustee« der Salzburger in Georgia ernannt wurde, kam nie nach Amerika, aber ohne ihn wäre die Geschichte des heutigen

Bundesstaats Georgia in den USA anders verlaufen. Urlsperger wurde in Sachen »Salzburger Exulanten« zum Chefinformanten der europäischen Öffentlichkeit durch seine »Ausführlichen Nachrichten«, die mehr als 6.000 Seiten umfassen, und er wurde zur zentralen Anlaufstelle für alle, die noch kamen, und für alle, die Salzburg schon verlassen hatten. Aus diesen Nachrichten wissen wir heute von den ersten Problemen am Ende der Strecke Salzburg-Savannah. Bis 1823 wurden meist halbjährlich »Ausführliche Nachrichten« nach Augsburg gesandt, zu Lebzeiten Urlspergers von ihm zensiert und von Augsburg aus publiziert.
– Die ersten Tage in Savannah.

Ich denke, das Hauptproblem war das Klima und die damit verbundene Malaria, die damals in diesen subtropischen Sumpfgebieten ihr Unwesen trieb und die Menschen niederstreckte. Die beiden Pastoren, die von Halle und Augsburg mitgeschickt worden waren, Boltzius und Gronau, haben es immer als eine wunderbare Fügung Gottes gesehen, dass sie die ›intermittente‹ Form der Malaria bekamen; immer wenn der eine krank darniederlag mit hohem Fieber, war der andere gesund. So war immer einer auf den Beinen; das finden diese bescheidenen und frommen Menschen noch als Gottes Fügung, und ich denke, ihre Schäflein sahen das ähnlich.

Trotzdem war die Kindersterblichkeit, die Sterblichkeit überhaupt, anfangs sehr, sehr hoch und hat das Wachstum doch sehr behindert. Deshalb auch die Gründung des Waisenhauses als erste Gründung überhaupt, die vorbildlich wurde für die ganze englischsprachige Welt. Denn zur selben Zeit lebten in Savannah als Prediger John Wesley und dann als sein Nachfolger George Whitfield, die späteren Gründer des Methodismus, die von den Lutheranern, den pietistischen Lutheranern der Salzburger, lernten, dass die Sorge um die Waisen und die elternlosen Kinder eine der ganz zentralen Sorgen christlicher Gemeinde zu sein hat. Und über den Methodismus hat sich dann diese Gründung von Waisenhäusern und die Sorge um diese elternlosen Kinder als eine Grundstruktur angelsächsischer, protestantischer Frömmigkeit durchgesetzt. (Rudolf Freudenberger)

Nun will ich fort in Gottes Nam.
Alles ist mir genommen.
Doch weiß ich schon: Die Himmelskron
werd ich einmal bekommen.
So geh ich heut von meinem Haus,
die Kinder muß ich lassen.
Mein Gott, das treibt mir Tränen aus,
zu wandern fremde Straßen.

(Aus dem Exulantenlied von Joseph Schaitberger)

So waren die Salzburger nun in der Neuen Welt angekommen. Spenden erreichten sie meist in Form von Naturalien, Arzneien kamen aus Halle und Augsburg, wie der am Lech destillierte »Balm« des Pharmazeuten Johann Caspar Schaur. Und es kamen Geschenke: Kleider, Bücher, Bücher vor allem. Zum Beten und zur Bildung. Und es kamen neue Menschen: Handwerker wurden in den ersten fünf Jahren vor allem gesucht, auch ledige Frauen. Erst 1746 kamen Pfälzer Arbeiter aus Württemberg dazu. Fünf Jahre Arbeit in Georgia zur Finanzierung der Reisekosten: Das war die Rechnungseinheit für den Abschied von Europa und die neue Zukunft jenseits des Atlantiks. Und dann kamen Handwerker aus Ulm. Die Salzburger wussten inzwischen, was sie brauchten und was sie konnten.

Sie haben natürlich ihre Kenntnisse mitgebracht. Erstens: Die Viehzucht: Für den gesamten amerikanischen Süden sind wohl die Salzburger diejenigen, die Milchgewinnung, Fleischgewinnung, Ledergewinnung durch Viehzucht eingeführt haben. Zweitens: Sie waren außerordentlich geschickte Holzarbeiter. Und sie haben diesen unglaublichen Holzreichtum, hauptsächlich durch die Pinienwälder, sehr schnell in Sägewerken verarbeitet, aber auch zu Drechslerarbeiten und all diesen Dingen verwendet. Die alten Salzburger Farmen, ich habe dies persönlich gesehen, verfügen noch über einen wunderbaren Schatz herrlicher, sinnvoller und kunstvoll gemachter Werkzeuge, die bis heute erhalten sind und zum Teil noch benützt werden.

Eine Generation lang versuchte man, in diesem durch Malaria verseuchten und durch das Klima schwer zu bearbeitenden Land ohne Sklaven auszukommen. Das war die Gründungsabsicht. Aber das ließ sich nur eine Generation durchhalten, das wurde in den geistlichen Versammlungen, in den Gottesdiensten, in den Bibelstunden bis hierher nach Augsburg intensiv diskutiert. Es gab auch in St. Anna Diskussionen, ob es einem Christen erlaubt sei, Sklaven zu halten. Man rang sich dann schließlich auf Grund dieser klimatischen Bedingungen durch, ja, es sei erlaubt, allerdings im Gegensatz zu den umliegenden Engländern oder auch Spaniern drängte man immer darauf, dass auch die Sklaven menschliche Seelen, von Gott zu rettende menschliche Seelen sind, d. h. auch Sklaven wurden im christlichen Glauben unterrichtet, wurden getauft und waren Glieder der Gemeinde.

(Rudolf Freudenberger)

Aus einer Kurtzen Nachricht von Georgia und den dasigen Indianern, 1734:
Ein Herr, der viele Schwartze hat, lässet sie ein Handwerck lernen, und die nicht dazu taugen, müssen den Acker bauen. Jeder steckt sich in Schulden, um einen Sklaven zu kaufen, denn ohne dis kann er nicht leben. Weil nun alles mit Negres besetzt ist, die sauer Tag und Nacht, ja sogar den Sonntag, welches erschrecklich, bei kümmerlicher Unterhaltung arbeiten müssen, so muß ein Weisser in diesen

Ländern, wenn er keinen Sklaven kaufen kann, selbst einen Sklaven abgeben und ihm gleich arbeiten. Georgien hat also hierin einen großen Vorzug, daß ein fleissiger Arbeiter unter Gottes Segen hier sein Brot erwerben, und sich bald in den Stand setzen kann, eine eigene Haushaltung anzulegen.

200 Jahre galten die Skizzen, Aquarellzeichnungen und Journaleintragungen von Philipp Georg Friedrich von Reck als verloren; 1736 war er mit Salzburgern nach Georgia gekommen und dokumentierte, was er sah und was die Salzburger entdeckten. 1976 wurde von einem Studenten sein Skizzenbuch in der Königlichen Bibliothek von Kopenhagen wiederentdeckt.

Zshasogsó, eine Art Americanischer Adler, ist vielmehr ein Gayer, dieser Vogel ist auch nicht völlig ausgemalet, die Farbe ist wie am Kopf angefangen. Diese Vögel darf man in Caroline nicht schiessen, weil sie das Aas fressen, welches die Lüfte sehr stinkend und ungesund machen würde, müssen die Indianer das mehrigste Wild der Haut halber schiessen und das Fleisch im Walde liegen lassen.

Der oberste Kriegs Hauptmann der Uchi Indianischen Nation nahmens Kipahalgwa – der Wirbel auf dem Kopf ist etwas mit rother Farbe beschmiert, das Gesicht ist so bemahlet daß schwarze Zeichen in der Schläfe ist, auf der Brust und dem Halse ist gebrannt. Ein Büschel weicher Federn durchs Ohr gezogen an welcher eine Perle hänget. Ein Hemd Camaschen Schue.

Aus einem Schreiben von Johann Martin Boltzius, Prediger bei der Saltzburgischen Gemeinde in dem Americanischen Georgien an seine leibliche Mutter.

März 1734
Und ist gleich die Kost, welche sie aus in dieser Provintz Georgien aufgerichteten Magazin-Haus ein gantz Jahr frei hindurch genießen, von solcher Beschaffenheit, daß sie davon zu ihrer Arbeit so viel Kraft und Stärcke nicht bekommen, als von den Speisen, die sie ehemals in Saltzburg gehabt: so segnet Gott doch alles Essen und Trincken, daß sie gesund sind und ihre Arbeit ordentlich verrichten können. Vielleicht schencket der wunderbare Gott unter anderen nöthigen Lebens-Mitteln den guten Leuten Bier zu verschaffen, welches ihnen bey der harten Arbeit mehr Kraft geben würde als das blosse Wasser.

So kam es, dass die Salzburger und ihre Betreuer die Klimakatastrophe, die Not und den Hunger und die Unfreiheit im Salzburger Bischofsstaat vergessen hatten, und hätten sie Briefe an jene geschrieben, die zurückgeblieben waren, sie wären von ihnen nicht mehr verstanden worden. Salzburg war vor seinem politischen und wirtschaftlichen Ende.

Die Situation war katastrophal, weil man natürlich nicht 10 % der erwerbsfähigen Bevölkerung davonjagen kann, ohne das gesamte Wirtschaftsgefüge durcheinander zu bringen, und die Situation hat sich nur sehr langsam gebessert, eigentlich ganz nie, denn Hieronymus Coloredo, der dann der Letzte war, der 1772 Erzbischof wurde, und finanziell die größten Anstrengungen gemacht hat, die Staatsfinanzen in Ordnung zu bringen, musste einsehen, dass das kleine Erzstift nicht mehr lebensfähig ist. Es war die Uhr abgelaufen, und diese ja wirklich merkwürdigen Früchte an dem vielästigen Baum des Heiligen Römischen Reiches, diese geistlichen Fürstentümer, waren natürlich obsolet. Die Zeit war abgelaufen, auch ohne Napoleon wäre das gekommen. 1797 beim Frieden von Campo Formio hat Napoleon mit dem Kaiser ausgemacht, dass Salzburg liquidiert wird, und es war nur die Frage, ob es Bayern zum Frühstück oder Österreich zum Schmause verzehren werde. Und es kam dann ja konsekutiv in beiden Varianten.

(Johannes Neuhardt)

Salzburg. Savannah. Bis 1823 wurde in der Jerusalem-Kirche in Eben-Ezer deutsch gepredigt, nach den Unabhängigkeitskriegen traten viele zu den Baptisten und Methodisten über. – Erst im 20. Jahrhundert machte sich der US-Bundesstaat Georgia auf die Suche nach den Wurzeln seiner Entstehung. Auf den Ruinen der ersten Stadt Eben-Ezer ist der Neubau eines Retreat Centers, einer Jugendtagungsstätte, geplant. Die bedeutendste Universität in Atlanta sammelt durch ihre Agenten weltweit in den Antiquariaten Dokumente aus den frühen Jahren. Die Pitts-Library verfügt über die größte Sammlung an Reformationsschriften auf der Erde. Mehrere 1.000 Mitglieder zählt die Georgia-Salzburg-Society.

So war das mit der Geschichte der Salzburger, die aus ihrer Heimat vertrieben wurden: Sie sind heute die Urväter in der großen Saga des Südstaats Georgia.

Und manchmal kommen sie, die Amerikaner, zurück nach Europa, zurück nach Augsburg, zurück nach Salzburg und in die Bergtäler, in denen damals schon früh der Schnee lag und Eiseskälte herrschte: in diesem Jahrhundert, in jenen Tagen und in den Seelen der Exulanten.

Wir sind in diesem richtigen Theil der Zeit wieder durch manches hindurchgegangen, wir sind gedruckt worden, aber nicht unterdruckt. Der Herr hat alles wohl gemacht.

Aus dem Americanischen Ackerwerk Gottes oder zuverlässigen Nachrichten über den Zustand der americanischen und von salzpurgischen Emigranten erbauten Pflanzstadt Eben-Ezer.

Ursula Naumann

»Germantown, welches der Teutschen item Brüder Statt bedeutet«
Franz Daniel Pastorius in Pennsylvania

Jedes Thier schont seiner Art
Wolff / Tyger / Löw und Leopard /
Ey wie kommts dann / daß ein Christ /
Wider seines gleichen ist?
Da ihm doch sein Herr gebeut
Liebe / Fried und Einigkeit.

Um 1700 setzte die erste große Auswanderungswelle aus den deutschen Ländern nach Nordamerika ein, bedingt durch wirtschaftliche Not, konfessionelle Verfolgung und Kriege. Der Raub- und Plünderungskrieg, den Ludwig XIV. – der »Sonnenkönig« – in der Pfalz führte, trieb Tausende von Pfälzern in die »Neue Welt«. Den Löwenanteil der Emigranten bekam eine damals noch ganz junge Kolonie, die Toleranz versprach und Frieden verhieß. Ihr Gründungsvater hatte sie in Analogie zu Transsylvania und zum eigenen Ruhm Pennsylvania genannt, also »Penns Wälder«.

1681 ließ William Penn etwa 150 km vom Atlantischen Ozean entfernt zwischen den Flüssen Delaware und Schuylkill die Hauptstadt seines Landes etablieren, die er programmatisch Philadelphia nannte, das heißt Bruderliebe. Zwei Jahre später kam ein fränkischer Advokat nach Pennsylvania, der entschlossen war, es Penn nachzutun.

Von denen angehenden Städten in diesem Lande:

Der Gouverneur William Penn hat die Stadt Philadelphiam zwischen beeden Wasser-Ströhmen de la Ware und Scolkis angelegt / und ihr diesen Nahmen gegeben / als wann dero Inwohnere in lauter brüderlicher Liebe ihr Leben darinnen führen solten.

Das Wasser bey der Stadt ist tieff genug / daß die grosse Schiffe biß an die Banck ohngefehr einen Steinwurff von der Stadt anfahren können.

Eine andere Englische Societät hat die neue Stadt Franckfurt / anderthalb Stunden weit von Philadelphia aufgebauet ...

Neu Castle ligt 40 englische Meil-Wegs von der See / an dem de la Ware-Strom / und hat einen guten Hafen. Die Stadt Upland ligt 20 englische Meilen von Castle aufwärths des Flusses / und wird meistens von Schweden bewohnet.

Den 24. Octobr. 1683 habe ich Franciscus Daniel Pastorius auf Gutbefinden unsers Gouverneurs ... eine neue Stadt Namens Germantown oder Germanopolim zwo Stund Wegs von Philadelphia angelegt.

Das Wörterbuch war mit Pastorius verbündet, denn »germanus« – deutsch ist auch das lateinische Wort für Bruder und Germantown damit ein deutsches Philadelphia.

Den Ort nennten wir Germantown, welches der Teutschen item Brüder Statt bedeutet.

Franz Daniel Pastorius aus Sommerhausen am Main ist als »Erbauer« der ersten deutschen Siedlung in Nordamerika, die von Dauer war, in die Geschichte eingegangen, deshalb, weil er sich dazu erklärte, weil es niemanden gab, der ihm diesen Anspruch streitig machte und weil sein Vater Melchior Adam Pastorius ihn in die Öffentlichkeit trug. 1692 ließ er »*Francisci Danieli Pastorii / Sommerhusani Franci / Kurtze Geographische Beschreibung / der letztmahls erfundenen Americanischen Landschafft Pensylvania*« als Anhang zu einem eigenen Werk, seiner »*Kurtze Beschreibung Der H. R. Reichs Stadt Windsheim*«, drucken, acht Jahre später publizierte er die erweiterte Fassung dieser Schrift:

Umständliche Geographische Beschreibung / Der zu allerletzt erfundenen Provintz Pensylvaniæ / In denen EndGräntzen Americæ / In der West-Welt gelegen / Durch Franciscum Danielem Pastorium, / J. u. Lic. und Friedens-Richtern daselbsten. / Worbey angehencket sind einige notable Begebenheiten / und Bericht-Schreiben an dessen Herrn Vattern / Melchiorem Adamum Pastorium / Und andere gute Freunde.

Der familiengeschichtliche Mythos von Vater und Sohn Pastorius soll nicht zerstört werden; es ist unbestreitbar, dass Franz Daniel bei der Etablierung von Germantown eine wichtige Rolle gespielt hat. Die Materialien, die das belegen, hat 1908 der amerikanische Historiker Marion Dexter Learned in seinem pietätvollen *Life of Francis Daniel Pastorius* ausgebreitet, einem jener spröden, aber unschätzbaren positivistischen Werke, die die Auswertung der Quellen dem Leser überlassen und so seine schöpferische Fantasie stimulieren.

Auf den ersten Blick zeigen sie einen unauffälligen, durchschnittlich begabten, pflichtbewussten, frommen Menschen. William Penn charakterisierte Pastorius als *Vir sobrius, probus, prudens & pius*, also als mäßig und nüchtern, rechtschaffen, verständig und gottesfürchtig, so, wie man sich etwa einen guten Verwaltungsbeamten vorstellt; Pastorius selbst klassifizierte sich nach der aus der Antike überkommenen Temperamentenlehre als gemischt melancholisch cholerisch, entfaltete aber nur die melancholische Seite seines Wesens: *milde, zur Mäßigkeit und Einsamkeit geneigt, fleißig, voller Zweifel, schüchtern, ängstlich, nachdenklich, beständig und wahrhaftig in seinen Handlungen, von langsamer Auffassungsgabe und vergeßlich, wenn man ihm Unrecht tut / erinnert er's nicht gut.*

Doch in diesem schwermütigen und braven Menschen steckt eine Romanfigur, einer jener obsessionellen Sonderlinge, wie sie W. G. Sebald in seinen biographischen Texten beschreibt. Jedenfalls in einer Hinsicht ist Pastorius ganz unmäßig gewesen: Seine Schreib- und Sammelmanie erscheint exzessiv, selbst in einer Zeit – dem Barock –, in der das Sammeln und das Anlegen von Schätzen, Schatztruhen und Schatzkammern aller Art so etwas wie kollektiver Trieb war. *Tag und Nacht, beim Lichte der Sonne und der flackernden Specklampe, handhabte er seine geschäftige Feder, um alle eigenen und fremden guten Gedanken … niederzuschreiben,* bewundert ihn Dexter Learned, der meint, dass Pastorius als Moralist in der amerikanischen Geschichte möglicherweise nicht seinesgleichen habe. Nach rein quantitativen Kriterien könnte das sogar stimmen.

Als er Anfang 1720 starb, hinterließ er neben einigen gedruckten Werken *an handschriftlichem Material einen Folianten, 14 Quartanten, 22 Oktav- und 6 Duodezbände, die alle mit kleiner Schrift beschrieben sind.* Ihren Inhalt nennt die Allgemeine Deutsche Biographie *meist gemeinnützig,* eine treffende Charakteristik seiner Florilegien, Anthologien, Sammlungen von »Loci communes«, Gemeinplätzen, in denen er, pedantisch ordentlich und behaglich verschwätzt, zusammentrug, was ihm merkens- und bewahrenswert schien: Sprichworte, geistreiche Sentenzen, fromme und weise Gedanken, nützliches Wissen, Genealogien, mehrsprachige Wörterverzeichnisse.

»Bienenstock« nannte er die umfangreichste dieser Schriften, wie er stolz sagte, *eine Enzyklopädie alles dessen, was man wissen kann:*

Besser bringt man Honigseim
Immen-gleich von fernen heim,
Als dass man nach art der Spinnen
Selbst was giftigs solt ersinnen.

Nun könnte man natürlich »selbst« auch Heilsames ersinnen, aber das war Pastorius nicht gegeben, und er hat diesen Mangel bienenfleißig kompensiert, um den gesammelten Honig der Weisheit dann seinen Söhnen als Schatz hinterlassen zu können.

Mein Wunsch, mein letzter Wille und mein Testament ist, daß meine zwei Söhne John Samuel und Henry Pastorius besagten Bienenstock zusammen mit meinen übrigen Schriften, die auf Seite 386 erwähnt sind, bekommen und behalten und daß sie sich um nichts in der Welt davon trennen sollen. Denn der Preis der Weisheit ist höher als der von Rubinen und kann an Wert nicht mit kostbarem Onyx oder Saphir verglichen werden. Und Verstand ist Gold und Silber bei weitem vorzuziehen.

Dieser Schatz handlich abgepackter Weisheiten war zur Anwendung für alle Lebenslagen durch Indices erschlossen, Pastorius liebte Indices und Inventare und Statistiken und Gliederungen; sie waren sein Ariadnefaden durch das Labyrinth der Welt-Enzyklopädie.

Die Welt-Kugel zertheile ich in vier Theile ... [Die drei Teile der alten Welt – Europa, Asien, Afrika – und viertens], *America oder so genannte neue Welt, welche A. Ch. 1492. von Christophoro Colombo eines – und andern theils von Vesputio Americo erfunden / und von diesem letzten America benamset worden. Sie ligt von Europa gegen Niedergang oder Westen / und ist das grösseste Theil der Welt-Kugel / ja fast so groß als die gantze alte Welt / Europa / Asia und Africa zusammen.*

Die Sehnsucht nach einfachen, klaren, unzweifelhaften Wahrheiten ist vielleicht der stärkste Trieb des Franz Daniel Pastorius gewesen, und er war damit wohl repräsentativ für die Generation derer, die wie er nach dem Ende des Dreißigjährigen Krieges in eine ruinierte Welt hinein geboren wurden und nicht noch einmal erleben wollten, was ihre Eltern und Großeltern durchgemacht hatten.

Martin Pastorius, Franz Daniels Großvater, war katholischer Konfession gewesen. Er bekleidete eine ehrenvolle und gut bezahlte Stelle als Jurist in den Diensten des Mainzer Fürstbischofs und lebte mit seiner vielköpfigen Familie in der kurmainzischen Enklave Erfurt, als 1629 Soldaten des schwedischen Königs Gustav Adolf in die Stadt kamen. Sie wurden in Klöstern und den Häusern der Katholiken einquartiert, plünderten sie aus und brannten die meisten schließlich nieder, so auch das Haus von Martin Pastorius.

Wir Kinder aber wurden von denen Soldaten mit blossen Degen verjagt, so Melchior Pastorius, der jüngste Sohn des Martin Pastorius, der damals fünf Jahre alt war. Martin Pastorius reiste sofort nach Mainz ab, um seinem Kurfürsten von der Zerstörung zu berichten und um finanzielle Hilfe zu bitten, fiel aber unterwegs wieder in die Hände schwedischer Soldaten, die ihn nackt auszogen und *mit Schlägen dermassen tractirt*, dass er wenige Wochen danach an den Folgen der Misshandlungen starb.

Nach solchem erlittenen Grundsturtze und eingebüßten Vatter / wurden wir Kinder durch die betrübte und ruinierte Wittib kümmerlich aufferzogen. Mein Bruder Augustinus war der glückseligste unter uns, dann er allschon auf die Schul zu Mayntz verschicket war.

Nach dem Besuch der Erfurter Jesuitenschule reiste Melchior Adam mit Hilfe von Verwandten und Gönnern zum Theologiestudium nach Rom, wo sein Bruder Augustin mittlerweile als »Protonotarius Apostolicus« des Mainzer Kurfürsten residierte, doch merkte er bald, dass er zum geistlichen Stand keine Neigung hatte – *diese Weise zu leben, war gantz wider meine Natur* – und wechselte zur Jurisprudenz. Nach vierjährigem, von längeren Reisen unterbrochenem Aufenthalt in Rom nahm er sich zur Heimfahrt durch Frankreich, die Schweiz, Südwestdeutschland, Tirol noch einmal etwa ein Jahr Zeit. Die Eindrücke und Erlebnisse dieser Studien- und Reisezeit hat er später in einem kulturgeschichtlich interessanten und kurzweiligen, leider nur in Auszügen gedruckten *Itinerarium* geschildert.

Von Ancona aus reisete ich ... gen Loreto, welches kleine Stättlein nur ein Thor hat, und alle Innwohner entweder Würthe oder Rosenkrantz Krämer, der Überrest eitel Mönche und Pfaffen sind. Es ist in disem Stättlein nur eine eintzige sehr große Kirche, in deren Mitte das heilige Häuslein der Jungfrau Mariae ... denckwürdig zu sehen ist, und solle von denen Engeln aus der Statt Nazareth übers Meer dahingetragen worden sein, nach welchem Häuslen oder Capellen täglich aus aller Welt viel Wallfahrts-Leute und Pilgram ankommen.

Dass er später mit dieser ihm immer zweifelhafter werdenden katholischen Wunderwelt brach, erklärt Melchior Adam mit den Lebensgefahren, in die er auf der Reise geraten war, vor allem in dem von Bürgerkrieg, Aufruhr und Hungersnöten zerrütteten Frankreich. Ein Hofmeister, der mit ihm einige Tage das Quartier geteilt hatte, wurde vor seinen Augen erschossen, als er das abgesperrte Paris verlassen wollte.

Dieses tragödische Spectacul an meinem Schlaffgesellen / und die Recordatio derer gefährlichen Begebenheiten auff der Reise lehreten mich in meinem Zimmerlein stille sitzen / und der Welt Eitelkeiten in etwas zu Gemüte ziehen / darbey meine Conscientz zu erforschen / wie diese gegen dem lieben Gott bestehe / und uff was Weise meine arme Seele von ewiger Verdammnuß möchte gerettet werden ... Verfügte mich also zu Paris zu einem alten Reformirten Prediger, und bate ihn sehr, ob er mir nicht von der eintzigen quaestion und dubi helfen könte, ob eine Christliche Religion und Kirche Gottes ohne den Pabst, und ohne sichtbares Kirchen Haubt bestehen könte?

Heimgekehrt, findet Melchior Adam Pastorius durch Empfehlung des Würzburger Fürstbischofs Johann Philipp von Schönborn eine Stelle als Jurist beim Grafen Georg Friedrich von Limpurg in Sommerhausen am Main und konvertiert Weihnachten 1649 zum evangelischen Glauben seines Gönners. Einen Monat später heiratet der Fünfundzwanzigjährige die zweifach verwitwete, um 17 Jahre ältere Magdalena geborene Dietz aus Nordheim, die in ihren beiden Ehen schon sieben Kinder geboren hat. – Am 26. September 1651, früh zwischen 1 und 2 Uhr, gebar sie ein letztes Kind und Melchior Adams ersten Sohn, der am folgenden Tag nach seinen Paten getauft wurde, dem jungen (erst zwölfjährigen) Grafen Franz von Limpurg und dem Segnitzer Juristen Daniel Gering.

Franz Daniel Pastorius war gerade sechseinhalb Jahre alt, als seine Mutter starb, und er wusste später von ihr nur zu erzählen, dass sie fromm und heilkundig gewesen sei und den Armen und Kranken auch mit Arzneien aus ihrer eigenen kleinen Apotheke geholfen habe, vielleicht der Ursprung seiner eigenen medizinischen Interessen. Melchior Adam schrieb zum Tod seiner *liebsten Hausfrau* ein Gedicht und ließ ihre Trauerrede drucken, was als Liebesbeweis gelten kann.

Ein Jahr später, 1658, heiratete er wieder, *nachdeme es sein Zuestand nicht leyden wolte mit seinem Söhnlein Francisco Daniele in die Länge In Sommerhausen zu verharren*. Offenbar hatte sich Melchior Adam aus der mit Erniedrigungen und Kränkungen verbundenen Abhängigkeit von adligen Gönnern befreien wollen und eine Frau gesucht und gefunden, die ihm bei diesem Ziel behilflich sein konnte. Eva Maria Gelchsheimer war die Tochter eines bei der fränkischen Reichsstadt Windsheim als »Rechtskonsulent« angestellten Advokaten, der zum Zeitpunkt der Eheschließung wohl schon schwer krank war. Als er 1659 starb, wurde Melchior Adam verabredungsgemäß zu seinem Nachfolger gewählt. Zu diesem Zeitpunkt wohnte er bereits mit Frau und Sohn in Windsheim, wo er bis 1699 blieb. Die letzten drei Jahre bis zu seinem Tod im Jahr 1702 hat er dann bei Nürnberg gelebt.

In seinen fast vierzig Windsheimer Jahren gehörte er zur politischen Führungsschicht der Stadt und bekleidete zahlreiche Ämter und Pflegschaften, war Bürgermeister, Oberrichter, Stadthauptmann, Steuereinnehmer, Bauherr, Wassergraf (der für die Mühlen verantwortlich war), Scholarch mit Aufsichtsrecht über die Lateinschule. Daneben schriftstellerte er, kompilierte »Schatzkammern« und Bücher mit »Loci Communes«, wie später sein Sohn, verfasste historische Werke, unter anderm zur fränkischen Lokalgeschichte, ersann für Verwandte, Freunde und Bekannte Gedichte mit anagrammatischen Namensspielereien, schrieb geistliche, weltverneinende Lieder auf die Sonntage des Kirchenjahres und weltfromme Gedichte auf die Jahreszeiten, die Monate, die Elemente, auf Fische und Wasser und Wälder und Bäume und Hecken und Sträucher und Täler und Wüsten, sein *irdisches Vergnügen in Gott*. Es sind die Gelegenheitsdichtungen eines Dilettanten, keine großen Kunstwerke, aber lebendige, gefühlte Selbstzeugnisse einer starken und gewinnenden Persönlichkeit.

Mein guter und sehr geliebter Vater war von gesetztem, gelassenen Äußeren, frei von Stolz und Affektation, höflich und leutselig selbst zu den Ärmsten, heiter, sanft und angenehm in seinen Unterhaltungen, bestrebt, auch beim Geringsten einer Gesellschaft keinen Anstoß zu erregen, ein Mann von ausgezeichneter Bildung und mehreren Sprachen, der lateinisch, italienisch und französisch wie seine eigene Muttersprache beherrschte, mit einer Neigung zur Poesie, von schneller Auffassungsgabe, gesunder Urteilsfähigkeit, nicht leicht zu provozieren, ein Mann, der die reine Religion und mystische Theologie liebte und Priesterkünste und Formelwesen haßte; in seiner Schriftstellerei bei Kerzenlicht fast unermüdlich und als Anwalt so tüchtig, wie man es sein muß und dennoch nicht habsüchtig und von fleckenlosem Ruf, der beim Adel und andern hochgestellten Persönlichkeiten in hohem Ansehen stand.

Franz Daniel Pastorius hat später einmal bis auf den Tag genau ausgerechnet, wie viel Lebenszeit er an welchen Orten verbracht hatte. In Sommerhausen, seinem Geburtsort, war er sechs Jahre, vier Monate und zwei Tage, danach zu Windsheim zwölf Jahre, sechs Monate und sieben Tage. In dem von massiven Befestigungsanlagen aus Mauern und Graben und Wällen und Wehrtürmen umschlossenen Städtchen lebten ungefähr 3.000 Einwohner, die meisten von ihnen Handwerker. Sie wurden durch einen fünfundzwanzigköpfigen Magistrat meist akademisch gebildeter, wohlhabender Bürger regiert, die aus immer wieder denselben Familien kamen und sich die Posten und Ehrenämter hin- und herschoben. Für den Honoratiorensohn Franz Daniel schien der Lebensweg durch den Vater geebnet und vorgezeichnet. Zunächst besuchte er das Windsheimer Gymnasium, eine Lateinschule wie alle höheren Schulen damals; seinem aus Ungarn stammenden Rektor Tobias Schumberg, der ihn zu einem tüchtigen Lateiner bildete, hat er später eine lateinische Epistel über die Eitelkeit alles Irdischen – und eine religionshistorische Kompilation gewidmet:
Vier kleine / Doch ungemeine / Und sehr nutzliche Tractätlein /
  1. Von aller Heiligen Lebens-Übung
  2. Von aller Päpste Gesetz-Einführung
  3. Von der Concilien Stritt-Sopirung.
  4. Von denen Bischöffen und Patriarchen zu Constantinopel.
Zum Grunde / Der künfftighin noch ferner darauf / zu bauen Vorhabender Warheit praemittiret, / Durch Franciscum Danielum Pastoriun J. U. L.
  Aus der / in Pensylvania neulichst von mir in Grund angelegten / und nun mit gutem Success aufgehenden Stadt Germanopoli.
  Anno Christi M. DC. XC.
1668 wurde er als Jurastudent in Altdorf bei Nürnberg immatrikuliert, wechselte an die Universität Straßburg – *zu Straßburg 2 Jahre, 4 Monate* –, wo er fleißig französisch lernte, dann nach Basel, zurück nach Straßburg, ein zweites Mal nach Altdorf, nach Jena – *zu Jena 1 Monat und 3 Tage.* Im August 1674 ging er für acht Monate und einen Tag nach Regensburg, den Sitz des Reichsgerichtshofes, um dort seine Kenntnisse im »Jure publico«, im öffentlichen Recht, zu verbessern, und machte schließlich Examen in Altdorf, wo er 1676 promoviert wurde.

Alles programmgemäß, wie es scheint, doch die von einigen längeren Heimaturlauben unterbrochene, ungewöhnlich lange Studiendauer von rund acht Jahren und der unstet wirkende Wechsel der Studienorte lassen wohl schon auf Unzufriedenheit mit dem gewählten Fach schließen. Der katastrophale Zustand der damaligen Rechtswissenschaft, ein Flickenteppich aus verschiedenen Rechtssystemen und ein Wust von einander oft widersprechenden Gesetzen, bot dafür reichlich Grund, aber Pastorius wäre auch mit einer reformierten Jurisprudenz nicht glücklich geworden. Diese Unzufriedenheit verschärfte sich während der zweieinhalb Jahre, die er in Windsheim als Advokat praktizierte, was auch hieß, dass er sich seiner Klientel, dem fränkischen Landadel, auf erniedrigende Weise andienen musste. Damals gewann er die Überzeugung, Juristerei sei nichts als eine Kunst, die Hader zwischen Brüdern anrichtet, *welches Dem Herrn ein Greuel ist*; seinem kleinen Halbbruder Johann Samuel riet er von der Wahl dieses Studiums dringend ab. Von jedem Studium oder *scholastischem Grillisieren* riet er ihm dringend ab:

Betaure ich solchem nach meinen lieben Brudern Joannem Samuelem / wann er zu Hause von seinen lieben Eltern und Praeceptore domestico die Pietät und Gottesfurcht erlernet hat / solche hernach uff Universitäten wieder verlieren / und mit äusserster Seelen-Gefahr so viel Unnützes erfahren solte / und wolte ich ihme viel lieber hertz brüderlich einrathen / daß er ein ihme anständiges, leicht begreiffliches Handwerck erlernet / bey deme er Gott und dem NebenChristen dienen möchte.

1679 wurde ein Mann als Pfarrer und Superintendent nach Windsheim berufen, der seiner Unzufriedenheit einen höheren Sinn und seinem Leben eine andere Richtung gab. Johann Heinrich Horb, der an der Universität Straßburg Theologie gelehrt hatte, als Pastorius dort studierte, war ein Anhänger der von seinem Schwager Philipp Jakob Spener initiierten pietistischen Bewegung und scheint beide Pastorius, Vater und Sohn, schnell für seine Botschaft gewonnen zu haben: völlige Unterwerfung unter den Willen Gottes, Verinnerlichung des Glaubens, die Herzensfrömmigkeit wahrer Gottesliebe als Heilsweg, scharf abgesetzt von den verderblichen Irrwegen katholischer Werkfrömmigkeit, theologischer Dogmen- und Buchstabengläubigkeit und der Gottvergessenheit der Weltchristen. Man lebt im ernsten, zerquälten Bewusstsein der eigenen Sündhaftigkeit und hält sich als Bekehrter für auserwählt, misstraut akademischer Gelehrsamkeit und hält so ungefähr alles, was Spaß macht, für Sünde. Das Wort Freude ist nur mit dem Adjektiv »christlich« zulässig. Kompensatorische Gratifikationen, sozialkritische Impulse und Ressentiments, die hinter diesen Glaubens- und Lebensregeln stehen – Zugehörigkeit zu einer religiösen Elite, Kritik an der Amtskirche, dem akademischen Establishment, der Überschätzung intellektueller Bildung, dem ausbeuterischen Luxusleben der Reichen –, verschafften dem Pietismus eine breite Anhängerschaft, besonders in der Handwerkerschaft, aber auch in den oberen Schichten, man denke nur an den Grafen Nikolaus Ludwig von Zinzendorf, den Gründer der Herrenhuter Brudergemeinde.

Horb überredet Franz Daniel Pastorius zum Umzug nach Frankfurt, dem Wohnort Speners, und gibt ihm einführende Empfehlungsschreiben mit. Pastorius nimmt an den Zusammenkünften der Pietisten im Saalhof teil und logiert bei einem Glaubensbruder. Zunächst arbeitet er weiter in seinem ungeliebten Beruf als Advokat und hält nebenbei juristische Kollege für Frankfurter Patriziersöhne, bis ihm 1680 Spener selbst – *Dr. Spener, dieser tüchtige Patriarch* – durch seine Empfehlung zu einer Stelle als Hofmeister und Reisebegleiter bei einem jungen Adligen, Bonaventura von Bodeck, verhilft, der die obligatorische Bildungsreise, die »Große Tour«, zu absolvieren hatte. Die zwei Jahre, vier Monate und drei Tage dauernde »Bodecksche Reise« führte Pastorius und seinen Schutzbefohlenen durch Holland, England, Frankreich und die Schweiz.

Von seinem Reisetagebuch sind nur einige Auszüge überliefert, die in programmatischem Gegensatz zur touristischen Augenlust des väterlichen Itinerariums stehen. Franz Daniel beschrieb keine Sehenswürdigkeiten, er verwandelte die Welt in eine Emblemata-Enzyklopädie, in eine Sammlung von Inschriften:

Inschriften von 1. Sonnenuhren, 2. Uhren und Glocken. 3. Altaren, Orgeln usw. 4. Klostern, Zellen. 5. Krankenhäusern usw. 6. Schulen. 7. Büchereien. 8. Senatshäuser und Zunfthallen ... Gefängnissen, Waffenmagazinen, Kriegsgeräte, Schatzkammern, Börsen, Paläste, Tanzplätze, Marktplätze, Gärten, Brücken, Brunnen, Statuen, Schiffe, Denkmäler, Fenster-Schriften, Stammbucheintragungen.

Diese Inschriften waren offenbar das einzig Wertvolle und Bewahrenswerte, was Pastorius mit nach Hause brachte. Was er sonst hatte finden wollen, nämlich *wo und bey welchen Menschen und Nationen doch einige Devotion, Liebe / Erkänntnuß und Forcht Gottes anzutreffen und zu erlernen seyn möchte,* fand er nicht, nur in Cambridge traf er ein paar ernste, gottesfürchtige Männer, im Übrigen eitle Weltweisheit auf Universitäten und Akademien, der unnützen Welt-Eitelkeit ergebene adlige Touristen aus Deutschland, die fremde, französische Sitten und kostspielige Gebräuche nachahmten:

Maul- und Namen-Christen / die mit Welt-Witz aufgeblasen umher gehen / und Fleisches-Lust, Augen-Lust / und hoffartiges Wesen (des Teufels Trifolium) liebhaben ... Wer von des heiligen Augustini, Tauleri, Arndii und anderer Gottes-gelehrten Männer Schrifften ... reden will / der muß für einen Pietisten / Sectirer und Ketzer ausgeschryen werden ...

Derowegen setzte ich mich nach Endigung meines Tours in mein Cabinet in eine kurtze Retirade, und revozirte mir in mein Gedächtnuß alles daß / was bißhero dieses Welt-Theatrum mir vor die Augen gestellet hatte / und konte in keinem Dinge eine beständige Vergnüglichkeit finden / desperirte auch / daß in meinem Vatterlande / und gantz Teutschland einiger Ort für kunfftige würde gefunden werden ... in welchem man die reine Liebe zu GOTT aus gantzem Hertzen / aus gantzem Gemüte / und aus allen Kräfften antretten / auch den Nächsten lieben würde wie sich selbsten.

Gedachte also bey mir / ob es nicht besser wäre / daß ich die von dem höchsten Geber / und Vatter des Liechtes mir aus Gnaden geschenckte Wissenschaft zum guten denen neu-gefundenen Americanischen Völckern in Pensylvanien vortragen / und dieselbe hiedurch die wahre Erkäntnuß der heiligen Dreyfaltigkeit / und des wahren Christenthums theilhafftig machen thäte.

Eine Szene, die ihm der Vater im genauen Wortsinn vorgeschrieben hatte: So wie Melchior Adam durch seine Reiseerfahrungen zur Einkehr und zum Konfessionswechsel getrieben worden war, so kam Franz Daniel Pastorius am Ende seiner großen Tour zu dem noch weit dramatischeren Entschluss, die alte verderbte Welt Europas zu verlassen und nach Amerika auszuwandern, um dort Heiden zu bekehren. Es fügte sich freilich glücklich, dass sein Ziel gleichsam auf ihn wartete, als er im November 1682 mit seinem Zögling heil und gesund wieder in Frankfurt eintraf. Im Kreise seiner Glaubensbrüder und -schwestern nämlich wurden gerade Auswanderungspläne nach Pennsylvania diskutiert.

Auch die religiöse Gemeinschaft der Quäker, die sich selbst »Gesellschaft der Freunde« nennen, misstraute weltlichen Freuden und weltlicher Gelehrsamkeit: Was Not tut, ist das »innere Licht« der Christusnähe. William Penn nannte Universitäten *Orte der Faulheit, Sittenlosigkeit, Weltlichkeit, Verschwendungssucht und grober Unwissenheit.* Er wurde 1644 in London geboren, war also fünf Jahre älter als Franz Daniel Pastorius und aus bestem Hause, der Sohn eines Admirals, der dem englischen Königshaus zur Zeit der cromwellschen Revolution wichtige Dienste geleistet hatte. Dafür wurde er mit Titeln und Ehrenämtern belohnt, als 1660 mit der Thronbesteigung von Charles II. das Königtum und die Staatskirche wieder hergestellt wurden. Die »Dissenters«, also die Andersgläubigen, die Nonkonformisten, wurden unterdrückt und verfolgt. Die Quäker waren den Autoritäten besonders zuwider, da sie vor keinem Menschen den Hut abnahmen, keine Waffendienste leisteten und Eide verweigerten. Ausgerechnet ihnen schloss sich William Penn an, sehr zum Unwillen seines Vaters, und machte sich zu ihrem Anwalt. In zahlreichen Schriften trat er für Religionsfreiheit und Gleichberechtigung der Konfessionen ein, predigte in den Straßen Londons, erzwang damit bahnbrechende Prozesse und saß für seine Überzeugung im Tower ein. Mehrmals unternahm er Missionsreisen nach Holland und Deutschland, 1677 kam er auch nach Frankfurt.

Mit dem Plan einer Quäkeransiedlung in Nord-Amerika trugen er und seine Gesinnungsgenossen sich schon Jahre, bevor Penn 1680 die Regierung darum ersuchte, ihm gegen eine vom Vater ererbte hohe Schuldforderung an den englischen Staat Land in Nordamerika zuzuteilen. Er hatte Erfolg: Der König wies ihm und seinen Erben gegen eine jährliche symbolische Pachtleistung von zwei Biberfellen ein Gebiet nördlich von Maryland zu und gewährte ihm fast unumschränkte Hoheitsrechte. Die Bestätigungsurkunde ist auf den 4. März 1681 datiert. *Den 2. April wurden von gedachten Könige Carolo II. alle bereits in dieser Landschafft befindliche Inwohner und Pflantzer durch ein schrifftliches Mandat an den William Penn als völligen Eigenthums-Herren und Regenten zu schuldigen Gehorsam angewiesen.*

Mit einem Federzug ist Penn Herr über ein Gebiet von über 100.000 Quadratkilometern, einige Hundert europäischer Auswanderer und Tausende von Indianern, denen er Land abkauft, um sie von den Siedlungsgebieten der Weißen fern zu halten und Konflikte und Kämpfe zu vermeiden:

Dieser kluge und gottesförchtige Regent ... hat dieses Erbtheil der Heiden nicht so bloß umsonst annehmen wollen, sondern hat die natürliche Inwohner und ihr vorgesetzte Könige beschencket und begütiget / so dann ein Stück Landes nach dem andern abgekauffet / so daß sie immer je weiter in die Wildnuß hineingewichen.

Im November 1682 kommt Penn in Pennsylvania an, entwirft die zukünftige Regierungsform (ein »Council« und eine »Assembly« gewählter Repräsentanten und über allem er selbst, der Gouverneur) und erlässt Gesetze, deren erstes und wichtigstes verspricht, dass *umb des Glaubens willen niemand incommodiret / sondern die Gewissens-Freyheit allen Landes-Inwohnern gelassen werde / daß jede Nation Kirchen und Schulen bauen und bestellen möge nach Wolgefallen.* Durch andere Gesetze verordnet er einen christlichen Lebenswandel und belegt *Fluchen / Gottslästern / Mißbrauchung Göttlichen Nahmens, Zancken / Betriegen / Vollsauffen* mit der Strafe des Halseisens. In Europa ist eine Werbekampagne um Investitionen und möglichst wohlhabende Siedler angelaufen. Penn kündigt an, dass er vorhabe, Land in *ewiger Erbpacht als jährlich von jedem 100 Acker einen englischen Schilling* zu verkaufen, schickt Agenten nach Holland und Frankreich und veröffentlicht als Werbeschrift für die neue Provinz eine Beschreibung Pennsylvanias und seiner künftigen Gesetzgebung *nachbarlicher Liebe und nüchternen Lebens.*

Im Winter 1682/83 schließen sich in Frankfurt einige pietistisch gesinnte Kaufleute aus verschiedenen Städten zu einer »Teutschen Compagnie« zusammen, einer Gemeinschaft von Investoren, die Land in Pennsylvania kaufen und vorerst verpachten will, einige tragen sich für später auch mit Auswanderungsplänen. Pastorius tritt der »Compagnie« bei und wird zum Bevollmächtigten der Gesellschaft ernannt, die ihm, dem einzigen, der schon fest zur Auswanderung entschlossen ist, die Verwaltung ihrer Güter, Ländereien und Rechte in Pennsylvania überträgt. Am 2. April 1683 verlässt er Frankfurt. Über Krefeld, wo er mit einigen kurz vor der Auswanderung stehenden Familien Kontakt aufnimmt, und Rotterdam, wo er mit einem Agenten Penns zusammentrifft, reist er nach London und schließt dort einen Land-Kaufvertrag für die Compagnie ab. Dann schifft er sich nach Amerika ein – und so hieß auch sein Schiff, ein Amerika en miniature, das am 10. Juni von Deal aus in See stach:

Da war ein D. Medicinæ mit seinem Weib und 8 Kindern / ein Französis. Capitain, ein Niederteutscher Kuchenbecker / ein Apothecker / Glaßblaser / Maurer, Schmidt, Wagner, Schreiner, Küfer, Hutmacher, Schuster, Schneider, Gärtner, Bauern, Näherinnen etc. ... Solche nun sind nicht nur ihrem Alter (massen unsere älteste Frau 60. Jahr / das jüngste Kind aber nur 12 Wochen alt waren) und nunerwehnten Handthierung nach unterschieden / sondern auch so differenten Religionen und Wandels / daß ich die Schiff / welche sie anhero tragen / nicht unfüglich mit der Archen Noä vergleichen könte / wofern nicht mehr unreine / als reine (vernünfftige Thier) darinnen befindlich.

Nach neunwöchiger Reise, am 18. August, fuhren sie in die Bucht von Delaware ein, und von dort segelte das Schiff noch einmal zwei Tage langsam den Flusslauf hinauf, durch endlose Wälder und vorbei an den wenigen europäischen Siedlungen bis nach Philadelphia, *allwo ich von dem Gouverneur William Penn mit Liebevoller Freundlichkeit empfangen wurde ... auch lässet mich nun der Herr Gouverneur zum öffteren an seine Tafel beruffen / und seiner erbaulichen Discursen genießen.*

In den Tagen und Wochen nach seiner Ankunft war der Umgang mit Penn für Pastorius allerdings kaum sehr erbaulich. Penn hatte sehr genaue Vorstellungen davon, wie viel Land er wo an wen vergeben wollte – für reiche »Gentlemen« waren die besten Lagen am Fluss und im Herzen der Stadt reserviert –, und er wollte sich an die mit der »Deutschen Compagnie« getroffenen Vereinbarungen nicht halten. Schließlich machte er dann doch einige Zugeständnisse, und Pastorius bekam etwas Land in der Vorstadt von Philadelphia und drei Grundstücke in Philadelphia selbst. Auf einem baute er sein erstes Haus, das natürlich mit einer auf der »Großen Tour« gesammelten lateinischen Inschrift versehen wurde: *Parva domus, sed amica bonis, procul este profani* (ein kleines Haus, aber es sei den Guten Freund, dem Gottlosen fern).

Nach der Ankunft einer Gruppe von mennonitischen Auswanderern aus Krefeld erklärte sich Penn schließlich auch bereit, ihm ein größeres Grundstück außerhalb der Stadt vermessen zu lassen, das sich Pastorius für die »Deutsche Compagnie« mit den Krefeldern teilte. Ohne sie wäre es vielleicht nichts mit Germantown geworden, es hätte Pastorius schlicht an den zu einer Stadtgründung nun einmal unentbehrlichen Siedlern gefehlt.

Den 6ten des 8ten Monats (Octobris) kamen ... an Dirck und Herman und Abraham Jsaacs op den Græff, Lenert Arets, Tünes Kunders, Reinert Tisen, Willhelm Strepers, Jan Lensen, Peter Keurlis, Jan Simens, Johannes Bleickers, Abraham Tünes und Jan Lücken, mit dero respektive Weibern, Kindern und gesind, zusamen 13. Familien. Da wir dann ungesäumt von Willjam Penn begehrten, dass Er das sämmtliche von obgedn Hoch- und Nieder Teutschen erkauffte Land an einem stück, und zwar bey einem schiffbaren Strom, solte auslegen und abmessen lassen. Dieweilen Er aber uns hierinnen nicht willfahren kunnte, sondern ... eine Township unfern dem Philadelphischen Stattgebiet etliche meil oberhalb des Sculkill Falls, anpræsentirte, haben wir sothanen Landstrich besichtiget und demnach derselbe uns seiner hohen gebürg halber nicht anständig, von oftgem. Willjam Penn versucht, die Township lieber buschwärts ein auff ebenern grund zu zustehen; dessen Er wohl zufrieden, und darauff den 24ten Octobris durch Thomas Fairman 14. losen oder Erbe abmessen liesz, umb welche oberwehnte 13. Familien den 25ten dito durch Zettul das los zogen, und sofort anfiengen Keller und Hütten zu machen, worinnen sie den Winter nicht sonder grosse beschwerlichkeit zubrachten. / Den Ort nennten wir Germantown, welches der Teutschen item Brüder Statt bedeutet; Etliche gaben ihm den Nahmen Armen Town, sindemahl viel der vorgedn. ersten beginnere sich nicht einst auff etliche wochen, zu geschweigen Monaten, provisioniren kunnten. Und mag weder genug beschrieben, noch von denen vermöglichern Nachkömmlingen geglaubt werden, in was Mangel und Armuth, anbey mit welch einer Christn. Vergnügligkeit und unermüdetem Fleiss diese German Township begunnen sey.

So beschreibt Pastorius im *Grund- und Lager-Buch* für die *wehrten und geliebten Nachkömmlinge, von weme, wann, wie und warumb die sogenannte Germantownship sey angefangen;* in den Berichten, die er darüber nach Deutschland schickte, ließ er alles, vor allem aber sich selbst, größer und prächtiger aussehen; aus dem bescheidenen und korrekten Wir der Mitgründerschaft wurde das stolze, weise voraussehende Gründer-Ich:

Den 24. Octobr. 1683 habe ich Franciscus Daniel Pastorius ... eine neue Stadt Namens Germantown oder Germanopolim angelegt / allwo es ein gut schwartz tragbares Erdreich und viel frische gesunde Brunnenquellen, viel Eichen, Nuß- und Castanien-Bäume / auch eine gute Weyde für das Vieh hat. Der Anfang bestunde nur in 13 Familien von 41. Köpffen / meistens Hochteutschen Handwercks-Leuten und Webern / weilen ich wahrgenommen / daß man des leinen Tuchs nicht würde entbehren können.

Pastorius reiste ohne Unterhosen nach Amerika – die wurden erst 100 Jahre später gebräuchlich – aber mit zehn Nachtmützen, zwei aus Wolle und acht aus Leinen. In seinem Gepäck war genügend Kleidung, Hosen, Hemden, Strümpfe, ein brauner Oberrock, ein blauer Mantel und zwei graue Hüte; er nahm Perücken und Puderbeutel und Pantoffeln mit, zwölf weiße und acht gefärbte Nastücher, zwei Zahnbürsten, Spiegel, Schreibzeug, Schnupftabakbüchse, Brille, Messer und Scheren, zwei Fernrohre und eine Flinte. Zur Auflistung seiner Besitztümer erfand er eine merkwürdig gemischte Ordnung nach Kleidern, *andern Dingen* und Materialien.

> *Ferner nahm ich mit an Silberwerck*
> *Ein Sackührgen ...*
> *Meinen gewöhnlichen löfel*
> *Neu Dutzend glatte Knöpf*
> *Drey paar Hemder Knöpf.*
> *An Messing &c.*
> *Einen Ring ...*
> *Mein pettschafft mit silbern plättig F.D.P,*
> *Ein zusammenfaltende gold wag in kupferner Tos.*
> *Ein Sonnenweiser ...*
> *Ein bleyweis-feder. Schueschnallen.*
> *Ein Metallen Glöcklein.*
> *An Zinn und Blech.*
> *Ein Butterbüchs, die mir Doctor Schütz zur reisgedächtniss gab.*
> *Zwei reib-eisgen ...*
> *Futteral zur Tabakpfeif ...*

Und so geht es weiter. Ein Mann mit solchem Gepäck war nicht zum Pionier geboren und trug schwer an den Gefahren und Strapazen der Reise, der Seekrankheit, der miserablen Verpflegung auf dem Schiff. Nach der Ankunft übertraf die Wirklichkeit seine schlimmsten Erwartungen. *Heulende Wildnis* hatte er zwar erwartet, aber doch nicht gar so viel davon.

Man wende sich aber hin wo man wolle / da heisset es: Itur in antiquam silvam, und ist alles mit Holz überwachsen / also daß ich mir offt ein paar dutzet starcke Tyroler gewünschet / welche die dicken Aychen-Bäume darnider geworffen hätten / so wir aber nach und nach selbst haben verrichten müssen / worbey ich mir eingebildet / daß diejenige Pönitentz / mit welcher Gott den Ungehorsam des Adams gestraffet hat / nemlich daß er im Schweis seines Angesichts sein Brod essen sollte / auch uns Nachkömmlingen in diesem Lande dictiret und gegeben seye .

Fast wäre er nach dem ersten bösen Winter zurückgekehrt, aber dann blieb er doch und schaffte es, seufzend in Gottes harten Willen ergeben, und die

Krefelder schafften es auch. Germantown glich bald einem deutschen Dorf, mit Fachwerkhäusern und Gärten um jedes Haus und einer breiten Hauptstraße, die mit Pfirsichbäumen bepflanzt war. Neue Siedler zogen zu, neue Orte der Germantownship entstanden: Kriesheim, Sommerhausen, Crefeld. Ihre Bewohner bauten Flachs an, produzierten Leinen, unterhielten eine Papiermühle und trieben Acker- und Gartenbau. 16 Jahre lang, von 1691 bis 1707, hatte Germantown Stadtrechte und eine eigene Gerichtsbarkeit. Pastorius eröffnete ein Ratsbuch, dem er lauter beherzigenswerte Sprüche voranstellte:

Es ist keine Obrigkeit ohne von Gott ... Darumb so lasset die Forcht des Herrn bey euch seyn / und nehmet nicht Geschencke ... Schaffet den Armen Recht und helffet den Elenden und Waisen.

Und er entwarf ein Stadtsiegel, ein dreiblättriges Kleeblatt, *uff dessen einem Blätlein ein Weinstock / uff dem andern eine Flachs-Blume / und uff dem dritten ein Webers-Spuhle abgebildet / cum Inscriptione: Vinum, Linum & Textrinum. Anzuzeigen, dass man sich diss Orts mit Weinbau / Flachsbau und Handwercksleuthen mit Gott und Ehren ernehren solle.*

Pastorius hat Germantown – wie sein Vater der Reichsstadt Windsheim – in verschiedenen Ämtern und Funktionen gedient: als Friedensrichter, als Bürgermeister, als Steuereinnehmer und als Stadtschreiber, wofür er wegen seiner klaren, leserlichen Handschrift besonders geeignet war. Seinen Plan, die Indianer zu missionieren, scheint er nie ernsthaft verfolgt zu haben, seine Tätigkeit als Agent der »Teutschen Compagnie« gab er auf, die später durch betrügerische Machenschaften um ihren gesamten amerikanischen Landbesitz gebracht wurde. Ab 1697 arbeitete er als Lehrer, erst in Philadelphia, dann, ab 1702, an der neu gegründeten Schule in Germantown, jeden Tag acht Stunden, nur Samstagnachmittag und Sonntag waren frei. Mr. Sowerness, also Herrn Sauermann, nannte ihn der Schüler Israel Pemberton, den Pastorius einmal mit dem Stock auf den Kopf schlug, bis das Blut hervortrat, *und auch auf meine Arme, bis das Blut kam und sie anschwollen*; sein als heiliger Eifer getarnter Jähzorn.

1689 hatte Pastorius die 31-jährige aus Mühlheim an der Ruhr stammende Ennecke Klostermanns geheiratet. Man kann nicht ohne Rührung lesen, was sie mit in die Ehe brachte, ein ganzes entsagungsvolles Frauenleben scheint darin beschlossen. Vor uns liegen sauber gefaltet ihre wenigen Kleidungsstücke, deren Wert ihr Ehemann auf zwölf Schilling beziffert, schlicht, in gedeckten Farben: zwei blaue Röcke, eine schwarze und eine blaue Schürze, zwei schwarze Leibchen, leinene Hemden, drei Paar gestrickte Strümpfe, zwei Paar Schuhe, Pantoffeln und das Prunkstück, einen schwarzseidenen Überwurf. In die Truhe räumt sie einige Ellen Aussteuerleinen, drei leinene Betttücher, leinene Servietten und Nastücher, außerdem rätselhafte Dreckmützen aus Leinen, 18 an der Zahl. Sie stellt das Spinnrad samt Haspel in die Wohnstube und zuletzt sucht sie einen Platz für ihre drei Bücher: *Jeremiae Dyken würdiger Tischgenoss, Saldeni*

Christliche Kinder-schuel und ein *Christliches Gedenkbüchlein.* Sonst hatte sie nichts.

Die obengenannte Ehefrau Anne wurde von ihrem ersten Kind, einem von mir gezeugten Sohn, den 30. März zwischen ein und zwei Uhr morgens entbunden, den wir Johann – John – Samuel nannten. Anno 1692, am 1. April, zwischen 1 und 2 Uhr nachmittags, gebar sie mir meinen zweiten Sohn, dem wir den Namen Heinrich – Henry – gaben.

Notabene: daß beide meine Söhne in Germantown in der Grafschaft Philadelphia geboren wurden und daß meine Frau, Anne, in ihrem zweiten Kindbett so großen Schaden nahm, daß sie sich nie mehr erholte und keine Kinder mehr empfangen konnte.

Sie muss wohl eine Enttäuschung für Pastorius gewesen sein. Regelmäßig schickte er dem Vater *Schreiben aus Germanopel* und beantwortete dessen Fragen zur staatlichen und kirchlichen Ordnung in Pennsylvania, und der Vater hat alles, was von seinem Sohn kam, gesammelt und stolz veröffentlicht mitsamt dem eigenen für die *sehr geliebten Enkelein* geschriebenen Lebenslauf. Nach dem Tod von Melchior Adam im Jahre 1702 hörte die Öffentlichkeit nichts mehr von Franz Daniel Pastorius und seinem Germantown.

Allermaßen ungebührlich
Ist der Handel dieser Zeit,
daß ein Mensch so unnatürlich
And're drückt mit Dienstbarkeit.
Ich möcht einen solchen fragen,
Ob er wohl ein Sklav' möcht sein?
Ohne Zweifel wird er sagen:
Ach bewahr' mich Gott: nein, nein.

Penn war ein Mann, dessen Geschäftssinn ebenso stark ausgeprägt war wie seine Religiosität: Er verbot zwar das Fluchen, aber nicht die Sklaverei, und auch seine reichen Freunde waren nicht daran interessiert, dieses heikle Thema anzurühren. Der erste offizielle Protest gegen die Sklaverei wurde im Hause des Krefelders Tünes Kunders in Germantown, in Armentown, besprochen und unterzeichnet von Gerrett Henderichs, Derick und Abraham op de Graeff und von Franz Daniel Pastorius, der den Protest vermutlich nicht nur ins Reine schrieb, sondern auch verfasst hat; sein eigenwilliges, unidiomatisches Englisch sei nicht zu verkennen, wie sein Biograph Marion Dexter Learned meint. Er hat sich dessen offenbar nie gerühmt, und doch war es seine größte, ehrenvollste Tat.

Das Schreiben, an die Monatsversammlung der Quäker in Dublin gerichtet, beklagt die Unmenschlichkeit der Sklaverei und beruft sich auf die Werte, zu deren Realisierung Pennsylvania erklärtermaßen gegründet worden war, um auch »Körperfreiheit« zu fordern, hundert Jahre bevor Schiller kühn behauptete, der Mensch sei frei, *und wär er in Ketten geboren*.

Hier ist Gewissensfreiheit, was richtig und vernünftig ist; hier sollte ebenso körperliche Freiheit herrschen, ausgenommen bei Übeltätern, was eine andere Sache ist. In Europa gibt es viele, die aus Gewissensgründen unterdrückt sind; und hier gibt es solche, die wegen ihrer schwarzen Farbe unterdrückt sind. Und wir, die wir wissen, daß Menschen keinen Ehebruch begehen dürfen, tun das bei anderen und trennen Frauen von ihren Männern und geben sie anderen; und einige verkaufen die Kinder dieser armen Kreaturen an andere Männer.

O ihr, die ihr solches tut, bedenkt gut, ob ihr wolltet, daß so etwas mit euch geschieht? ... Das macht einen schlechten Eindruck in allen europäischen Ländern, daß ihr Quäker Menschen hier behandelt, wie man dort sein Vieh behandelt.

Die Quäkerversammlung in Dublin verwies den Protest, angeblich weil er zu wichtig sei, an die Vierteljahresversammlung weiter und die Vierteljahresversammlung verwies ihn an die Jahresversammlung, die sich dann gleichfalls vor einer Stellungnahme drückte. Man hat noch sehr lange damit gewartet, wie uns die Historiker belehren: *Im Jahre 1715 erklärten sich die Quäker gegen den überseeischen Menschenhandel. 1770 wurde ersucht, Sklavenhalter nicht zu Gemeindeältesten zu wählen, und 1776 wurden in den einzelnen Gemeinden Maßnahmen gegen die Sklaverei beschlossen, bis endlich 1780 durch Gesetze in Pennsylvania eine allmähliche Abschaffung der Sklaverei herbeigeführt wurde.*

Notabene, um mit Pastorius zu sprechen, Pennsylvania war in den Jahren nach der Gründung politisch und religiös so heillos zerstritten wie keine andere Kolonie in Nordamerika, und Pastorius mischte sich in diese Auseinandersetzungen ein, in dem eifernden Jargon der Bekehrten: Babylon, Babylon.

Germantown ist seit 1854 ein Stadtteil von Philadelphia.

Die beiden Söhne des Pastorius studierten natürlich nicht den väterlichen Grundsätzen gemäß, sondern lernten das Weber- und Schuhmacherhandwerk.

Das genaue Todesdatum des Franz Daniel Pastorius war lange nicht bekannt. Nach neuesten Erkenntnissen starb er am 1. Januar 1720.

Der ich bey frembder Grufft so manche Schrifft gelesen /
Und deren gute Zahl in dieses Buch gebracht /
Weiß nicht wo? wann? und wie? ich selbsten werd verwesen /
Drum gib ich Welt-Lust dir nun tausend gute Nacht.

Werner Meyer

»Weiß keiner nicht wohin ...«
Verkaufte fränkische Soldaten in Yorktown 1781

General George Washington lehnt lässig an einer Kanone. Im Hintergrund ein Hafenbecken mit zerschossenen Kriegsschiffen. Am Boden vor dem General zwei Fahnen. Aus Franken. Genauer gesagt: aus Ansbach-Bayreuth. Ein Ölgemälde hält diese Szene fest. Das Bild hängt im Metropolitan Museum of Art von New York und zeigt George Washington 1781 in der kleinen Hafenstadt Yorktown im Staat Virginia nach dem großen Sieg über die britische Armee. Über die Briten! Wie kamen fränkische Fahnen nach der entscheidenden Schlacht im Unabhängigkeitskrieg vor Washingtons Füße? Sonst ist immer nur von Hessen die Rede, die für die Engländer kämpften. Tatsächlich zogen 30 000 Deutsche aus mehreren deutschen Fürstentümern in den Krieg gegen die amerikanischen Rebellen. Auch der Markgraf von Ansbach-Bayreuth hatte Soldaten an die britische Krone verkauft. Bei Yorktown marschierten sie mit in die Gefangenschaft.

Zufall Nummer eins: Von allen Fahnen, die damals in Yorktown den Amerikanern in die Hände fielen, sind nur vier bis heute erhalten geblieben – alle aus Ansbach-Bayreuth. Und als der Maler James Peale nach einem prächtigen Symbol für den Sieg suchte, da griff er nach Bayreuther Fahnen, um sie auf seinem Porträt George Washington vor die Füße zu legen.

Der unglaubliche Zufall Nummer zwei: Einer der Soldaten, die oft vor diesen Fahnen Wache standen, hat ein anrührendes, sehr ausführliches Tagebuch hinterlassen – Johann Conrad Döhla, ein gemeiner Soldat aus dem Fichtelgebirge. Er zählt nicht nur Scharmützel und Schlachten auf. Döhla berichtet sogar, wann das Bier ausging, was er beim Plündern erbeutete, und wie er versuchte, auf Englisch beten zu lernen.

28. Februar 1777. Früh um sieben Uhr. Wir traten also in Gottes Namen unseren Marsch und Beruf in einem anderen Welttheil an und wurden unter herzlichen Seufzern und Gebethen, mit vielen häufigen Weinen und Wehklagen, dann mit Glück-Wünschen auf eine bald erfreuliche Wiederkehr von einer dasigen zahlreichen Versammlung des Volks und den Unsrigen begleitet.

So steht's im Tagebuch des Bayreuther Soldaten Johann Conrad Döhla. Er und die anderen marschierten ab zur Reise nach Amerika. Nach Amerika!

Einige konnten vor Jammern und Unlust sich kaum zufrieden geben, dass sie von ihren Eltern sollten weggerissen werden ... Wo man nur hinsah, so hörte man nichts als Ächzen und Seufzen.

Das notierte sich ein anderer Soldat, der 22-jährige Stephan Popp, ein Musiker, ein Pfeifer. Spielleute waren damals gleichzeitig so etwas wie eine Nachrichtentruppe. Im Lärm der Schlachten signalisierten Pfiffe und Trommelwirbel weithin hörbar die Befehle ihrer Offiziere: Vorwärts! Marsch! Feuer! In Popps Notizen – sie hütet ein Nachfahre in Würzburg – liegt auch der Text eines Abschiedslieds.

Weiß keiner nicht wohin
Die Väter protestieren
Die Mütter lamentieren
Ein jeder um sein Sohn
Den sie jetzt führn davon.

Popp gibt jedoch zu, dass ihn die Abenteuer und das ferne Amerika lockten.
Einige waren froh, dass es in die Welt gehen sollte, und ich für meinen Teil war auch recht froh. Denn ich hatte schon von Jugend auf eine Lust, die Welt zu besehen.

Die Soldaten verließen eine prächtige Stadt. Die Fürsten damals liebten den Luxus und lebten über ihre Verhältnisse. Natürlich nicht nur in Ansbach-Bayreuth. Ein Kritiker der Feudalherrschaft, Friedrich Kapp, schrieb: »Jeder Zaunkönig hat sein Monplaisir, Belvedere, Eremitage, Solitude oder Monbijou, seine großen Feste und Spiele, seine Maskeraden und Banketts, wofür die armen Teufel von Unterthanen mit ihrem Gelde zahlen, wenn sie welches haben, und mit ihren Knochen und ihrem Blut, wenn sie sonst nichts haben.«

Prachtbauten, Luxus, Mätressen, Schulden. Ein Ausweg aus der Misere bot sich an: Die Fürsten brauchten Geld. Und der britische König brauchte gerade Soldaten. Um den Aufstand der amerikanischen Kolonien niederzuschlagen. Empört über Steuern und wachsenden Druck aus London wollten die Amerikaner ihre Unabhängigkeit.

Dass deutsche Soldaten für den Krieg in Amerika vermietet, verkauft wurden – darüber regte sich schon Friedrich Schiller auf. In seinem Drama »Kabale und Liebe« wird dies zu einer eindringlichen Szene. Der alte Kammerdiener des Herzogs tritt im zweiten Akt ins Zimmer der Lady Milford und überreicht ihr, der britischen Mätresse, ein Schmuckkästchen mit Brillanten. Sie hätten keinen Heller gekostet. Wie das? »Gestern sind siebentausend Landeskinder nach Amerika fort – die zahlen alles«, sagt der Kammerdiener mit Tränen in den Augen.

In Ansbach-Bayreuth herrschte damals Markgraf Carl Alexander. Das Markgrafentum Bayreuth war ihm zugefallen, samt den Schulden. So entschloss er sich – wie andere Fürsten auch – Soldaten zu verkaufen, um das Land zu sanieren.

Sein Mittelsmann, Reinhard Freiherr von Gemmingen, schloss das Geschäft nicht ohne Gewissensbisse ab: »Es erscheint mir immerhin sehr hart, mit Truppen Handel zu treiben; allein der Markgraf ist entschlossen, seine Angelegenheiten zu ordnen und alle seine, sowie seiner Vorgänger Schulden zu zahlen.«

Als Beauftragter seines Königs reiste der englische Oberst Faucitt nach Ansbach. Er wollte erst einmal sehen, was man ihm anzubieten hatte: »Ich war jeden Morgen auf der Parade und fand die Truppen sehr schön, groß und gut gebaut. Sie handhaben ihre Waffen – die übrigens sehr gut sind – vortrefflich, exerzieren so regelmäßig, dass kaum eine Uhr besser gehen kann und marschieren und schwenken sehr gut. Ihre Uniformen – blaue Röcke mit roten Aufschlägen und gelber Weste – sind neu und rein. Wenn der Rest so gut ist, können wir uns zu einem ausgezeichneten Handel Glück wünschen. Das andere Regiment steht noch in Bayreuth. Die Leute sollen nicht so groß, aber sonst ebenso tüchtig sein. Einige österreichische Offiziere sagten mir, sie seien sogar noch besser.«

Markgraf Carl Alexander verpflichtete sich, zunächst 1 285 Mann für Amerika zu stellen. Später sollte Nachschub folgen. Insgesamt erhielt er für seine Soldaten 1,7 Millionen Gulden. Sold und Ausrüstung seiner Regimenter verschlangen ungefähr die Hälfte dieser Summe. Für die Zeitgenossen waren das Schwindel erregende Beträge: Ein Handwerksmeister verdiente schließlich im Durchschnitt nur 200 Gulden pro Jahr. Mit den Einnahmen aus dem Soldatenhandel baute der Markgraf tatsächlich seine Schulden und die seiner Vorfahren ab. Dazu gründete er übrigens eine »Hofbanco«, aus der später die Bayerische Staatsbank und zuletzt die Bayerische Vereinsbank wurde.

Die verkauften Soldaten marschierten an jenem Februartag des Jahres 1777 von Bayreuth in Richtung Ansbach, dem Sitz des Markgrafen, dann weiter mit dem dortigen Regiment nach Ochsenfurt, wo die Soldaten von Transportschiffen erwartet wurden. Der Platz auf den Schiffen war knapp, und kalt war es auch, berichtet Döhla.

Dies alles gab daher Gelegenheit zum raisonieren an die Hand und entstund auch Tags darauf ein ganzer Aufstand und Rebellion. Denn der viele Wein, den die Einwohner von Ochsenfurth häufig herbey brachten, machte, dass die Soldaten noch furiöser wurden.

Die Soldaten verließen die Schiffe und wollten nicht zurück. Gutes Zureden und zusätzliche Verpflegung halfen nichts. Auch Stephan Popp erinnert sich in seinen Aufzeichnungen an den fränkischen Wein.

Geld hatten wir dazumalen noch ziemlich. Da ging das Saufen tapfer an. Weil die meisten besoffen waren, also ist eine Rebellion bei den Regimentern entstanden.

Die Feldjäger griffen ein, wollten mit Gewalt wieder Ordnung herstellen.

Gut, es kam endlich soweit, dass etliche 30 Mann verwundet oder erschossen worden sind. Über dies verfielen die meisten in eine Wut, gingen mit gefälltem Gewehr und aufgepflanztem Bajonett auf die Jäger los, und das mit einer solchen Rage, dass die Jäger endlich weichen mussten ...

Der Markgraf selbst ritt noch in der Nacht nach Ochsenfurt, um die Soldaten zu beruhigen. Wer aufgeben wolle, könne es tun. Aber dann verlöre er seinen Besitz. Die Soldaten parierten. Und weiter ging die Fahrt.

17 Tage lang fuhren sie auf dem Main, dem Rhein und der Maas nach Norden. In Holland, und zwar in Dordrecht, bestiegen die beiden fränkischen Regimenter englische Schiffe. Erste Station: Portsmouth. Die Soldaten durften an Land, auch Döhla.

Übrigens sind hier die Boutelln- und privilegierten Hurenhäuser sehr zahlreich, und die englischen Frauenzimmer, welche zart und schön gewachsen sind, sehr verliebt und zuthätig ...

Was wohl zutraulich heißen soll. Und Boutelln – das sind ohne Zweifel Weinhäuser. Es gibt so vieles, was nicht in den offiziellen Kriegschroniken steht. Zum Beispiel: Wie war das mit dem Bier, mit der Verpflegung? Wie schliefen die Soldaten auf den Schiffen? In den Tagebüchern ist es nachzulesen. An Bord gab es zunächst Branntwein und Bier genug. Und das zu billigen Preisen. Zur Verpflegung gehörte pro Tag ein Achtel Rum.

Diesen konnten wir anfänglich nicht trinken, weil er uns zu stark war und mussten ihn daher mit Wasser vermengen ... Das Schlimmste war, dass auf den Schiffen kein gutes Trinckwasser ist, sondern es wuchsen mehrentheils kleine Würmer darinnen, weil es faul und stinkend ist ...

Döhla hält sogar fest, dass es an vier Tagen Fleisch gab, eingesalzenes natürlich, sonst Käse, Butter, Gemüse. Die englische Schiffskost schmeckte ihm gar nicht, aber der Markgraf hatte seinen Soldaten zum Abschied noch Extrarationen gestiftet. Mit Branntwein, Sauerkraut, gedörrten Zwetschgen. Jeder Mann bekam dazu noch sechs Päckchen Rauchtabak.

Das Leben an Bord beschreibt auch Johann Gottfried Seume, der später als Schriftsteller bekannt wurde. Er war als Student zum Kriegsdienst gepresst und nach Amerika verfrachtet worden: »In den englischen Transportschiffen wurden wir gedrückt, geschichtet und gepökelt wie die Heringe ... Im Verdeck konnte ein ausgewachsener Mann nicht gerade stehen, und im Bettverschlage nicht gerade sitzen.«

Um Platz zu sparen, wurde auf Hängematten verzichtet, stattdessen richtete man Verschläge ein. In zwei Stockwerken schliefen jeweils sechs Mann. Wenn vier darin lagen, waren sie voll. Und die beiden letzten mussten hineingezwängt werden. Man musste auf der Seite liegen und sich auf Kommando umdrehen. – Und dann wurden alle seekrank, erinnert sich Döhla.

Es war uns gar nicht wohl, wir taumelten wie die Betrunkenen auf den Schiffen herum und fielen vor Schwindel bald hin und her, speieten und kozten Tag und Nacht fort, weil uns die Seefarth allen ein ungewohnt Ding war ...
In der Nacht wurde es stürmisch und haben große Lebensgefahr ausgestanden, theils wegen der unruhigen und wüthend tobenden Wellen so groß als Berge, dass wir alle Augenblicke glaubten sie würden die Schiffe verschlingen ... theils weil zu Nacht um 10 oder 11 Uhr auf der einen Seite unseres Schiffs wegen der starken Bewegung alle unsere Lagerstätte, so man Cajüten nennt, auf einmahl hereinbrachen und einfielen, so dass wir vor Angst, Jammer und Schrecken nicht wussten, was wir anfangen oder machen sollten ...
Die Wellen steigen als wie große Berge nacheinander fort auf, und gegen das Schiff daher, dass man alle Augenblicke glaubt, sie würden es verschlingen, ja sie schlagen oft über das ganze Schiff zusammen, und ich hab es gesehen, dass sich die Spitzen von den oberen Segelbäumen ins Wasser getaucht haben.

Die englischen Seeleute lachten die deutschen Soldaten aus. Es sei doch nur guter Wind zum Segeln.

Auch dem Soldaten Stephan Popp machte das Meer Angst.

Bald ging es himmelan, bald sah es aus, als wenn wir in den Abgrund hinter wollten ... Ach Gott, schrie einer nach dem anderen, wir sind verloren ... Da fielen jedem seine Sünden ein und wollte keiner nichts Böses mehr tun.

Aber Stephan Popp fand einen Freund unter den Matrosen, der ihm ein Rezept gegen Seekrankheit nannte: Er sollte Grog trinken, halb Wasser, halb Rum.

Ich und der Herr Matrose tranken solches in dem größten Wohlsein aus und dachten, uns kann keine Krankheit nichts mehr tun. Ich und der Matrose sind just die zwei Gesunden auf dem Schiff gewesen ...

Döhla dagegen empfahl: Ein Schluck Seewasser ist besser als Arzney, man übersteht dann die Seekrankheit leicht und glücklich. Seewasser – so hieß es – helfe sogar gegen Skorbut.

Döhla führte sehr sorgsam Tagebuch. Sogar der Tag wird notiert, an dem das Bier zu Ende ging. Es war am 30. Mai 1777.

Heute bekamen wir das letzte englische Bier, so lange hat es sich gehalten und der Mann bekam fast so viel als er trincken wollte ...

Die wichtigsten Ereignisse sind stundengenau festgehalten, lassen sich nachprüfen. Döhla war ein fleißiger Schreiber, auch ganz offiziell als Soldat. Er musste zeitweise Buch führen, beispielsweise über die Uniformteile und Tornister, die ausgegeben wurden. Wahrscheinlich hat er später, nach der Rückkehr, viel hinzugefügt, was er sich über Amerika angelesen hat. Der Herausgeber der Tagebücher in Bayreuth hat Döhlas Sprache ein bisschen geglättet. So hat er zum Beispiel derbe Wörter wie »speieten« und »kozten« gestrichen. Eine ausführliche Fassung des Tagebuchs blieb jedoch in Amerika erhalten. Viele Stichproben zeigen: Wo immer Döhla auch sein Wissen hernimmt – seine Daten und Fakten stimmen. Und jedes Mal tut sich mit seinen Angaben eine Fährte auf, die tiefer in die Geschichte führt.

58 Tage verbrachten die Franken insgesamt auf englischen Schiffen. Am 3. Juni 1777 liefen sie in New York ein, das fest in englischer Hand war. Was erwartete die Soldaten in Amerika? Was wussten sie von diesem Land? Ein Schulbuch jener Zeit fasst das Wissen des 18. Jahrhunderts so zusammen: »Dieser Welttheil ist noch nicht so bekannt, dass man bestimmen könnte, ob er eine Insel sey, oder ob er mit Asien zusammenhängt ... Amerika ist überhaupt ein fruchtbarer Welttheil, aus dem die Europäer durch den Ackerbau und Pflanzungen unsäglichen Reichthum ziehen ... «.

Das kann Johann Conrad Döhla bestätigen. Er ist von Land und Leuten richtig begeistert.

... Amerika ist an sich selbst ein gutes und unvergleichliches Land, ... sehr fett und fruchtbar, bauet gut und körnicht Getreide, hat viele schöne Waldungen von Laubholz und harten uns unbekannten Bäumen, es ist gute Viehzucht im Lande ... Es ist die Waldung voller Wild. Sonderlich an Gold- und Silberbergwerken ist Amerika der reichste Erdteil.

Auch in New York hat er sich genau umgesehen, und der junge Mann aus einem Dorf im Fichtelgebirge staunte sehr.

New York ist eine große, schöne, reiche und prächtige See- und Handelsstadt, sie besteht aus ohngefähr 6000 Häußern und sehr vielen Einwohnern, in manchem Hauße sind über 40 bis 50 Personen wohnhaft, denn die Häuser sind oft 4, 5 auch 6 Stockwerke hoch ... Inwendig sind die Zimmer gar fein etabliert, prächtig meubliert und tappeciert und alles wird rein und sauber gehalten. Die meisten Einwohner eßen und trinken aus silbernen Geschirren ...

Alle Religionen werden hier geduldet und jedermann kann Gott nach seiner Neigung, Einsicht und Gutdünken und Sprache frey und ungehindert dienen. Alle Sekten ... und Juden leben in großer Vertraulichkeit und Einigkeit miteinander. Die Leute wissen wohl zu leben. ...

Die Landleute leben in Amerika besser als wie unsere Cavalliers und Edelleute, ja in gewissem Maße noch weit herrlicher ... Die Leute haben hier fast auf allen Häusern erst vor einigen Jahren erstundene Gewitter-Ableiter angebracht ...

Beneidenswert das Leben in der Stadt – hart aber der Soldaten-Alltag. Der Proviant wurde zeitweise knapp, die Strapazen waren groß.

Wir hatten ... eine große Plage von den Schnaken, welche sie in ihrer Sprache Musgitters nennen ... Die Hitze war so groß, ... dass 2 Anspacher Grenadiere vor Mattigkeit tot niederfielen ... und sogleich auf der Stelle beerdigt wurden.

Überhaupt ist die Luft wegen den häufig von der nahegelegenen See aufsteigenden Nebel und faulen Dünsten auf Staaten Island höchst ungesund, daher reißen sich auch häufige Krankheiten als faule Fieber, Diarrhee und Disenterie bei unseren Regimentern stark ein, der halbe Theil war marode ... Bis zu Ende September sind beym Bayreuther Regiment 46 Mann und beym Anspacher schon 60 Mann gestorben gewesen lauter junge und große Leute, die am hitzigen und faulen Fieber und an der Diarrhee dahinsturben ...

Das Leben war hart – aber nicht immer. Döhla sah sich natürlich auch nach hübschen Mädchen um.

... Auf Conninicut ist eine Bauerstochter, welche für die allerschönste Weibsperson auf der ganzen Insel Rhode Eyland gehalten wird, man kann sie auch für die Schönste unter der Sonne halten denn sie besitzt würcklich englische Schönheit. Ich selbst war curios sie zu sehen und verwunderte mich über ihre Schönheit.

Besonders ausführlich schildert Döhla einen bösen Zwischenfall. Im Nachbarstaat New Jersey sollte der kleine Ort Hackensack überfallen werden. Mit dabei fünfzig Ansbach-Bayreuther Soldaten.

Abends nach dem Zapfenstreich kam ich mit auf ein scharfes Commando. 400 Mann unter dem Commando eines schottischen Majors. Wir wurden in Booten über den Nord-River gesetzt nach der Provinz New Jersey. Da marschirten wir fast die ganze Nacht in der größten Geschwindigkeit und möglichster Stile, meist in Waldungen ...

Früh gegen 3 Uhr langten wir in Heeckensack, einem großen schönen Flecken aus ohngefähr 200 Häusern bestehend, an. Dieser Ort wurde überfallen und sogleich in alle Häuser mit Gewalt eingebrochen, alles ruinirt, Thüren und Fenster, Kisten und Kästen zusammengeschlagen und ausgeplündert. Alle Mannspersonen als Gefangene mitgenommen, das Rathaus und noch einige ansehnliche Gebäude in Brand gesteckt.

Wir machten beträchtliche Beute, sowohl an Geld, silbernen Sackuhren, silbernen Tellern und Löffeln, als auch an Mobilien, guten Kleidern, feiner englischer Leinwand, guten seidenen Strümpfen, Handschuhen und Halstüchern, nebst anderem kostbaren seidenen Stoff ...

Alle plünderten, nicht nur Döhla. In den Taschen von Gefallenen, so heißt es, wurde manchmal ein kleines Vermögen gefunden. Der brave Soldat hatte kein schlechtes Gewissen, einzupacken, was ihm wertvoll oder brauchbar schien. Es war halt so im Krieg. Auch er machte Beute.

Mein Leben war an diesem Tag vielen hundert Kugeln ausgesetzt, meine Beute, so ich noch glücklich mit zurück brachte, bestunde ... aus zwei silber-

nen Sackuhren, 3 Garnidur silberne Schnallen, 1 paar baumwollenen, weißen Frauensstrümpfen, 2 Manns- und 4 Frauenshemden von feiner englischer Leinwand. Und noch vieles mehr.

Beim Rückzug musste er zu seinem Bedauern zwei Dutzend Tücher und sechs silberne Teller und einen silbernen Trinkbecher wegwerfen. Fromm schließt er seinen Bericht.

Das Beste aber war, dass ich mein Leben zur Beute unverletzt, Gott sey Dank, davon brachte.

Aufzeichnungen der Briten, aber auch der Amerikaner in den Bibliotheken von Philadelphia, New York und Hackensack bestätigten Döhlas Bericht. Interessante Einzelheiten kommen hinzu.

Erhalten blieb zum Beispiel die Meldung, die der britische Offizier Duncan McPerson nach dem Überfall in Hackensack an seine Vorgesetzten schickte. »Der Plan hatte den erwünschten Erfolg«, berichtet McPerson.

Nebenbei ist zu erfahren, dass auf beiden Seiten Spione am Werk waren. Hackensack war bereits am Morgen vor dem Angriff informiert worden, dass eine militärische Aktion bevorstand. Die Einwohner hatten noch in einem Brief die amerikanischen Truppen um Hilfe gebeten. Zu spät. Die Engländer wiederum hatten ausgekundschaftet, in welchen Häusern Rebellen oder ihre Freunde wohnten. Vor allem diese Häuser wurden ausgeraubt und angezündet. Hackensack hatte viel zu erleiden – das Feuer konnte jedoch an einigen Stellen gelöscht werden. Nur zwei Häuser brannten völlig nieder.

Johann Conrad Döhla dankte Gott dafür, den Überfall in Hackensack lebend überstanden zu haben. Er war fromm. Das zeigen seine Notizen. Döhla hat sich das Glaubensbekenntnis auf Englisch in Lautschrift so aufgeschrieben, wie er es hörte.

Ei belihv in Ghad the Father almeiti – Ich glaube an Gott, den Vater, den Allmächtigen.

Die Franken waren seit November 1777 Teil der Besatzungsmacht in Philadelphia, damals Hauptstadt der jungen Vereinigten Staaten. Dort hatten sich 1776 dreizehn Staaten von der Herrschaft des britischen Königs losgesagt und ihre Unabhängigkeit verkündet.

Der fleißige Schreiber Döhla zeichnet ein Städteporträt von Philadelphia, das den Einwohnern auch heute gefallen könnte. Er hatte Zeit sich umzusehen. Zuerst fiel ihm auf, was heute noch den Stadtplan bestimmt.

Die Straßen sind alle parallel und schnurrgerade ins Viereck, und von den Querstrassen im rechten Winckel durchschnitten … Alle Straßen sind schön und dauerhaft gepflastert … Auch werden das ganze Jahr hindurch alle Wochen zweymal die Gassen und Straßen gereinigt und von allen Unrath ge-

säubert und die Fußsteige werden fast alltäglich oder wenigstens die Wochen zweymal gekehrt und gewaschen ...

Döhla hat auch Wildwest-Spezialitäten mit Genuss ausprobiert.

Man kann hier ... viel Schildkröten-Fleisch haben, so einen Geschmack hat wie Hühnerfleisch, aber noch viel besser ... Auch wird hier viel Bärenfleisch verkauft, welches aber ganz mager und trocken zu essen ist ... Kurz, die ganze Provinz Pennsylvanien ist das gesegneteste und fruchtbarste Land, welches nur zu finden ist ...

Die Ansbach-Bayreuther Truppen präsentierten sich den Bürgern von Philadelphia in strammer Ordnung.

Unsere beiden Regimenter marschierten mit fliegenden Fahnen und klingendem Spiel durch die Stadt und wurden in eine sehr große Kaserne, die der König von Engeland hat bauen lassen, die Offiziere aber in der Stadt einquartirt.

Man sah die Briten und die Deutschen mit gemischten Gefühlen kommen. Gewiss, es gab die Loyalisten, die sich noch immer der englischen Krone verpflichtet fühlten. Andererseits machten die Besatzer Eindruck: »Sie sahen gut aus und waren sauber und ordentlich angezogen. Groß der Gegensatz zu unseren armen, barfüßigen, zerlumpten Truppen.« Das notierte eine Dame namens Deborah Logan als Augenzeugin mit einem Gefühl der Verzweiflung. Viele von Washingtons Soldaten hatten keine Uniform. Die Briten dagegen waren sehr anspruchsvoll, wie in der Stadtchronik von Philadelphia nachzulesen ist: »Die Offiziere suchten sich die besten Häuser der Stadt und verlangten Quartier. Einige von ihnen kamen mit großem Gefolge, um die nüchternen alten Quäker-Familien mit ihren Dienern, Geliebten oder Gespielinnen zu beeindrucken. Und sie brachten Unmengen von Gepäck mit.«

Döhla und die anderen Franken zogen schließlich in unbewohnte Häuser am Ufer des Delaware. Genau 590 Wohnungen und dazu 240 Läden standen leer, meldet eine Statistik der Briten.

Nicht nur Offiziere, auch einfache Soldaten wurden von ihren Frauen begleitet. Mehrfach berichtet Döhla von »Soldatenweibern«. Ein derbes Wort. Es war bestimmt nicht so grob gemeint, wie es klingt. Beim Bayreuther Regiment waren mindestens 29 Frauen mit dabei. Sie begleiteten ganz offiziell ihre Ehemänner. Bei den hessischen Truppen galt die Regel, dass für jede Kompanie sechs Ehefrauen mit in den Krieg ziehen durften.

Die amerikanische Professorin Holly A. Mayer hat die Geschichte der Soldatenfrauen untersucht: »Sie bereiteten das Essen zu, kümmerten sich um die Wäsche, betreuten die Kranken und Verwundeten, halfen den anderen Frauen, und sie bekamen Kinder und zogen sie auf. Da die Bezahlung der Soldaten kaum für den eigenen Lebensunterhalt reichte, ganz zu schweigen von der Versorgung einer Familie, waren die Soldatenfrauen ganz einfach gezwungen, zu arbeiten ... Washington sah es gar nicht gerne, dass sich die Armee mit Frauen und weiteren Familienmitgliedern belud. Das lenkte die Soldaten ab, behinderte Operationen, erschwerte die Verteilung der knappen Vorräte. Doch er akzeptierte ihre Anwesenheit, denn wenn er das nicht täte, so wusste Washington, würde er viele Soldaten verlieren.«

Auf der amerikanischen Seite soll es Tausende von Soldatenfrauen gegeben haben. Und natürlich waren hier wie dort nicht alle Soldatenfrauen ehrbare Helferinnen der Armee. Es gab Prostituierte, Marketenderinnen, auch Spioninnen. Sie nähten und kochten nicht nur – einige kämpften auch mit ihren Männern oder für sie.

Eine von ihnen war Molly Pitcher. Ein Spitzname: Pitcher, das ist ein Krug für Wasser oder Wein. Und Molly Pitcher war es, die ihrem Mann und den anderen Soldaten Krüge mit Wasser ins Gefecht brachte. Eine Wohltat, besonders im Juni 1778, als die Sonne so heiß schien, dass Artilleristen vom Hitzschlag getroffen wurden. Als ihr Mann schwer verletzt wurde, sei sie eingesprungen und habe die Kanone bedient ... Molly Pitcher – so nannte man hinterher viele Frauen, die im Krieg mit dabei waren als Helferinnen. Aber die echte Molly Pitcher hat es wirklich gegeben, für sie wurde sogar in ihrer Heimatstadt Carlisle ein Denkmal gesetzt. Nach neueren Forschungsergebnissen war sie zwei Mal verheiratet und hieß Mary Hays McCauley.

Frauen im Krieg: Der Feldprediger Johann Philipp Erb aus Bayreuth musste in Amerika nicht nur trösten, sondern auch taufen und trauen. Seine Aufzeichnungen sind für die Zeit von März 1778 bis Dezember 1782 erhalten. Er begleitete den Nachschub übers Meer. Noch auf dem Schiff waren zwei Geburten zu registrieren.

Mehr als fünfzig Kinder wurden von Prediger Erb allein in New York getauft. Wir lesen von Witwen, die sich wieder verheirateten. Und mehrfach heirateten fränkische Soldaten amerikanische Frauen. Nebenbei verraten die Aufzeichnungen: Der hochberühmte Regimentsarzt hatte ein uneheliches Kind, das er natürlich taufen ließ. Mutter war seine Köchin.

Auch Martha Washington, die Frau des Befehlshabers der amerikanischen Armee, reiste zu ihrem Mann an die Front und lebte bei ihm. Eines Tages wollten Damen aus der Nachbarschaft sie besuchen und hatten sich elegant gemacht. Beschämt berichten sie hernach, sie hätten Martha Washington bei Handarbeiten angetroffen, in einer fleckigen Schürze. Sonntags lud Martha Washington – aus ihrer ersten Ehe recht begütert – andere Offiziersfrauen ein. Vor allem zum Stricken.

Auf der deutschen Seite folgte Friederike, die Frau des Braunschweiger Generals Friedrich Adolph Riedesel, ihrem Mann übers Meer in den Krieg. Mit drei Kindern, natürlich auch mit Kammerjungfer und anderem Personal. Sie suchte sich Quartier in der Nähe der Front, sodass der General, der ein Freiherr war, gelegentlich zum Essen oder zum Schlafen kommen konnte. – Sie hat einiges mitgemacht. Auf ihre Kalesche wurde geschossen. Und sie geriet in ein heftiges Artilleriegefecht. In einem Keller überstand sie Tage und Nächte neben Verwundeten, Sterbenden und Erschöpften.

Für Friederike und ihren General war der Krieg bereits im Oktober 1777 bei Saratoga zu Ende gegangen. Die Briten und die Braunschweiger mussten kapitulieren. Friederike wollte zu ihrem Mann, und das durfte sie auch: »Ich setzte mich also wieder in meine liebe Kalesche und machte im Durchfahren durch das amerikanische Lager die tröstliche Bemerkung, dass uns keiner mit beleidigten Blicken ansah, dass sie alle mich grüßten und sogar auf ihren Gesichtern Mitleid zeigten, eine Frau mit drei kleinen Kindern da zu sehen. Ich bekenne, dass ich mich fürchtete, zu den Feinden zu kommen, welches ein ganz neuer Auftritt für mich war.«

Im Lager ließ ihr ein freundlicher Herr in seinem Zelt ein hervorragendes Essen servieren und bot ihr sein Haus als Wohnung an. Es war der amerikanische General Philipp Schuyler, der sie so generös empfing. General Riedesel bekam freies Geleit unter dem Versprechen, nicht mehr am Krieg teilzunehmen. In New York fand die Familie ein standesgemäßes Quartier. Dort brachte Friederike ihr viertes Kind zur Welt, ein Mädchen, das auf den Namen America getauft wurde.

Die Franken überwinterten zu jener Zeit, als Friederike in Saratoga den Feind auch von der gastfreundlichen Seite kennen lernte, in der Stadt Philadelphia. Sie blieben dort fast sieben Monate – was Johann Conrad Döhla Zeit zum Schreiben ließ. Die Rebellen tauchten offenbar nur gelegentlich auf.

Ohngeachtet es in diesen Winterquartier an kriegerischen Beschäftigungen und Vorfällen nicht fehlte, weil entweder die Rebellen sich bißweilen sehen ließen um dieß und jenes wegzukapern oder die englischen Hilfstruppen einzuschrencken und zurückzutreiben suchten, fehlte es doch in Philadelphia nicht an vergnügten Winter-Zeit-Vertreibungen und Abwechslungen, denn es waren fast täglich Assembleen, alle Montage Comödie, alle Donnerstag Ball und Spiel für die Offiziere.

Das Leben war für die Besatzer, jedenfalls für die Offiziere, zeitweise recht lustig. Das bestätigt auch die Stadtchronik. Und in der Ferne – er reiste gerade nach Paris – kommentierte der Staatsmann und Philosoph Benjamin Franklin spöttisch das flotte Leben der Briten in Philadelphia unter General William Howe: »Well, I think, Howe thinks he has conquered Philadelphia. But I am certain, Philadelphia will conquer Howe.«

In der Stadt wurde gefeiert – denen ganz unten aber ging es schlecht. Ganz unten, da waren die Kriegsgefangenen. Die verwundeten Amerikaner, die in die Hände der Briten fielen, wurden im Stadtgefängnis und in jenem Staatshaus untergebracht, in dem ein paar Jahre zuvor die Unabhängigkeit der Vereinigten Staaten ausgerufen worden war. Zunächst wurden sie von den Ladies der Stadt versorgt. Aber dann wurde die Nahrung knapp. Und es war sehr kalt. In der Stadtchronik ist zu lesen: »Gewaltige Explosionen auf den Fluss-Schiffen hatten das Glas der Fenster im Gefängnis zerspringen lassen. Ohne Feuer und ohne Decken starben viele aus Erschöpfung. Sie waren bloße Schatten aus Haut und Knochen, halb bekleidet mit dreckigen Lumpen.« – Den britischen Gefangenen auf der anderen Seite ging es nicht besser.

Am 9. Juni 1780 zogen die britischen und die fränkischen Truppen ab und wurden auf kleine Transportschiffe verladen. Der Befehl hieß: Zurück nach New York. Die Rebellen sollten nichts Brauchbares mehr vorfinden.

... so wurden alle Schanzen demolirt, und was von Geschoß und Munition nicht fortzubringen war, in den Delaware geworfen und versenckt.

Die früher so saubere Stadt war verwahrlost. Die Rebellen kehrten zurück, ohne auf Widerstand zu stoßen. Die Chronik von Philadelphia berichtet: »Welch ein Anblick bot sich ihren Augen! Die Bäume waren abgeholzt. Kirchen und öffentliche Gebäude voller Schmutz. Denn sie waren als Ställe für die Pferde benutzt worden. Alles Eigentum, das sich tragen ließ, wie Möbel, Maschinen, Bücher, Kleidung und Werkzeuge, waren gestohlen oder zerstört worden ... «

Der kommandierende britische General, Charles Cornwallis, verlegte einige Regimenter mit den Truppen aus Ansbach-Bayreuth südwärts in die aufsässige Kolonie Virginia, etwa fünfhundert Kilometer Luftlinie von New York entfernt. Seine Truppen landeten mit Schiffen in Yorktown an der Chesapeake-Bay, die in den Atlantik mündet. Er brauchte den Hafen für den Nachschub. Auf dem Hochufer tat sich eine Lichtung auf. Die Soldaten, berichtet Döhla, mussten Schanzen ausheben und Bäume fällen, um für ein freies Schussfeld zu sorgen. Yorktown schien unangreifbar. Den Ort der letzten Schlacht würde Johann Conrad Döhla auch heute noch erkennen. Die Erdwälle, die er und die anderen aushoben, sind erhalten geblieben. Überall Kanonen.

Die Stadt wurde zur Falle für die Briten und die Deutschen. Ihr General Charles Cornwallis erwartete Nachschub. Der traf nicht ein. Von der Landseite rückte George Washington mit seiner Armee immer näher. Nachts waren Stoßtrupps von beiden Seiten unterwegs, stachen die Gegner nieder und machten deren Geschütze unbrauchbar.

Die Feinde schlichen sich mit Begünstigung eines dicken finstern Nebels bey einbrechender Nacht unbemerkt an den Verhau. Während der Bestürmung be-

dienten sie sich folgender Kriegslist. In der Mitte von unserer Linie hörte man deutsch und laut commandieren: Die ganze Colonne oder Brigade vorwärts Marsch. Halt. Kanonen vor ...

Eine Kriegslist? Muss nicht sein. Es wurde viel Deutsch gesprochen im Krieg der Briten gegen die amerikanischen Rebellen. Deutsche standen auf beiden Seiten und schossen aufeinander. Bei den Amerikanern gab es nach deren Unterlagen im Lauf der Zeit mindestens zwei Regimenter, denen vorwiegend eingewanderte Deutsche oder ihre Nachfahren angehörten. Ein Regiment verschwand in Unehren – die Soldaten liefen zum Feind über. Das andere hieß offiziell »Das achte Virginia Regiment« und setzte sich vornehmlich aus Deutschen des Shenandoa-Gebietes zusammen. Die Sold-Listen liegen noch im Washingtoner Staatsarchiv unter dem Stichwort »German Regiment«.

Die Deutschen fühlten sich England in keiner Form verpflichtet – das junge Amerika war ihre neue Heimat. Dafür setzten sie sich begeistert ein, wie ein evangelischer Kirchenrat in einem Brief 1775 in Philadelphia berichtete: »Die Teutschen in Pennsylvania nah und fern haben sich sehr hervorgetan und nicht allein ihre Milizen errichtet, ... sondern auch auserlesene Corps von Jägern formiert, die in Bereitschaft sind zu marschieren, wo es gefordert wird. Und diejenigen unter den Teutschen, welche selbst nicht Dienst tun können, sind durchgehend bereit, nach Vermögen zum gemeinsamen Besten zu kontribuieren.«

Washingtons Leibwache wurde von Bartholomäus van Heer, einem ehemaligen preußischen Major, kommandiert. Sein wichtigster Berater fluchte deutsch und sprach französisch: Friedrich Wilhelm von Steuben aus Magdeburg. Fürs Englische brauchte er anfangs einen Dolmetscher. Er sei unter Friedrich dem Großen Generalleutnant gewesen, schrieb Benjamin Franklin, Amerikas Abgesandter in Paris, in einem Brief an George Washington. Da war ein bisschen Hochstapelei dabei. Steuben hatte tatsächlich Friedrichs Generalstab angehört, aber zuletzt im Rang eines Kapitäns oder Rittmeisters. Hoch verschuldet, aber inzwischen mit dem Titel Baron ausgezeichnet, suchte er einen Posten im Ausland und kam auf diese Weise zu Washington. Seine militärischen Kenntnisse beeindruckten – und dass er zunächst auf ein Gehalt verzichtete, wurde ihm auch hoch angerechnet. Nur seine Auslagen sollten ersetzt werden. Endgültige Bezahlung nach dem Sieg.

Auch Washington ließ sich den Sold, der ihm zustand, nicht auszahlen. Er gilt als Vater der Armee, Steuben als ihr erster Lehrer. Exakter Drill war damals neu in Amerika. Und ungewohnt. Von Steuben war einmal zu hören: »Ein deutscher Soldat tut, was man ihm sagt, einem Amerikaner muß man erst den Grund dafür erklären.« Berühmt sein blaues Buch, ein Handbuch des Drills, das vom amerikanischen Kongress zum offiziellen Handbuch der Armee erhoben wurde. Jetzt hatten die Amerikaner so zu marschieren und zu exerzieren, wie es Steuben einst in Preußen gelernt hatte. Mit einer Musterkompanie fing er an – in Yorktown befehligte er schließlich eine Division.

Auf Seite Washingtons kämpfte auch das Regiment Deux Ponds, dessen Name so schön französisch klingt. Tatsächlich waren das Pfälzer Soldaten aus Zweibrücken. Ein anderer Franzose, Baron Jean de Kalb, kommandierte ein amerikanisches Regiment. Ein verehrter Offizier. In der Schlacht von Camden in Südcarolina wurde er elfmal verwundet und starb drei Tage später. Noch im Oktober 1780 beschloss der Kongress, ihm ein Denkmal zu bauen. Der große französische Held muss auch Fränkisch verstanden haben, wie seine Biographie verrät: »Jean de Kalb wurde als Johann Kalb in Hüttendorf geboren, einem kleinen Ort, der heute zu Erlangen gehört ... Aber Hüttendorf war ihm zu eng. Erst wurde er Schank- und Hausbursche in Herzogenaurach. Dann verschwand er. Erst ein paar Jahre später taucht sein Name wieder in Dokumenten auf – da war er schon mit 22 Jahren französischer Leutnant, als Jean de Kalb. Wie viele junge Abenteurer seiner Zeit wollte er beim Militär Karriere machen. Das Regiment, dem er in seinen Anfängerjahren angehörte, stand in französischen Diensten, die Soldaten kamen überwiegend aus Deutschland. Kalb muss ebenso tüchtig wie ehrgeizig gewesen sein. So heiratete er erst einmal eine reiche Tuchmachers-Tochter und legte sich den Titel »Baron von« zu. Das war hilfreich für die Karriere. Schon besaß er ein Schlösschen in Versailles. Er kämpfte an vielen Fronten und wurde zur Erkundung nach Amerika geschickt, da er auch noch Englisch sprach. Aber das Leben auf dem Land war ihm wohl zu langweilig. Baron de Kalb meldete sich freiwillig bei den Amerikanern. Später wurden Straßen und Dörfer nach ihm benannt.«

F ür Döhla – er ist gerade 31 Jahre alt geworden – und seine fränkischen Soldaten kam das Ende des Kampfes im Oktober 1781. Sie lagen bei Yorktown, der kleinen Hafenstadt. Washingtons Armee begann eine Kanonade ohnegleichen.
Heute wurde erstaunlich canoniert und bombardiert auf beiden Seiten. Man zählte diese 24 Stunden auf 3600 Schuss von feindlicher Seite, aus Bombenmörsern, Haubitzen und Kanonen, welche sie auf die Stadt, in unsere Linie und auf die Schiffe im Haven thäten. Diese Schiffe wurden erbärmlich ruiniert und zusammen geschossen. Auch erschlugen die Bomben und Kanonenkugeln viele Einwohner ... Und man sah fast überall Menschen liegen, die tödtlich blessiert waren und ihnen Köpfe, Arme und Beine abgeschossen waren.
Cornwallis musste kapitulieren. Zermürbt durch die Kanonade, hoffnungslos, weil der Nachschub nicht eintraf. Er bat um Waffenstillstand. Das letzte Kapitel der Schlacht.
Nachmittags, des 19. Oktober sind alle Truppen mit Sack und Pack, mit verdeckten Fahnen, aber mit Trommeln und Pfeifen ausmarschiert ...

Die gegnerischen Truppen bildeten Spalier. Rechts die Franzosen, die sich mit den Amerikanern verbündet hatten und noch nicht vom Krieg erschöpft waren. Döhla staunte.

Überhaupt sahen die französischen Truppen sehr gut aus, und es waren schöne, lange, wohlgewachsene Leute, trugen alle weiße Gamaschen ... Uns zur Linken bey unserem Ausmarsch stunden die amerikanischen Truppen und paradierten, mit ihren Generalen Washington, Gates, Greene und Wayne ... Sie stunden in drei Gliedern, anfänglich die regulirten Regimenter welche auch Spielleute hatten und schöne Musik machten und noch so passabel aussahen. Hernach paradierte die Land-Miliz von Virginien und Maryland, welche aber schlecht genug, zerlumpt und zerrissen aussahen ...

Gut beobachtet! Genau so war es auch nach den Berichten anderer Augenzeugen: elegant die Franzosen, passabel die Amerikaner, zerlumpt ihre Miliz, die Landwehr. Die Briten marschierten voran in die Gefangenschaft – wütend, einige Soldaten betrunken und aufsässig. Unter den Truppen, die sich ergaben, waren rund 2 000 Deutsche – etwa die Hälfte davon aus Ansbach-Bayreuth. Die Franken kamen als letzte, mit eingerollten Fahnen. »In guter Ordnung«, berichten amerikanische Historiker. Die Musiker spielten das Lied »Wenn die Welt auf dem Kopf steht«.

Der letzte Befehl »Legt die Waffen nieder« ist auch heute noch zu hören. Man braucht auf einer Tribüne am Rande jener Lichtung nur einen Knopf zu drücken. Und eine Tonband-Stimme scheint aus den Wolken zu erzählen, was hier geschah: »Auf diesem Feld wurden die Vereinigten Staaten von Amerika geboren.« Der Ort ist eine Erinnerungsstätte, ein nationales Heiligtum für Amerikaner. Der Weg, auf dem die Soldaten in Gefangenschaft marschierten, heißt nun »Road to Independence« – Straße zur Unabhängigkeit.

Mit dem Sieg von Yorktown war zwar der Krieg noch nicht zu Ende, aber der Weg zur Unabhängigkeit der Vereinigten Staaten war frei. Döhla schildert nicht nur die große Schlacht. Er berichtet auch, dass die Soldaten nach der bitteren Niederlage drei- oder viermal am Tag Schokolade tranken und sich Zucker aufs Brot streuten. Sie wollten die Vorräte, die sie ihrerseits erbeutet hatten, nicht wieder in die Hände der Amerikaner fallen lassen.

Döhlas Tagebuch hält fest, wie hart die Kriegsgefangenschaft, wie armselig die Ausrüstung der Soldaten war.

... Mussten durchs kalte Wasser waten. Man sollte gar nicht glauben, was der Mensch ausstehen kann ... Übernachteten am Flussufer Potomac. Wir machten uns wohl große Feuer an, konnten aber wegen der großen Kälte kein Auge zuthun. Es war zum Gotterbarmen sowohl wegen unserer schlechten Kleidung, so zerrissen und zerlumpet war, als auch wegen der großen Kälte, – wo wir nicht als Menschen behandelt, sondern wie Hunde ausstehen mussten ... Wir bekamen gegenwärtig schlechte Provision, ... rauhes Brod

und fast vermodert und stinckend, eingesalzen Fleisch auch dann und wann stinckende Heringsfische … Viele von uns Gefangenen giengen barfuß und halbnackend, die meisten hatten kein Hemd mehr am Leibe, und hatte noch mancher ein Lumpen, so war doch voller Läuse und Ungeziefer. Was wollte man anderes machen, denn unsere Bagage, welche schon lange kommen sollte, blieb so lange aus.

Eine Nebenbemerkung macht noch einmal die ganze Not deutlich. Im Frühjahr 1783 habe seine Kompanie 26 Paar Schuhe erhalten.
Für Diejenigen, welche barfuss gingen.

Wieviele Fahnen wurden damals von Washingtons Truppen erbeutet? Die Zahlen schwanken. Es müssen mindestens 24 gewesen sein – achtzehn deutsche und sechs britische. Ein Kurier, Colonel David Humphrey, überbrachte sie am 3. November 1781 nach Philadelphia und legte sie dem Kongress zu Füßen. Und er schrieb ein Gedicht über die Fahnen. Er spricht von einem Adler, der golden aufleuchtet. Gemeint ist wahrscheinlich das Wahrzeichen der Ansbach-Bayreuther. Die Beute wurde später an die Militärakademie West Point übergeben.
Der amerikanische Historiker James W. Lowry hat ihre Geschichte gründlich erforscht. Er kommt zu dem Schluss:
»Von den 18 übergebenen Fahnen sind nach unserem Wissen nur vier bis zur Gegenwart erhalten geblieben – alle von Ansbach-Bayreuth.«
Warum nur die? Was ist aus den anderen geworden? Kurator Mikel Mc Afee von der Militärakademie West Point meint: »Sie überstanden die Zeiten wahrscheinlich wegen ihrer Qualität, weil sie nicht aus Tuch mit aufgemalten Regimentszeichen, sondern aus Damast gefertigt sind, mit Seide bestickt. Die anderen sind vermodert, verrottet, wurden gestohlen oder bei einem Brand in Washington vernichtet.«
Zwei Fahnen werden noch in West Point aufbewahrt, darunter jene, die der Kongress dem General Washington als Anerkennung für den Sieg geschenkt hat. Eine dritte der Fahnen, vor denen Johann Conrad Döhla oft Wache stand, lagert im Depot des Washingtoner Museums. Über sie heißt es auf einem Schild: »Damit hatte alles begonnen.«
Die vierte ist im Besucherzentrum von Yorktown ausgestellt. Sie liegt in einer Vitrine. Das Licht ist gedämpft, um die Seide zu schonen. Die Fahne wurde schon vor hundert Jahren mit einem feinen Netz überzogen, das den Stoff zusammenhält. »Ein Symbol des Revolutionskrieges und der Geschichte. Eine exzellente Handarbeit, ein Kunstwerk …«, schrieb James Lowry über sie.

George Washington. Gemälde von James Peale (1749–1831). Stiftung von William H. Hantington (1885). Metropolitan Museum of Art, New York

Die Fahnen der Ansbach-Bayreuther sind deutlich auch auf jenem Gemälde zu erkennen, das im Metropolitan Museum of Art von New York hängt. Der Maler James Peale hat sie so drapiert, dass beide Seiten sichtbar sind. Ganz rechts der Brandenburger Adler, daneben verschlungene Buchstaben, die Abkürzung des markgräflichen Leitspruchs: »Sincere et constanter«, aufrichtig und beständig.

Warum aber schob James Peale auf seinem Porträt die Ansbach-Bayreuther Fahnen in den Vordergrund – und nicht die britischen? Wahrscheinlich, weil sie ihm am besten gefielen.

Das Ende: Von den 30.000 Deutschen im britischen Dienst kehrten rund 17.000 zurück. Ungefähr 8.000 starben – an Kriegsverletzungen, aber auch an Krankheiten. Und mindestens 5.000 blieben – so weit man weiß – in Amerika.

Von den Ansbach-Bayreuther Soldaten – insgesamt waren es zuletzt rund 2.400 – sind etwa 400 ums Leben gekommen. 1.379 kehrten heim. 679 Soldaten ließen sich für immer in Amerika nieder. Sie blieben, gründeten Siedlungen und schrieben später ihren Verwandten nach Franken, sie möchten nachkommen. Denn in Amerika könne man bei einigem Fleiß sein Glück machen.

Markgraf Carl Alexander, der sie verkauft hatte, verließ ebenfalls sein Land. Der Bevölkerung ließ er verkünden: »Nachdem Wir durch verschiedene wichtige Bewegungsgründe, besonders auch durch unsere Gesundheits-Umstände, zu einer längeren Abwesenheit und einer vielleicht weiten Entfernung aus unseren Ländern veranlaßt werden und uns während derselben der sämtlichen Regierungsgeschäfte gänzlich zu entschlagen beschlossen haben ...«. Kurzum, der Markgraf übergab die Regierung dem preußischen Minister von Hardenberg. Er hatte sich schon vor Jahren eine britische Mätresse zugelegt, die schöne Lady Elizabeth Craven. Und mit der zog er nach London und überließ Ansbach-Bayreuth seinem Schicksal und den Preußen.

Henrike Leonhardt

Der »Endspieler« Johann Nepomuk Mälzel
Ein Schattenriss

VORLESER: Beethovens Scherzkanon auf den Erfinder des Metronoms. *Ta, ta, ta, ta, ta, lieber, lieber Mälzel, leben Sie wohl, sehr wohl, Banner der Zeit, großer Metronom, ta, ta, ta, ta, ta, ta.*
MADAM: Johann Nepomuk Mälzel.
VORLESER: Erfinder des Metronoms.
MADAM: Jenes Taktgebers oder Taktmessers in der Musik. Das sagt das eine Lexikon und das nächste schreibt, dass dieser Mälzel oder Mentzel oder Mölzl das Metronom nicht erfunden hat, sondern nur nachgebaut. Ein Plagiator?
VORLESER: Und die moderne Musikwissenschaft, die will entdeckt haben, dass der Kanon überhaupt nicht von Beethoven stammt ...
MADAM: Sondern?
VORLESER: ... von Beethovens erstem Biograph Anton Schindler, der damit dokumentieren wollte, dass der zweite Satz der 8. Beethovensymphonie zu schnell gespielt wird.
MADAM: Nichts als Verwirrung! Klavierspieler und Mechaniker in Regensburg, Erfinder und k.k. Hofkammermaschinist in Wien, Unternehmer, Fabrikant in London, Paris, Schausteller in halb Europa, und nach seinem 50sten Lebensjahr zog er mit dem berühmten, geheimnisumwobenen Schachautomaten des Baron Wolfgang von Kempelen als Illusionist durch die Alte und in die Neue Welt ... Wer war Johann Nepomuk Mälzel?
VORLESER: Jedenfalls ist er in Regensburg geboren, am 15. August 1772, das steht inzwischen fest, als Sohn eines Orgel- und Instrumentenmachers, in dessen Werkstatt er als Mechaniker ausgebildet wurde. Katholisch!
MADAM: Und gestorben?
VORLESER: Im Hafen von Laguyra, Venezuela.
MADAM: Nein, ich habe gelesen, auf der Überfahrt von Europa nach Nordamerika.
VORLESER: Auf dem Atlantik vor Philadelphia.
MADAM: Ich halt's nicht aus! Wahrscheinlich nicht mal ein Grab! Wie soll ich über jemanden erzählen, der kein Grab hat, keinen Stein! Lebte on the road, starb auf See, kein sicherer Längen- und Breitengrad seines Sterbeorts! Ich brauche aber einen festen Punkt! Von hinten kann ich mich dann vielleicht nach vorne hangeln.
ALLEN: Vielleicht.

MADAM: Wie bitte? Was mischen Sie sich ein? Wer sind Sie?
ALLEN: Verzeihung, Madam, George Allen, mein Name. Entschuldigen Sie! … Johann Nepomuk Mälzel ist off, … sorry, vor Charleston gestorben, am 21. Juli 1838.
MADAM: Ich verstehe nicht.
ALLEN: Mit keiner anderen Feierlichkeit, als dass man eine 4-Pfund-Kugel an seinen Füßen befestigte, wurde er in die Tiefe entlassen.
MADAM: Wie wollen Sie das wissen? Verzeihen Sie, wie war Ihr Name?
ALLEN: Allen, George Allen! Ich habe ein Essay über Mälzel geschrieben.
MADAM: Ich denke, das war Edgar Allan Poe?!
ALLEN: Der auch. Nur war Poe sich sicher, dass seine Lösung des Rätsels gestimmt hat, wohingegen ich …
MADAM: Sie sind sich nicht sicher?
ALLEN: So ist es! Darum bin ich hier. Ich bin nie ganz sicher. Die Zeit geht weiter, und ich lebe in Amerika.
MADAM: Sie sagten, Sie heißen Allen, George Allen? Sind Sie etwa der, der *The History of the Automaton Chess-Player in America* geschrieben hat? Aber das kann nicht sein.
ALLEN: Doch, Madam, der bin ich. Ja, ich habe die Geschichte des Schachautomaten zusammengestellt für das Buch über den Ersten Amerikanischen Schachkongress …
MADAM: Aber der war …
ALLEN: … 1859. Eben. Mälzel gab und gibt immer neue Rätsel auf – auch war mir seine europäische Karriere nie ganz ohne Widersprüche. Dieser Mälzelkanon zum Beispiel, das Metronom … Sogar die dürftigen Lichtpunkte seiner Biographie, die alles sind, was wir besitzen, zeigen ihn zu einer Zeit in Wien und Neapel, diese Erfindung datiert von Frankfurt und diese von Amsterdam, jetzt ist er in Paris und jetzt in London. Wir sollten zusammenarbeiten, was halten Sie davon? Ich weiß einiges über Amerika und über Schach, und – ich sprach auch etliche Weggefährten unseres Mälzel … und Sie …
MADAM: Ich …, ich …
ALLEN: Ah, ich verstehe Ihre Verwirrung. Sorry. Sie wissen doch, um eine Sache perfekt zu machen, war Mälzel jedes Mittel recht. Fast jedes Mittel, oder? *It must be correct!*
MADAM: So zitierte der Zauberer Signor Antonio Blitz doch unseren Meister!
ALLEN: Verstehen Sie jetzt? Ich habe mich ganz auf Signor Blitz, Mälzels Kollegen, verlassen. Er hat mich hergebracht!
BLITZ: Here I am! Antonio Blitz, The King of Conjurers, König der Zauberkünstler.
MADAM: Na, dann ist ja eigentlich Ihr Hiersein ganz normal.

BLITZ: Jedoch keineswegs als Zauberkünstler bin ich gekommen. Ich hörte, man nennt Mälzel einen Scharlatan. Ich habe ihn gekannt, so weit man ihn kennen konnte – leicht ließ er niemanden an sich heran. Uns verband die Kunst der Täuschung. Scharlatan? Nie verließ jemand seine Vorstellung mit dem Gefühl, den Dollar Eintritt – er war teuer, unser Mälzel – umsonst bezahlt zu haben. Er war: the Prince of Entertainers.
MADAM: Prince? Warum nicht King? – Nicht der König?
BLITZ: Die Könige waren seine Werke. Das macht seine Größe aus.
MADAM: Das klingt glaubwürdig, probieren wir's, werfen wir zusammen, was wir über Johann Nepomuk Mälzel wissen. Woher kam das Schiff, mit dem er seine letzte Reise machte?
BLITZ: Von Havanna. Ich nutzte die einträgliche Karnevalssaison wie er, die einzige Zeit, in der man dort über die Stränge …
MADAM: … und schlug er über die Stränge?
BLITZ: Niemals. Ein Illusionist – wie auch ein Magier – darf nie die Kontrolle verlieren.
MADAM: Es heißt, er spielte.
BLITZ: Wer maßt sich an, einen wie ihn zu verstehen. Er setzte. Er gewann. Schach hat er gespielt. Er war ein Meisters des Endspiels.
MADAM: Endspiel?
BLITZ: Er löste nahezu jede vorgegebene Spielsituation.
MADAM: Aha, das Metronom! Ein Diederich Nikolaus Winkel in Amsterdam soll ja das Pendel mit beweglichem Gewicht erfunden haben, und unser Mälzel übernahm es, wie es war.
ALLEN: So nun auch wieder nicht. Er entwickelte die Skala, bestimmte die Minute als ausschließliches internationales Maß des Taktes und löste damit die regional unterschiedlichen Längenmaße ab. Seit Mälzel kann jeder Komponist das von ihm gewünschte Tempo in der Partitur unmissverständlich angeben. Ist das etwa nichts?
BLITZ: Ziemlich kompliziert! Meinen Sie nicht, wir sollten uns zunächst auf irgendeinen Anfang einigen, einen Ausgangspunkt? So geht ja alles durcheinander!
MADAM: Also gut, meine Herren, hier die *Leipziger Allgemeine Musikalische Zeitung*, März 1800, über Mälzels Anfänge in Wien.
ALLEN: Meine Augen sind nicht mehr die besten, ich bin nicht der Jüngste.
BLITZ: Ein Vorleser bitte! Nur, wenn wir hören, können wir einander anschauen, können uns zunicken …
MADAM: … oder die Augen auskratzen.
BLITZ: Aber, aber, Madam, das nun wäre nicht Mälzel-like, »shenteel« sollte bei ihm immer alles sein.
MADAM: Schentiel?

BLITZ: Genteel, vornehm, dezent. Das flüsterte er mit dem ihm eigenen Englisch: »shenteel«. Einen Vorleser also! Please!
VORLESER: *Herr Mätzl (sic!), ein in Wien lebender junger Mechanikus, hat ein Instrument verfertigt, welches ein ziemlich vollständiges Orchester in sich vereinigt, und der Aufmerksamkeit des musikalischen Publikums bestimmt nicht unwürdig ist.*
ALLEN: Aha, sein erstes Panharmonium!
VORLESER: *Ich hörte mehrere Haydnsche Kompositionen, eine Ouvertüre von Mozart und eine Arie von Crescenti mit der größten Präcision abspielen, und wer das Instrument nicht vor Augen hat, wird standhaft behaupten, daß eine Gesellschaft von sechs bis acht Musikern am Konzert Anteil hat.*
ALLEN: Die eben erst entwickelten durchschlagenden, die so genannten frei schwebenden Zungen ermöglichen diese perfekte Imitation.
BLITZ: Alles andere: geschickte Präsentation und die bekannte Walzenmechanik. Doch was mir auffällt: Damals wollte er noch nicht alles besser als alles Vorhandene machen, so gut wie, das reichte ihm wohl.
MADAM: Ein künstliches Orchester. Sehr praktisch! Die Adelshäuser waren damals gerade dabei, ihre privaten Orchester zu entlassen – die übertriebenen Forderungen der nimmersatten Musiker nach der französischen bürgerlichen Revolution! Und nun ausgerechnet: durchschlagende Zungen, frei schwebend! Das ist schon komisch, nicht wahr?
BLITZ: Immer am Puls der Zeit. Aber die Zeit überschlug sich! ... Ein Glas Wein, bitte! ... Also, Mälzel, denke ich mir, hat nach der Präsentation der *Musikalischen Zeitung* einen Rotwein eingeschenkt. Mein Orchester, sagt er, das fordert weder Lohn noch Applaus noch eine Pension! Säuft nicht, hurt nicht, fängt kein Techtelmechtel mit der Gattin des Besitzers an, nicht einmal mit dessen Mätresse! Auch kränkelt es nicht und ist alterslos. Etwas Öl ab und an und – ein exzellenter Mechaniker! Das ist alles. Jeder kann nun sein Stücklein spielen, sooft er will. Ohne musikalische Begabung, ohne Ausbildung! Cheers! Allerdings koste es noch eine Kleinigkeit, sagt er, und die Klarinetten seien zu verbessern. Das nächste Panharmonium, das könne er versprechen, sei ganz gewiss auch mit Streichern besetzt.
VORLESER: *Ist der Cylinder in Bewegung, so spielt das Stück von selbst, ohne daß man nötig hat, die Maschine auch nur mit einem Finger zu berühren.*
BLITZ: Musik, bitte!
MADAM: Naja ...
ALLEN: Umwerfend war das damals, ungeheuerlich! Sie müssen sich das vorstellen: kein Musiker, kein Vorführer im Raum; nur dieser wunderbare, alle desillusionierende Mechanik verbergende Musikschrank. Geisterhand? Engelsmacht? Teufelskraft?
BLITZ: Der Genius des Erbauers! Mälzel hatte dem Instrument die menschliche

Hand entzogen, er ließ es laufen, er stellte es frei. Nichts, niemand, lenkte ab von seiner klingenden Kunst!
MADAM: Die Exklusivität des Hörens. Unsere moderne Musikkultur.
ALLEN: Unkultur, Madam, ich bitte Sie!
MADAM: Jedenfalls gilt Mälzel als Erfinder des Orchestrions, obwohl ...
VORLESER: *Es gibt schon ähnliche Orchesterinstrumente, aber keines, welches so vollständig wäre.*
MADAM: Also wieder einmal: der Endspieler!
BLITZ: Ich bitte Sie! Welche Kunst ist kein Endspiel!
ALLEN: Und das, Madam, was Sie heute Vermarktung nennen, gehört ja wohl auch dazu, nicht wahr? Er wusste – wie kaum einer – die Psyche des Marktes und möglicher Kunden an der richtigen Stelle zu reizen.
VORLESER: *Da die Maschine wenig Raum einnimmt, so wäre sie zum Beispiel auf gesellschaftlichen Theatern, um die Pausen zwischen den Akten durch Musik auszufüllen, sehr zweckmäßig. Findet Herr Mätzls* (sic!) *Talent keine hinlängliche Aufmunterung auf deutschem Boden, so wird er sie im Auslande suchen.*
ALLEN: Genial!
MADAM: Es sieht so aus. Wenige Monate später lesen wir wiederum in der *Musikalischen Zeitung* ...
VORLESER: *Der Mechanikus Mälzl hat seine Maschine, welche ein Orchester in sich vereiniget, an einen ungarischen Edelmann für 3 000 Gulden verkauft.*
ALLEN: Das bedeutete drei Jahre Leben in jener Zeit.
BLITZ: Schon arbeitet er, wie ich ihn kenne, am nächsten Panharmonium, das größer, eleganter, präziser sein soll, welches wiederum Prototyp eines noch perfekteren sein würde.
MADAM: Er hat es also geschafft. Mit 27 Jahren ein gemachter Mann.
ALLEN: Sie folgten seinen Spuren, Madam. Haben Sie sein Geburtshaus besucht?
MADAM: Ein spätgotisches städtisches Schmalhaus, mit einem barocken Dachstuhl, nur wenige Schritte bis zur Donau.
BLITZ: Die Donau! Sie wies ihm beizeiten den Weg.
MADAM: Nicht nur die Donau, denke ich. Das Haus steht zwischen dem hohen, nach seinem Riesenfresko benannten Goliathhaus im Westen und dem Wirtshaus »Zum Walfisch« im Osten. Dem David mit seiner Schleuder mag der junge Mälzel beizeiten abgeschaut haben, dass die Goliaths, die Großen und Mächtigen, zu schlagen sind, mit Klugheit, Fantasie ...
BLITZ: ... und der angemessenen Wahl der Mittel. Denken wir an seinen Sieg über Napoleon, wir kommen gewiss noch darauf.
ALLEN: Und der Walfisch? – Nun ja, Mälzels Ende ... Und da ist noch etwas: Anfang der 1820er Jahre hat er ein Panharmonium für 600 000 Dollar, 600 000!, an eine Bostoner Gesellschaft verkauft. Das Instrument ist nie angekommen.

Spurlos versank das Schiff mit ihm zwischen den Kontinenten. Über ein ähnliches berichtet *Hormayrs Archiv für Geschichte*.
VORLESER: *1829 hat er zu Boston ein Orchester aus 42 Automaten zur Show ausgestellt. Es besteht aus den sämtlichen Mitgliedern eines Orchesters, und selbst der Kapellmeister ist ein Automat. Am bewunderungswürdigsten sind die Violinspieler, indem sie Bogen und Finger mit staunenswürdiger Accuratesse und ergreifendem Ausdrucke bewegen. Die Trommeln, Pauken, kleinen Pfeifen, Triangeln und Glöckchen werden von künstlichen Mohren gespielt. Die Automaten produzieren die Ouvertüren aus »Don Juan«, »Iphigenia«. Die Harmonie spielt das Volkslied: »God save the King!« – Dem Herrn Johann Mälzel sind für dieses Automatenorchester 300 000 Dollar geboten worden; allein er begehrte 500 000.*
ALLEN: 400 000, meine ich, hat er dafür bekommen.
BLITZ: Nicht schlecht, er war seinen Preis wert.
ALLEN: Wie kamen wir aber darauf? Mein Gedächtnis … mein Alter …
BLITZ: Walfisch war das Stichwort, das Wirtshaus in Regensburg.
ALLEN: Haben Sie sein Haus von innen gesehen?
MADAM: Es war, als ich das letzte Mal da war, völlig zugenagelt, unzugänglich. Die Sanierung der Altstadt, wissen Sie …
ALLEN: Keine Gedenktafel? Kein Hinweis?
BLITZ: Na ja, das mit der Tafel kann ja noch werden, jetzt, nachdem wir hier über ihn reden.
MADAM: Kaum einer dort kennt seinen Namen, und wenn: Genie? Scharlatan? Besser, man lässt die Finger davon! Sein Vater war Schutzverwandter, nicht Bürger der Stadt, das erklärt manches. Erstaunlich genug, dass er hier Haus und Werkstatt besaß. Es spricht für sein Können.
BLITZ: Schutzverwandter?
MADAM: Er produzierte nicht für die Stadt, sondern für eine Gesandtschaft des Immerwährenden Reichstags, der hier in der Freien Reichsstadt zusammenkam. Als katholischer Ausländer aus der Nachbarstadt Stadtamhof konnte er kein Regensburger Bürger werden.
ALLEN: Ziemlich kompliziert, das alte Europa, was, Mister Blitz?
BLITZ: Aber das dürfen wir nicht außer Acht lassen. Der Vater produzierte für den Adel, von dem er abhängig war. Auf tadellose Bedienung kam es an, nichts als das Können sicherte und rechtfertige die Existenz. Ich kenne mich da ein wenig aus, ich bin Europäer, Engländer von Geburt, wie mein Name nicht sagt, cheers! Exklusivität war gefragt, Raffinement; devotes Betragen hätte zwar der Abhängigkeit entsprechen können, war aber nicht opportun: Von einem Künstler erwartete man eine gewisse selbstbewusste Originalität.
MADAM: Sein Pate war Mathias Schiffer.
VORLESER: *Letzter Monumentalmaler des steirischen Barock.*

BLITZ: Da haben wir's: das kolossale Panharmonium!
MADAM: Der malte die Fresken im Ballsaal des berühmten Gasthauses »Zum Goldenen Kreuz«. Das Kind sah zu, dass und wie es dem Paten glückte, durch Berechnung und kühne Kunstfertigkeit Illusionen herzustellen. Jedes Bild führte dem Knaben vor Augen: Kunst und Täuschung sind eins. Es gilt, dem Zuschauer den rechten Platz zuzuweisen. Hier war jeder Zufall auszuschließen und ausgeschlossen.
BLITZ: Der Schachtürke. – Der Pseudoschachspieler!
MADAM: Ja, der trat übrigens um 1783 mit seinem wirklichen Erfinder Wolfgang von Kempelen in Regensburg auf und in Mälzels Leben.
BLITZ: Er griff nach ihm – aber dass es so früh war …
ALLEN: 20 Jahre später ist Mälzel sein neuer Besitzer. Fünf weitere Jahre – und er schlägt mit ihm Napoleon Bonaparte.
MADAM: Kennen Sie unsere Redensart: »Einen Türken bauen?«
VORLESER: Laut Lutz Röhrigs einschlägigem Lexikon für *etwas vorspiegeln, vortäuschen, etwas so stellen, als ob es echt wäre.*
ALLEN: Das ist köstlich! Potemkin'sche Dörfer!
MADAM: Sie werden lachen, ausgerechnet für den Grafen Potemkin malte Mälzels Pate seine Bilder.
ALLEN: Erstaunlich. Was schrieb Edgar Allan Poe über unseren Mälzel?
VORLESER: *Zufälligkeit kommt hier nicht in Betracht.*
ALLEN: Doch weiter, die Zeit läuft uns davon, und wir laufen Mister Mälzel hinterher.
BLITZ: Er war zu schnell für Biographen. Und zu schnell, sich selbst schriftlich zu dokumentieren. Zudem hatte er weder Frau noch Kinder wie ich. Und für wen schreibt man denn sonst seine Memoiren?!
MADAM: Für die Nachwelt.
BLITZ: Die hat er mit seinen Werken beglückt, auf die er alles Licht zu lenken verstand. Nein, er liebte es nicht, wenn man ihm zu nahe kam. – Als Schattenriss vor seinen glanzvollen Werken stellte er sich am liebsten dar. Nur so können wir ihn umreißen: ein großer gelassener Mann. Als ich 1834 in Philadelphia …
ALLEN: Sollen wir nicht lieber chronologisch vorgehen, Schritt für Schritt?
MADAM: Aber Mälzel ging nicht Schritt für Schritt; er sprang in Siebenmeilenstiefeln im Zick-Zack durch die Welt: jedenfalls nach seiner Wiener Zeit. Folgen können wir ihm kaum, ein bisschen verstehen – vielleicht.
ALLEN: Also los, Blitz!
BLITZ: Danke. Er hatte mich in seine Show in Philadelphia eingebaut. Ich war nicht nur Zauberkünstler, müssen Sie wissen, sondern auch Taschenspieler, Geisterbeschwörer, Ventriloquist.
MADAM: Was?

BLITZ: Bauchredner. Dompteur war ich übrigens auch.
ALLEN: Das ist mir neu!
BLITZ: Von Kanarienvögeln, keine Konkurrenz! Jung, unerfahren. In »Maelzel's Exhibition« aufzutreten, das war eine Riesenchance. Mälzel stand im Zenit seiner Kunst als Entertainer. Zwei Vorführungen am Tag, immer ausverkauft. Am Schluss meines ersten Abends kam er zu mir, und indem er seine riesengroße Hand auf meine Schulter legte, sagte er: »Mein lieber Blitz, Sie sind ein exzellenter Schausteller. Aber Sie dürfen die Leute nicht so sehr zum Lachen bringen. Es ist nicht shenteel, sie Ha! Ha! machen zu lassen. Sie lachen zu laut; das ist nicht shenteel.« Beim Frühstückstisch am nächsten Morgen ermahnte er mich oft, seinen Rat nicht zu vergessen, to make the audience laugh shenteel. Als es Zeit wurde, die Türen für die Abendvorstellung zu öffnen, flüsterte er mir ins Ohr: »Erinnern Sie sich daran, sie shenteel lachen zu lassen, Blitz, und nicht ihre großen Ha! Ha! Ha's!«
MADAM: Beethoven hat einmal gesagt, Mälzel sei gänzlich ungebildet gewesen.
ALLEN: Aber hat der nicht für ihn komponiert, bei ihm diniert? Hat Mälzel ihm nicht brauchbare Hörmaschinen gebaut?
BLITZ: Mälzel war ohne allen Zweifel ein Mann von glänzenden Talenten als Mechaniker und Musiker, ein fein gebildeter Sprachkenner, vor allem ein überragender Mathematiker.
MADAM: Beethovens Worte waren im Zorn gesprochen, im Streit um die Urheberrechte an seiner Komposition auf Wellingtons Sieg.
ALLEN: Ach, diese leidige Geschichte ...
BLITZ: Beethovens Meinung ist mir völlig unbegreiflich. Hätte Mälzel nicht die von mir erwähnten Qualitäten besessen, wäre er nie der geworden, der er war; weder in Europa noch in Amerika.
ALLEN: Wie auch immer. Wir waren bei seinen Anfängen in Wien stehen geblieben.
MADAM: Aber Mister Allen, wir sind doch nicht stehen geblieben! Was seine Bildung betrifft, so dürfen wir nicht vergessen, dass er nicht nur Mechaniker war, sondern auch fertiger Musiker.
VORLESER: *Wurzbach, Biographisches Lexikon des Kaiserthums Österreich. Dabei ließ der Vater ihm auch Klavierunterricht erteilen. Mälzel machte ganz tüchtige Fortschritte und galt in seinem 14. Jahre für einen der fertigsten Klavierspieler in Regensburg, gab auch in den Jahren 1788 – 1792 selbst Unterricht in dieser Kunst.*
ALLEN: Und was machte er in den folgenden Jahren?
MADAM: 1792 begab er sich nach Wien. Um sich zu vervollkommnen, sagen die einen. Und das *Baierische Musiklexikon* schreibt:
VORLESER: *Er begab sich nach Wien, weil er im Vaterlande sein Glück zu machen, keine frohe Aussicht hatte.*

Madam: Keine frohe Aussicht, da er als Nicht-Bürger keiner Zunft beitreten konnte, und wer nicht zünftig war, der wurde als »Pfuscher« bezeichnet.
Blitz: Unmöglich! Das musste enorm kränkend für diesen Mann gewesen sein. Seine Maxime war: *It must be correct!* It must be correct! Das hab ich Dutzende Male gehört. Pfuscher! Dass ich nicht lache!
Allen: Also nach Wien, wohl auf der Donau. Aber erst um 1800 erhalten wir das nächste Lebenszeichen.
Madam: Nein, indirekt schon früher; 1795 erscheint sein Name im Subskribentenverzeichnis für Beethovens Trio Opus 1, und dass ihm sein jüngerer Bruder Leonhard um 1800 folgt, zeugt davon, dass der ältere sich in der Musikmetropole etabliert haben muss. Nach der Französischen Revolution wollte und konnte jeder Mann, jede Frau Klavier spielen lernen. Musiklehrer waren gefragt, neue Instrumente …
Blitz: … Einer von vielen – das mag ihm nicht gereicht haben, wie ich ihn kenne. Also baute er dieses Aufsehen erregende erste künstliche Orchester.
Allen: Und von da an war kaum eine Zeitung ohne Nachricht über Mälzel, kein Monat, ohne eine Mälzel'sche Erfindung … Wie viel Orchestrien hat er eigentlich gebaut?
Madam: Nicht auszumachen. Kein anderes Instrument war dieser Zeit so angemessen wie dies. Es war Krieg in Europa! Zwei Mal wurde Wien von den Franzosen unter Bonaparte eingenommen! Beethoven klagt:
Vorleser: *Welch zerstörendes Leben um mich her, nichts als Trommeln, Kanonen, Menschenelend aller Art.*
Madam: Mälzel baute sein kolossales Panharmonium aus – 257 Einzelinstrumenten! Und eben solch ein Instrument war es, das den Wienern ihren gebeutelten Nationalstolz wieder aufzurichten vermochte. Am liebsten hörte man Haydns Militärmusik.
Blitz: Die Einheit eines gewaltigen harmonischen Orchesters täuschte Harmonie und Ordnung vor.
Allen: Es hob die feigen Seelen, hieß es …
Madam: … und blies für Mälzel Reklame, wie auch für all jene Musiker, die eigens für die Maschine komponierten: Salieri, Beethoven, Cherubini, um nur einige zu nennen. Der alte Haydn hatte übrigens erklärt, nie habe er seine Symphonie mit solcher Präzision aufgeführt gehört. Es heißt sogar, dieses Vergnügen gab seinen Lebensgeistern neue Kraft. Aber wenig später, während Wien das zweite Mal fiel und die Stadt unter Beschuss lag, starb der große Meister.
Vorleser: *Haydn starb, und kaum hörte man hin. Der Mechaniker Mälzel, der seinen Trompeter auf dem Balkon des Schönbrunner Schlosses hatte blasen lassen, und mit dessen Schachspieler der Universalkaiser sich auf einen Zweikampf eingelassen, überragte jetzt alle Tonsetzer des neuen, alle Magier des mittleren Zeitalters.*

ALLEN: Das war 1809. Er stand auf der Höhe seines Schaffens, aber dieses Schaffen ist mir völlig unübersichtlich. Also das Riesenpanharmonium …
MADAM: … verkaufte er – das Größte dem Größten! – an Napoleon Bonaparte! Napoleons Kriegssouvenir.
BLITZ: Und was bekam des Soldaten Braut?
MADAM: Kostbare Versteckspielereien, die Trompetenstöße von sich gaben, beim unerlaubten Versuch, sie zu öffnen; allerlei zusammenklappbare und nützliche Gerätlein des aufkommenden Biedermeier und überaus kunstvoll konstruierte – Prothesen!
VORLESER: *Inventé et exécuté par Maelzel* …
MADAM: … ein weltweites Markenzeichen. So waren die Zeiten – so sind die Zeiten! Auch ein Atemschutzgerät hat er erfunden, das Franz I. für Österreich allgemein vorschrieb; später fahrbare Getreidemühlen für Napoleons Russlandfeldzug.
ALLEN: Wer erinnert sich nicht! Bonapartes große Fehlinvestition! Die zuvor von den zurückweichenden Russen abgeernteten Felder! Nichts als staubige trockene Erde … und Krankenwagen …
BLITZ: … die im Morast stecken blieben. Aber an Mälzels Konstruktion lag das nicht.
ALLEN: Ein Kriegsgewinnler? Was meinen Sie?
BLITZ: Napoleon setzte – und verlor. Mälzel setzte – und gewann. Er lebte in seiner Zeit, und jedes Werk war eine Herausforderung.
MADAM: Wann schlief dieser Mann eigentlich? Signor Blitz, Sie müssen das doch wissen.
BLITZ: Zumindest schlief und speiste er immer dort, wo gerade seine Kunstsachen standen. Sie waren sein Leben, seine Liebe. Privates und Arbeit waren ihm eins.
MADAM: Keine andere? Kein anderer?
BLITZ: Nein. Die reine Unschuld seiner Apparate, das war die Liebe des großen Mannes. In späteren Jahren baute er winzige Seiltänzerautomaten. Und Sie hätten sehen sollen, wie zart er diese Püppchen in seinen Riesenpratzen hielt. Papà, sagten die dann mit ihren feinen Stimmchen, Mamà oder o là là! Aber vielleicht hatte er diese Liebe auch zu einigen wenigen Menschen, die von kindlich reiner Unschuld waren.
ALLEN: Denken Sie an William Schlumberger? Der in Amerika den Schachautomaten lenkte?
BLITZ: Vielleicht. Ein Träumer – und dabei einer der ersten drei Schachspieler seiner Zeit. Unschuldig und perfekt – wie ein Automat!
MADAM: Und behandelte er ihn wie einen Automaten?
BLITZ: Aber ich sagte doch, er liebte seine Automaten! Er behandelte ihn wie einen Sohn.

Madam: Wie beurteilte er eigentlich die Erfindungen anderer?
Blitz: Er galt zu seiner Zeit als der erste Automatenbauer der Welt. Die meisten Erfindungen dieser Art waren bei aller Perfektion nichts als imitierte Natur. Er verabscheute zum Beispiel die viel gerühmte Ente des französischen Mechanikers Jacques de Vaucacon, die Körner pickte und – verdaute!
Madam: Die erinnert mich an den fellüberzogenen Mops des Münchner Tüftlers Gallmayer …
Vorleser: *Ein Moperhund, der auf ein Pfiff aus seinem Häusgen herausspaziert, wie ein lebender Hund bellt und solang fortgeht, bis er endlich Wasser machen muß; wenn er fertig ist, geht er wieder fort, bis ihn endlich die Hauptnothdurft angreift: alsdann hockt er nieder auf die hintern zwei Füße und macht etliche drockne, weiße Pölleln von Stopselholz, die man wieder zusammenklauben und dem Hund eingeben muß.*
Allen: That's marvellous! Der reinste Kunstgenuss! Köstlich!
Blitz: Er hätte geflucht – Mälzel konnte durchaus grob werden! Wer fähig ist, einen solchen Automaten zu bauen, der muss ihn nicht konstruieren, als ob er natürlich sei und wie die Natur – der kann, muss sich über jede Natur erheben, ein vollkommeneres, makelloses, absolutes, reines Kunstwerk schaffen! Der sollte nicht das Ergebnis einer Verdauung auf einem Silberteller präsentieren! Wenn Sie dagegen an seinen Trompeter denken … Ich übernahm ihn übrigens nach Mälzels Tod und führte ihn noch über 30 Jahre vor, er hat nichts von seiner Erhabenheit eingebüßt.
Madam: Schon 1808 hatte Mälzel mit diesem Trompeter in Wien und danach in Paris Triumphe gefeiert. Und – man stelle sich vor – bereits drei Jahre später ist unter dem Schlagwort Mälzel im *Bayerischen Musiklexikon* zu lesen:
Vorleser: *Den 2. Februar 1809 kam M. auf seiner Rückreise von Paris nach Wien in München an, und hatte am 6. Februar darauf die Ehre, sein musikalisches Automat, den Trompeter, vor Ihren königlichen Majestäten, der königlichen Familie und den anwesenden höchsten Herrschaften in der Residenz zur allerhöchsten Zufriedenheit zu produziren.*
Madam: Und seine öffentlichen Auftritte im Münchner Königlichen Schauspielhaus wurden zu dem Ereignis dieser Faschingssaison. Hier ein Auszug aus dem *Journal des Luxus und der Moden*:
Vorleser: *Aus einem sehr hübschen Zelte führte Herr M. eine* überaus *schöne männliche martialische Gestalt auf die Vorderbühne, und schon der Anblick derselben setzte eben drum auch sogleich alle Hände zum lautesten Beifall in Bewegung. Diese angenehme Gestalt erschien in der Trompeteruniform des k.k. österreichischen Kürassierregiments Herzog Albert mit der Trompete am Munde. (…) Der Ton dieser Trompete ist so rein und angenehm klingend, wie ihn auch der geschickteste Tonkünstler auf diesem Instrumente nicht hervorzubringen vermag, weil der mensch-*

liche Hauch nach wenigen Tacten Feuchtigkeiten in demselben sammelt, die der vollkommenen Reinheit der Töne stets nachteilig sind. Sichtbar hat Herr M. sein Automat nur zweimal aufgezogen, und dies geschah an der linken Hälfte.

MADAM: Wegen dieses Trompeters war ihm ein Jahr zuvor der Titel des k.k. musikalischen Hofkammermaschinisten verliehen worden, gleichzeitig erhielt er das Wiener Bürgerrecht. Doch mit der Präsentation des Trompeters allein war es ihm damals in München nicht getan. Hören Sie nur, wen er neben dem Trompeter noch vorstellte: ein Elfchen, ein singendes Kindmädchen, die elfjährige Sängerin Lisette Barensfeld.

BLITZ: Er hat von ihr erzählt. Sie oder ein niedlicher Automat, vielleicht war es ihm eins.

MADAM: Und genau das bewegte die Gemüter.

VORLESER: *Allgemeine Musikalische Zeitung. Lange nicht mehr war das Theater so gedrängt voll, und selten wurde ein verdienstvoller Künstler mit einem so über alles gehenden Beyfalls-Klatschen aufgenommen! Sollte Herr Melzel seine vorhabende Maschine, von der man vieles sprach und die singen wird, vollenden, so dürfte es manchem Sänger und mancher Sängerin bange ums Herz werden. (…) Wir gewöhnen uns an Automaten! (…) Etwas seltsam ist es allerdings, eine junge Künstlerin mit einem Automat abwechselnd auftreten zu sehen.*

MADAM: Für die angekündigte künstliche Sängerin fehlte Mälzel wohl Zeit und Muße. Er konzentrierte sich darauf, den defekten Schachspielautomaten zu restaurieren. Kein anderer als Napoleon hatte ihn herausgefordert. Signor Blitz, Ihnen ist das Geheimnis doch bekannt?

BLITZ: Das kennt niemand!

ALLEN: Aber jedermann weiß doch, dass ein Mensch in dem Spielpult saß!

BLITZ: Natürlich! Aber wissen Sie, wie er agierte? Die einen sagen dies, die andern das.

MADAM: Und Poe?

BLITZ: Der sagt dies!

MADAM: Und Sie?

BLITZ: Ich sage: dies und das.

ALLEN: Sollten wir uns nicht die Konstruktion der Maschine vor Augen führen? Dann können wir in Zukunft leichter folgen.

BLITZ: Eine als eleganter Türke verkleidete Puppe hinter einem Spielpult, einer ziemlich kleinen Kiste. Genial konstruiert mit einer Vielzahl von Abteilungen und Türen, die bei jeder Vorstellung geöffnet wurden, um nichts als Menschenleere und Räderwerk zu demonstrieren. Doch während der Vorführer durch geschickte Täuschung jeden Anschein von Täuschung beseitigte, produzierte er nur umso größeres Geheimnis …

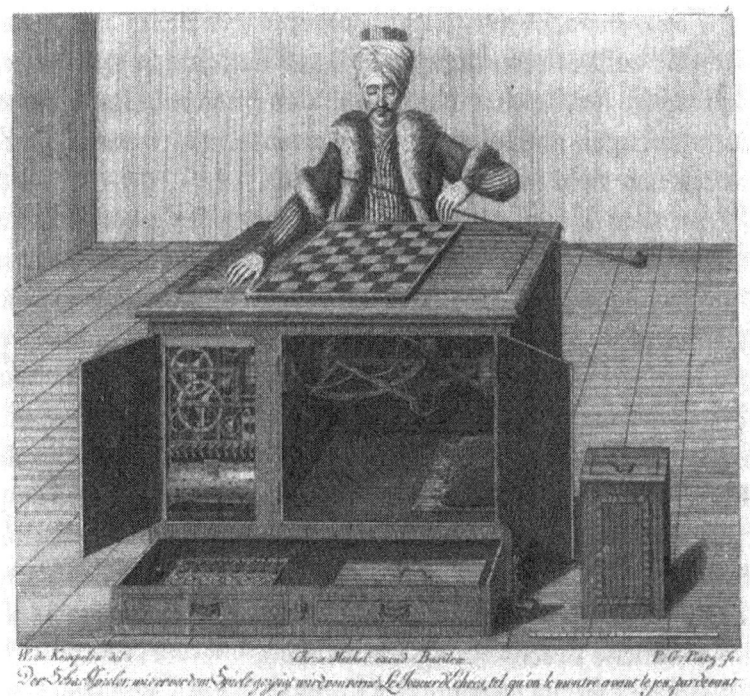

Schachautomat des Baron von Kempelen

MADAM: Und der Spieler?
BLITZ: Der Türke? Der setzte die Figuren mit exakten Bewegungen des linken Arms, nickte oder schüttelte verneinend den Kopf. Später konnte er sogar sprechen: Echec!
ALLEN: Und der eigentliche Spieler? Magnetismus spielte eine Rolle, sagt man …
BLITZ: Sagt man. Warum aber soll nicht ein letztes Geheimnis bleiben? Jedenfalls wechselte der geschickt von Abteil zu Abteil, wenn die Türen geöffnet wurden.
ALLEN: Eine simple Trickkiste also!
BLITZ: Kunst und Täuschung waren eins. Die Kunst lag in der einmaligen Präsentation und in der Schlagkraft seiner Spieler, und die waren jeweils die besten der Welt.
MADAM: Neulich zählte ich in einer Bibliographie an die 300 Aufsätze, Bücher, über diese Maschine, auch Filme …
ALLEN: … Filme?
Madam: Laufende Bilder, eine Art Weiterentwicklung der Mälzel'schen Dioramen.

Allen: Ah, diese beweglichen Durchscheinbilder! *Der Brand von Moskau* zum Beispiel, begleitet vom Panharmonium …
Blitz: … Trompeten, Kanonen, Gewehrsalven …, die kombinierten Lichteffekte von Mondschein und Feuer! Soldaten zu Pferde, Plünderer … die Explosion einer Granate. Was das Feuer übrig gelassen hatte, zerstörte nun sie.
Vorleser: *Zuletzt stürzt der Kreml zu rauchenden Ruinen zusammen. Das Bild zielt darauf, den Zuschauer mit der wahren Idee dieser Szene zu beeindrucken, jener Szene, die jede Kraft der Beschreibung Lügen straft.*
Allen: Aller Welt Rat, Macht, Trotz und Streit ist lauter Tand und Eitelkeit.
Madam: Und dann schlug Mälzels Automat den Besatzer Napoleon.
Allen: Der Automat?
Madam: Er wurde von Johann Allgayer gelenkt. Ein armer Wiener Schachmeister, k.k. pensionierter Oberleutnantsrechnungsführer. Es gibt zahllose Anekdoten über dieses Spiel. Hier die Erinnerungen de Constants:
Vorleser: *»Allons! Mon camarade, auf uns zwei.« Der Automat nickte und machte dem Kaiser ein Handzeichen, als ob er ihm anzufangen bedeuten wollte. Nach der Eröffnung der Partie macht der Kaiser zwei oder drei Züge und setzt vorsätzlich eine Figur falsch. Der Automat nickt, nimmt die Figur wieder auf und setzt sie an ihren Platz zurück. Seine Majestät mogelt ein zweites Mal; der Automat nickt wieder, aber er konfisziert die Schachfigur. »Das ist recht«, sagt seine Majestät und, zum dritten Mal, setzt er bewußt falsch. Nun schüttelt der Automat den Kopf und, indem er mit der Hand über das Schachbrett fährt, wirft er das ganze Spiel um.*
Allen: Ganz schön mutig. Und der Verlierer?
Madam: Fünf Tage nach der Niederlage gegen den Schachkönig diktierte der Kaiser den Frieden von Schönbrunn.
Vorleser: *Der Kaiser machte dem Mechaniker große Komplimente. Auch ließen Höchste dem Künstler ein Geschenk von 150 Napoleonsdor übermachen.*
Madam: Was waren einem Mälzel 150 Napoleondor! Napoleons Stiefsohn Eugèn Beauharnais, Schwiegersohn des bayrischen Königs Max I., war so begierig, das Rätsel zu lösen, dass er ohne Wimpernzucken die von Mälzel geforderten 30 000 Francs für die Maschine hinblätterte. Dazu noch 50 000 für andere Werke des Meisters.
Allen: Und was geschah, als das Geheimnis in Gestalt eines kleinen grauen Wiener Beamten aus der Kiste krabbelte?
Madam: Da verzog er keine Miene.
Blitz: Doch, Mälzel erzählte mir einmal bei einem Glas Claret, Beauharnais habe eine Augenbraue etwas hochgezogen.
Madam: Später verlangte er dieselben 30 000 zurück, als Mälzel die Maschine wiederhaben wollte.

Allen: Und da Mälzel zahlungsunfähig war, ließ er sich auf einen Mietkauf ein, auf Raten, die ihn 1825 wohl aus Europa vertrieben, samt seinem Türken.
Madam: Sagen Sie, wissen Sie, was er mit den unglaublichen Summen gemacht hat, die er einnahm?
Blitz: Großen Geschmack und großes Raffinement in all seinen Arrangements entfaltet, ohne je die Kosten zu berücksichtigen! Oft genug waren seine Taschen leer. Er hinterließ keinen Cent, nur seine Apparate, und die waren ohne ihn kaum mehr wert als das Material.
Madam: Es heißt, er borgte und gab nicht zurück.
Allen: Unsinn, man riss sich darum, in seine Shows zu investieren. Das Geld, das in Mälzels Exhibition steckte, war nie verloren.
Blitz: Was ist schon Geld! Ein Mittel, kein Wert! Ebenso leicht verborgte er und vergaß es sofort.
Madam: Er hat ja auch an Beethoven Geld verliehen, der zahlte es aber gleich nach dem großen Streit um das musikalische Schlachtengemälde zurück.
Allen: Sie meinen die Komposition Beethovens auf Wellingtons Sieg über Napoleon in der Schlacht von Vittoria.
Madam: Ja, mit der Wellington die Macht der Franzosen auch in Europa brach. 1813 war das. Für Mälzel Grund genug, Beethoven zur Komposition einer Schlachtenmusik anzuregen – natürlich für sein Panharmonium.
Blitz: Und Beethoven ließ sich darauf ein. Das war clever gedacht – beide hatten eine gemeinsame Englandreise geplant, und nichts würde dort die Zuhörer mehr anlocken als eine Musik über die gewonnene Schlacht, komponiert vom großen Beethoven, zum Ruhme Englands, aufgeführt von einem Mälzel-Panharmonium!
Madam: Die musikalischen Signale für die Komposition gab Mälzel vor. Rule Britannia und Marlborough. Man muss die Schlacht riechen!
Allen: O Lord, keine Schlacht ohne musikalisches Schlachtengemälde.
Madam: Doch Beethovens Partitur, das erkannte Mälzel sofort, sprengte den Rahmen auch des besten Orchestrions. Also schlug er vor, sie für Orchester zu setzen, und was dabei herauskam, ist bekannt.
Vorleser: *Aus Freundschaft für Mälzels Reise nach London zum Besten der in der Schlacht bei Hanau invalid gewordenen österreichischen und bairischen Krieger ...*
Madam: ... spielten bei der Uraufführung unter Leitung des tauben Beethoven über hundert Musiker jener Zeit. Salieri dirigierte die Kanonaden, Hummel saß an der Trommel, es fehlte niemand.
Blitz: Tja, das muss ein Mordsspaß für die Musiker gewesen sein.
Madam: Und ein gewaltiger Publikumserfolg auch! Doch kurz darauf strengt Beethoven einen Prozess um die Urheberrechte an.
Blitz: Dem sich Mälzel durch Abreise entzieht.

Allen: Spricht das nicht gegen ihn?
Blitz: Ich denke nicht. Jedenfalls hat er mir gelegentlich erzählt, dass er bereits vor dem Konzert sein Kunstkabinett geschlossen hatte und auf gepackten Koffern saß, weil Beethoven die Abreise aus mancherlei Gründen verzögert hatte. Jeder Tag kostete Geld. Also reiste er schließlich über München nach Amsterdam …
Madam: … Wo er den Taktmesser des Herrn Winkel kennen lernte …
Blitz: Von dort weiter nach London, wie geplant. Nach Wien kehrte er nur noch als Besucher zurück …
Madam: … mit dem fertigen Metronom! Und: Beethoven war begeistert! Der Streit war vergessen, die Kontrahenten teilten sich die Prozesskosten und feierten das Wiedersehen im Wiener Gasthaus Cameel. Fälschung hin oder her, diesem Anlass wird der so genannte Mälzelkanon zugeschrieben. Von diesem Zeitpunkt an wird Mälzel die Orte und Gefährten hinter sich lassen, sooft man ihm zu nahe tritt. In London und später in Paris richtet er Fabriken zur Herstellung von Metronomen ein, führt aufwändige Werbefeldzüge und Pressekampagnen durch. Man stelle sich vor, 200 Metronome verteilt er an die bedeutendsten Musiker, Multiplikatoren, die den Einsatz des Gerätes durchsetzen sollen.
Allen: That's business!
Madam: Ein Empfehlungsschreiben wird veröffentlicht …
Vorleser: *Mälzels Metronom ist da!*
Madam: … das in London, Paris und Wien von den prominentesten Meistern der Musik unterzeichnet wurde. Bald ist MM, Mälzels Metronom, mit der entsprechenden Tempoangabe, allein maßgebende Taktnorm der Musik.
Blitz: Und wo bleibt die Bewegung, das Gefühl?
Vorleser: *Mälzel erhält für sein Metronom die Patentrechte in England, Frankreich, Österreich und Bayern.*
Madam: Wer denkt da noch an einen Herrn Winkel in Amsterdam! Das Geschäft floriert. Und was schreibt Mälzel in dieser umsatzträchtigsten Zeit an den Musikverlag Breitkopf und Härtel in Leipzig, der für ihn das Metronom vertreibt?
Vorleser: *London, 19. Juni 1818. Ich habe es herzlich satt, mich noch mit der Sache abzugeben. In diesem Augenblick beschäftige ich mich hier bloß mit Kunstsachen zur Ausstellung zu bereiten, und ich erwarte bloß Ihre Meinung, um noch fortzufahren, Metronome zu machen, oder sie ihrem Schicksal zu überlassen.*
Allen: Wie launenhaft – ich dachte …
Madam: Sie meinen, Mister Allen, er war bankrott. Das war er nicht. Immer ging er weiter, wenn eine Sache – wie würden Sie in Amerika sagen – »well under way« war.
Blitz: Und ausgerechnet dieses eine Instrument, das Metronom, tickt ihm ein Denkmal, hat seinen Namen konserviert!

ALLEN: 1818 eröffnet er in London eine Vorführhalle, um seinen wieder beschafften Schachtürken vorzuführen.
BLITZ: Und in der Zwischensaison reiste er dann erstmals als Schausteller, was später bei uns in den Staaten sein Leben ausmachte – bis zu seinem Ende: sein Leben on the road, mit den besten Schachspielern der Welt, unschlagbar.
ALLEN: Und jeder der zahllosen, mehr oder weniger gelungenen Versuche einer Entlarvung …
BLITZ: … zwangen ihn zur Ab- und Weiterreise. Ein Ball, den er aufnahm, ein willkommenes Spiel. Wechsel vom Stand- aufs Spielbein und umgekehrt. On the road, das ist eine Einstellung, keine Flucht!
ALLEN: Aber im Alter doch wohl beschwerlich!
BLITZ: Im Alter! Mälzel war jung! – Erst als er nicht mehr mochte, kurz bevor er sein Leben abstellte, da wurde er alt, sterbensalt.
ALLEN: Er wird stets als stark, jugendlich, blühend beschrieben, und war doch, als er nach Amerika kam, bereits ein Mann von 53 Jahren.
BLITZ: Und so frisch, so jugendlich, trotz seiner weißen Haare, habe ich ihn noch erlebt, in Havanna, wenige Wochen vor seinem Tod.
MADAM: Mit 53 in ein neues Leben, in eine, die Neue Welt? Nur Reiselust oder doch Flucht aus alten Bindungen?
ALLEN: Am 3. Februar 1826 betrat er unser Land.
VORLESER: Die *New Yorker Ship News* meldeten die Ankunft. *Mister Mälzel, Professor of music and mechanics, inventor of the panharmonicon, the musical time-keeper, etc.*
MADAM: Interessant, aber doch keine Antwort auf meine Frage.
ALLEN: Doch, Madam. In gewisser Weise schon. Haben Sie beachtet, dass der Schachspieler nicht erwähnt wird? Mälzel hätte gewiss Reklame für ihn gemacht – aber er hatte keinen Spieler!
BLITZ: Dass er keinen Schachspieler mitbrachte, das spricht bei seiner bedächtig vorausschauenden Planung vielleicht doch für hastige Abreise mit wenig Geld.
MADAM: Die Erben Beauharnais' waren hinter ihm her. Sie drohten mit der Dekouvrierung des Automaten, wenn er nicht pünktlich zahlte.
ALLEN: Mit den ersten Einnahmen, die er in Amerika hatte, ließ er seinen Schachmeister aus Paris nachkommen: William Schlumberger! Nun verdiente er mehr als je zuvor. Mit den letzten Raten kaufte er sich frei – von Europa.
   Stellen Sie sich vor, da kommt ein Professor aus Europa, der damals schon in jedem Lexikon stand! Maelzel's Exhibition war ein Synonym für Seriosität, für erstklassige europäische Kultur. Seine automatischen Ritterspiele zum Beispiel: romantic old Europe! Nicht allein sein Talent, seine Erscheinung und

seine Manieren forderten den Applaus seiner Besucher heraus. Er war leidenschaftlich in Kinder vernarrt, und egal, was geschah, für sie hatte er immer seine vorderen Plätze reserviert und seine künstliche Austernfrau verteilte unter ihnen Zuckermuscheln.

MADAM: Jetzt, in Amerika, wird Mälzels Bild endlich konkreter. Darf ich Sie fragen, Mister Allen, ob unsere Nachrichten aus der europäischen Zeit Ihre Fragen beantwortet haben? Das war ja wohl der Anlass Ihrer – nun sagen wir – Ihrer »Reise« hierher.

ALLEN: Nun, es mag sein, dass bei diesem Mann nichts ganz klar werden kann. Vielleicht ist das seine Geschichte. Er versteckt sich hinter der verwirrenden Vielzahl seiner Werke.

MADAM: Da fällt mir schließlich noch eine Erfindung ein, für die Mälzel steht. Die Mamapuppe!

BLITZ: Ich erwähnte sie doch schon, diese kleinen Automatenpüppchen!

MADAM: Die waren der Anfang. Nein, ich meine eine richtige Spielzeugpuppe für Kinder, die Mama ruft.

ALLEN: So ist ja noch mehr von ihm geblieben: das Ticken des Metronoms! Und: Mama! Mama! Er ist unsterblich! Die Zeit ... und das Leben!

BLITZ: Cheers! Darauf stoßen wir mit ihm an. Prost, Mister Mälzel!

ALLEN: Auf die Zeit!

MADAM: Auf das Leben!

BLITZ: Life goes on. Times are going ... gehen wir weiter.

ALLEN: Immer wieder kam irgendjemand dem Geheimnis auf die Spur, zum Beispiel als in Boston zwei Knaben heimlich beobachteten, wie sich ein langer Mensch aus der Kiste wand, Schlumberger! Und tags darauf enthüllt die *Baltimore Federal Gazette* das Geheimnis. Eine Sensation!

MADAM: Welch Desaster!

ALLEN: Keineswegs. Wenige Tage später meldet der einflussreichere *Washington National Intelligencer*, die Gazette ist auf einen Werbetrick des großen Exhibitors hereingefallen.

BLITZ: Das ist er! So war er! So war er auch. Es ist kaum zu glauben, die Erwachsenen wollen sich ihre Wunder nicht wegnehmen lassen, wollen, bitte, bitte, ein Stück Glauben nicht verlieren ...

MADAM: ... Wie die Kinder an den Weihnachtsmann ...

BLITZ: ... Selbst Kaiser, Könige, Professoren – 50 Jahre lang haben sie es nicht geschafft, dieses Rätsel zu lösen, und nun sollten zwei Knaben ...?!

ALLEN: Also Schlumberger! Mälzel hatte ihn in Paris im Schachcafé Régence entdeckt.

BLITZ: Ein dunkelhaariger Elsässer. Ein wirklich schöner, angenehmer, gebildeter Mann, in der Seele ein Kind und im Kopf ein Genie! Selbstverloren, traumverloren, spielverloren. Er wurde Mälzel nicht nur unentbehrlich als Motor der

Schachmaschine, sondern auch als Dirigent der wirklichen Automaten, als Sekretär, schließlich als Geschäftsführer. Bald waren die beiden unzertrennlich. Dabei behandelten sie einander mit vorsichtiger Achtung.

MADAM: New York, Boston, Philadelphia, Baltimore, Richmond, ... die glanzvollen Höhepunkte seiner amerikanischen Jahre.

ALLEN: In Philadelphia, dieser übersichtlichen, ordentlichen Quäkerstadt, hatte er seinen festen Standort gewählt, »Maelzel's Hall«, und fand Freunde, zum Beispiel den Reeder Ohl.

Wie viele Anekdoten sammelte ich aus diesen Jahren, zu viele, um sie hier wiederzugeben, ebenso wie die unzähligen Versuche, die Maschine nachzubauen.

BLITZ: Müßige Versuche der Imitation. Mälzels fantastische glanzvolle Verführkunst und Schlumbergers geistvolles schnelles Spiel – sie waren nicht zu überbieten.

MADAM: Aber gerade diese fantastische Vor- und Verführkunst weisen schließlich in Richmond 1835 dem scharfsinnigen unbestechlichen Beobachter Edgar Allan Poe den Weg zum Geheimnis, den er im darauf folgenden Jahr im *Southern Literary Messenger* Schritt für Schritt bis zur unwiderlegbaren Aufdeckung beschrieb.

ALLEN: Ein Dichter! Seltsam, wie nun plötzlich den Lesern die Schuppen von den Augen fielen. Der Schleier der Illusion war zerrissen. Wie hatte man sich nur so täuschen lassen können.

BLITZ: In allen bisherigen Enthüllungen war Mälzel stets nur erwähnt worden als »die Person, welche die Maschine vorweist«, und jeder hatte sich auf die Beobachtung und Beschreibung der Maschine gestürzt. Gerade dies ist ein Indiz für Mälzels Kunst der Täuschung. Was in Richmond geschah, das ist der Albtraum, der Tod jedes Illusionisten. Poe beobachtete den Schausteller, nicht das Zur-Schau-Gestellte. Nein, er entdeckte nicht, er entzauberte! Und 60 Jahre Verzauberung lösten sich in das auf, was Mälzel nie abgestritten hatte: in geniale perfekte Täuschung.

MADAM: Mälzel schlug Napoleon – Edgar Allan Poe schlug Mälzel. Der 64-jährige bricht alle Zelte ab, ihm bleibt nur das Hinterland, accross the mountains, Pittsburgh, Cincinnati, New Orleans.

BLITZ: Dann Havanna. Nein, noch nicht zum letzten Mal. Man feiert seine Automatenschau. Aber wo ist denn sein »Brand von Moskau«?

ALLEN: Ein letztes Mal kehrt Mälzel nach Philadelphia zurück, baut in ungewohnter Hast und mit für ihn ungebührlicher Härte gegenüber seinen Handwerkern ein neues Diorama, den »Brand von Moskau«, Conflagration! Das Wunderbarste, das Erschütterndste, das es je gab! Havanna sollte die Generalprobe seiner geplanten Südamerikatournee werden, dort reist ein Schausteller noch schneller als die Gazetten!

BLITZ: Rechtzeitig zur Karnevalssaison 1837/38 eröffnete er in Havanna seine Exhibition. Es war fantastisch, herzergreifend! Nie zuvor sah ich ihn so mit dem Publikum spielen.
MADAM: Und Schlumberger?
BLITZ: Der bereitete als Manager die geplante Tournee vor. Zuweilen besuchte ich die beiden in der Stadthalle, zwischen zwei Vorführungen. Sie hatten eine höchst amüsante Weise, das Schachbrett »en permanence« zwischen sich zu halten, während sie sich gemessen und vornehm durch die angenehmen Stationen des schmackhaft duftenden Mahles fortbewegten. Attacken und Gegenattacken wurden vehement weitergeführt, die Gabel in der Hand. (…) Zwei Figuren im Spiel: weiß und schwarz. Nur selten, wenn der Mangel an Zeit nichts als ein Endspiel zuließ, gelang es Mälzel, zu siegen. Nein, wir sahen einander nicht allzu oft, warum auch? Alles lief wunderbar, jeder hatte mit seiner Show zu tun. Und dann – ich entsinne mich wie heute: Eines Morgens – es war so um Ostern herum, ich probierte gerade einen neuen Trick – trat Mälzel in meine Halle. Um Gottes willen! Mister Mälzel! Was ist geschehen?! Er blieb stehen und sagte abrupt: »Schlumberger is dead!«
ALLEN: Gelbes Fieber. Es hat nicht lange gedauert. Sie haben ihn sofort eingescharrt.
BLITZ: Doch – the show must go an! Und er versuchte das bis zum Sommer.
ALLEN: Was er nicht in Rechnung stellen konnte, war die plötzliche und absolute Depression, die seinen bisher so hoffnungsvollen und unbezähmbaren Geist ergriff. Was nun noch geschah, habe ich nach Kapitän Nobres Bericht in meinem Essay festgehalten.
BLITZ: Banner der Zeit! Leben Sie wohl, sehr wohl.
ALLEN: Ehre, wem Ehre gebühret!

MADAM: Plötzlich war ich allein. Ein Traum? Auf dem Tisch unsere drei leeren Gläser und ein viertes, randvoll …
VORLESER: *Maelzels Vorbereitungen waren rechtzeitig genug abgeschlossen, um sich an Bord eines Segelschiffes von Mister Ohl – der Brigg Otis unter seinem Freund, Capt. Nobre – einzuschiffen, die ungefähr am 1. Juli im Hafen von Havanna angekommen war. Als Maelzel mit den anderen Passagieren an Bord kam, war Capt. Nobre von der auffallenden Veränderung betroffen, die von seiner Erscheinung Besitz ergriffen hatte, seit er ihn nur wenige Monate zuvor, im April, mit Schlumberger zusammen gesehen hatte. Damals war nicht das leiseste Anzeichen einer zerstörerischen Krankheit oder eines natürlichen Verfalls zu sehen gewesen: Aber nun war es offensichtlich, daß er »auseinanderfiel« – daß alle Geistes- und Körperenergie bestürzend schnell abnahm, als ob die Quelle, aus der sie ihre Kraft geschöpft hatte, plötzlich trockengelegt worden wäre. Er saß an Deck, mit einem kleinen*

Reiseschachbrett in der Hand und klammerte sich mit der letzten Äußerung seiner Fähigkeiten an das berühmte Spiel.

Sobald die Brigg den Hafen verlassen hatte, und der Kapitän frei war, wies Maelzel auf das Brett und lud ihn zu einem Spiel ein. Sie setzten sich mit Blick auf das Fort Moro und spielten zwei Spiele. Die Schwäche von Maelzels Spiel im Vergleich zu seiner früheren Spielstärke war ein weiteres Zeugnis seines schnellen Verfalls. Das erste Spiel gewann er – wohl deshalb, weil sein Gegenüber kein großes Geschick besaß – aber seine Kraft reichte nicht für einen zweiten Sieg.

Nach dem Essen, oder dem Versuch, mit den anderen Passagieren zusammen zu essen, suchte er seine Kabine auf und verließ sie nie mehr. Er hatte eine Kiste Rotwein (Claret) an Bord mitgebracht. Die ließ er den Steward nun so bei seinem Lager aufstellen, daß sie immer in seiner Reichweite wäre; und solange seine Kraft reichte, konnte man sehen, wie er von Zeit zu Zeit die Flasche mit schwachen und zitternden Händen an seine Lippen hob – denn es war ihm in einer solchen Verfassung unmöglich, ein Glas zu benutzen. Er bat um nichts, erhielt nichts und sagte nichts. Es war offensichtlich, daß er um seine reale Situation vollkommen wußte.

Sechs Tage blieb er in diesem Zustand, mit kaum einem Anschein von Veränderung: aber am Freitagabend, als das Segelschiff die Untiefen der nordamerikanischen Küste erreichte, bemerkte der Kapitän, daß Maelzel begann, rapide schwächer zu werden, und früh am Sonntagmorgen, am 21. Juli, wurde er tot auf seiner Schlafstatt gefunden. Die Brigg war in diesem Augenblick vor Charleston.

MADAM: Kempelens Schachtürke, Mälzels mechanischer Schachspieler, jene »merkwürdigste aller mechanischen Erfindungen«, ist in der Nacht vom 5. Juli 1854 im *Chinesischen Museum* in Philadelphia verbrannt.

Bernhard Setzwein

»Pfüa di God, scheene Hoamat!«
Warum einer sein Sach' verkauft hat und nach Amerika ging

Sie brechen in Scharen auf. Erst sind es Hunderte, dann Tausende, ja Zehntausende. Man könnte sagen, sie sind Wirtschaftsflüchtlinge. Denn bedroht an Leib und Leben sind sie dort, von wo sie unbedingt wegwollen, sicher nicht. Sie fliehen vor Armut und Hunger, vor einer trostlosen Zukunft ohne jegliche Perspektive. Nichts kann sie dazu bewegen, länger in ihrer alten Heimat zu bleiben. Sie packen all ihre Habseligkeiten zusammen. Die haben oft Platz in nur einem einzigen Koffer. Und dann steigen sie auf ein Schiff. Drei Wochen dauert die Überfahrt. Und sie wird alle Ersparnisse kosten.

Dort, wo sie ankommen, nehmen sie das vorgefundene Land mit einer Selbstverständlichkeit in Besitz, als sei es schon immer ihr eigenes gewesen. Von Assimilation scheinen sie noch nie etwas gehört zu haben. Eigensinnig halten sie an ihrer mitgebrachten Kultur und Sprache, an ihren Sitten und Gebräuchen fest. Sie gründen ihre eigenen Schulen, hüten das Althergebrachte, ihre Erinnerungen an die zurückgelassene, aber nie vergessene Heimat. Die Kinder vielleicht, die zweite Generation, sie werden langsam anfangen, sich anzupassen. Sie werden echte Amerikaner werden. Und sie werden ihr »Little Oktoberfest« feiern.

Sie haben es sicher schon bemerkt: Nicht von anpassungsunwilligen Türken, Russlanddeutschen oder Albanern war eben die Rede, sondern von unseren eigenen Vorfahren, die – vor allem Mitte und Ende des 19. Jahrhunderts – in Scharen aus Bayern ausgewandert sind. Vielleicht kann es uns ja etwas duldsamer machen gegenüber den vielen Migranten des 21. Jahrhunderts, wenn wir uns vergegenwärtigen, dass vor nur drei Generationen wir die Wirtschaftsflüchtlinge waren. Und vielleicht können wir sie auch etwas besser verstehen, diese vielen Menschen, die heutzutage ihre angestammte Heimat ganz sicher nicht leichten Herzens verlassen, wenn wir uns anhören, was all die Bayerwaldler, die Schwaben und die Unterfranken dazu getrieben hat zu sagen: Pfüa di God, scheene Hoamat!

Dass man sein Lebensumfeld frei wählen kann, ist heute eine Selbstverständlichkeit. Mobilität wird allenthalben gefordert, sie gilt als ein Zeichen begrüßenswerter Flexibilität. Das war früher einmal völlig anders. Da stand Mobilität unter Strafe! Noch im 18. Jahrhundert erließen bayerische Kurfürsten strenge Erlasse gegen solche, die irgendwelche Auswanderungsgelüste hegten. Ausgenommen waren lediglich »Ungläubige, Bettler und die stets unerwünschten

Juden«. Den anderen drohten »Beschlagnahme des Vermögens und Bestrafung mit Schanzarbeiten«. Auswandern, das war ungefähr so, als ob minderjährige Kinder ihren strengen Eltern davonliefen. Ausreißer, nichts anderes waren sie! Von Freizügigkeit, unabhängiger Wahl des Wohnortes konnte keine Rede sein.

Erst die Französische Revolution etablierte ein »ius emigrandi«, ein Recht auf Auswanderung. Die deutschen Bundesstaaten ließen sich Zeit, es zu übernehmen. Die Gesetzgeber in Bayern formulierten im Mai 1808 sogar noch einmal das Verbot der Emigration. Indes: Auswanderer verließen weiterhin das Land, ja es wurden mehr und mehr. Ein entscheidender Faktor für den sozialen Druck, der sich notgedrungen dieses Ventil suchte, war die ungeheure Bevölkerungszunahme. Von 1800 bis 1900 hat sich die Zahl der Menschen in ganz Deutschland sage und schreibe verdoppelt. In Landstrichen wie zum Beispiel Unter- und Oberfranken, wo es die Erbteilung gab, bedeutete dies, dass sich immer mehr Menschen mit immer noch kleiner werdenden Ökonomien über Wasser halten mussten. Andererseits durfte, wer nicht genügend Grund und Boden nachweisen konnte, auch keine Ehe eingehen. Kinder kamen aber trotzdem auf die Welt, unehelich halt, ein Teufelskreis, der einen immer tiefer ins Elend hineinriss. Aus Dorfnachbarn wurden plötzlich »Individuen«, wie es etwa auch im Bericht eines Gemeindedieners aus dem oberfränkischen Ebermannstadt heißt.

Die aus unserer Gegend ausgewanderten Individuen sind meistens Personen, welche nur einzelne Grundstücke auf dem Wege der elterlichen Teilung oder ein geringes bares Vermögen erhielten. Sohin dieselben keine Aussicht auf Ansäßigmachung hatten, jedoch uneheliche Kinder erzeugten und daher sich zu ehelichen wünschten. Sie hofften dies in Amerika zu bewerkstelligen, wenigstens zusammenleben zu können, weil dort wahrscheinlich wenig Aufsicht auf wilde Ehen gepflogen wird.

Dort, wo man anders verfuhr, nämlich so, dass der Älteste alles erbte, bedeutete es für die jüngeren Geschwister, leer auszugehen und ihr Glück woanders suchen zu müssen. Dieses »Woanders« hieß für so manchen Amerika. Sehr anschaulich macht das die Geschichte der Großfamilie von Oskar Maria Graf. In ihr gab es gleich mehrere Amerikaauswanderer, und die Motivation der einzelnen, diesen Schritt zu tun, war jeweils eine andere. Mal war es die pure Abenteuerlust, mal spielte der Glaube eine Rolle. Bei Oskar Maria Graf selbst schließlich waren es die politischen Umstände: Der Schriftsteller musste 1933 vor den Nazis aus Deutschland fliehen. Über Zwischenstationen in Wien und Brünn landete er schließlich in New York, wo er dann bis zu seinem Tod 1967 auch blieb. Am Ende seines Lebens hat sich Graf selbst noch einmal Rechenschaft abgelegt über diese seltsame Verbindung. »Meine Familie und Amerika«, so heißt nämlich ein Aufsatz, der in New York entstand, und er beginnt mit der lapidaren Feststellung:

Meine Familie und Amerika sind alte Bekannte. Das ist schon deshalb merkwürdig, weil, wie kein Kenner abstreiten wird, alle Altbayern, die in dem Geviert zwischen Donau und den Alpen und zwischen Isar und Inn leben, durchaus seßhaft und sehr skeptisch in bezug auf den Wert irgendwelcher Ortsveränderungen sind. Als tief konservative, spezifisch bäuerliche Katholiken sagen sie sich: »Es kommt nichts Besseres nach. Arbeiten mußt du überall, und sterben tust du so und so, ob du jetzt in Hinterindien oder in einem bayrischen Dorf lebst.«

Der heimatverhockte Bayer, der ist gewissermaßen auswanderungsresistent. Den bringt so schnell nichts weg von seinem Sach', und sei es noch so gering und noch so notig. Würde man meinen. Und doch gab es genügend gegenteilige Beispiele. Oskar Maria Graf konnte sie in seiner eigenen Familie finden. Den Anfang mit dem »Ins-Amerika-Gehen« machte seine Tante Anastasia, eine Schwester des Vaters.

Um 1833 herum heiratete (...) Anastasia (...) in unserem Heimatdorf einen tschechischen Maurer. Er hieß Voshank und war als Wanderarbeiter nach Bayern gekommen. Soviel ich ergründen konnte, sprach er sein Leben lang ein sehr schwerfälliges, tschechisch durchsetztes Deutsch und war ein unversöhnlicher Feind der k. u. k. österreichischen Monarchie, welche die Tschechen in vieler Hinsicht einengte und schikanierte. Möglicherweise hatte er sich auch politisch illegal betätigt und bei seiner Rückkehr in die Heimat eine Verhaftung zu befürchten. Darum schloß er sich nicht mehr den Wanderarbeitern an, die nach Hereinbruch des kalten Herbstes abzogen, sondern blieb, heiratete und ging mit unserer Tante »Stasie« nach Amerika. Er war ein wortkarger, stiller, aber äußerst hartnäckig hassender Mensch mit einem runden, derbknochigen Gesicht, einem dichten, martialischen Schnurrbart und düsteren Augen. Auch muß er, wie man bei uns sagt, »einen anderen Glauben« gehabt haben, was schon daraus hervorging, daß er sich als erster in dieser katholischen Umgebung standesamtlich trauen ließ, was ein unliebsames Aufsehen erregte. Der Stasie verübelte man eine solche »Mischehe« im Dorf, doch sie kümmerte sich nicht um das Gerede. Mit dem Voshank gab sich niemand ab, er galt als Fremdling, und zudem vermied auch er jeden näheren Umgang mit den Leuten. Unser Vater mochte ihn nicht, weil man nicht »warm bei ihm wurde«, und unsere Mutter wich ihm schon deswegen bei jeder Gelegenheit aus, weil sie als fromme Katholikin jeden Andersgläubigen als nicht ganz geheuer ansah. (...) Vater und Mutter waren heilfroh, als das Paar endlich abreiste.

Auf den Auswandererschiffen versammelten sich nicht selten diejenigen, die in der Heimat wenig gelitten waren, die am Rande Stehenden, die nicht in die dörfliche Gesellschaft Eingegliederten. Mitte des 19. Jahrhunderts kommt es sogar nicht selten vor, dass Dörfer und Gemeinden ihre »liederlichen Personen«, ihre Armenhäusler und Kleinkriminellen auf diese Art und Weise loszuwerden versuchten. Bis 1845 existierte aber noch eine so genannte »Emigrationstaxe«,

Auswandererdampfer um 1900

eine Einwanderungssteuer, die von den Vereinigten Staaten erhoben wurde. Selbst wenn so mancher kleine Landstreicher bis dahin von sich aus bereit gewesen wäre, einen Neuanfang im Land der unbegrenzten Möglichkeiten zu versuchen, er hätte es sich niemals leisten können. Es gibt Berichte, etwa bei Trautgott Bromme in seinem 1846 veröffentlichten »Ratgeber für Auswanderungslustige«, dass in einem solchen Fall Dorfgemeinschaften schon mal sammelten und zusammenlegten, um auf diese Art und Weise ihre Problemfälle loszuwerden.

Bei Oskar Maria Grafs Tante Stasie und ihrem böhmischen Wanderarbeiter wird es sich nicht gerade um eine »Sträflingsverschickung« gehandelt haben, obwohl … eben fiel ja noch die Bemerkung, man wusste nicht so genau, ob der Voshank nicht vielleicht ein politisch Illegaler war. Jedenfalls suchten die beiden für ihre Auswanderung ein möglichst fernes Ziel. Denn wenn man schon fortging, auch das schreibt Graf, dann ging man gleich ganz weit fort, damit sich die Mühe auch lohnte. Amerika war damals so ungefähr das denkbar Weiteste.

Im Unterricht unserer Pfarrschule Aufkirchen existierte Amerika nur dem Namen nach. Der ganze riesige Erdteil war lediglich ein großer verschiedenfarbiger Fleck auf dem Wandatlas. In unserer Familie dagegen wurde von jeher viel gelesen: Die »Gartenlaube« und »Über Land und Meer« waren abonniert, allerhand Geschichtsbücher gab es, und wir Buben bekamen zu Weihnachten Indianerbücher, wie etwa Coopers »Lederstrumpf«-Bände, den »Untergang der Seminolen«, und später stießen wir auf Gerstäckers »Flußpiraten vom Mississippi« und endlich auf Sealsfields Meisterwerk »Das Kajütenbuch«. Es läßt sich denken, daß unsere Vorstellung von Amerika also nicht anders sein konnte als so: kriegerische, büffeljagende Indianerstämme, undurchdringliche Urwälder, riesige Prärien und vordringende, kühne weiße Pflanzer, die, beständig von harten Gefahren umlauert, um jeden Fußbreit Boden zu kämpfen hatten.

In diesem Indianerland hatten also nun die Grafs schon Verwandte. Später sollten noch Oskars Geschwister, die Nanndl und der Lenz, folgen, ja schließlich auch er selbst. Ihnen vorausgegangen war der ältere Bruder Eugen, der es als Einziger schaffte, den viel beschworenen »amerikanischen Traum«, von dem so gerne erzählt wurde, wahr werden zu lassen: Er brachte es zu einigem Reichtum. Zwei-, dreimal kehrte er auch in die alte Heimat zurück und ließ es sich dort vor seiner Familie recht heraushängen, wie viel besser gestellt er jetzt sei als sie. Oskar hat das nicht sehr imponiert, eher abgestoßen, anderen aber wird das ein ganz bestimmtes Bild von einer typisch amerikanischen Karriere in den Kopf gepflanzt haben. – Erste sporadische Nachrichten aus Amerika hatte man indes schon von der Tante Stasie erhalten, da waren Oskar und seine Geschwister noch Kinder. Eine entsprechende Episode schildert Graf in seinem für ein ganzes Zeitalter repräsentativen Buch »Das Leben meiner Mutter«.

Einmal in jener Zeit brachte der Briefbote ein dickes Kuvert aus Amerika, und als der Vater es öffnete, fiel aus dem Brief eine längliche grüne Dollarnote mit einem schönen Indianerkopf darauf.

»Lieber Max, – ich schicke für die Kinder einen Spargroschen«, schrieb die Stasl aus Seattle in den Weststaaten, »hoffentlich geht's Dir und der Resl und der Kathl gut. Grüße auch die alte Resl und alle Bekannten. Mein Mann workt bei den Miners im Bergwerk. Ist harte Arbeit. Haben ein house und verrente an Miners, wo aus Deutschland, Holland und Österreich kommen. Gibt auch zwei Dollars from man the week. In Amerika schafft alles, auch die Frau! Wir sind gesund, aber schreib wieder einmal. (...) Wenn wieder ein Dollar übrig, schick' ich ihn. Muß schließen, weil the train geht. Mein Mann workt und kommt nicht vor Nacht heim. Herzliche Grüße – Stasl.«

Nachdenklich hielt der Vater, den wir alle neugierig umringt hatten, die Banknote in der Hand. »Hm, sie meint, es geht uns schlecht«, murmelte er gerührt. »Sie glaubt, es ist doch alles beim alten.« Er schaute auf die Mutter und fuhr fort: »Soviel ich herauslesen kann, geht es ihnen nicht gar gut ... Sie kann auch schon nicht mehr recht deutsch ... Ich will ihr einmal schreiben. Sie soll doch ihr Geld behalten, sie braucht's doch ...«

Die Dollarnote wurde dann an die Wand geklebt. Und kein Mensch beachtete sie mehr, schreibt Graf. Man musste nicht neidisch zu den Verwandten nach Amerika schauen, man konnte auch in Berg am Starnberger See das Märchen vom … nicht gerade Tellerwäscher, aber doch kleinen Gewerbetreibenden, der es bis zum vermögenden Unternehmer bringt, wahr werden lassen. Grafs Vater Max hatte nämlich mit der Idee einer Bäckerei und Ausflugs-Konditorei zu Anfang des 20. Jahrhunderts genau den richtigen Riecher: Gerade begann man, den Starnberger See als Naherholungsgebiet zu entdecken. Hier war es also einmal umgekehrt: Die Daheimgebliebenen kamen zu Wohlstand, die nach Amerika ausgewanderte Schwester und ihr Mann indes mussten für den Rest ihres Lebens hart arbeiten. Nicht immer also stimmt die Geschichte vom zu ungeheurem Reichtum gekommenen Onkel in Amerika!

Die Mehrzahl derer, die den Sprung über den großen Teich wagten, werden durchaus gewusst haben, auf was sie sich einlassen. Etwa dass es sich – man sah es ja an denen, die schon vorausgegangen waren – in den allermeisten Fällen um eine Reise ohne Wiederkehr handelte. So ein Schritt wollte wohl überlegt sein! Die Überfahrt über den Atlantik war so kostspielig, dass sich die meisten ein Retourbillett nicht leisten konnten – einmal ganz abgesehen davon, dass so eine Rückkehr das Eingeständnis des Scheiterns bedeutet hätte und schon deshalb nicht in Frage kam. Wie stünde man da als reumütig Heimkehrender!

Manchmal spielte aber auch der Trotz eine nicht unbedeutende Rolle. So in einer Erzählung der Bayerwaldautorin Emerenz Meier, die neben Oskar Maria Graf und dem weniger bekannten Regensburger Autor Ludwig Bemelmans ein weiteres Beispiel ist von einer, die es »ins Amerika« zog. Doch davon wusste die junge Emerenz vielleicht selber noch gar nichts, als sie 25-jährig im »Neuen Passauer Schreibkalender« die Erzählung »Auf dem Scheibenhofe« publizierte. In ihr geht es um einen typischen niederbayerischen Bauern-Dickschädel, den Scheibenhof-Bauern eben. Eine junge Magd, die Nanni, soll bei ihm den Dienst antreten. Doch vom Scheibenhof-Bauern hört man so manches, dass er ein alter Raunzer sein soll, garstig zu allen Leut'. Wie um sich selbst Mut zu machen, sagt die Nanni zu ihrer Mutter:

»*Wer woaß, ob der Scheib'nhofbauer gar so arg is, wie d'Leut sag'n?*«

»*O mei, Nanni, der wird wohl arg sein! Hat er doch net amal sein' leiblinga Suh (= Sohn) g'mögt, hat ihn furt'trieb'n ins Amerika.*«

Als die Nanni dann beim Scheibenhof-Bauern im Dienst steht, kommt eines Tages ein Brief aus Amerika, aus Kansas City. Der Brief ist vom Sohn des Bauern, dem Hans. Die Nanni muss ihn dem Bauern vorlesen, der hat's nämlich nicht so mit den Buchstaben.

»*Mich reut es nicht, daß ich Dir aus den Augen gegangen und nach Amerika gereist bin. Im ersten Jahr ist es mir hier freilich verzweifelt schlecht gegangen.*

Im zweiten wurde es besser, und jetzt geht es mir so gut, daß ich es mir nicht anders wünschen kann. Ich werde nie mehr heimkehren. Manchmal ist mir schon so zweierlei, denn es hätte auch anders sein können, und mein Vater bist Du doch trotz allem. So wünsche ich Dir halt ein recht langes Leben und daß Du gesund bleibst und mir das übrige verzeihst. Du könntest mir schreiben lassen, wenn Du willst. Aber sehen tun wir uns nicht mehr in diesem Leben.«

Was für ein Satz: »Aber sehen tun wir uns nicht mehr in diesem Leben.« Hart, unwiderruflich und todtraurig. Und doch war er Realität für so viele Amerikaauswanderer. Auch die Emerenz Meier musste ihn zu einigen ihr lieben Menschen sagen. Zu ihrer Waldkirchener Busenfreundin Auguste Unertl zum Beispiel oder auch zu ihrem Freund, dem Dichter Hans Carossa. Als junger Mann war der zu der Bayerwalddichterin nach Oberndorf in die Nähe von Waldkirchen gewandert. Da war sie schon berühmt, zumindest in ihrer Heimat.

Ihr erstes und zu Lebzeiten einziges Buch, »Aus dem bayrischen Wald«, hatten Rezensenten als eine Art literarisches Wunder gefeiert. Kam ja auch nicht allzu oft vor, dass die Tochter eines ärmlichen Kleinbauern als Schriftstellerin hervortrat. Und zwar mit Erzählungen, »die den Vorzug haben, wirklich Dorfgeschichten zu sein, das heißt Geschichten, in denen Bauern wirklich geschildert werden, wie sie sind, und nicht, wie sie unter der Lupe eines Auerbach mit allerlei künstlich anempfundenen Gefühlen erscheinen«. Das hatte ausgerechnet der Rezensent einer Zeitung geschrieben, die den deutschen Titel »Freie Presse für Texas« trug und in San Antonio erschien, eines von mehreren deutschsprachigen Blättern in Amerika, die speziell auf die Auswanderer als Publikum zielten. Ob unter den Lesern der »Freien Presse« besonders viele Bayerwaldler waren? Jedenfalls kannten sie den Unterschied zwischen der kitschigen Bauernwelt in den Dorfgeschichten eines Berthold Auerbach und der wenig idyllischen, knochenharten Realität ganz genau.

Statistiken zeigen es: Neben Fabrikarbeitern war es vor allem die Landbevölkerung, die als letzten Ausweg aus ihrem Elend die Auswanderung erwog. In der Region Niederbayern waren es im Zeitraum von 1900 bis 1925 zu über 90 Prozent bäuerliche Emigranten.

Die württembergische Regierung wollte es 100 Jahre zuvor einmal ganz genau wissen, warum ihre Untertanen in Scharen das Land verließen. Sie setzte 1817 den Volkswirtschaftler und Politiker Friedrich List als »Königlichen Commissarius« ein und beauftragte ihn, unter den Auswanderungswilligen eine Umfrage über ihre Beweggründe anzustellen. Es war im Grunde ein verheerendes Bild, das List seinem Auftraggeber von der sozialen Lage derer, die da unter keinen Umständen mehr von ihrem Entschluss abzubringen waren, übermitteln musste.

In vielen Gegenden Deutschlands versteht man unter den notwendigsten Lebensbedürfnissen Kartoffeln ohne Salz, eine Suppe mit Schwarzbrot, zur höchsten Notdurft geschmälzt, Haferbrei, hier und da schwarze Klöße. Die, welche sich besser stehen, sehen kaum einmal ein bescheidenes Stück frisches oder geräuchertes Fleisch auf ihrem Tisch, Braten kennen die meisten nur vom Hörensagen. Ich habe Reviere gesehen, wo ein Hering, an einem an der Zimmerdecke befestigten Faden mitten über dem Tisch hängend, unter den Kartoffelessern von Hand zu Hand umging, um jeden zu befähigen, durch Reiben an dem gemeinsamen Tafelgut seiner Kartoffel Würze und Geschmack zu verleihen.

Fünf Jahre später konnte man Friedrich List selbst unter den Amerikaauswanderern finden – er war bei der württembergischen Regierung in Ungnade gefallen. Zu freimütig waren seine Beschreibungen des Elends weiter Bevölkerungskreise gewesen, zu radikal sein Auftreten in der württembergischen Kammer. Nicht einmal sein Status als Abgeordneter schützte ihn davor, zu Festungshaft verurteilt zu werden, die man ihm nur erließ unter der Auflage, dass er nach Amerika auswandere.

Das war wohl einer der Versuche der Landesfürsten, diejenigen, die das Land verließen, zu diskreditieren: Man stellte sie als politische Umstürzler dar, als Radikale, als liederliche Elemente. Hauptsache, man musste nicht zugeben, dass etwas faul war im Staate. Doch diese Erkenntnis ließ sich nicht auf Dauer unterdrücken. 1827 konnte man zum Beispiel in einem so seriösen und wenig propagandistischen Unternehmen wie der »Allgemeinen deutschen Real-Encyklopädie für die gebildeten Stände« unter dem Stichwort »Auswanderung« lesen:

Nicht Überbevölkerung und der Trieb, ein ungewißes Glück unter fremden Sternen zu suchen, sondern mehr als dies, Hoffnungslosigkeit, daß es je besser werde, Furcht, daß noch Schlimmeres bevorstehe, und gänzlicher Mangel an Vertrauen zu der Fürsorge der Regierungen: diese Ursachen haben, nebst andern zum Theil sittlichen Übeln, an denen unser Zeitalter kränkelt, ganze Familien in die öde Welt hinausgetrieben. (...) Ein Gefühl der Verzweflung hat die Völker ergriffen, daß es keine Freiheit mehr für den Armen gebe, der unter dem Druck der Abgaben und unter der Last von Arbeiten, selbst beim niedrigsten Preis der ersten Bedürfnisse, erliegt, und dabei der finstern Vorstellung sich überläßt, daß die arbeitende Classe, der zahlreichste Theil des Volks, nicht für sich arbeite, sondern nur für Hof-, Standes- und Gutsherren.

Ähnlich war es auch bei der Emerenz und ihrer Familie. Es war ein Gemisch aus Verzweiflung darüber, sich wahrscheinlich nie aus dem eigenen Elend herauswerkeln zu können, mit einem Teil eigenen, ... wie hieß es doch eben: »sittlichen Übel«. Vom Meier Josef in Oberndorf war bekannt, dass er gerne einen über den Durst trank. Das war auch Hans Carossa gleich aufgefallen, als der 20-Jährige zum ersten Mal die Emerenz besuchte. Wie bei einer Wallfahrt, so hatte er sich vorgenommen, müsse er zu Fuß zu ihr gehen, und so saß er, nach stundenlanger Wanderung, in der Abenddämmerung mit Emerenz und ihren Schwestern im Garten vor dem Bauernhaus in Oberndorf.

Jetzt lief durch den morschen Lattenzaun ein leises Beben; der heimkehrende Vater war kräftig daran hingestreift, und auf einmal stand er im Garten. – »Ist er da?« hörte ich ihn sagen, und mit hergestreckten Händen taumelte der riesige Mann auf mich zu. Es war gerade noch hell genug, um seinen trutzigen Wäldlerkopf unterscheiden zu können. Er und ich, wir paßten zusammen, das sehe er schon, lallte er bierbrüderlich, und wenn mir eine von seinen Töchtern gefiele, gebe er sie mir gern zur Frau. Mir war bang für die Senz, der es doch, wie ich annahm, peinlich sein mußte, ihren Vater vor einem Fremden in dem schwankenden Zustand zu sehen; aber diese Sorge war unbegründet. Sonntagsvorbehagen herrschte; niemand empfand einen Schwips als beschämlich, alle lachten, und nun ging die jüngere Schwester, um Bier aus dem Keller zu holen. Meine Bitte um frisches Wasser wurde als eine komische Form falscher Bescheidenheit keiner Antwort gewürdigt.

Es war wohl doch mehr als nur »Sonntagsvorbehagen«, der Meier Josef brauchte seine fünf, sechs Maß alle Tag, und das Wirtshaus sah ihn öfter als seine Äcker und sein Stall. Von Schulden jedenfalls ist die Rede bei der Emerenz und dass man wohl irgendwann das bisserl Sach', das man besaß, verkaufen werde müssen, um sie zu begleichen. Viel war es ja eh nicht: etwas über 50 Tagwerk Grund, zehn Stück Vieh. Doch so furchtbar tragisch schien das die Emerenz gar nicht zu nehmen, hat man den Eindruck. Zumindest wenn man Hans Carossas Erinnerungen an seine Dichterfreundin liest, die er 40 Jahre später in seinem Buch »Das Jahr der schönen Täuschungen« festgehalten hat.

Ihre Eltern würden eines Tages über das große Wasser gehen und sie selbst mit ihnen. Der Vater sei trotz vielem Trinken ein heller Kopf, er sehe längst ein, daß nicht mehr viel zu hoffen sei in dieser alten Schindelwelt, und sie müsse ihm recht geben.

Der ebenfalls aus dem Bayerischen Wald stammende Joseph Berlinger hat 1980 ein Buch über die Emerenz Meier veröffentlicht, das zum einen Teil aus seinem eigenen Theaterstück über das Leben der Bayerwalddichterin besteht, zum anderen Teil aus erstmals veröffentlichten Briefen von ihr. Die machen ziemlich deutlich klar, dass die Emerenz, die nach ihrem Tod von ihrer Busenfreundin Auguste Unertl in den 30er Jahren in Richtung kerndeutscher Schollendichtung missgedeutet worden war, sich selbst als glühende Sozialistin verstand. Und Amerika – darin allerdings bestand ihre Naivität – hielt sie für jenen Fleck Erde, auf dem die Utopie einer klassenlosen Gesellschaft Wirklichkeit werden könne.

Im Theaterstück von Joseph Berlinger gibt es eine Szene, wo die Emerenz und ihre Mutter kurz davor sind, dem Vater, der mit zwei der Schwestern schon vorausgereist ist, nach Amerika zu folgen. Während die Mutter noch so ihre Zweifel hat, ob dieser Entschluss auch wirklich der richtige ist, befasst sich die Emerenz bereits voller Enthusiasmus mit der neuen Heimat. Unter anderem hat sie in der Zeitung von der Freiheitsstatue in New York gelesen. In der Tat war es ja so, dass Schifffahrtsgesellschaften und Auswandereragenturen massiv Werbung betrieben, um Auswanderungswillige zu überzeugen. Es gab sogar ausschließlich für diesen »Kundenkreis« konzipierte Auswandererzeitungen. Durch eine solche könnte die Emerenz durchaus erfahren haben, was sie ihrer Mutter in Berlingers Theaterstück pathetisch vorliest, die Worte nämlich, die der New Yorker Freiheitsstatue als Inschrift mitgegeben sind.

Das steht auf der Freiheitsstatue in Neuyork. Schau her!
»*Gib mir deine müden, deine armen, deine verwirrten Massen, die sich nach Freiheit sehnen, den erbärmlichen Abfall deiner gebärenden Küste. Schicke diese, die Hoffnungslosen, die vom Sturm Herumgetriebenen zu mir, ich halte mein Licht in die Höhe, neben dem goldenen Tor.*«
Wer is denn da gmeint, mit die müden und armen?
Wer wird denn schon gmeint sein?
Mir! Die ganzen Auswanderer halt, die wo in Amerika einwandern.
(...) Der Abfall – der erbärmliche Abfall – das sind auch mir?
Der Vater wenn uns hören tät!
Wenn man seine Heimat im Stich laßt – das is immer eine Schand.
Daß man uns kleine Leut und die Armen im Stich laßt – das is die Schand! Was soll man denn anders tun als wie auswandern? Kannst mir das sagen? Alles wird teurer, und unsre Schulden größer. Aber, wirst schaun, wenn wir eine Zeitlang in Amerika sind und alle miteinander gscheit anpacken, dann ist der ganze Kummer vergessen. In ein paar Jahren ghört uns vielleicht schon ein Hotel drüben! In Amerika, da gibt es noch eine Grechtigkeit, da bringts ein jeder zu was, der wo arbeitet. Wo jeder gleich is, da gibts keine Unterschiede.

Statt des Hotels wartete in Chicago harte Arbeit auf die Meiers. Und es kam tatsächlich so, wie es Hans Carossa seiner Freundin vorausgesagt hatte: Als Autorin verstummte die Emerenz in Amerika beinahe völlig. Lediglich eine Reihe von Briefen sind erhalten und etliche Gedichte, deren zusammenfassender Titel, den die Autorin noch selbst gewählt hatte, im Grunde alles sagt: »Lieder aus dem Elend«. Gründlicher konnte die Enttäuschung über den »amerikanischen Traum« kaum ausfallen. Nicht nur die Emerenz machte die Erfahrung, dass das, was man in den Emigrantenliedern sang, die ja nichts anderes waren als Public Relations für die Auswanderung, auch nicht immer stimmte. So etwa das, was in den »Texanischen Liedern« des Hoffmann von Fallersleben stand, der 1842 selbst aus politischen Gründen des Landes verwiesen worden und nach Texas emigriert war.

War der Entschluß zur Auswanderung einmal gefaßt, dann galt es immer noch, eine ganze Reihe von Problemen zu lösen, bevor man sich von Freunden und Verwandten verabschieden konnte. Da mußte zuerst einmal den Behörden gegenüber die Absicht zur Auswanderung kundgetan und um deren Zustimmung gebeten werden. Dann galt es zu überlegen, was vom Hausrat mitzunehmen und wie die übrige Habe zu veräußern sei, und schließlich mußte man sich darüber klarwerden, von welchem der üblichen Häfen man die Überfahrt antreten und auf welchem Weg man dorthin gelangen wollte. War dies dann alles geregelt, so hatte man sich noch zu entscheiden, ob man die Passage über den Atlantik bei einem der überall im Land ansässigen Agenten buchen oder auf gut Glück abreisen wollte.

»300 Jahre Auswanderung nach Amerika« nennt Heinrich Krohn im Untertitel sein Buch »Und warum habt ihr denn Deutschland verlassen?«, in dem er darauf hinweist, vor welch einer Fülle von Entscheidungen und Vorbereitungen eine zur Emigration entschlossene Familie stand. Steuerschulden mussten beglichen werden. Außerdem war – meist in Zeitungsannoncen – öffentlich kundzutun, wer genau vorhabe, nach Amerika auszuwandern. Es konnte ja sein, dass Gläubiger noch etwas einzutreiben hatten. Und dann die ganzen Formalitäten der Schiffspassage. Man kann sich vorstellen, dass viele zum Fortgehen Entschlossene, die eh schon meist in einer schwierigen Lage waren, von all dem schier überfordert wurden. In dieser Notlage etwas vorbereiten zu müssen, was man noch nie getan hatte – die Heimat verlassen nämlich –, boten sich Agenturen an: findige Geschäftemacher, die die Chance witterten, an der persönlichen Tragik der Auswanderer ein bisschen mitverdienen zu können. Immer öfter tauchten in Amtsblättern Annoncen auf.

Norddeutscher Lloyd Bremen: Beförderte Passagierzahl über 3½ Millionen. Beste Reisegelegenheit. Nach New York wöchentlich dreimal, davon zweimal mit Schnelldampfer. Nach Baltimore mit Postdampfer wöchentlich einmal. Oceanfahrt mit Schnelldampfer 6–7 Tage, mit Postdampfern 9–10 Tage. Nähere Auskünfte durch die Generalagentur für Bayern: M. S. Bustelli's Nachf., Aschaffenburg, sowie Moritz Stern, Cham; Franz Wanckerl, Brunsthof, Johann Berghammer, Stamsried.

Vor allem die Hansestadt Bremen erkannte rechtzeitig die Chancen, die im Geschäft mit den Emigranten lagen. Der Überseehandel war ja nahezu zum Erliegen gekommen, seit Napoleon 1806 ein totales Handelsembargo verhängt hatte. Die Bremer reagierten schnell.

Als in der hanseatischen Nachbarstadt Hamburg die Verschiffung von Auswanderern verpönt, ja sogar verboten war, schickten die Bremer Agenten in das Hinterland. Sie sollten dort Auswanderungswillige ansprechen, ihnen von den preiswerten Gasthäusern in Bremen samt der guten Verpflegung erzählen und sie mit günstigen Überfahrtspassagen davon überzeugen, daß es für sie das Beste sei, sich in Bremen einschiffen zu lassen. Und obwohl die Hansestadt an der Weser weitaus schlechtere Verkehrsanbindungen an das Hinterland hatte als Hamburg oder die niederländischen Häfen an der Rheinmündung, gelang es den Bremern durch ihre geschickte und systematische Werbung, über eineinhalb Jahrhunderte im Auswanderungsgeschäft zu dominieren.

Auch die Emerenz Meier wählte den Weg über Bremen, das seit 1847 mit der Eisenbahn zu erreichen war. Die Hafenanlage allerdings – 1827 wurde mit dem Bau von Bremerhaven begonnen – lag ein paar Kilometer weseraufwärts von Bremen entfernt direkt an der Küste. Und das stellte ein gewisses Manko dar.

Das größte Handicap bei der Anreise nach Bremerhaven waren in jenen Jahren die letzten drei Kilometer weseraufwärts, die den neuen Hafen von der alten Handelsstadt trennten. Die Chaussee war in äußerst schlechtem Zustand, Dampfschiffahrt gab es auf diesem unteren Teil der Weser noch nicht, und auch die Eisenbahn ließ vorläufig auf sich warten. So mußten die Auswanderer in Bremen auf die berüchtigten Weserkähne, die seinerzeit noch den gesamten Frachtverkehr zwischen Bremen und seinem neuen Hafen zu bewältigen hatten, umsteigen. »Der Weserkahn! Sollte ich Dir den Spectakel und die Verwirrung schildern, die auf diesem kleinen Fahrzeug herrschten, Du würdest erstaunen«, so schrieb damals der junge Friedrich Gerstäcker seiner Mutter.

Das war noch Mitte des 19. Jahrhunderts. Mit der Eisenbahn stieg dann Bremerhaven endgültig zu einem der führenden Auswandererhäfen auf. Im Abstand von nur wenigen Tagen spielten sich hier die immer gleichen Abschiedsszenen ab.

Viele aus Bremerhaven, die längst erwachsen sind, erinnern sich noch an so manchen Sonntagsausflug mit den Eltern, der zum nahen Kai führte, wenn wieder ein Schiff auslief. Die Kapelle spielte das herzzerreißendste unter den deutschen Liedern: »Muß i denn, muß i denn, zum Städtele hinaus ...«. Und alle weinten. Die, die an Land zurückbleiben mußten. Die an Bord sowieso. Und manchmal weinte sogar der hartgesottene Kapitän.

Doch allzu lange hielt die wehmütige Abschiedsstimmung nicht vor.

Neben Bremerhaven war Hamburg der zentrale Auswandererhafen. 1892 baute man auf der Veddel eigens eine kleine Stadt für die Auswanderer. Hier trafen vor allem Menschen aus Mittelosteuropa zusammen, aber es ist durchaus auch denkbar, dass Auswanderer aus dem Böhmer- und Bayerwald diesen Weg wählten, gab es doch direkte Zugverbindungen von Budapest, Wien und Prag nach Hamburg. Auf der Veddel kamen dann alle zusammen, und man konnte in diesem bunten Völkergemisch schon eine Vorwegnahme dessen erleben, was man so gerne den amerikanischen Melting Pot nennt. Der deutsche Journalist Norbert Jaques beschreibt in seinen Memoiren »Mit Lust gelebt«, wie es auf der Veddel zuging:

Im Hafen gibt es eine Stadt für sich. Sie schien aus fremdem Land her verpflanzt. (...) In der Hauptstraße streiften slawische Männer in Stiefeln und Mützen, kleine eckig gerundete Frauen in Röcken, die vor Farbenfreude schrien, in Scharen umher. Sie kümmerten sich aufgeregt um die Auslagen der kleinen Läden mit Kleidern, Hüten, Musikinstrumenten, Koffern, Branntweinflaschen, billigem Schmuck. Die Kauflust glänzt auf den Gesichtern. Die Inschriften sind in vielen östlichen Sprachen gehalten, mit fremden Zeichen gemalt. (...) Der Strom der fremden Menschen streicht wie aufgescheucht im Innern des Städtchens umher, von den Schlafhäusern in die Straßen, in die Eßlokale, in die Gepäckzimmer, an die Fahrkarten- und Reiseschalter. Fünftausend Menschen an einem Tag und zwei Millionen durch das ganze Jahr streichen hier so hin und her, jeder einzelne eingeschlossen in den kleinen Kreis seiner zitternden Wünsche, alle zusammen eine Masse von Völkerwanderung, Ratlosigkeit, Hoffnung. Sie sind geplagt, erharren, daß sich die dumpfe Sehnsucht bald vollzieht, die sie aus dem Schoß ihrer Heimaterde gepflügt hat und sie nun zu den Ländern sät, welche vielleicht das Gedeihen leichter machen.

Auch Oskar Maria Grafs geliebte Schwester Nanndl trat ihre Amerikareise von Hamburg aus an. Bruder Eugen lebte schon seit Jahren drüben und hatte das Geld für die Überfahrt geschickt. Anfänglich war Oskar gar nicht begeistert von der Idee seiner jüngeren Schwester. »Ja, Nanndl, so einfach willst du losziehen«, schreibt er in dem 1966 erschienenen »Gelächter von außen«, seinem zweiten Erinnerungsbuch neben »Wir sind Gefangene«: »Bist du denn noch eine Jungfrau? Hast denn du noch keinen Liebhaber? (...) Das geht doch nicht! So, als blödes Dorfmädl, das die Welt noch nicht kennt, kannst du doch nicht nach Amerika, in diesen Dschungel von Millionenmenschen hinübergehn!«

Als es dann so weit ist, dass sie in Hamburg den Dampfer besteigen soll, bekommt sie tatsächlich Angst vor der eigenen Courage. Oskar muss sie begleiten. Bis zum Auswanderer-Quai auf der Veddel.

Bald war der Tag von Nanndls Abreise da, und nun zeigte sich, wie dorfeng, weltfremd und menschenfurchtsam sie geblieben war. Eine fiebrige Unsicherheit und Angst vor der Fremde erfaßten sie, und sie ließ nicht mehr locker, bis ich sie nach Hamburg begleitete. (...) Kaum saßen wir im Zug nach Hamburg und in den dortigen Auswandererhallen, in welchen sich eine Menge armer Passanten aus dem Balkan befanden, da überkam sie wieder eine panische Angst und schreckhafte Menschenfurcht. Hemmungslos fing sie zu weinen an, klammerte sich an mich und wollte auf der Stelle wieder umkehren und heimfahren. Ich mußte alle meine Überredungskunst aufbieten, um sie davon abzubringen, und als wir uns endlich bei der Schiffsbesteigung verabschiedeten, sah sie aus wie ein Stück verstörtes Elend und hatte ein Gesicht, als habe man sie nun hilflos und verlassen der übermächtigen Tücke der unbekannten Fremde ausgeliefert.

In Amerika angekommen, wandte sich Nanndl gleich an den Bruder Eugen, der sich mittlerweile zu einem – wie Graf es nennt – »honetten, moralisch ungemein empfindlichen Bourgeois« entwickelt hatte. In ihrer Unbedarftheit erzählte Nanndl Eugen von den orgiastischen Schwabinger Atelierfesten Oskars, was zur Folge hatte, dass der Bruder eine »dermaßen hurenhaft verderbte Person« wie die Nanndl sofort aus dem Haus warf.

Außerdem schrieb er an die Münchner Polizei, man solle seinen Bruder Oskar als Hehler und Zuhälter verhaften. Nanndl verließ die Stadt, wo ihr Bruder wohnte, das dorfähnliche Bozeman, und ließ sich dauerhaft dort nieder, wo auch schon Emerenz Meiers Amerikatraum endete: in der Arbeiterstadt Chicago.

»Wir haben 51 Tage auf dem Meer zugebracht, da ist uns die Zeit lang geworden«. Das schreiben Amerikaauswanderer aus dem Odenwald im Jahr 1831 in einem Brief an die Daheimgebliebenen. Bei den Segelschiffen variierte die Dauer für die Überfahrt oft mehrere Tage, ja Wochen. Man war ganz auf den Wind angewiesen, und es konnte passieren, dass man tagelang unter sengender Sonne auf der Stelle dahindümpelte, irgendwo weit draußen auf dem Atlantik. Dann wurde es zur absoluten Qual, das sowieso alles andere als komfortable Leben auf dem berüchtigten »Zwischendeck«.

Weit mehr als die Hälfte der über fünf Millionen deutscher Auswanderer, die im 19. Jahrhundert in die Vereinigten Staaten gekommen waren, hat die neue Heimat an Bord eines Segelschiffs erreicht, die meisten davon im Zwischendeck. (...) Durch das Einziehen einer provisorischen Holzdecke, etwa sechs Fuß unter dem eigentlichen Verdeck, schuf man eine zwei Meter hohe, weitflächige Räumlichkeit, die seitlich von den Planken der jeweiligen Bordwand begrenzt wurde und ansonsten das gesamte Innere des Rumpfes umfaßte. Für die Möblierung des Zwischendecks trieb man keinen großen Aufwand. In der Regel wurden entlang der beiden Außenwände die Lagerstätten eingebaut, jeweils zwei Meter breit und tief und in zwei Reihen übereinander. In einem derartigen Doppelbett wurden dann in jeder Ebene vier Passagiere untergebracht. Für jeden Passagier stand so eine Schlaf- und Aufenthaltsfläche von einem halben Meter Breite und zwei Metern Tiefe zur Verfügung, auf der er es sich nun mit einem Strohsack, den er selbst mitbringen mußte, »bequem machen« konnte.

Eine steile, oft rutschige Holztreppe führte aus dem Zwischendeck zur Zugangsluke hinauf. Über sie konnten die Passagiere bei ruhiger See das Verdeck erreichen, um sich dort der frischen Luft zu erfreuen oder aber sonstigen, unvermeidbaren Bedürfnissen nachzugehen. Kaum glaublich! Es war anfangs noch keineswegs die Regel, daß für die Fahrgäste des Zwischendecks sanitäre Örtlichkeiten bereitgehalten wurden. (...) Wenn dann über mehrere Tage hinweg bei widrigem Wetter die Wogen über das Verdeck gingen und die Luken darum fest geschlossen bleiben mußten, wenn weder Licht noch frische Luft in das schaukelnde, finstere Verlies drangen und die meisten der bedauernswerten Passagiere seekrank in ihren schmalen Kojen lagen, dann läßt sich denken, welch jammervolle Verhältnisse dort herrschten.

Nicht selten ist in den Berichten davon die Rede, dass die Schiffe zudem noch heillos überladen waren. Die Verpflegung war katastrophal. Oft waren die Nahrungsmittel verdorben. Eine medizinische Versorgung gab es nicht. Dass es bei solchen Bedingungen beinahe zwangsläufig Kranke und Tote gab, kann nicht verwundern. Familienangehörige mussten mit ansehen, wie die Leichen dem Seemannsgrab, dem Meer, übergeben wurden. Friedrich Kapp schreibt in seiner 1868 erschienenen »Geschichte der Deutschen Einwanderer in Amerika«:

Auf der Reise starben ein paar Familien ganz aus, von anderen starben die Väter und Mütter fort; hier hinterließ ein Ehemann eine unglückliche Witwe mit kleinen Kindern, und dort verlor ein Familienvater die Frau. Wir haben mit mehreren Knaben und Mädchen gesprochen, welche auf unsere Frage nach ihren Eltern auf das Wasser hinzeigten und unter Seufzen und Thränen antworteten: da unten!

Und wenn man dann endlich anlandete, an der Ostküste Amerikas, und beileibe nicht immer dort, wo man glaubte anzulanden, Sturm und Unwetter trieben einen oft ganz woanders hin, da wartete schon die nächste Überraschung. So ergangen ist es etwa der Familie Tracht aus Raidelbach im Odenwald, die nach einer nur mit viel Glück überstandenen Schiffshavarie an der Küste Virginias strandete.

Die Odenwälder waren sehr überrascht, als sie an der Küste die ersten Neger sahen. Anneliese sagte zu ihrem Mann: »Ich hab gedacht, Du bringst mich nach Amerika. Das ist aber nicht Amerika, das ist Afrika!«

Wenn man gewusst hätt', was einen da erwartet, auf der Überfahrt und dann im Land der unbegrenzten Möglichkeiten, wer weiß, ob nicht der ein oder andere doch Abstand genommen hätte von der Entscheidung, alle Brücken hinter sich abzubrechen. So aber hatten sich Hunderttausende aufgemacht und bewegten sich – beinahe wie ein Zug von Lemmingen – zu den Küsten Europas, von wo aus sie ihre Reise ins Ungewisse starteten. Zum Beispiel auch von Frankreich aus.

Ich befand mich auf der Landstraße von Havre. Le Havre in der Normandie. Und der da auf der Landstraße spazieren geht, ganz traumselig und märchentrunken, wie er schreibt, ist niemand anderer als Heinrich Heine. Er wollte Gedichte schreiben, einfach nur schöne Gedichte, *zärtliche und heitere Gedankenspiele, (…) ruhig zurückschleichen in das Land der Poesie.* Die Gegend dort in der Normandie schien ihm ideal dafür: Er wohnte in einer Villa an der Küste, hatte eine wunderbare Aussicht auf das Meer, schmeichelnde Stille, weiße Wolkenzüge, vor dem Fenster blühten die Rosen. Nur: Selbst bei einer solchen Stimmung kann man nicht immer im Zimmer bleiben. Heine brach auf zu einem Spaziergang, mit *begeistertem Herzen und glühenden Wangen.* Und traf auf der Landstraße nach Le Havre das Elend. Das bittere, deutsche Elend.

Vor mir her zogen, hoch und langsam, mehrere große Bauernwagen, bepackt mit allerlei ärmlichen Kisten und Kasten, altfränkischem Hausgeräte, Weibern und Kindern. Nebenher gingen die Männer, und nicht gering war meine Überraschung, als ich sie sprechen hörte – sie sprachen Deutsch, in schwäbischer Mundart. Leicht begriff ich, daß diese Leute Auswanderer waren. (…)

Als ich sie näher betrachtete, durchzuckte mich ein jähes Gefühl, wie ich es noch nie in meinem Leben empfunden, alles Blut stieg mir plötzlich in die Herzkammern und klopfte gegen die Rippen, als müsse es heraus aus der Brust, als müsse es so schnell als möglich heraus, und der Atem stockte mir in der Kehle. Ja, es war das Vaterland selbst, das mir begegnete, auf jenem Wagen saß das blonde Deutschland, mit seinen ernstblauen Augen, seinen traulichen, allzubedächtigen Gesichtern. (…) Ich drückte die Hand jener deutschen Auswanderer, als gäbe ich dem Vaterland selber den Handschlag eines erneuten Bündnisses der Liebe, und wir sprachen Deutsch. (…) Und warum habt ihr denn Deutschland verlassen? fragte ich diese armen Leute. Das Land ist gut und wären gern dageblieben, antworteten sie, aber wir konntens nicht länger aushalten.

Heine, der Deutschland schmähen konnte wie kaum ein zweiter, der ja selbst fortgegangen war, weil er die politische Repression, das Leben im Krähwinkel nicht mehr ausgehalten hatte, er hörte den Leuten zu. Wie sie ganz ruhig, ohne Anklage, von den Missständen in ihrer schwäbischen Heimat erzählten. Und sie erbarmten ihn, mehr und mehr.

Ich schwöre es bei allen Göttern des Himmels und der Erde, der zehnte Teil von dem, was jene Leute in Deutschland erduldet haben, hätte in Frankreich sechsunddreißig Revolutionen hervorgebracht und sechsunddreißig Königen die Krone mitsamt dem Kopf gekostet. Und wir hätten es doch noch ausgehalten und wären nicht fortgegangen, bemerkte ein achtzigjähriger, also doppelt vernünftiger Schwabe, aber wir taten es wegen der Kinder. Die sind noch nicht so stark wie wir an Deutschland gewöhnt, und können vielleicht in der Fremde glücklich werden.

Die Not dieser Auswanderer, von dort weggehen zu müssen, wo sie eigentlich gar nicht weg wollen, sie machte Heinrich Heine, den Spötter und Kritiker deutscher Zustände, sehr, sehr nachdenklich.

Deutschland, das sind wir selber. Und darum wurde ich plötzlich so matt und krank beim Anblick jener Auswandrer, jener großen Blutströme, die aus den Wunden des Vaterlands rinnen. (…) Das ist es, es war wie ein leiblicher Verlust und ich fühlte in der Seele einen fast physischen Schmerz. (…)

Es war schon gegen Abend, und ein kleines deutsches Mädchen, welches ich vorher schon unter den Auswanderern bemerkt, stand alleine am Strande, wie versunken in Gedanken, und schaute hinaus ins Meer. Die Kleine mochte wohl acht Jahre alt sein, trug zwei niedlich geflochtene Haarzöpfchen, ein schwäbisch kurzes Röckchen von wohlgestreiftem Flanell, hatte ein bleichkränkelndes Gesichtchen, groß ernsthafte Augen, und mit weichbesorgter, jedoch zugleich neugieriger Stimme frug sie mich: ob das das Weltmeer sei? – –

Bis tief in die Nacht stand ich am Meere und weinte. Ich schäme mich nicht dieser Tränen.

Marita Krauss

»Jeder Mensch jamert und die reichersten Farmer leuen sich Geld.«
Auswanderer berichten aus Amerika

Joseph Wühr aus Hofern bei Kötzting an seine Eltern:
Frankfort den 16. Abril 1882. Liebe Eltern. Ich Ergreife die Feder an eich den ersten Brief aus Amerika zu schreiben. Liebe Eltern ich war den 31 März bei den Färmer Andreas Schneider in Frankfort in Dienst eingeschtanten und geht mir ganz gut ich habe das Monat jetzt 8 Dolar ich muß jetzt ale Arbeit erst wieder frisch lernen wan ich einmal die Arbeit ganz gut kan dan erhalte ich einen größeren Lohn es haben die Knechte 12. / 15. und 20 Dolar das Monat. Aber mit der Englischen Schbrache geht es mir jetzt nicht gut bis ich einmal lenger hir bin ... Liebe Eltern wann ich einmal die Englische Sprahe einmal kan dan fare ich nach Westen ich höre das es dort noch beser ist mich reut es nicht das ich nach Amerika bin sparen wen einer wil dan kann sich einer vil Geld ersparen ich habe von meinem Gelde noch 136 Mark. bei uns wird es ales mit den Maschinen gemeht gras und Gedreit ... Mit Gruß an eich alle Eltern und Geschwistete und Grüßet mir auch ale meine Kameraden besonders den Wolfgang und Georg Müller. Ich hofe eine baltige antwort.

Ohne korrekte Grammatik und Orthografie, sprunghaft wie im persönlichen Gespräch, stark dialektgebunden und ohne normierendes Schreibschema – so sehen die meisten Auswandererbriefe des 19. Jahrhunderts aus. In der alten Heimat hatten die Schreibenden, die größtenteils den niederen sozialen Schichten angehörten, meist nur mit Behörden oder möglicherweise noch mit Handelspartnern schriftlich verkehren müssen. Nun jedoch, in der Fremde, entdeckten sie den Brief, um ihr Mitteilungsbedürfnis ebenso wie die Neugier der Daheimgebliebenen zu befriedigen. Sie schrieben an die Familie und an Freunde in Deutschland über ihre persönlichen Erfahrungen in der neuen Welt, über Erfolge, Hoffnungen und Ängste.

Am Beginn der Massenwanderung des 19. und 20. Jahrhunderts stand eine Revolution von Kommunikation und Verkehr: Das Dampfschiff war schneller, billiger und sicherer als das Segelschiff. Die Segelschiffe mit Dampfturbinen der »Red Star Line« brauchten, wie eine Werbeanzeige im »Passauer Schreibkalender« von 1887 behauptete, nach New York nur noch zehn bis elf

Tage, nach Philadelphia zwölf. Die Überfahrt im Zwischendeck war zwar immer noch höchst unbequem, doch viel kürzer als wenige Jahre vorher: 1867 war das Segelschiff »Leibnitz« noch 70 Tage von Hamburg nach New York unterwegs gewesen. 1902/1903 schreibt der Inhäuslerssohn Friedrich Kandlbinder auf die Rückseite seines Reisepasses: *Den 21 Dezember von daheim den 29 auf das Schief. Den 13 an gekomen. Den 19 zum Schafen anfanken.*

Mit der Geschwindigkeit und geringeren Gefährlichkeit des internationalen und transatlantischen Reisens nahm auch die Zahl der Auswanderer erheblich zu: Allein bis zum Ersten Weltkrieg zog es 5,5 Millionen Deutsche nach Amerika. Bis zur Mitte des 19. Jahrhunderts stammten die meisten aus dem deutschen Südwesten. Über die Pfalz und die Pfälzer schrieb August Becker 1858: »Es ist keine Familie, die nicht mehrere Glieder in Amerika hat. Darum wird denn auch von den transatlantischen Städten mehr gesprochen als von irgendeiner in Deutschland, und die amerikanischen Verhältnisse werden mit einem Interesse verfolgt, die man den deutschvaterländischen nicht abzugewinnen weiß.«

Auch mehr und mehr Bayern dehnten den Radius ihrer früher auf Bayern oder Deutschland beschränkten Arbeitswanderung oder Handelsreisen immer weiter aus. Die Gründe dafür waren vielfältig und blieben bis weit in die zweite Hälfte des 19. Jahrhunderts hinein ähnlich: die Suche nach Arbeit und besserem Verdienst; nach einer Umgehung des Wehrdienstes; nach der Chance, zu heiraten und auf eigenem Grund und Boden sesshaft zu werden – was in Bayern bis 1868 für wenig Bemittelte strengsten Vorschriften unterlag. Hinzu kam aber vor allem die Attraktivität der Alternativen im Auswanderungsland. Natürlich spielten dabei Sehnsüchte, Hoffnungen und Wünsche eine starke Rolle, Motive also, die sich dann leicht zu klischeehaften Vorstellungen bündelten: In der Fantasie ging es in ein Land der unbegrenzten Möglichkeiten, in dem völlige Freiheit ohne obrigkeitlichen Zwang herrschte, das schnellen Reichtum versprach. Und Abenteuer!

Die große Menge an Briefen, die zwischen den USA und Deutschland hin- und hergingen – man schätzt sie auf 280 Millionen allein zwischen 1820 und 1914 – ist ein Beleg dafür, dass die Verbesserung der Verkehrswege für den individuellen Kontakt zwischen draußen und drinnen von größter Bedeutung war: Alle Adressaten und ihre Verwandten oder Freunde, die in der Heimat Briefe von Auswanderern zu lesen bekamen, machten sich ein Bild aus erster Hand über die USA, über die Lebensbedingungen, die Verdienstmöglichkeiten, die Preise.

Viele Auswanderer hatten ihre eigenen Anlaufstellen in Amerika: Es existierten transatlantische Netzwerke von Verwandten, Freunden, Geschäftspartnern, es gab Kettenmigrationen halber Dörfer. Zwischen 1899 und 1924

reisten laut einer Umfrage 94 Prozent der deutschen Amerika-Einwanderer zu
Verwandten oder Bekannten in Amerika. Rund ein Drittel der Schiffspassagen
war sogar von Amerika aus bezahlt worden – die Netze diesseits und jenseits des
Atlantiks waren dicht gewebt. Auch die autobiographischen Aufzeichnungen
der Emma Stadler aus dem Bayerischen Wald zeigen dies; am 1. April 1925 fuhr
sie mit der »White Star Line« von Hamburg nach New York, dann mit dem Zug
weiter nach Chicago.

*Den 15 April 11 Uhr nachts in Gicago angekommen. Es war niemand an
Bahnhof um mich abzuhollen Ich war ein bischen Entdäuscht den fuhr zu Josef Rogner ... und blieb über Nacht... Den 17. Arbeit gesucht u. Arbeit gleich
gefunden. Neues Heim Neues Land was werd ich alles Erleben. Den 19. April
besuch gemacht zu Paul Blöchl ... das Erstemal die Tante wieder gesehen Seit
20 Jahren. Den auch meine Schwester Fany als Missions Sister gedroffen. Es
ist bitter u hart wen mahn im Fremden Lande die Sprache nicht versteht. ...
Meine erste Weihnachten bei Tante gefeiert. Keine besondere Freude. Neues
Jahr 1926 nicht besonders gut. Die Schiffskarte meiner Schwester Käthi geschickt den 24. April 1926.*

Die Nachgewanderten ließen sich häufig in der Nachbarschaft ihrer Verwandten oder Landsleute nieder. So entstanden die klassischen Einwanderer-Communities. Dies beschreibt auch die Dichterin aus dem Bayerischen Wald, Emerenz
Meier, in ihren Briefen; in der »german neighbourhood« am Rande des Lake-
Viertels in Chicago gab es Jahn'sche Turnvereine, bayerische Lokale wie den
»Wurz'nsepp«, Biergärten und viele Nachbarn, die die gleiche Sprache sprachen.
Wie Friedemann Fegert über Auswanderer aus der Passauer Gegend nach Nordamerika schreibt, lebten rund zwanzig Personen aus Familienverbänden, die
aus der engsten Umgebung eines Ortes im Bayerischen Wald, aus Herzogsreut,
stammten, in Chicago nah beieinander.

Kontakte zwischen den Ausgewanderten und der alten Heimat blieben bestehen. Bei einer Sammlung für eine neue Fahne der Feuerwehr der Heimat-Gemeinde hatte Ludwig Friedl, Feuerwehrhauptmann aus Herzogsreut, im Januar
1930 einen Bittbrief nach Chicago geschrieben.

*Im Namen der Gemeinde Herzogsreut, bin ich beauftragt, an Euch liebe
Bekannte in America eine Bitte zu richten. Da die Gemeinde Herzogsreut im
Monat Mai das 50 Jährige Feuerjubiläum feiert, und wir dazu dringend eine
neue Fahne benötigen. Da die alte Fahne gänzlich unbrauchbar, und von allen
Feierlichkeiten ausgeschlossen ist, so fanden wir keinen anderen Ausweg als
euch werthe Bekannte um eine Kleine Beihilfe zu bitten. Da zur Zeit so viel Arbeitslosigkeit herrscht, können wir mit bestem Willen die Mittel nicht aufbringen, um uns eine neue Fahne zu verschaffen. Zu der neuen Fahne benötigen
wir 500 Mark. Und verlassen uns deshalb größtenteils auf Eure Hilfe, mit der
Hoffnung, das ihr unsere Bitte nicht abschlägt, und ein jedes wen möglich ein*

kleines Scherflein beiträgt. Im voraus unseren innigsten Danck, Grüsst euch alle die danckbare Gemeinde Herzogsreut, und besonders, Ludwig Friedl, Feuerwehrhauptmann von Herzogsreut.

Emma Stadler zog in Chicago los und sammelte Geld. Es spendeten ihre Schwester, drei Herzogsreuter Cousins und Cousinen, eine weitere Verwandte, acht andere Herzogsreuter und eine Bekannte aus dem Nachbardorf. Sie brachten immerhin 80 Dollar zusammen, die Emma Stadler mit einem Begleitbrief in die alte Heimat sandte.

Zu solchen »Communities« im fremden Land, also »Nachbarschaften«, gehörten meist auch Bäcker, Metzger und Krämer, die die Gewohnheiten und Bedürfnisse ihrer Landsleute kannten und bedienten, es gab ein reges Vereinsleben, häufig eine Kirche mit einem deutschsprachigen Prediger, etliche Zeitungen in deutscher Sprache. Deutsch-Amerika konnte hier bis zum Ersten Weltkrieg durchaus mit dem englischsprachigen Amerika mithalten: In Pennsylvania fehlten angeblich nur wenige Stimmen, sonst wäre vor Gericht die deutsche Sprache als Amtssprache eingeführt worden.

Briefe aus Amerika nach Hause waren meist sehr viel mehr als individuelle Mitteilungen zwischen zwei Menschen. Die Schreibenden wussten genau um das große Informationsbedürfnis ihrer Angehörigen und Freunde. Den größten Platz in den Briefen nehmen daher, wie der Initiator der wichtigsten Sammlung von Auswandererbriefen, Wolfgang Helbich, resümiert, neben der Erörterung komplizierter Familienangelegenheiten Berichte über das Wetter und die Ernten ein, ebenso Listen von Löhnen und Preisen. Als naive, staunende, teilweise kritische Neuankömmlinge kommentieren die Schreiber auch die amerikanische Gesellschaft. So berichtete der Holzschuhmacher Anton Schmid, der aus Wasching, Gemeinde Ringelai, nach Amerika ausgewandert war, 1886 dem Häusler Josef Ortner in Wasching:

Mein Geschäft ist hir fast nicht modig, da die großen Leute eben auch die Kinder keine Holzschuhe Tragen sondern die feundsten Letter Schuhe, und so ist das Holzschu Geschäft keineswegs nichts Für Leute die jede Arbeit verrichten können ist es ein gutes Land, Amerika hat vile wohlhabende Leute auch vile Millioner, leben dut der arme Mann vil besser hir, als in Deutschland... Fleisch ist der armste man so vil wie Er nur mag. Jeden Tag hat man 2 u 3 mahl Fleisch, die Leute können es leicht kaufen es kost ein Pfund 5 Cent das sind 20 Pfenig, Schweinefleisch kan man kaufen für 3 ½ Cent oder für 15 Pfenig wen man eine ganze Schwein kauft, bei eim Farmer (Baur) in Amerika, schlacht nicht nur der Baur 1 oder 2 Schweine sondern jeder Baur schlacht 12, 15, 20 30 u. 40 große Schweine in jedem Jahr, und es sind große Schwein mit 150, 200,

300 u 400 Pfund, jedr Bauer hat in Amerika 6 u 8, u 10 Pferd, Vihe, Ochsen Schaffe.

Anton Schmid war vor allem von dem üppigen Leben beeindruckt, von der Größe der Höfe, von der Anzahl der reichen Leute. Die ausführliche Beschreibung der Fleischpreise deutet darauf hin, dass Fleisch zu Hause in Wasching nicht für jeden verfügbar war. In einem weiteren Brief an seinen Freund verstärkten sich auch die kritischen Töne:

Amerika ist in einige sachen ein sehr gutes Land, und in einigen ist es sehr übel für solche Leute die gesund sind und Stark, und keine Arbeit scheuen und nirgens keine Bedingungen brauchen für solche ist es ein Paradis, daher aber für solche, die immer kränglich sind, jede Arbeit fürchten für solche ist es ein gefegefeuer, den wan eins nicht verdind und immer Ausgabe da gugt es bald so Übel aus das eine zur Verzweiflung komen möchte, weil in Amerika jedes für sich selbst angewisen ist, und heist bei jeden und jeder mall, helf dir selbst, und vogl fris oder stirb, wen Leute meinen das man in Amerika das geld für nichts bekomt, solche Leute Ihren sich aber doch gewis, hir heißt es arbeiten, und zwar fest Arbeiten.

Amerika-kritische Briefe und solche, die von einer Auswanderung abrieten, veröffentlichten die bayerischen Behörden gerne. Sie fanden sich zu Dutzenden in bayerischen Zeitungen, und es ist zu vermuten, dass viele Briefe zu dem Zweck zurechtgeschrieben wurden. Ganz in der Tradition früherer Jahrzehnte glaubten konservative Sozialreformer noch immer, auf solchen Wegen Landflucht und Auswanderung eindämmen zu können. Die bayerische Regierung und die Bezirksregierungen sahen es jedoch auch als ihre Aufgabe an, ihre Bürger vor Verelendung in der Fremde zu schützen. Briefe, die authentisch wirkten, ließen sich für derartige Warnungen verwenden. Ein solches Schreiben lieferte ein niederbayerischer Pfarrer 1882 bei den Behörden ein. Er hatte es angeblich in Kirchl bei Hohenau auf der Straße gefunden:

Liebste Schwiegereltern Lieber Xaver weil du mir schreibst das so viele Leute hereinreisen wollen so muß dir von Grund meines Herzens schreiben und wie du meinst ich sol für den Schmied um einen Platz schauen das ist eine unmöglichkeit den wen ein Platz lär ist warten schon wider 3 und 4 drauf ... und wer einmal 30 Jahr und über 30 Jahr hat den kan ichs gar nicht raten weil einer die Sprache nicht mehr lernt und so gut wie ihrs die Leute draußen vorstehlen Lieber Xaver da täuschen sich die Leute wie sie meinen die frischen Deutschen aufgenomen sind herin in Amerikha ... Liebe Eltern wen ich ales schreiben tät was ich ales weiß da dürft ich euch drei Tage schreiben das Amerika reißen kan man nimand schafen den ist so den andern gefählts recht und den andern wider gar nicht da hätte man hindnach die vorwürfe und das mag ich nicht ... Ich schlüße jetzt mein schreiben mit vielen tausend grüßen und wünschen euch ein recht Glückliches Jahr und verbleiben in bester Gesundheit euere dankbaren Freunde Alois und Karolina.

Es gab eine lange Vorgeschichte der bayerischen regierungsoffiziellen Haltung zur Auswanderung; erst in einem langsamen Prozess war das Abwandern bayerischer Landeskinder akzeptiert worden, das – von einigen wenigen offiziellen Auswanderungsunternehmungen abgesehen – bis ins 19. Jahrhundert unter Strafe gestanden hatte.

Diese Haltung zur Mobilität macht eine Schnittstelle zwischen der alten und der neuen Zeit sichtbar: Zunächst galten die Untertanen noch als Besitz des Grundherren und in erweitertem Sinne des Landesherren, als Abhängige, die ohne Erlaubnis und Abstandszahlung ihren Ort nicht verlassen durften. Menschen waren nach den großen Verlusten des Dreißigjährigen Krieges ein Teil des Staatsvermögens. Noch wichtiger war ihr Geld und Gut, das sie durch eine Auswanderung dem Heimatland zu entziehen drohten, weshalb Auswanderungswillige auch mit einer beträchtlichen Steuer, einem »Abzugsgeld«, belegt wurden. Wer ohne Erlaubnis des Landesherren auswanderte, musste mit schärfsten Strafen rechnen; es drohten Vermögenskonfiszierung und Arbeitshaus.

Die Mobilisierung der Gesellschaft in der Folge der Französischen Revolution, der napoleonischen Kriege und der Montgelas'schen Reformen weichte diese Auffassung langsam auf. Gegen Ende des 18. Jahrhunderts gab es zunächst für Ungläubige, Juden und Bettler eine Lockerung des Verbots. In der Verfassung von 1818 wurde ein beschränkter Auswanderungsanspruch zumindest in andere deutsche Staaten festgeschrieben; man musste jedoch einen Dispens der zuständigen Auswanderungs-Zentralstelle einholen. Dieser wurde meist gewährt, wenn keine gesetzlichen Hindernisse bestanden; dazu gehörten Minderjährigkeit, ein nicht abgeleisteter Wehrdienst, eine noch nicht abgesessene Strafe, private Schulden oder ein zurückgelassener Ehegatte. Erst ab 1871 gab es dann ein Recht auf Auswanderung.

Für die großen Auswanderungen des 19. Jahrhunderts, die auch aus Bayern zu 90 Prozent in die USA führten, kann man inzwischen auf Arbeiten zu mehreren bayerischen Regionen zurückgreifen. Vor allem die Studien zu Bayerisch-Schwaben machen deutlich, dass viele Auswanderer ein anderes Profil besaßen, als man angenommen hatte. Sie stammten keineswegs aus übervölkerten Gegenden, sondern eher aus den weniger industrialisierten. Die Auswanderer, ob weiblich oder männlich, nahmen ein Durchschnittsvermögen von 200 bis 350 Gulden mit, waren also relativ wohlhabend; dies widerspricht der These, die Auswanderung habe vor allem als soziales Ventil gewirkt. Die Abschiebung von Besitzlosen kam zwar auch vor, aber seltener. Bis 1860 wanderten fast zwei Drittel der bayerischen Schwaben im Familienverbund aus; erst danach gab es mehr junge und ledige Wanderer.

Solche Auswanderer stammten aus einer liquiden Schicht, deren Mobilität möglicherweise darauf zurückzuführen ist, dass sie am Ziel der Wanderung ein Leben in hergebrachten Wirtschaftsformen erhofften: mit einem eigenen Hof auf eigenem Grund und Boden. Eine hohe Aufstiegsmotivation und geographische Ungebundenheit waren für die ländliche Gesellschaft Bayerns im 19. Jahrhundert nicht die Ausnahme, sondern die Norm.

Die Sehnsucht nach einem neuen, alten Leben spiegelt sich auch in den Wünschen der auswandernden Frauen, die darauf hofften, im Einwanderungsland eine traditionelle Familie gründen zu können. Deutsche Frauen galten in Amerika als fleißiger und für die Ehe geeigneter als Amerikanerinnen und hatten daher gute Heiratschancen, sogar wenn sie mit unehelichen Kindern kamen. Vielfach holten sich auch deutsche Auswanderer ihre zukünftigen Frauen aus der alten Heimat. Eine ausgewanderte Schwäbin informierte ihre zu Hause gebliebene Schwester:

Liebe Kathie! Du wirst Dich sehr verwundern über den unerwarteten Besuch meines Schwagers noch mehr aber über die Ursache seines Daseins da es aber sein fester Wille ist Dich als seine Frau abzuholen und den kleinen Ludwig als seinen Sohn hoffe ich nicht das Du diesen Antrag wieder zurücklehnst. Liebe Schwester sei nicht so ungeschickt was willst Du noch Du bist 30 Jahre und ledig wirst Du auch nicht bleiben wohlen Martin ist ein guter Mensch und macht gewiss einen guten Man und Vater und Du brauchst Dich für Dein Vortkomen nicht zu kümern und wie schön hätten wier es wen eine krank kann sie die andere Pflegen ... wen man ledig ist hat man auch imer zu kümern mehr als dan wen Du da Deinem Man gekocht hast bist Du fertig dan könen wir uns immer von vergangenen Zeiten erzählen.

Die ausgewanderte Schwester vertrat die traditionelle Vorstellung, eine Frau sei eigentlich nur dann vollwertig, wenn sie verheiratet sei. Sie glaubte, eine Ehe stiften zu können und so auch selbst in der Fremde Gesellschaft zu bekommen und eine Verwandte, auf die man sich verlassen konnte.

Auch Emerenz Meier, die Dichterin aus dem Bayerischen Wald, die 1906 aus sozialer Not mit ihren Eltern nach Amerika ging, hat den Weg gewählt, der mittellosen Frauen offen stand, um sich aus einem freudlosen Arbeitsleben zu befreien. 1923 schrieb sie an ihren Freund Hans Carossa:

Ich habe mich nach langen Kämpfen in die widrigen Verhältnisse geschickt und dem Schreiben entsagt. Mußte es wohl, wollte ich nicht wie ein unbrauchbarer Fetzen verworfen werden ... Seit ich Amerika betreten, ward mir mit Ausnahme der letzten paar Jahre nie Gelegenheit geworden, mich fortzubilden und meinem Schreibdrang zu frönen. Wie jede besitzlose Einwanderin ward ich sofort vor die Wahl gestellt, entweder in dienende Stellung oder in die Fabrik zu gehen. Ich wählte das Letztere, da ich dadurch bei den Eltern wohnen bleiben durfte. ... Nach zwei Jahren war ich der Sache so müde, daß ich den

Erstbesten heiratete, von dem ich annahm, daß er mir ein gutes Heim bieten könne. Dieses Verbrechen bezahlte ich mit dreijährigem Elend. Der Mann starb im Schwindsuchthospital wie zwei seiner Brüder. Ein dritter Bruder befindet sich im Irrenhaus.

Für eine Heirat gab es meist wirtschaftliche Gründe: Das Leben lediger Männer war nicht billig. Dies macht der Brief eines Auswanderers sichtbar, für den sich der Traum, seine Familie bald nach Amerika nachholen zu können, nicht erfüllt hat. In seinem Antrag an die Heimatgemeinde, seiner von der Armenfürsorge lebenden Familie die Überfahrt nach Amerika zu finanzieren, mischen sich Sehnsucht und Depression mit praktischen Erwägungen:

… möchte, den Hochlöbchen, Hochverehrten Stadtmagistrat Nördlingens um die Genehmigung, der Überfahrtskosten nach Amerika für meine Frau und Kinder gehorsamst bitten, da es ja doch in einem Jahr … mehr für meine Frau und Kinder zu Unterhalten kostet als die Reiseköstten ausmachen, da es so kein Leben ist für mich wie für meine Frau ich muß mein Verdienst für mein Essen und Loschie und Wasch ausgeben, und meine Frau vergeht aus Kumer und Sorgen um mich und mir geht es auch so ich habe so viel Kumer und Sorgen um meine Familie daß ich so nicht mehr lange leben möchte. Ich muß alle Monate für Kost und Loschie und Wasch 20 Dollar zahl, daß sind so über 80 Mark da könte ich mit meiner ganzen Familie schön leben und hätte dan eine bessere Wart und Pflege wie im Kosthaus … Kan es also nicht anders sein daß ich mit meiner Familie nicht mehr leben kan so will ich dann auch nicht mehr leben dann mache ich meinen Sorgen und Kummer ein baldiges Ende. Der Tod bringt dan die beste Ruhe für mich wie für meine Frau im Grabe ist man dan von Kummer und Sorgen frei.

F abrik oder Landwirtschaft – vor dieser Alternative standen die meisten Auswanderer bei ihrer Ankunft. Die Frauen hatten noch die zusätzliche Option, als Dienstmädchen tätig zu werden. Doch viele der männlichen Einwanderer wollten ihren Traum vom Wilden Westen nicht begraben, den oft die Auswandererratgeber geweckt hatten. Rudolf Puchner berichtete 1900 in der New Yorker Staatszeitung:

Im Frühjahr 1849 betrat ich mit meinem Freunde Bruckmann einen Buchladen … und fragte: »Haben Sie ein zuverlässiges Buch über Amerika?« Zu jener Zeit war dies eine oft gestellte Frage; viele Menschen begannen sehnsuchtsvoll nach Westen zu blicken. Ohne zu zögern griff der Buchhändler nach einem Stapel frisch eingetroffener Bücher und zeigte uns eins mit der Bemerkung: »Das neueste und zur Zeit beste ist dieses von Carl des Haas – ›Winke für Auswanderer‹ – besonders wenn Sie vorhaben, sich im Staate Wisconsin anzusiedeln.« Wir kauften das Buch. Während wir es lasen, verzauberte es uns, wie die Weisen aus dem Morgenland vom Stern gebannt waren, der ihnen den Weg ins heilige Land wies. Aber das Buch zeigte uns nicht nur den Weg, sondern es bewirkte viel mehr: es erfüllte uns mit dem brennenden Wunsch nach dem Land der Freiheit; es machte die Trennung vom Heimatland einfacher! Es beschrieb nämlich den Staat Wisconsin und bewog mich, den von ihm beschriebenen Ort Calumet aufzusuchen. Die da erwähnten Mühsale eines neuen Ansiedlers überflog mein Auge und blieb an der Beschreibung der zauberhaften Gestade des Sees hängen, in dessen klaren Wasser die Hirsche tränken und die Sonne langsam in purpurner Pracht in dem Westen der wogenden Prärien herabsinkt; wenn die Phantasie dieses Gemälde noch mit den romantischen Figuren einer Truppe Chippewas bevölkert – wer könnte dem Zauber eines solchen Gemäldes widerstehen?

Auch wenn dann in der amerikanischen Realität vieles anders aussah – manche Auswanderer aus Bayern lebten solche Entwürfe. So Josef Strobl aus Waldkirchen:

Dear Mother! Ich habe gestern eueren Brief erhalten. Derselbe kam zu San Iuan Mexico, und von da nach Portland und von Portland nach hier. Wie euch Taylor geschrieben hat ist es sehr schwer für mich euch eine ständige Adreße zu schreiben. Den ich stehe hier nicht sehr lange an demselben Orte. Ich werde übermorgen von hier nach Easter Washinton mit 2 Herren gehen um für Panther zu jagen. Ich habe aus dem Jagen eine Profeßion gemacht und es geht mir soweit ganz gut, nur ist es ein sehr gefährliches Geschäft und ich bin mehr wie einmal dem Tode nahe gewesen. (...) Ich werde euch nun schreiben wegen Seidl Mary: Well, ich denke ihr wißt, dass sie mich beinahe zwang, sie mitzunehmen obwohl ich keine Ursache hatte. Ich habe sie in keiner Weise berührt. Denn ich ging West und sie blieb in New-York. Den eines schönen Tages erhielt ich einen Brief, daß sie fort ist. Ich schrieb zu ihrer Freundin und diese schrieb mir sie wisse nichts von ihr, und dann ich schrieb zu einem Dedektiv und dieser schrieb mir, daß so viel er ausfinden konnte war daß sie mit einem Herrn Goldstein oder von Radow fort ist nun ich weine ihr keine Träne nach. Eines kann ich euch sagen ich bin froh daß ich hier bin und für die halbe Welt würde ich nicht zurückkehren ... Ich muß jetzt schließen, den die Sonne ist im untergehn und ich habe ungefähr noch 8 Meilen zu reiten um diesen Brief zur Post zu bringen und es wird Mitternacht sein wenn ich zurückkomme und ich habe um 3 Uhr wieder aufzupacken. Schreibt gleich. Also lebt wohl und seid vielmalß gegrüßt von Josef.

Joe Strobl schrieb insgesamt drei Briefe; es zeigen sich darin schon deutliche sprachliche Angleichungen an die neue Umgebung, in Wortschatz und Grammatik. Das Abenteurerleben befriedigte ihn. Im Mai 1909 meldete er seiner Familie, er sei auf dem Weg nach San Pedro in Mexiko. Danach verliert sich seine Spur.

Jagdleidenschaft trieb 1888 den begüterten Sesselwirt Troiber aus dem waldlerischen Hirschbergen mit seiner Familie nach Nordamerika. Seine Tochter Luise, verheiratete Faschingbauer, schilderte das neue Leben 1923 in ihren Erinnerungen.

Mein Vater war der Dorfwirt, und da unser Dorf ein beliebtes Touristennest war, gingen die Geschäfte gut und er befand sich in guten Verhältnissen. Und doch sehnte er sich fort, teils aus Wanderlust, teils aus Drang nach mehr Freiheit. Er war ein leidenschaftlicher Schütze und liebte nichts mehr, als in Wald und Flur herumzustreifen, aber seinen Stutzen gebrauchen durfte er nicht, gehörte doch die Jagd dem Fürsten allein. Vater konnte nicht glauben, daß der liebe Herrgott das Wild nur für Fürsten erschaffen hätte, und er konnte daher dem Drang, ein wenig zu wildern, nicht widerstehen. Es wurde ihm gesagt, in Amerika sei die Jagd frei ... Das allein war seiner Ansicht nach schon wert, dahinzureisen.

Auch Troiber saß also dem Amerika-Klischee der Freiheit von obrigkeitlicher Gängelung auf und opferte dafür seine bürgerliche Existenz; wirtschaftlich wurde die Auswanderung für den Wirt ein Desaster. Doch seiner Leidenschaft für den Wilden Westen ging er wenigstens im ersten Jahr ungehindert nach.

Er hatte ... viel Glück, erlegte viele Beute. Weit brauchte er nicht zu gehen, denn die Wildnis lag nicht so fern wie jetzt. Auf seinen Jagdzügen traf er oft Indianer, von denen es damals in Minnesota Tausende gab, da sie noch nicht gezwungen waren, auf Regierungsreservationen zu leben, und gern an den Seen ihre Zelte aufschlugen. Obwohl er sich mit den Rothäuten schlecht verständigen konnte, so schloß er doch bald Freundschaft mit ihnen, da sie ausgezeichnete Schützen und Jäger waren. Er imponierte auch ihnen dadurch, daß er ein sehr guter Schütze war, nicht wenig und besonders hatten es ihnen seine Stutzen angetan. Sie beschenkten ihn oft mit Fellen und mit von ihren »squaws« gemachten Decken.

Die Verständigung der Männer so unterschiedlicher Herkunft funktionierte über die Jagd. Hier erwuchs gegenseitiger Respekt. Doch es blieb nicht bei solchen zufälligen Kontakten im Wald, in der männlichen Sphäre von Jagd und Tausch. Der waldlerische Wirt kannte keine Berührungsängste.

Einmal brachte er sogar so einen Rothaut, mit dem er sich auf der Jagd angefreundet hatte, von einem seiner Jagdzüge mit nach Hause. Die Großmutter bekreuzte sich eilig und wir flüchteten alle aus der Küche, als wir der beiden ansichtig wurden. Da uns aber der Indianer recht freundlich anlächelte, wurden wir Kinder bald zutraulich und kamen näher. Besonders lockte uns das phantastische Kostüm, die mit Fransen besetzten Lederhosen und die bunte Decke, die er um seine Schultern gewickelt hatte. Er war barhäuptig und in seinem langen schwarzen Haar stak eine rote Feder. »Ganz wie im Bilderbuch draußen«, wisperte aufgeregt der kleine Bruder. Er hatte einen Bogen umgehangen und viele Pfeile staken in einer ledernen Hüfttasche.

Der auch in der Fremde selbstbewusste Wirt überschreitet die Kulturgrenzen: Er lädt einen Indianer zu sich nach Hause ein. Doch die Frauen sind nicht so souverän wie der Hausherr. Die bayerische Großmutter zeigt, als was sie den Fremden betrachtet: als Gottseibeiuns, als Inkarnation des Unheimlichen und Gefährlichen. Die Kinder erschrecken zwar, sind aber letztlich schnell zu gewinnen – es siegt die Neugier.

Der Vater befahl uns, dem Indianer die Hand zum Gruß zu geben, was wir sehr zaghaft taten, und als er uns freundlich die Wangen tätschelte, war bald alle Furcht verflogen, und wir hockten neugierig um ihn herum, als ihm der Vater winkte, sich in unsere Tischecke zu setzen, was er sogleich mit einem zufriedenen »Hm, hm« tat. Der Vater bat die Ahnl, das Essen zu bringen aber die war nicht zu bewegen, in die Küche zu kommen, sondern brummte und schimpfte, daß ... er »so einen heidnischen Wilden mit ins Haus brachte«. Also brachten wir Kinder das Essen auf den Tisch, daß dem Rothaut gut mundete, selbst die Knödel verschlang er gierig, nur an dem Sauerkraut roch er, mißtrauisch den Kopf schüttelnd, herum und aß nichts davon. Der Vater lud ihn ein, übernacht zu bleiben, was er aber den unfreundlichen Mienen der Mutter und Großmutter gegenüber ausschlug. Zum Abschied schenkte er meinem Brüderchen selbstgeschnitzte Pfeifchen, während ich einen getrockneten Schlangenkopf erhielt, den ich aber nicht anzurühren wagte.

Der Fremde zeigt ähnlich wie der Vater keine Berührungsängste mit dem Unbekannten. Dass er sich ausgerechnet dem Sauerkraut verweigerte, ist dennoch wichtig; nicht umsonst hießen die Deutschen »Krauts«, galt doch das Sauerkraut als der Inbegriff deutscher Küche. Vollständig gelang es dem Fremden also nicht, sich das Deutsche buchstäblich einzuverleiben. Bei dem letzten Teil der kuriosen Familienszene zwischen bayerischem Wirtshaus und Indianerzelt siegten dann die Frauen, die ihr Allerheiligstes wieder von dem Fremden frei wissen wollten. Das Innere des Hauses erwies sich damit einmal mehr als eine Art exterritorialer Raum, der in der Fremde Sicherheit und Zuflucht bot. Damit enthielt die Einladung des Indianers auch ein Höchstmaß an Provokation für diejenigen, die sich eben nicht selbstverständlich im äußeren Raum bewegten wie der Jäger.

Troiber, der Mann, der hier so selbstbewusst mit dem Fremden umging, schaffte dennoch die Anpassung an das neue Land nicht. Er war zu großzügig mit dem mitgebrachten Geld, verlieh vieles an ärmere Landsleute und war zunächst nicht bereit, niedrige Arbeiten anzunehmen. Eine Anstellung in einem Saloon scheiterte – er sollte dort nur Kellner sein und auch die Spucknäpfe sauber machen. Schließlich musste er sich als Baugehilfe verdingen, lehnte aber auch diese Arbeit ab, als ihm ein junger Vorarbeiter Befehle erteilen wollte; sein Drang nach Freiheit, der ihn nach Amerika getrieben hatte, verhinderte jetzt jeden Neuanfang. Schließlich schafften es die Frauen, ihm einen Job als Straßenlampenanzünder zu vermitteln, in dem er weitgehend sein eigener Herr war. Nun fuhr er mit einem alten Pferd und Wagen abends los, um Lampen anzuzünden – er, dem früher die schönsten Rappen der Umgebung gehört hatten. Schließlich begann er zu kränkeln und musste seine Arbeit aufgeben. Nun ging seine Frau zur Arbeit, und auch die Großmutter arbeitete mit.

Es kam zu einer Verkehrung der ursprünglichen Familienhierarchie. Kein Einzelfall unter Auswanderern, fanden doch die Frauen auch in Zeiten der Arbeitslosigkeit immer noch als Dienstmädchen Arbeit, während den Männern in höherem Alter die schwere körperliche Arbeit oft nicht mehr möglich war. Letztlich konnte Troiber mit seiner sozialen Degradierung aber nicht umgehen. Amerika hatte ihm nicht die erhoffte Freiheit gebracht, er war im Gegenteil viele Stufen der sozialen Leiter hinuntergerutscht. Im Alter sprach der Sesselwirt immer wieder von der alten Heimat, in die er gerne zurückgegangen wäre.

Man musste keineswegs ein Fantast sein, um im Westen sein Glück zu versuchen. Ein Beispiel dafür ist der 1859 geborene Joseph Wühr. Aus Saint Marie schrieb er am 16. Januar 1885 dem Franz in Hofern bei Kötzting:

Treiester Freind! Da es heite zwei Jahr ist das ich euch alle verlassen habe und jetzt ein so schlechtes Wetter ist, so will ich an euch ein briflein senden. Lieber Franz! Ich bin dieses Jahr 14 hundert Meilen weit herum gereist und bin jetzt wieder wo ich das letzte Jahr gewesen bin. Ich war in Schigago, in Jowa, in Nebraßka und in Misuri, ich habe ser vill Geld verreist, es macht aus über 150 Taler und es hat mich noch nicht gereit, den ich habe etwas gesehen und etwas erfahren. Weiter kann ich dier Schreiben, daß dieses Jahr hir für jeden Menschen ein schlechtes ist, den gar nichts hat keinen Wert und kein Geschäft geht gar nicht. Jeder Mensch jamert und die reichersten Farmer leuen sich Geld. Ich arbeite immer auf Kredikt, ich verdiene mir in die 2 Manad hundert Gulden und Kost und ist sehr vill schlechtes Wetter, bis neu Jahr war es sehr kald. Ich arbeite im Holz und beim Agent, ich war noch keinen Tag krank seid dem ich in Amerika bin, was ich Gott von herzen danke. Lieber Franz! Wan du ein überiges Geld hast zum ausleuen so schige es mir, ich gib dir recht gerne 5 Brozent den ich bekom von 8 bis 12. Wen ich nur genuch hede. … jetzt schneibts und gehth der wind und ist ser kalt. Ich ge jetzt ins Bett. Gute Nacht und bleibts alle gesund! Das winscht euch allen Mister Joseph Wühr im Nordamerika.

Joseph Wühr berichtet stolz von großen Reisen. Er spart sein Geld nicht, um es möglicherweise nach Hause zu schicken. Er arbeitet hart und möchte etwas vom Leben haben. Sein Brief zeigt auch seinen unternehmerischen Geist, sein Selbstbewusstsein und seine Realitätsnähe: Mister Joseph Wühr in Nordamerika, das ist jemand. Hier schreibt kein Armer; er ist aufstiegsmotiviert und neugierig.

Er war der älteste Sohn und Hoferbe eines Bauern, Webers und Schreiners.

Der Vater war zeitweise auch Bürgermeister von Arndorf gewesen. Joseph hatte noch drei Brüder und fünf Schwestern. Nach dem Militärdienst arbeitete er als Bräuknecht in Kötzting, verliebte sich in eine nicht standesgemäße Dienstmagd und ging schließlich – eigensinnig, wie er war – nach Amerika, als ihm der Vater mit Enterbung drohte. Diese komplizierte Vorgeschichte ist mit zu denken, wenn man den Briefwechsel verfolgt: Jeder Auswanderer lebt in seinen Briefen ein Stück seiner Vergangenheit weiter. Das Verhältnis zu den Eltern löst sich nicht, nur weil der Ozean dazwischen liegt. Der Aufenthalt im fernen Land schafft zwar Distanz, erledigt aber keinen der alten Konflikte; so kultiviert Joseph dem Vater gegenüber manchmal die Rolle des verstoßenen Sohnes. Sicherlich ist auch diese Rolle dafür mitverantwortlich, dass er letztlich nicht nach Hause zurück will.

Wühr wanderte mit zwei Freunden zusammen legal aus, doch die drei gingen in Amerika dann getrennte Wege. Wühr arbeitete als Knecht auf einer Farm, beim Bahn- und Tunnelbau, in Sägemühlen und Silberbergwerken. Mit der Eisenbahn und auf dem Pferderücken durchquerte er den Kontinent. Er lebt im Klischee des Westens, in dem man frei jagt und fischt, in dem man sein Glück machen kann, er entwickelt Goldgräberfantasien. Immer wieder schickt er neue Adressen nach Hause, teilt mit, er habe jetzt ein Pferd oder sei auf der Jagd gewesen.

Ich habe lezte Woche einen Hürschen und einen Wollf geschoßen. Der Hürsch wegt 150 Pfund. Ich hofe eine baldige Andword. Euer Son Joseph.

Als er von einer Krankheit der Mutter erfährt, wird dem Auswanderer klar, wie weit er von zu Hause entfernt ist, dass er nicht mehr in Hofern zu Hause ist. Beschwörend schreibt er 1885 dem Vater:

Nun Lieber Vatter habe doch die Gütte und nim die Sengst wie mit A bezeichnet ist von dem Wahr und heb sie auf, die ist mein und auch die Wetsteine und iberhaubt alles was mein ist. Wen du mich Nöthig hast schreibe. Ich vergesse nie meine Pflicht. Nur ein Pugstam ist im stand mich heim zu bringen.

Hier spricht der Verstoßene, der dem Vater die Verantwortung für seine mögliche Heimkehr zuschiebt. Er betont sein Pflichtbewusstsein und seine Elternliebe.

Als die Mutter stirbt, zeigt sich, wie schlecht letztlich doch die Post über den Ozean hinweg funktioniert, aber auch, dass die Auswanderung von den Eltern nie gebilligt worden ist, dass ihnen Josephs Leben ohne dörfliche oder persönliche Bindungen und katholische Kirche als Verwilderung galt. Der Vater schreibt dem Sohn am 1. Mai 1887:

Mit Trenen in den Augen schreibe ich dier die Schmerzliche nachricht das der Todt die Liebe Mutter aus unserer Mitte am 13.ten März entrissen hat und am 15. März ... zur Erde bestatet wurde ... Wier haben immer auf einen brif gewartet es war nichts gekomen wier haben nicht gewust wo du in Amerika steckst wen wir es nicht vom Rentbeamten erfahren häten ... Entweder es ist

127

in amerika das Babir so theuer oder du hast kein Geld zum freimachen ... Deiner Mutter diese war ihre größte Kimmernuß das du in Amerika als wildling, lebst und deinen Standes Pflichten als Christ nicht nach komst. Das Mutter gut bekomt jedes 1000 fl oder richtig gesagt 1714 Mark 29 dl ... Wie ich dier schon einmal in erwenung gebracht daß du wehrent bis 9 Jahren in deine Heimat dich zu begeben hast damit das Landes und Heimatrecht nicht in verlust komt und die Pension nicht in verlust komt und entzogen wird.

Erst sechs Wochen nach dem Tod der Mutter hat der Vater geschrieben. Er stellt nebeneinander die Sorge der Mutter, offenbar auf dem Totenbett wiederholt, wegen des gottlosen Lebens ihres Sohnes in der Fremde, die Nachricht einer schönen Erbschaft und den Hinweis auf den Erhalt des Heimatrechts in Bayern; noch ist Joseph Wühr kein Amerikaner geworden. Der Brief liest sich damit auch als eine versteckte Aufforderung, doch nach Hause zurückzukommen.

Mehr als ein Jahr nach dem ersten Brief des Vaters erhält Joseph endlich die Nachricht vom Tod der Mutter. Er möchte wissen, wie und an was sie gestorben ist.

Und ob ich ihr noch ein schweres Herz gemacht habe weil ich in so fernen Lande bin und wier uns schon lange nicht mehr gesehen haben. Meine Mutter ist mihr Schohn zwei mahl in Draum begegnet bevor ich etwas gewust habe das Sie gestorben ist. Das leztemahl habe ich sie gesehen in Weißer gestalt ... Es fehlt mihr Schwer weil ich nicht mehr Schreiben kann. Mit Gruß an eich Elltern sondern. es Grüst Diech Dein Sohn Joseph.

Josephs schlechtes Gewissen ist offensichtlich. Er weiß, dass die Mutter unter seinem Fernsein gelitten hat. Mit dem Verweis auf Träume überbrückt er die geographische Entfernung: Eigentlich sei er seiner Familie nahe, versichert er damit sich und seinem Vater, auch wenn das äußerlich nicht möglich ist.

Im April 1889 ist die Erbschaftssache immer noch nicht bereinigt. Wühr hat sich inzwischen in Ouray, Colorado, als Miner und Wirt angesiedelt. Noch immer bewirbt er sich nicht um die amerikanische Staatsbürgerschaft und schickt regelmäßig die »Lebensatteste« nach Bayern, die er braucht, um seine bayerische Staatsbürgerschaft zu bestätigen. Doch nun bittet er den Vater, ihm Geld zu schicken, da er ein Wirtshaus gepachtet hat und ein neues bauen will. Er möchte 800 Mark haben – etwa die Hälfte seiner mütterlichen Erbschaft; dies ist sicherlich eine Vorentscheidung für Amerika. Der Vater schickt das Geld. Der Sohn braucht es dann letztlich doch nicht und versichert dem Vater, er habe das Geld noch auf der Bank.

Ihr darft nicht denken das ich das Geld fon Meiner Verstorbenen Mutter wo sie for Jahre und Jahre von Kreizer zu Gulden zusamengespart hat und ich aus Nachläßigkeit ferschenkte das darft ihr nicht denken. Ihr denket weil ich zu Hause Lumbig und nachläßig gewesen bin ich mus hir in Amerika auch alles ferbuzen und ferglopfen.

Wieder greift Joseph auf die Metapher des verlorenen Sohnes, des Verstoßenen zurück. Es gibt keinen Hinweis darauf, dass er in der Heimat als solcher galt. Doch er unterstellt, dass alte Vorurteile weiterbestehen und wehrt sich dagegen. Im Mai 1892 trifft er dann die Entscheidung für Amerika.

Ich habe mich entschloßen das ich das Geld was ich zu bekomen habe mit der Pension alles was es ausmacht wen du die Gütte hetest und alles zu mihr schüken tetest. Ich denke ich kann es hier beßer bezahlt machen alls wie draußen.

Der Vater schickt das Geld. Anfang August bestätigt der Sohn die Zahlung.

Ich bethanke mich vielmals for alles was du vor mich gethan hast. So bleibe ich dein dankbarer Sohn Joseph im fernen Lande Amerika. Ich winsche dier gute Gesundheit und langes Leben und das es dier wohl ergehe und ich hofe noch einmal ein wider sehen.

Im fernen Land Amerika kann Joseph ein dankbarer Sohn sein. Doch nur die Ferne macht dies für ihn lebbar. Die Hoffnung auf das Wiedersehen wirkt formelhaft wie der Schluss eines Gebets.

In einem Brief vom März 1894 wird dann deutlich, dass der gesunkene Silberpreis wohl auch für Wühr nicht ohne Folgen geblieben ist. Nun teilt er dem Vater auch mit, er habe das amerikanische Bürgerrecht beantragt – sonst hätte er kein Land erwerben können und auch keine Gold- oder Silberminen. Er hoffe trotzdem, in zwei Jahren noch einmal nach Deutschland zu kommen. Doch daraus wurde dann nichts: Die Hoffnung auf den ganz großen Silberfund lockte ihn Anfang 1895 nachts allein in die »Black Girl Mine«. Sprengpulver explodierte, Wühr erblindete. Seine Verwandten sollten von seinem Unglück nichts erfahren, doch Freunde teilten es seiner Familie in Bayern mit. Von Josephs Mitpächtern, beide ohne Vermögen, war keine Hilfe zu erwarten. In einem Schreiben von Geo M. Leeger, Grafschaftsverwalter von Ouray, an das deutsche Konsulat in St. Louis heißt es:

Joseph hatte kein Geld ... Aber er hat viele Freunde in der Gegend, welche ihn in der Not verließen, obschon viele von Ihnen selbst arm sind. Sie haben Geld zusammengeschossen und sandten ihn nach Denwer zu einem der besten Augenärzte der Grafschaft, welcher den Fall als hoffnungslos bezeichnete, und daß er Zeit seines Lebens blind bleiben werde. Josef thut sein Möglichstes, und komt in der That ganz gut fort. Er geht schon überall allein hin in der Stadt mit einem Stock, und er sagt er gehe unter keinen Umständen nach Hause, wo er doch nur eine Last für seine alten Eltern wäre. Ich schreibe Ihnen diesen Brief ohne sein Wissen ... Übrigens braucht er zu seiner Gesellschaft Niemand, aber das Volk in dieser Grafschaft verläßt keinen ordentlichen Mann in der Zeit der Noth und des Unglücks, und er war einer der besten Männer der Grafschaft, und er hat gewiß Tausend Freunde.

Joseph will nicht nach Hause zurück. Er schreibt noch einige wenige Male mühsam an den Vater, auch mit Hilfe eines Freundes, Joseph Plenk; immer heißt

Joseph Wühr mit seinem Blindenhund. Ouray, um 1900

es, er sei gesund und munter. Mitleid will er nicht. Der Vater stirbt 1902, Joseph erbt wieder etwas Geld. 1909 schreibt er noch einmal an die Geschwister; danach reißt die Verbindung ab. Bis zu seinem Tod an der Lungenschwindsucht 1923 lebt er als Blinder in Ouray.

Joseph hatte sich auf das Abenteuer Amerika eingelassen; er lernte das wilde, das kapitalistische Amerika kennen. Doch nach seinem Unfall erfuhr er auch die andere Seite; er war Teil einer Gemeinschaft geworden, die sich wie eine Familie um ihn kümmerte. Fast dreißig Jahre lebte er als Schwerstbehinderter in einer rauen

Gegend, unter hart arbeitenden Menschen. Seine Freunde begleiteten ihn, er war einer von ihnen. Er hatte das Abenteuer des Wilden Westens gesucht und bestanden, wenn auch auf ganz andere Weise, als er sich das am Anfang erträumte.

Auswanderer wie Joseph Wühr begannen, sich in der Fremde Gedanken über die zurückgebliebene Heimat zu machen, vielfach erfanden sie diese Heimat erst für sich. Das hatte Gründe. Heimat, so hieß es in Meyers Conversations-Lexikon von 1871, ist »der Ort oder das Land, wo jemand zu Hause ist, besonders wo er im Gemeinde- oder Staatsverbande steht«. Der heute höchst komplexe und schillernde Begriff war also im 19. Jahrhundert ein klarer staatsrechtlicher Terminus: Heimat war ein Recht, das gewährt oder entzogen werden konnte.

Auch für einen Auswanderer wie Wühr hing das Aufrechterhalten seiner bayerischen Staatsbürgerschaft mit der Entscheidung für oder gegen Amerika zusammen. Die äußeren Umstände des »Lebenszeugnisses« und der möglicherweise verfallenden Pension in Bayern zwangen ihn, über Heimat nachzudenken.

Die erlebte Heimat ist nicht an einen Staat gebunden, auch nicht an geographische Grenzen. Sie ist individuell, nicht abstrakt. Diese Heimat kann man auch nicht verlieren, sie ist ein untrennbarer Teil der Person. Das heißt: Sie ist eine ungemein persönliche Erfahrung, die meist erst durch die Entfernung, durch den Verlust wahrnehmbar wird. In der Ferne fehlt das Selbstbewusstsein, in der Heimat angenommen und »zu Hause« zu sein. Die problematische Familienbeziehung wird nochmals lebendig. Das reflektierte Joseph Wühr im März 1892, als er nicht nach Deutschland fuhr.

Wen ich vielleicht hinaus gehen thete. Vielleicht teten einige fon meine Geschwisterte gar nicht einmal die Hand reichen. Dan thuhet es mihr doch Leid so wie ich auch fort bin von zu Hause. Ich werte aber doch einmal hinaus komen ob ich angenehm bin oder nicht. Ich weiß das mich Mein Vatter Lieber sehen will als wie meine Geschwisterte.

Wer in seiner Heimat lebt, erlebt sie als selbstverständlich. Die Beziehungen zu der Familie, zu Freunden, verändern sich, es kommen jedoch nicht die Zweifel an ihnen auf wie bei einer langen und großen Entfremdung. Eine bestimmte Art von Heimatferne kennen allerdings fast alle Menschen: Durch das Leben entfernen sie sich immer mehr von der Mutter und von der frühen Kindheit. Die Sehnsucht nach der Kindheit und die Sehnsucht nach der Heimat haben daher vieles gemeinsam. Nicht umsonst schrieb Wühr im März 1894 dem Vater: *Aber ich kan doch nicht mehr sehen was ich gesehen habe befor ich fort bin.*

In vieler Hinsicht lebten alle Auswanderer, was immer ihre Gründe für das Verlassen der Heimat gewesen waren, zwischen der staatlichen Heimat, die sie schwarz auf weiß in ihren Papieren lesen konnten und der individuellen, die sie in sich trugen. Mit der Auswanderung wurde zumindest die äußere Bindung unterbrochen. Die innere Bindung an die Heimat blieb jedoch oft das ganze

Leben lang bestehen, wechselte ihre Farbe und Stärke, wurde durch eine Landschaft, eine Gebäudesilhouette, eine Sprachfärbung oder einen Duft plötzlich präsent, sank wieder in die tieferen Schichten des Bewusstseins, um daraus im Alter nahezu unversehrt emporzutauchen. Das Migrantenschicksal unterliegt eigenen Regeln der Erinnerung. Als Metaphern finden sich diese Bilder in den Erzählungen über Migrationserlebnisse wieder: Sie dienen der Deutung und der Sinngebung, sie betten das Individuelle in das Allgemeine ein.

Dirk Heißerer

»Ich lege großen Wert auf Ihre Freundschaft.«
Thomas Mann und Oskar Maria Graf in München und Amerika

Eine merkwürdige Begegnung. In weitem Bogen kommen aufeinander zu: Ein Dichterfürst und ein Provinzschriftsteller. Ein Nordlicht und ein Bayer. Ostsee und Starnberger See. Lübeck und Berg. Größere persönliche und literarische Gegensätze sind auf den ersten Blick kaum vorstellbar. Doch haben beide auch einige wesentliche Berührungspunkte, die Vorliebe für das Autobiographische und die Hochschätzung der russischen Literatur. Der Weg aufeinander zu ist nicht weit, er geht von Grafs Atelier im Rückgebäude der Barerstraße 37 durch den Englischen Garten in den Herzogpark, Poschingerstraße 1.

Thomas Mann steht vor seinem Besucher als 51-jähriger berühmter Autor der bürgerlichen Welt. Der Sohn eines Finanzsenators hat mit 25 Jahren die »Buddenbrooks« geschrieben, den Roman vom »Verfall einer Familie« als Seelengeschichte des deutschen Bürgertums im 19. Jahrhundert. Von ihm stammt die berühmte, so wunderbar zweideutige und geradezu prophetische Novelle »Gladius Dei« über das anfangs zwar seidenblau leuchtende, am Ende aber unter einem schwefelgelben Gewitterhimmel in einem Scheiterhaufen brennende Kunstmünchen um 1900. Er ist der Autor vom »Tod in Venedig«. Und vor kurzem erst hat Thomas Mann den »Zauberberg« beendet, den Kulturbefund einer Epoche, die im Donnerschlag des Ersten Weltkriegs zerbrochen ist.

Zwölf Jahre hat er am »Zauberberg« geschrieben, unterbrochen durch den Kriegsausbruch und unterbrochen durch sein Kriegsbuch, die umfangreichen »Betrachtungen eines Unpolitischen«. Das Buch ist die erstaunlichste Bruderfehde der neueren Literatur, die Absage an das von Heinrich Mann vertretene Konzept von »Geist und Tat«. Der nationale und konservative Thomas Mann verhöhnt den politischen Bruder als »Zivilisationsliteraten«. Er betrachtet stattdessen den Krieg als eine Möglichkeit, Deutschland in Europa eine neue, natürlich führende, Rolle zuzuweisen, und fordert die Künstler auf, die Dekadenz, die auch zu diesem Krieg geführt habe, nicht politisch, sondern mit künstlerischen Mitteln zu überwinden.

Vom Schreibtisch aus war der, wie Thomas Mann ihn nennt, »Gedankendienst mit der Waffe« leichter zu führen als draußen in der namenlosen Schar der jungen Soldaten, die als Schlachtvieh sinnlos gegeneinander gehetzt wurden. Einer unter ihnen war Oskar Graf, Sohn eines Bäckers und einer Bäuerin aus Berg am Starnberger See, zehntes von insgesamt elf Kindern, geboren 1894, also fast zwanzig Jahre jünger als Thomas Mann, eine neue Generation und eine ganz andere Welt.

Oskar *Maria* Graf – den zweiten Namen hat er sich selbst gegeben, in Anlehnung an das lyrische Vorbild Rainer Maria Rilke, aber auch in Abgrenzung zu einem während des Ersten Weltkriegs in München tätigen Kriegsmaler namens Oskar Graf. Oskar Maria Graf steht für die bäuerliche Welt, für das Arbeitermilieu zwischen Land und Stadt, kurz für das Volk, aber nicht idealistisch verbrämt, sondern brutal und prügelhart.

Mir ist – um mit Gorki zu reden – »mein Sozialismus von Kind an auf den Rücken geprügelt worden«. Das hat mich – nicht etwa aus einem inneren Wagnis, sondern gleichsam instinktiv und zwangsläufig – zum Rebellen gemacht, über dessen Wesen ich mir längst vor Camus Klarheit verschafft habe.

Die nachts beim Brotbacken eingesteckten Prügel werden tagsüber in wilden Spielen der Dorfbanditen wieder ausgeteilt. Merkwürdig ist eine literarische Begabung besonders der drei jüngsten Kinder Maurus, Oskar und Anna. Dank seines lesewütigen Bruders Maurus, der ebenfalls mit Prügeln nachhilft, wenn Oskar die Feinheiten des Falstaff nicht lachend würdigt, kennt er die Klassiker der Weltliteratur bald in- und auswendig. Auf den langen Brotwegen mit den jeweiligen Lieferungen nach Schloss Berg, Kempfenhausen und Leoni, nach Aufkirchen, zur Maxhöhe und zur Rottmannshöhe hat Oskar, wie er später berichtet, »die damals hochmodernen Ibsen, Strindberg, Hauptmann und Thomas Mann immer laut« vor sich hingelesen und so auf ziemlich einmalige Weise verinnerlicht. So wird Literatur und dann bald das eigene Dichten zur Gegenwelt, zur Möglichkeit, der Prügelwelt zu entfliehen.

Allmählich wurde mein Dichten im Hause ruchbar. (Meine ältere Schwester) Emma war wieder daheim und bekam etwas zu hören. Sie hatte immer ein geduldiges Ohr und war die heiterste von uns. Sie lachte zwar über mich, fand aber Gefallen an dem Gedichteten. (Unsere Magd) Leni sagte eines Sonntags, als ich mich nicht mehr halten konnte und einen Vers mit ungeheurem Pathos vortrug: »Goethe wirst du doch noch.« Nur Max durfte nichts wissen.

Der zwölf Jahre ältere, amusische Bruder Max hat keinen Sinn für die literarischen Sperenzchen seiner Geschwister. In einem grauenhaften Wutanfall zerstört er ihr geheimes Bücherregal und prügelt den 17-jährigen Oskar aus dem Vaterhaus hinaus. Ohne Orientierung und bald auch ohne Mittel hat der junge Mann in München nur den festen Vorsatz, Schriftsteller zu werden, koste es, was es wolle. Eine Visitenkarte wird gedruckt: »Oskar Graf, Schriftsteller«. Genaue Vorstellungen über das zu Schreibende hat er freilich nicht.

So schaut er sich in den Auslagen der Buchhandlung an, was man so schreiben kann und soll, um Erfolg zu haben und sieht »Lausbubengeschichten« von Ludwig Thoma oder »Schnurren« von Georg Queri oder expressionistische Gedichte in den Zeitschriften »Die Aktion« und »Sturm«. Tatsächlich veröffentlicht »Die Aktion« noch im April 1914 zwei Gedichte von ihm, das eine »Knaben«, das andere »Mädchen« überschrieben.

Dann kommt der Krieg. Graf wird eingezogen, aber ihm gelingt es, sich dem Massenmorden zu verweigern. Das Sterben ringsum, der Kriegstod des Prügelbruders Max – Graf bricht nervlich zusammen, verweigert den Kriegsdienst und wird nach einem Aufenthalt in der Psychiatrie 1916 entlassen. Mit schwerer Arbeit in Mühlen und Backstuben, aber auch mit Schiebereien im halbkriminellen Milieu sorgt er für seinen Lebensunterhalt. Er schreibt weiter Gedichte, unterstützt vom Universitätsprofessor Roman Woerner, markiert nach außen freilich den anarchistisch wilden Mann. In dieser Zeit, 1917, als sein erster Gedichtband »Die Revolutionäre« erscheint, hat Graf den ersten Kontakt mit Thomas Mann.

Den ersten Brief Thomas Manns erhielt ich ungefähr 1917, als er – damals noch ein rasant konservativer deutscher Patriot – sein viel umstrittenes, schmerzlich erlittenes Buch »Betrachtungen eines Unpolitischen« schrieb, was ich freilich nicht wusste.

Ich fing damals erst schüchtern zu schreiben an und war als Schriftsteller völlig unbekannt, in München aber umso stadtbekannter als Kriegsdienstverweigerer und dreister Revolutionär, der mit staatsumstürzlerischen Leuten um den späteren ersten bayerischen Revolutionsminister Kurt Eisner zusammenwirkte. Ich hielt aufreizende Reden und war deswegen schon öfter verhaftet worden. Ahnungslos und keck bat ich den berühmten Schriftsteller, an einer revolutionären literarischen Zeitschrift mitzuarbeiten, die ich herausbringen wollte. Und da geschah das Erstaunliche, dass er, *der eben den Staat, den wir stürzen wollten, mit all seinem Geist, seiner funkelnden Wortkunst und ganzen Leidenschaft verteidigte – dass* er *mir freundlich antwortete, mir zu meinem Unternehmen Erfolg wünschte und nach Erscheinen der ersten Nummern seine gelegentliche Mitarbeit in Aussicht stellte. Auf dieses Erstaunliche mussten mich allerdings erst Freunde aufmerksam machen, die erbost über die »Betrachtungen« waren und Thomas Manns politische Einstellung ablehnten, ich kannte bis dahin von ihm nur seine Berühmtheit. Die geplante Zeitschrift erschien natürlich nie und den Schriftsteller Thomas Mann legte ich sozusagen als bürgerlich ad acta.*

Mit der Einstellung liegt Graf nicht gerade falsch. Im März 1918 schließt Thomas Mann die zweijährige Arbeit an den »Betrachtungen eines Unpolitischen« ab. Als Zwischenübung zur Neueinstimmung in den 1915 unterbrochenen »Zauberberg« schreibt er die Prosastudie »Herr und Hund« über seine Spaziergänge im Herzogpark und anschließend den in Hexametern abgefassten »Gesang vom Kindchen« anlässlich der Geburt seines fünften Kindes, der Tochter Elisabeth im April 1918. Auf diese Weise gelingt Thomas Mann ab 1919, nach der Geburt seines sechsten Kindes, Michael, die Überarbeitung und Fortsetzung des »Zauberberg«.

Die Arbeit am Roman ist für Thomas Mann nach dem verlorenen Krieg und dem Scheitern seiner politischen Hoffnungen eine thematische und politische Neuorientierung. Die formuliert er erstmals in zwei Reden, einmal zum Thema »Goethe und Tolstoi. Fragmente zum Problem der Humanität« und sodann zur Frage »Von deutscher Republik«.

Besonders deutlich wird Thomas Manns Lebensbejahung und seine neue politische Haltung in der Republik-Rede. Nachdem die alten Mächte abgedankt haben, ist jeder Einzelne zur Verantwortung aufgerufen: »Der Staat ist zu unser aller Angelegenheit geworden, wir sind der Staat.« Das Interesse für Krankheit, Tod und Untergang sei ein Interesse für das Leben und den Menschen, und, fährt Thomas Mann mit Blick auf den entstehenden »Zauberberg« fort, dieses Interesse »könnte Gegenstand eines Bildungsromanes sein zu zeigen, dass das Erlebnis des Todes zuletzt ein Erlebnis des Lebens ist, dass es zum Menschen führt«.

Es ist diese Neubesinnung auf das Humane, auf den Menschen, die auch Thomas Manns Begegnung mit Oskar Maria Graf vorbereitet. Dabei sind dessen literarische Anfänge bescheiden bis belanglos. Nach dem zweiten Gedichtband »Amen und Anfang«, der 1919 im Verlag Heinrich F. S. Bachmair mit einem Titelholzschnitt von Georg Schrimpf erscheint, folgt noch im selben Jahr eine kleine Monographie über den Malerfreund. Zwei Jahre später veröffentlicht Graf auch eine kurze Monographie über Schrimpfs früh verstorbene Frau Maria Uhden und gibt unter dem Schlachtruf »Ua-Pua...!« Indianer-Dichtungen heraus, die er seiner jüngeren Schwester Nanndl in Erinnerung an einstige wilde Kinderspiele widmet.

Das eigentliche Prosadebüt des jungen Oskar Maria Graf sind allerdings seine Jugenderinnerungen »Frühzeit«, die 1922 beinahe gegen den Willen des Autors in der »Roten Roman-Serie« des Berliner Malik-Verlags um den Verleger Wieland Herzfelde und den ätzend satirischen George Grosz erscheinen. Wider Willen heißt, dass Graf sich bis dahin noch als Lyriker betrachtete und die zur Gaudi seiner Zuhörer erzählten Stegreifgeschichten aus der Kindheit und der Kriegszeit anfangs nicht ernst nahm. Doch unversehens hatte der selbst ernannte Stegreiferzähler, der Anti-Intellektuelle Graf mit diesen autobiographischen und vor allem ungeschönten Geschichten sein Lebensthema gefunden.

Das »bayerische Lesebücherl« von 1924 bot nach außen hin noch »weiß-blaue Kulturbilder« – eingeleitet freilich von dem bis 1918 verbotenen »König-Ludwig-Lied«, das Graf selbst gern gesungen hat. Danach aber war »Die Chronik von Flechting« als tragischer und brutaler Dorfroman um Neid und Missgunst 1925 die erste große Talentprobe. Kaum verschlüsselt sind Flechting als Berg und die Familie Farg – Graf rückwärts gelesen – erkennbar. Mit dieser »Chronik« geht der Autor zeitlich bis ins frühe 19. Jahrhundert zurück. Und »Frühzeit« ist das einhundert Jahre später angesiedelte Gegenstück dazu. Nach und nach erzählt Graf ungeschminkt die Geschichte seiner Familie, erweitert »Frühzeit« zu »Wir sind Gefangene«, schreibt im Exil später die Lebensgeschichte seiner Mutter und entwirft damit insgesamt geradezu das literarische Gegenstück zu den »Buddenbrooks«. Die Autobiographie ist also die erste große Gemeinsamkeit der beiden gesellschaftlich so konträren Autoren. – Graf selbst bemerkt dazu 1955 in seiner Totenrede auf Thomas Mann:

Das Riesenwerk Thomas Manns ist zu einem sehr großen Teil eine oft nur wenig verschlüsselte Autobiographie, eine unentwegte Auseinandersetzung mit sich selber. Immer entwickelt sich eins aus dem anderen, oft scheinbar ganz unregelmäßig und auf weiten Umwegen. (...) Das Autobiographische, das Thomas Mann mit ungeheurer Erkenntnisleidenschaft immer wieder ins Allgemeingültige hob, das ermutigt auch mich, autobiographisch zu bleiben, und ich kann nur hoffen, dass man mir das nicht als Eitelkeit anrechnet.

Die Wahrhaftigkeit und Deutlichkeit seiner Autobiographie bildet so beinahe zwangsläufig den Anknüpfungspunkt für das Gespräch mit Thomas Mann. Die Begegnung im Herzogpark fand vermutlich Ende 1926 statt. Graf hat sie mehrfach geschildert, zwei Mal schriftlich – und – einmal mündlich, in einem Interview des Bayerischen Rundfunks im Juli 1959.

Ich hab an Thomas Mann eigentlich sehr früh kennen gelernt. Ich hab ihn 1919 paar Mal gsehn und dann, wie ich also »Wir sind Gefangene« geschrieben hab, da hab ich ihn schon gekannt. Kennen gelernt hab ich ihn auf eine ganz sonderbare Weise. Da hat der Münchner Schutzverband irgend a Versammlung gehabt, und da hams a paar Junge ausgeschlossen, und wir Jungen haben (eine) Resolution abgefasst und haben also protestiert und haben gesagt, da müssen die Prominenten unterschreiben. Ich bin gegangen zum Roda-Roda und zum Thomas Mann. Und da hat er unterschrieben, der Thomas Mann, und hat plötzlich gesagt, hörn Sie, ich habe – meine Frau ist in Davos, ist krank – ich habe da neulich ein Buch von Ihnen gelesen, da sind Sie vorn mit der Zwillichjacke, und meine Frau hat sich an dem Buch gesund gelacht. Dann hab ich gesagt: Zwillichjacke, was ist das für ein Buch? Ja, das war die »Frühzeit«. Ja, sagt er, das war die »Frühzeit«. Und dann sind wir ins Gespräch gekommen, über also Militär und über Krieg und über alles, und da hab ich gesagt, da schreib ich jetzt den zweiten Teil dazu, denn die »Frühzeit« ist der erste Teil von »Wir sind Gefangene«, und der erste Teil ist doch vollkommen untergegangen, hat kein Mensch angschaut. Und da sagt er: Sagen Sie mir das gleich, wenn das Buch herauskommt, bitte, ich möchte das unbedingt gleich weiterlesen. Und so haben wir uns damals persönlich näher kennen gelernt. Und dann haben wir uns in München öfter getroffen.

Dieses wichtige und interessante mündliche Zeugnis ist allerdings entscheidend unvollständig. An zwei Stellen hat Graf diese Begegnung ausführlicher dargestellt. Einmal in seiner Totenrede auf Thomas Mann, die er 1961 in seinen Essayband »An manchen Tagen« aufnahm, und sodann 1966 im zweiten Teil seiner Autobiographie »Gelächter von außen«.

Kennen lernte ich Thomas Mann – wenn man eine solche Begegnung so nennen darf – erst ungefähr im Jahre 1926. Ich kam – zufälliger Botengänger unseres Münchner Schutzverbandes – mit einer Resolution mehrerer Kollegen zu ihm, die er unterschreiben sollte. Ein Diener empfing mich in seinem Münchner Haus an der Poschingerstraße, führte mich ins Arbeitszimmer. Thomas Mann kam herein, wir begrüßten uns, ich nannte meinen Namen und sagte, um was es sich handle. Er bot mir einen Stuhl an, setzte sich an den schönen Schreibtisch, überlas bedachtsam das Schriftstück, stimmte zu und unterschrieb es.

Währenddessen fixierte ich unbemerkt ihn und seine Umgebung, ein wenig befangen, sehr neugierig, misstrauisch und gespannt. Was ich hier sah und roch, war eine mir fremde Welt, eine Welt, die ich seit meiner Brotbubenzeit auf dem Dorfe als diejenige der »besseren Leute«, der »feinen Herrschaften« empfand. Und sie war es jetzt erst recht, seitdem ich in Bäckereien, Mühlen und Fabriken gearbeitet, zum Krieg gezwungen worden war, mit meinesgleichen an einer Revolution mitgekämpft und eine blutige Gegenrevolution erlebt hatte, bei welcher viele meiner Freunde standrechtlich erschossen oder zu langen Gefängnisstrafen verurteilt worden waren. Sie war nicht mehr nur eine fremde, sie war eine feindliche Welt für mich geworden.

Der korrekt gekleidete, sich eigentümlich gerade haltende, enttäuschend nüchtern wirkende Dichter hob endlich sein hageres Gesicht und gab mir mit einigen nochmals zustimmenden Worten die unterschriebene Resolution zurück. Ich wollte schon aufstehen, als er sich legerer in den Stuhl zurücklehnte. Er sah mich mit der ihm eigenen interessierten Neugier an und sagte: »Graf? – Oskar Maria Graf? Gibt es nicht ein Buch von Ihnen, ich glaube Frühzeit *ist der Titel? Auf dem Umschlag sieht man Sie als Rekruten im Drillichanzug?!«*

Ich wurde über und über rot und nickte wie ein beflissener Schulbub: »Jaja, das sind meine Erinnerungen bis ungefähr 1917. – Lauter so Erlebnisse ...«

Dunkel kam mir in den Sinn, dass dieser vornehme, zugeknöpfte Weltberühmte überall als engagierter Patriot galt. Leicht benommen, erwartete ich etwas Ablehnendes, dem ich nicht gewachsen war, und um meine Verlegenheit zu verbergen, wiederholte ich etwas plappernd: »Jaja, lauter so kleine Militär- und Kriegserlebnisse ...«. Ich schaute ihn ungewiss an und konnte nicht mehr weiter. Unfreundlich kam mir sein Blick nicht vor.

»Jaja«, sagte er. »Ich erinnere mich. Ihre Erlebnisse bis zu Ihrer Dienstverweigerung, wenn ich mich nicht irre.«

»Ja, bis dahin«, nickte ich, und da kamen jene unvergesslichen, ermutigenden Worte »Hm, ein höchst merkwürdiges Buch. Sehr, sehr sonderbar! – Meine Frau hat sich in Davos daran gesundgelacht. Ich muss sagen, ein starkes, bedeutsames Buch …« Ich machte ein Gesicht wie einer, dem die Henne das Brot weggeschnappt hat. Heiß und kalt wurde mir vor Verdutztheit. Er behielt mich immer noch im Aug' und sagte nachdenklich: »Man hat also doch als Einzelner der ganzen Kriegsmaschine widerstehen können?«

Das klang zu gut, daraus sprach kein enger Patriotismus, und da hielt ich es nicht mehr aus und fiel ihm ziemlich tölpisch ins Wort: »Ja, wissen Sie, das hab ich vom Tolstoj. – Den lese ich am meisten. Jetzt schreibe ich den zweiten Teil von meinem Buch.« – »So«, sagte er, wiederum interessiert zuredend: »So? Bitte, wenn das Buch da ist, das interessiert mich! Sicher gelingt es Ihnen genauso wie das erste.« Wahrhaftig, ich zitterte und geschwind und verwirrt sprudelte ich heraus: »Jaja, wenn's rauskommt, schicke ich Ihnen sehr gerne eins. Dankschön, dankschön!«

Ich möchte nur wissen, was er sich damals gedacht hat, als ich aufstand und ihm die Hand drückte. Wir verabschiedeten uns voneinander. Ich ging hastig davon, hastig durch den kleinen Vorgarten, lief den schmalen Weg zur Straße zu, die zur Stadt führte. Ich lief wie fliehend und hielt plötzlich atemlos inne.

Die Begegnung hat Folgen. Graf glaubt zwar anfangs nicht, dass Thomas Mann sein Versprechen einlösen wird. Nie und nimmer. Handelt doch der zweite Teil der Erinnerungen von Revolution und Angriffen auf die Bürgerwelt, im heillosen Kontrast zu den reichen und sorglosen Leuten in den Büchern Thomas Manns. Doch Graf täuscht sich. Zwar schreibt der mittlerweile mit dem ersten Band seiner Joseph-Romane beschäftigte Dichter kein Vorwort für das fertige Buch, aber er verspricht eine Rezension in der renommierten Frankfurter Zeitung. Diese Aussicht ermutigt den zögernden Drei-Masken-Verlag zum Druck des anstößigen Buches. Und als es im Frühjahr 1927 erschient, die beiden Teile »Frühzeit« und »Schritt für Schritt« zusammengefasst zu »Wir sind Gefangene. Ein Bekenntnis aus diesem Jahrzehnt«, macht Thomas Mann sein Versprechen wahr. Er bespricht das Buch am 17. April in der Frankfurter Zeitung, zusammen mit Iwan Schmeljows gleichzeitig erschienener Erzählung »Der Kellner«, ausführlich und eindringlich unter dem Titel »Verjüngende Bücher«.

Der Held des deutschen Buches lässt sich beständig »Herr Graf« anreden, aber er ist weder ein Graf noch ein Hochstapler, sondern Graf ist sein Name. Oskar Maria Graf heißt er, und es ist der Verfasser. Er schreibt seine Erinnerungen unter dem Titel »Wir sind Gefangene«, einen charakteristisch ungefügen Band von fast siebeneinhalbhundert Seiten, die sich jedoch herunterlesen, als seien es hundert und als sei man zwanzig. (…)

Graf ist Oberbayer, und mit seinem dialektisch gefärbten Deutsch ein so bodenständiger, wie man es sich nur wünschen kann. Dennoch, die Bodenständigkeit Ganghofers, Ruederers, Thomas ist das nicht mehr! Dazu ist seine Urwüchsigkeit zu gründlich infiziert von internationaler Literatur und internationalem Sozialismus und sein Volksbegriff zu revolutionär. Auch ist er nicht Bauer, Jäger, Holdrio-Gebirgler, sondern Städter, was an und für sich gefährlich ist, ein halbländlicher Bäckerjunge von Hause aus und auch beruflich später als Bäcker tätig. Aus einer schweren, brutalen Kindheit strebt sein absonderlicher Geist zum Gedanken und zur Freiheit empor. Er wird »Schriftsteller«, später, in München, Bohemien, Proletarier des Geistes, und auch mit den politischen Organisationen (...) lässt er sich ein. Dann wird er in den Krieg gejagt, und seine Abenteuer als unqualifizierbarer Soldat, seine blöde Renitenz, die Simulation aus echter Zerrüttung, mit der er sich schließlich befreit, sind das Tollste, naivste und grausig Komischste, was man lesen kann. Auch glaube ich, dass sein Erlebnis der Münchener Revolution und Gegenrevolution als menschlich historisches Zeugnis von unvergänglichem Werte sein wird. (...)

Ich kann nicht sagen, wie die Originalität des Buches mich gereizt und belustigt hat, die eins ist mit der Natur des erlebnistragenden »Helden«, ungeschlacht und sensibel, grundsonderbar, leicht idiotisch, tief humoristisch, unmöglich und gewinnend. Sein Blick liegt auf Menschen und Dingen, volkhaft stumpf, wie es scheint, scharfsichtig in Wahrheit, verschmitzt, in verstellter Blödheit und lässt sich nichts vormachen, von keiner Seite. Ein proletarischer Golem tappt lehmschwer, staunt, wird wild, schlägt drein, hilft sich listig und plump durch die Zeit, die ihn beschmutzt und erniedrigt und doch mit vielem ihr Eigenen auf seiner Seite ist. Ein ringendes Trachten ist in ihm, grotesk, hilflos und edel, aus dem Lehm empor zum Licht, zur Menschlichkeit und zu Gott. Er treibt es unmöglich und erregt Lachen und Kopfschütteln; aber er gewinnt dabei unser Herz, und wenn Kunst, wie ich wahrhaben möchte, das Unmögliche ist, das zu gewinnen weiß, so ist es ein wahres Kunstwerk, das ungefüge Buch, in dem er sich erlöst!

Welch ein Hymnus! Und welch differenzierte Noblesse! Thomas Mann erkennt den humanen Ansatz, den Schrei der Verzweiflung in Grafs Buch, er sieht, wie viel Ähnlichkeit es mit der von ihm so geschätzten russischen Literatur hat; und er erkennt, dass es in allem Wirrsal und humorvollem Bekenntnis noch der blödesten und absurdesten Erlebnisse einfach kunstvoll gearbeitet ist.

Die Erstauflage von 3 000 Exemplaren im Münchener Drei-Masken-Verlag ist bald vergriffen, die Berliner Büchergilde Gutenberg veranstaltet eine Lizenzausgabe. Wichtiger aber ist, dass über Nacht ein proletarischer Autor auch in der bürgerlichen literarischen Welt etabliert worden ist.

Die Gegensätze werden nach außen hin sogar größer. Während Thomas Mann 1929 den Nobelpreis für Literatur erhält, bleibt Graf der Münchner Dichterpreis versagt. Kulturpolitisch engagieren sich Graf und Mann Ende der zwanziger Jahre auf jeweils sehr bezeichnende Weise. So bezieht Thomas Mann wiederholt vehement Stellung im »Kampf um München als Kulturzentrum« und warnt schon 1926 München davor, »eine dumme Stadt, die eigentlich dumme Stadt« zu werden. Thomas Mann ist sich offenbar auch nicht zu schade, diesen Vortrag 1929 im Künstler-Saal von Papa Steinicke an der Adalbertstraße zu halten. Bei dieser Gelegenheit, so erinnert sich Graf später, habe er nach dem Vortrag das Wort ergriffen und den Münchner Dichterpreis angeregt, um so den Niedergang der Kunststadt ganz praktisch zu verhindern. Und als niemand in der Stadt offiziell darauf eingehen wollte, lancierte er aus Berlin ganz einfach eine Pressemeldung, wonach der Dichterpreis in München schon beschlossene Sache sei. Derart in Zugzwang geraten, musste München den Dichterpreis zwar einrichten, aber ausgezeichnet damit wurde Hans Carossa, Graf selbst ging leer aus.

Graf bleibt seiner Linie in den nächsten Jahren fleißig treu, er nennt sich ausdrücklich »Provinzschriftsteller«. Seine Bücher über »Wunderbare Menschen« an einer Münchener Arbeiterbühne, seine Geschichten aus dem »Winkel des Lebens« und vor allem die in der Tradition der Erzählungen Hebels und Kellers gedachten »Kalendergeschichten« erweitern seine Geschichtsschreibung von unten. Im Gegensatz zu den gefälligen »Lausbubengeschichten« Ludwig Thomas stehen Grafs »Dorfbanditen«, seine Erlebnisse aus den Schul- und Lehrlingsjahren, worin derbste Scherze und Todeserlebnisse andere Dimensionen eröffnen. Richtig berühmt aber machen ihn die erotischen Geschichten des »Bayerischen Dekameron«, die sich auch finanziell für ihn auszahlen. – Nach den Roman über den tragischen Pantoffelhelden »Bolwieser« und den versprengten Kriegsheimkehrer in »Einer gegen alle« erscheint das programmatische »Notizbuch des Provinzschriftstellers Oskar Maria Graf 1932«. Eine »Kleine Erklärung« steht dem Buch vielsagend voran.

Die Jahreszahl wurde dem Haupttitel des Buches nur deshalb angehängt, weil der Verfasser nicht sicher ist, ob er in den nächsten Jahren noch die gleiche Meinung haben wird oder eine solche überhaupt noch haben darf.

Ein Jahr später durfte er die freie Meinung nicht mehr haben.

Am 11. Februar 1933 verlassen Thomas Mann und seine Frau Katia ihr Haus im Münchener Herzogpark, um sich auf eine Vortragsreise nach Amsterdam, Brüssel und Paris zu begeben. Thomas Mann spricht dort über »Leiden und Größe Richard Wagners«. Ahnungslos gehen Thomas Mann und seine Frau in ein 16-jähriges Exil.

Der erste Paukenschlag tönt zwei Monate später, am 16. April 1933, aus den »Münchner Neuesten Nachrichten«. Es ist der skandalöse »Protest der Richard-Wagner-Stadt München« gegen Thomas Manns Wagner-Vortrag, den er am

Vorabend seiner Abreise bereits in der Münchener Universität gehalten hatte. Die reaktionäre bürgerliche Welt, die Graf eigentlich bei Thomas Mann erwartet hat, formiert sich. Nahezu die gesamte Prominenz des Münchener Kulturlebens unterschreibt den Protest, angefangen beim Initiator, dem Dirigenten Hans Knappertsbusch, über den Simplicissimus-Zeichner Olaf Gulbransson bis zu den Komponisten Hans Pfitzner und Richard Strauss.

Herr Mann, der das Unglück erlitten hat, seine früher nationale Gesinnung bei der Errichtung der Republik einzubüßen und mit einer kosmopolitisch demokratischen Auffassung zu vertauschen, hat daraus nicht die Nutzanwendung einer schamhaften Zurückhaltung gezogen, sondern macht im Ausland als Vertreter des deutschen Geistes von sich reden.

Knapp drei Wochen später, am 10. Mai 1933, zünden Studenten auf dem Münchener Königsplatz mit großem Tamtam die Bücher von Karl Marx, Sigmund Freud, Theodor Wolff, Erich Maria Remarque, Alfred Kerr, Kurt Tucholsky, Carl von Ossietzky, Erich Kästner und Ernst Glaeser an. Es brennen auch die Bücher von Heinrich Mann. Die Verbrennung der Bücher von Thomas Mann in Köln kann verhindert werden. Die Bücher Oskar Maria Grafs brennen noch nicht.

Die literarische Welt blickt starr und stumm auf dieses Fanal. Der einzige Protest eines deutschsprachigen Schriftstellers gegen die Bücherverbrennungen der Nazis stammt von Oskar Maria Graf. Es ist eine einzigartige Solidaritätsbekundung mit den verbrannten Schriften der Kollegen. Da seine eigenen Bücher nicht unter den verbrannten sind, formuliert er aus Wien, wo er sich auf einer Vortragsreise befindet, den berühmten Protest »Verbrennt mich!«

Nach meinem ganzen Leben und nach meinem ganzen Schreiben habe ich das Recht zu verlangen, dass meine Bücher der reinen Flamme des Scheiterhaufens überantwortet werden und nicht in die blutigen Hände und die verdorbenen Hirne der braunen Mordbanden gelangen. Verbrennt die Werke des deutschen Geistes! Er selber wird unauslöschlich sein wie Eure Schmach. Oskar Maria Graf

Damit begann auch für Oskar Maria Graf das Exil, das ihn bis 1934 in Wien festhielt, dann bis 1938 nach Brünn in Mähren und anschließend für den Rest seines Lebens nach New York brachte. Seine Entscheidung war klar. Die seines berühmten Befürworters war es drei Jahre lang nicht.

Die Wege gehen auseinander. Während Oskar Maria Graf 1934 eine Reise in die Sowjetunion unternimmt, wartet Thomas Mann im südfranzösischen und Schweizer Exil bis Anfang 1936 die politische Entwicklung in Deutschland ab. Er ist nach dem Verlust von Haus und Habe nervlich zusammengebrochen und kann und will wohl nicht einsehen, was der Arbeitersohn Graf und was auch Thomas Manns Kinder Erika und Klaus schon längst erkannt haben: dass es vorerst keine Rückkehr nach Deutschland mehr geben wird.

Im Tagebuch versucht Thomas Mann die politische Wirrnis im Land zu klären. Am Exilort Sanary-sur-Mer kommentiert er im Juli 1933 skeptisch Nachrichten von Graf, wonach in Deutschland mit Bürgerkrieg und der Errichtung einer Sowjet-Republik zu rechnen sei.

Erst im Februar 1936 bekennt sich Thomas Mann, angestachelt durch einen provokanten Artikel von Eduard Korrodi in der »Neuen Zürcher Zeitung« über »Deutsche Literatur im Emigrantenspiegel«, ausführlich und nachdrücklich zur Literatur der Emigration. Dabei stellt er sich auch gegen den ideologischen Vorwurf, die Exilliteratur sei eine jüdische Angelegenheit. In seiner Aufzählung all der nichtjüdischen Schriftsteller des Exils wird neben Leonhard Frank, René Schickele, Annette Kolb und anderen »der bayerisch bodenständige Oskar Maria Graf« besonders hervorgehoben.

Diese mutige Entscheidung hat Konsequenzen. Doch Thomas Mann baut vor. Im November 1936 wird er tschechischer Staatsbürger, im Dezember bürgert ihn daraufhin das Deutsche Reich mit seiner Familie aus, und die Universität Bonn entzieht ihm die 1919 verliehene Würde eines Ehrendoktors. Thomas Manns Antwort nach Bonn ist im Januar 1937 die deutlichste Entlarvung der Vernichtungsideologie in Deutschland und die entschiedenste Warnung vor dem kommenden Krieg.

Die literarische Verbindung zwischen Mann und Graf reißt trotz der räumlichen Entfernung zwischen Zürich und Brünn nicht ab. Im ersten Jahrgang der von Thomas Mann herausgegebenen Zeitschrift »Maß und Wert« erscheint im zweiten Heft vom November/Dezember 1937 ein längerer Beitrag Grafs unter dem Titel »Menschen aus der Heimat«. Dabei handelt es sich um den zweiten Teil der Erzählung »Der Quasterl«.

Wer das Familienschicksal der Grafs und den Werdegang Oskars vom Bäckerbuben zum Provinzschriftsteller tragisch prägnant zusammengefasst kennen lernen will, sei eindringlich auf die Geschichte vom »Quasterl« verwiesen. »Quasterl« ist der Spitzname für Grafs Vetter Lorenz, eines der beiden außerehelichen Kinder von Tante Kathl, die in ständigem Streit mit ihrem Bruder, Grafs Vater Max, lebt. Tumb und träg hat der Quasterl so gar nichts gemein mit dem aufgeweckten, literarisch interessierten Bäcker-Buben. Bei aller familiären und schicksalhaften Nähe ist der Quasterl das gerade Gegenstück zu Oskar. Die fast gleich alten Vettern werden beide aus dem Haus geworfen, beide kommen nach München. Doch dort, wo es dem literarisch begabten Jungen gelingt, sich nach langem, zähem Ringen erfolgreich zu behaupten, wird der Quasterl, als ihm ebenfalls aus tiefster, beinahe bewusstlos ertragener Misere der erste Hoffnungsstrahl einer Liebe und Zukunft winkt, von einem Lastenaufzug erdrückt.

»Der Quasterl« erschien vollständig erstmals 1938 im Moskauer Verlag »Kleine Volksbücherei«. Es war das vierte der naturgemäß wenig erfolgreichen Exilbücher

Katia, Erika und Thomas Mann

Grafs. Der Bauern-Roman »Der harte Handel« über einen Versicherungsbetrug machte 1935 im Amsterdamer Querido-Verlag den Anfang. Es folgte »Der Abgrund«, der Roman über den zusammengeschossenen Arbeiteraufstand in Wien 1934, erschienen 1936 im nach Moskau und Leningrad ausgewanderten Malik-Verlag. Der große Roman »Anton Sittinger« über den Opportunisten schlechthin kam 1937 im mittlerweile nach London übersiedelten Malik-Verlag heraus.

Der große Rauswurf der deutschen Intellektuellen aus Europa setzt sich fort im März 1938 mit dem Einmarsch deutscher Truppen in Österreich. Thomas Mann entschließt sich, nach Amerika auszuwandern. Unterstützt von reichen und prominenten Befürwortern spielen die Einreiseformalitäten im Mai 1938 keine Rolle. Mit der Aussicht auf eine Gastprofessur in Princeton ist die Zukunft gesichert. Am 27. September 1938 kommen Thomas und Katia Mann mit dem Schiff in New York an.

Graf ist schon seit Juli dort. Eben noch Delegierter der deutschen Gruppe beim PEN-Club-Kongress in Prag, ist er im Juli 1938 mit seiner Lebensgefährtin Myriam Sachs nach Amsterdam geflohen und hat das Schiff in die Freiheit erreicht. In New York nimmt er bald Kontakt auf nach Princeton zu Thomas Mann, dem, wie er ihn nennt, »Kaiser der Emigranten«.

Tatsächlich geht Thomas Mann Anfang November 1938 auf den Vorschlag Grafs ein, die verschiedenen Komitees zur Unterstützung der Emigranten in Amerika zu koordinieren. Aus diesen Ansätzen entsteht für zwei Jahre bis 1940 die »German-American Writers Association«, kurz GAWA, die Schriftsteller-Vereinigung deutschsprachiger Emigranten in der Nachfolge des einstigen, vom NS-Regime aufgelösten »Schutzverbandes deutscher Schriftsteller« in Deutschland. Präsident ist Oskar Maria Graf, Ehrenpräsident Thomas Mann.

Und in New York, da haben wir dann den Schutzverband ghabt von Schriftstellern, da war ich also Präsident, er war Ehrenpräsident, da haben wir natürlich sehr viel zu tun ghabt. Aber ich meine, gestritten haben wir eigentlich immer, weil ich seine Standpunkte politisch niemals gutgeheißen habe bis fast in die letzte Zeit. Wir haben schwer gestritten, und es ist ein großes Zeichen, dass er mich als unbedeutenderen, viel unbedeutenderen Menschen immer angehört hat, und Briefe hab ich ihm geschrieben, sehr scharfe Briefe, dass er jeden beantwortet hat, und dass wir niemals wirklich verkracht waren, sagn ma.

Die Situation innerhalb der GAWA zwischen bürgerlichen und sozialistischen Mitgliedern verschärft sich nach dem Hitler-Stalin-Pakt vom September 1939. Ende November 1939 wendet sich Thomas Mann deshalb in einem Brief an den Vorstand der GAWA gegen »jede provokante Manifestation« in einem prosowjetischen Sinn, da er ansonsten gezwungen sei, sein »Amt als Ehrenpräsident und seine Mitgliedschaft niederzulegen«.

Ein halbes Jahr später ist es so weit. »Schrieb nachmittags nur an Graf, in Sachen des aufgelösten Schutzverbandes«, so Thomas Mann lapidar im Tagebuch am 16. Juni 1940. Vermutlich wäre sein Eintrag ausführlicher und heftiger ausgefallen, hätte er den mehrseitigen Wutbrief Grafs gelesen, den der, anlässlich von Thomas Manns 65. Geburtstag am 10. Juni, an den engeren Vorstand der GAWA geschrieben, aber, einer handschriftlichen Notiz zufolge, nicht abgeschickt hat. Thomas Mann, heißt es dort, sei kein freiheitlicher Schriftsteller. Nicht nur habe er seinerzeit »fast kompromittierend lange Zeit« abgewartet, bis er sich zur Emigration bekannt habe. Er spreche dem deutschen Volk überhaupt die Fähigkeit zur Demokratie ab. Im »wirren Durcheinander« seiner »Betrachtungen« habe er mit dem Begriff des »Zivilisationsliteraten« die Hitler'sche »Asphalt-Literatur« vorweggenommen und überhaupt sich nie eindeutig geäußert, wenn es um politischen Mord und Totschlag gegangen sei. Thomas Mann hätte gegen den Versailler Vertrag seine Stimme erheben müssen, aber er sei der Republik, er sei dem arbeitenden Volk immer fremd geblieben. Schließlich werde in der GAWA die Gruppe um Graf nicht nur bevormundet, sondern im Gegenteil sogar denunziert.

Der politische Dissens war vollständig. Aber Graf war ja klug genug, diesen Brief nicht abzuschicken und sich damit die Hilfe Thomas Manns endgültig zu verscherzen. Stattdessen fragte er an, ob ihm Thomas Mann dabei helfen könne, ein Stipendium der Guggenheim-Foundation zu bekommen, was »höchst positiv« in Aussicht gestellt wurde.

Nach mehrjähriger Arbeit ist 1940 Grafs erzählerisches Hauptwerk über das Leben seiner Mutter in einer Übersetzung unter dem englischen Titel »The life of my mother« erschienen, aber ein großer Erfolg wird es im Land des Muttertags leider nicht. So bittet er im September 1941 Thomas Mann erneut um eine Empfehlung, damit er sein neues Buch, den Roman »In der Sackgasse«, fertig stellen kann. Graf macht seinen Konflikt mit Thomas Mann produktiv.
Der Roman befasst sich mit einem heiklen Problem, nämlich inwieweit – wenigstens im Psychologischen – der gesamte europäische Intellektualismus das freilich nie erwartete und noch weniger gewollte Heraufkommen des Faschismus und der Hitlerbarbarei verursacht hat. Dabei bin ich gerade in den Reihen jener ehrlichen Nationalisten wie Jünger (...) Hielscher (...) usw. auf erstaunliche Dinge gestoßen. (...) Und sehen Sie, Ihr kristallklarer intellektueller Patriotismus und jener romantische Nihilismus der jetzt so enttäuschten Nationalisten, beide gegeneinandergestellt, ist das ungefähre Problem meines Romans.
»Guter Brief von O. Graf«, kommentiert Thomas Mann im Tagebuch und antwortet, dass er den Romanplan Grafs mit Nachdruck befürworten will.
Die Fronten sind abgesteckt. Thomas Mann gratuliert Graf Ende April 1942 zum Abschluss des – bis heute unveröffentlichten – Romans und erklärt sich bereit, eine von Graf geplante Goethe-Feier der New Yorker »Tribüne« zu unterstützen. Die »Tribüne« war als »Forum für freie deutsche Literatur« Mitte 1941 von Oskar Maria Graf und dem Kunsthistoriker Friedrich Alexan in New York gegründet worden. Sie diente Heinrich Mann, Bert Brecht, Ferdinand Bruckner, Lion Feuchtwanger, Berthold Viertel und Wieland Herzfelde als Forum. Das aber sind alles Thomas Manns politische Gegner.
So notiert er im Tagebuch, er habe »die Goethe-Feier glücklich verpasst«, während er an Graf etwas später schreibt, er stelle mit Beschämung fest, dass er den Termin seiner Grußadresse für die Goethe-Feier versäumt habe. Graf lässt kurzerhand einige Passagen aus Thomas Manns Goethe-Roman »Lotte in Weimar« vorlesen und sorgt so dafür, dass ihm der neue Olympier nicht auskommt.

Drei Jahre später. 1945. Der Krieg ist vorbei. Thomas Mann wird am 6. Juni 70 Jahre alt – und Oskar Maria Graf wagt sich endlich mit seinem kritischen Geburtstagsgruß aus der Deckung heraus. Wie er schreibt, habe er zunächst vorgehabt, den Brief im Kreis der »Tribüne« vorzulesen, davon aber Abstand genommen und den Brief nur abgeschickt. Graf spricht als Stimme eben desjenigen Volkes, dem Thomas Mann »Unrechtlichkeit« vorwerfe.

Sie und der überwiegende Teil jener geistigen europäischen Generation, der Sie angehören, haben dieses Volk nie gekannt und es im Tiefsten stets abgelehnt. Diese Generation entschied sich für Nietzsche – aber nicht für Tolstoj. Das könnte man beinahe als »Schicksal« bezeichnen, um das Folgenschwere daran etwas zu mildern. Diese Entscheidung hat aber das Geschick der europäischen Völker bestimmt.

Das ist ein großer Vorwurf, der dennoch nicht blind ist für die dauerhafte literarische und moralische Qualität der Schriften Thomas Manns.

Ihr Werk hat trotz alledem die Welt tief greifender und schöner bezwungen, als es je ein Staatsmann oder blindwütiger Eroberer vermocht hätte. Es wird künstlerisch beispielhaft bleiben für viele Generationen.

Thomas Mann dankt für die »ernsten, unkonventionellen Worte« und bedauert nur, dass Graf den Brief nicht vorgelesen habe, denn »geistig, menschlich, moralisch« wäre die Mitteilung sehr wichtig gewesen. Im Übrigen stünden in Shakespeares »Coriolan« schlimmere Dinge über das »Volk«, und so werde er auch »jenes Schmerzensbuch«, seine »Betrachtungen«, niemals verleugnen.

Auch ein Jahr später bleibt Graf in seinem Geburtstagsgruß offenbar bei der Differenz, die ihn von Thomas Mann trenne. Der aber antwortet am 17. August 1946 großzügig und richtet den Blick nach vorn.

Sie sagen, geistig trenne Sie so vieles von mir. Ist es eigentlich so viel und was ist es eigentlich? Wenn wir heute über Amerika, Europa, die Weltlage miteinander sprechen – ich glaube nicht, dass sich beträchtliche Gegensätze in den Meinungen und Gesinnungen ergeben würden.

Derartig ermutigt, schickt Graf nach und nach seine neuen Bücher. Der politische Dorfroman »Unruhe um einen Friedfertigen«, die Geschichte eines bayrischen Dorfs, das sich nationalsozialistisch verwandelt und den eingesessenen jüdischen Schuster umbringt, erhält im Februar 1948 Thomas Manns höchstes Lob.

Sie wissen, wie viel ich seit »Wir sind Gefangene« von Ihnen halte, aber dieser Roman der »Unruhe« ist wohl Ihr Bestes und Stärkstes und erregt den dringenden Wunsch, er möge recht viele deutsche Leser, vor allem aber Ihre oberbayerischen Landsleute erreichen, damit sie sehen, es lebt ihnen in der Ferne ein großer Volksschriftsteller, der sie kennt und dichterisch leben lässt wie keiner. Er kennt aber einfach den Menschen und selten ist die kleine Welt so gültig für die große eingestanden.

Graf dankt für diesen Brief und schickt, vermutlich zum Geburtstag 1948, die bereits 1946 bei Kurt Desch in München erschienene deutsche Originalausgabe vom »Leben meiner Mutter«. Thomas Mann steigert das Lob für den Volksschriftsteller noch einmal, doch wirkt es jetzt freundlich distanziert.

Das ist ein wahres Monument der Pietät und Liebe und in seiner Art ein klassisches Buch. Gewiss werden später die deutschen Schulkinder Stücke daraus in ihren Lesebüchern finden.

Mit Grafs Zukunftsroman »Die Eroberung der Welt« (später unter dem Titel »Die Erben des Untergangs. Ein New Yorker Roman« neu aufgelegt), mit dem Szenario nach dem Dritten Weltkrieg kann Thomas Mann dagegen, laut Tagebuch vom November 1949, nichts anfangen: »Saß im Garten mit Grafs Zukunftsroman, der mich durch seinen Mangel an jedem künstlerischen Reiz langweilt.«

Umso mehr erfreut ihn ein Gedicht, die »Meditationen über den Dichter«, die ihn zum Geburtstag 1950 erreichen. Auch Grafs ungehaltene Rede mit dem Titel »Die Literatur ist unteilbar«, erschienen in den »Deutschen Blättern« vom Dezember 1950, findet lebhafte Zustimmung. Geplant war Grafs Rede als Summe seiner Exilzeit für die 1948 geplante Rückkehr nach Deutschland. Diese Reise fand jedoch erst 1958 statt, als Graf nach langem Hin und Her endlich amerikanischer Staatsbürger geworden war. Thomas Mann dankte Graf auf einer Karte sehr herzlich für diese Rede.

Dank für Ihren schönen Aufsatz. Sie haben so eine gute, warme, gewinnende Art zu schreiben, dass einem das Herz aufgeht. An Ihnen ist kein Falsch, das fühlt man. Glauben Sie mir, ich lege großen Wert auf Ihre Freundschaft! So ein bejahendes Wort von Ihnen ist besser als die Analysen der Nichts-als-Gescheiten.

Thomas Mann kehrte 1952 in die Schweiz zurück; behielt den Kontakt zum Emigranten Graf jedoch bei. Zu dessen 60. Geburtstag rang er sich 1954 einen Gruß für den »Greifen-Almanach« im ostdeutschen Rudolstadt ab, lobte an Graf die »Festigkeit und Milde des kritischen Blicks« und richtete einen Appell an dessen Heimat.

Unter unseren Geburtstagswünschen aber soll der voranstehen, dass die Heimat, sein oberbayerisches Land, seiner recht gewahr werden und sich dankbarer als gegenwärtig erweisen möge für das Gute, das er zu ihrer Ehre hervorbringt. Sie hat keinen echteren, in der vom Schicksal erzwungenen Ferne keinen treueren Sohn.

»Und nun Schluss mit diesem Gemisch aus Gefälligkeitspedanterie und Zeitvertreib«, so der rüde Kommentar im Tagebuch. Graf ahnt davon freilich nichts und schickt seinem Lobredner das erste Exemplar der Geburtstagsgabe, die von Emigrantenfreunden veranstaltete Liebhaberausgabe seiner »Kalender-Gedichte« mit der Widmung »in großer Liebe«. Und zum 80. Geburtstag Thomas Manns am 6. Juni 1955 bekennt er öffentlich erneut seine Sympathie für das große künstlerische Maß, das er an Thomas Mann erkannt hat:

Die Dreiheit von oft erschreckender Intimität des Dargestellten, von höchster Kunst, das Autobiographische allgemeingültig zu machen, und die tiefste, schmerzlichste Einsicht in die Fragwürdigkeit alles Menschenlebens.

Kurz darauf, im August 1955, stirbt Thomas Mann, »dieser geistigste Mensch und menschlichste Geist«, wie Graf sofort in großer Bestürzung bekundet. Seine

Totenrede über »Thomas Mann als geistiges Erlebnis« wird zum großen humanen Bekenntnis, auch zum Abschied von den politischen Grabenkämpfen der Epoche. Thomas Mann sei für ihn »stets die stärkende Luft« seines »Trachtens und Strebens«, »das Ferment« seines »Lebens und Herzens« gewesen. Und so verwundert es nicht, dass Graf in seinem Radiointerview von 1959 für Thomas Mann den höchsten literarischen Vergleich nicht scheut.

Wenn die Deutschen einmal zehn Jahre vergehen lassen, dann werden sie erkennen, dass sie nach Goethe, und das sage ich mit vollem Bewusstsein, keine so große geistige Erscheinung mehr gehabt haben wie Thomas Mann.

Lisbeth Exner

Escape to Life
Erika und Klaus Mann im amerikanischen Exil

Erika und Klaus Mann immigrierten 1938 in die USA. Seit ihrem ersten Aufenthalt zehn Jahre zuvor zwischen Skepsis und Begeisterung schwankend, lernten sie Amerika als Fluchtort und neue Heimat für engagierte Gegner des nationalsozialistischen Deutschland kennen. Während des Kalten Kriegs distanzierten sie sich schließlich von ihrem langjährigen Exilland.

Erika und Klaus Manns Beziehungen zu Amerika waren vielfältig: Auf die touristisch-heitere Vorgeschichte folgte selbstbewusste Assimilation, am Ende stand resignierte Enttäuschung.

Prolog: Amerika 1927/28
oder
The literary Mann twins

Es war eine tropisch warme Nacht Mitte August. Erika und ich spazierten an den malerischen Ufern des Starnberger Sees, nicht weit von Feldafing. Wir lebten damals mit Freunden in einem bescheidenen Hotel auf dem Land. (...)

»Ich weiß nicht, was mit mir los ist«, klagte (Erika). »Alles geht nach Wunsch, aber ich habe keinen Spaß daran. (...) Der Starnberger See ist hübsch, kann so bleiben. Aber ich will nicht bleiben. München ist hübsch, und es spielt sich nett an den Kammerspielen. Aber ich wär lieber anderswo. Zehntausend Meilen weg von hier ...«

»Gar keine schlechte Idee«, sagte ich. »Es gibt genug Dinge, vor denen man davonlaufen möchte.«

Wie Klaus Mann etwas abgeklärt im autobiographischen Rückblick feststellt, hatten er und seine Schwester Erika bis zu jenem August schon einiges erlebt – obwohl beide damals erst 20 bzw. 21 Jahre alt waren. Die ältesten Kinder von Thomas und Katia Mann hatten sich an verschiedenen Schulen als erziehungsresistent erwiesen. Sie waren durch das Münchener Nachtleben der zwanziger Jahre getobt. Sie hatten zwar früh ihre Berufswahl getroffen. Trotz Anerkennung zweifelte Erika Mann aber schon 1927 an der Schauspielerei. Klaus Mann inszenierte sich nach dem publizistischen Feuerwerk um seine ersten

Prosatexte und den Skandal-Erfolgen seiner dramatischen Versuche noch immer als Sprachrohr der jungen Generation, seine dichterische Leistung wurde aber seiner Meinung nach nicht genug anerkannt. Dass der einflussreiche Kritiker Herbert Jhering seine »Revue zu Vieren« »peinlich und geschwätzig« genannt hatte, setzte ihm zu: Dieses exzentrische zweite Theaterstück war im April 1927 in Leipzig mit ihm und seiner Schwester sowie Pamela Wedekind und Gustaf Gründgens uraufgeführt worden.

Vier Monate später suchten Erika und Klaus Mann auch den vielfältigen Beziehungsverstrickungen mit diesen beiden Mitspielern zu entkommen. Erika hatte sich ernsthaft in die Tochter von Frank Wedekind verliebt, 1926 aber den theatersüchtigen wie aufstiegshungrigen Schauspieler und Regisseur Gustaf Gründgens geheiratet – um bald darauf das Scheitern der Ehe zu konstatieren. Klaus wiederum war, obwohl er seine Homosexualität als Adelszeichen begriff, mit Pamela Wedekind verlobt gewesen. Als diese eine Heirat mit dem fast drei Jahrzehnte älteren Schriftsteller Carl Sternheim erwog, waren die Geschwister entsetzt – und beschlossen, vor all den persönlichen Konflikten und beruflichen Krisen in eine Reise rund um die Welt zu flüchten.

In »Rundherum«, ihrem ersten gemeinsamen Buch, berichten sie flapsig, frech und naiv.

Wir erinnerten uns (...), daß Boni and Liveright uns vor einiger Zeit aufgefordert hatte, Vorträge in den Staaten zu halten, wahrscheinlich um die Aufmerksamkeit der Leute ein bißchen mehr auf ein kleines Buch zu lenken, was in Deutschland »Kindernovelle« geheißen hatte und in New York als »The Fifth Child« herauskam.

Wir telegraphierten kurzentschlossen an den Verlag, daß wir bereit seien zu kommen und recht viel Geld haben wollten. Am selben Tag reisten wir nach München (...). Zunächst begaben wir uns in Schenkers Reisebüro und bestellten Schiffskarten (...); dann erhandelten wir bei Ackermanns Nachfolger »1000 Worte Englisch«, broschiert (...). Dann trafen wir uns mit einigen Bekannten im Hofgarten, denen wir schlicht, aber mit einem gewissen Pathos erklärten, ein langverschwiegener Plan sei spruchreif geworden, monatelange Verhandlungen hätten zu einem guten Ergebnis geführt (...). Dasselbe telegraphierten wir auch unserer verehrten Großmutter in die Arcisstraße und unseren lieben Eltern nach Kampen.

Alles dieses unternahmen wir aus schlauer Berechnung, indem wir uns selber gleichsam überlisten wollten. Denn wir sagten uns, vollkommen richtig: wir sind imstande, diese Reise, die wir doch sehr gerne machen möchten, zu verbummeln, wenn wir uns nicht bei groß und klein auf sie festlegen und als die Blamierten dastünden, unternähmen wir sie dann nicht.

Erika und Klaus Mann brachen am 7. Oktober 1927 von Cuxhaven aus auf. Zwar sollten sie auch den Pazifischen Ozean befahren, Hawaii, Japan und Ko-

Erika und Klaus Mann

rea kennen lernen und schließlich mit der transsibirischen Eisenbahn Russland durchqueren, um im Juli 1928 wieder in Berlin zu landen: Den größten Teil dieser neun Monate verbrachten sie freilich in New York, Los Angeles und auf Reisen kreuz und quer durch die USA. Dort präsentierten sie sich – in Selbstvermarktung geübt – als Zwillinge, obwohl Erika 1905 und Klaus 1906 geboren worden war. In seiner 1941/42 im amerikanischen Exil verfassten Autobiographie »The Turning Point« schildert Klaus Mann diesen ersten USA-Aufenthalt mit selbstkritischer Ironie.

THE LITERARY MANN TWINS *war der fettgedruckte Titel, unter dem unsere Photographien und Interviews in der Presse erschienen. Jedermann schien gerührt und entzückt, wenn wir unseres Zwillingstums Erwähnung taten. »Twins? How cute! How charming!« Wir waren ein spaßhaftes Doppelwesen, ein drollig-impressives Wunderkind mit zwei Köpfen, vier Beinen und einem Hirn voll europäischer Capricen und ausgefallenem Wissen – »full of Continental wit and sophistication«.*

1929 berichteten er und Erika noch distanzlos und etwas klatschsüchtig, aber durchaus witzig von ihren Abenteuern in der von Wirtschaftsboom, Börsenhausse und Prohibition geprägten High Society. So dreist und schnorrerisch sie sich unter Nutzung des Namens ihres berühmten Vaters in der New Yorker Boheme und den Filmzirkeln Hollywoods auf Partys, Damentees, Filmpremieren und Boxkämpfen bewegten, so leserorientiert spielten sie in »Rundherum« mit name dropping.

Dann kam das Weihnachtsfest – der Boulevard war mit grünen und blauen Lichtgirlanden bekränzt, das häßliche Wort »X-Mas« leuchtete von allen Läden, Schnee gab es keinen, aber »Rote Weihnachtsblumen«, hohe, purpurne Blütensträucher in den Gärten.

Bei (Emil) Jannings hatten sich versammelt: (Friedrich Wilhelm) Murnau, Connie Veidt, (Hans) Müller, die Berger-Buben, die Mann-Kinder, Lothar Mendes, Dorothy Maccail. Mendes, so ein kleiner Schwarzer, ist Regisseur, Dorothy, sein Weib, einer der allerzauberhaftesten Filmstars von Hollywood. Blond und zart und fein wie eine kleine englische Aristokratin. Bei einem Festessen, das dem deutschen Botschafter Ago von Maltzahn zu Ehren im Hause Jannings stattfand, erhielt sie deshalb den Platz neben dem Gefeierten. Deutsch sprach sie nicht oder doch nur ein paar Worte, die Emil ihr beigebracht hatte. Der Botschafter machte die vornehmste englische Konversation. Dorothy sah ihn nachdenklich an: »Du bist ein Scheißkerl!« sagte sie. Maltzahn glaubte zu träumen, aber schon plauderte sie weiter: »Ja, Scheißkerl, und ich bin eine vollgefressene Sau!« – Wahrscheinlich wollte sie »Ich möchte Deutschland kennen« oder »Ich liebe die Kunst« damit bemerken, des perfiden Emil Schuld, wenn es ihr mißlang. (...)

Der Weihnachtsabend verlief im allerhöchsten Grade feierlich; jeder hatte sich nach Kräften geputzt, weiße Hemdbrüste und Edelsteine glitzerten. Es gab auch Bescherung.

Die Katastrophe mit dem Baumbrand geschah erst Silvester und im Haus des Doktor Berger. Dieser hatte, in echt taunushafter Romantik, keinen

elektrischen Lichterschmuck dulden wollen, und so hatte er denn die Bescherung. (...)
Diesen Abend war auch Greta Garbo dabei, mit tiefer Stimme und unwahrscheinlichen Augen. Man hörte sie kaum etwas anderes sagen, als daß sie so furchtbar müde sei, aber sie hatte auch anderes nicht nötig, denn sie kannte die tödlich sichere Wirkung ihrer nixenhaften und beunruhigend kalten Schönheit.

Zwar konnte Klaus Mann seine vollmundige Ankündigung, er werde in Hollywood im Handumdrehen ein berühmter Drehbuchautor sein, trotz bester Kontakte nicht einlösen, mit ihrer Vortragstournee hatten die Geschwister aber Erfolg.

Dass Erika nur in einem mehr schlecht als recht auswendig gelernten Englisch rezitieren konnte, dass Klaus als selbstbewusster Sendbote des jungen Europa die Landessprache nicht einmal rudimentär beherrschte, störte die »Mann twins« ebenso wenig wie ihr meist studentisches Publikum. Dass Amerika nicht New York und Los Angeles ist, wussten die Geschwister: Neugierig und weltoffen, aber durchaus auch naiv und selbstherrlich stellten sie sich schließlich der unspektakulären, tristen Realität des amerikanischen Mittelwestens.

(...) New York.
Wir kamen gerade rechtzeitig für unsere Vorlesung an der Columbia-University, mit welcher die Tournee eröffnet werden sollte. Professor Heuser war es, der die Einführungsrede hielt, und trotz eines schauerlichen Wolkenbruches waren ziemlich viele Leute da. Wir wurden allgemein für ganz seriös gehalten, hatten uns schwarz angezogen, gaben uns überhaupt große Mühe. Klaus führte einiges über deutsche Jugend aus, mit besonderer Berücksichtigung ihrer Beziehung zu Amerika; Erika versuchte zunächst das Publikum durch ihr forsches Englisch und die Pointen ihrer Rede zu gewinnen, rezitierte aber am Schluß, das Theoretische zu illustrieren, deutsche Lyrik von Hofmannsthal bis W. E. Süskind.
Die nächste Station war Boston *(...). Wir hatten Vortrag an der Harvard-Universität und waren wieder gerührt und erstaunt über die Teilnahme, der wir begegneten. (...)*
Dann kam Princeton, *wo es eigentlich am nettesten war. (...)*
Man hatte uns zehnmal gesagt: wahrhaft typisch, ganz amerikanisch sind nur die entlegensten Plätze des Mittelwestens (...). Da erwachte unsere ehrgeizige Neugierde, wir verließen den Santa-Fe-Zug dort, wo es recht typisch sein mußte, stiegen in Wellington im Staate Kansas aus. (...)
Wir begannen damit, spazierenzugehen. Was für ein schauerlich ödes Idyll! Welche Trostlosigkeit in dieser Ruhe! Das armseligste und abgelegenste europäische Dorf hat inneres Leben, hat Rhythmus, ist um die Kirche herum

organisch entstanden. Diese mechanisch angelegten Straßen atmen den Tod. Sie sind breit, komfortabel für den Autoverkehr. Die säuberlichen kleinen Familienhäuser haben sogar auf ihre Art etwas Gemütliches mit der Holzveranda und dem Gärtchen (...). Trotzdem denkt man an (...) eine sentimentale Gruft mit laufendem Wasser, Radio und elektrischem Licht.

Abgesehen von den Vortragshonoraren finanzierten Erika und Klaus Mann ihre Weltreise auf Pump. Fand sich einmal kein Mäzen, der die Fahrkarten oder teuren Hotel- und Restaurantrechnungen bezahlte, dann musste ein Pelzcape versetzt oder die Post bemüht werden: Bettelbriefe und Hilferuf-Telegramme gingen an Freunde und Verwandte.

In seiner Autobiographie berichtet Klaus Mann aber auch von den zahlreichen Artikeln, die er zur Rettung aus der dauernden Geldnot für deutsche Zeitschriften und Zeitungen verfasste.

Es gab vieles, worüber sich schreiben ließ, sogar abgesehen vom Reich der belebten Schatten und fabelhaften Gagen. Ich schrieb über ein großes Fußball-Match in Pasadena und über einen Boxkampf in Los Angeles. (...) Ich schrieb über die Wiedertäuferin Aimée McPherson, die im »Angelus Temple« eine Riesen-Zuhörerschaft mit ihrer Mischung aus echter Ekstase und frechem Humbug in hysterische Raserei versetzte, und ich schrieb über den großen Romancier Upton Sinclair, der uns auf seine geduldig-pädagogische Art die fundamentalen Probleme amerikanischer Ökonomie und Psychologie begreiflich zu machen suchte.

Erika weigerte sich kapriziöserweise, ihrerseits Artikel zu schreiben. Es gebe schon genug Schriftsteller in der Familie, behauptete sie eigensinnig, und sie sei nun einmal Actrice von Beruf. Woraufhin ich nur mitleidig kichern konnte: »Armes Ding! Dir wird's auch nicht erspart bleiben – das Schriftstellern (...). Es ist der Familienfluch.«

Er sollte Recht behalten. Nach ihrer Rückkehr nach Deutschland begann Erika Mann, die auf der Reise nur die Texte ihres Bruders getippt hatte, selbst als Journalistin zu arbeiten: Unter den ersten Veröffentlichungen waren Artikel über Hollywood bei Nacht, amerikanische Universitäten und Honolulu. Den gemeinsam 1929 bei Fischer veröffentlichten Weltreise-Bericht »Rundherum« stellte freilich vorwiegend Klaus Mann zusammen. Von der Kritik wohlwollend aufgenommen, wurde das erste gemeinsame Buch beim Publikum ein Erfolg.

Obwohl die Geschwister in »Rundherum« nur ein finanztechnisch notwendiges Abfallprodukt ihrer erlebnisreichen wie abenteuerlichen Weltreise sahen, dokumentiert der »heitere« Reisebericht auch Erika und Klaus Manns erste skeptisch-neugierige Annäherung an ein Land, das nur wenige Jahre später zum Fluchtziel werden sollte.

Das üppig gedeihende, aufreizend wohlhabende Amerika mit ganzem Herzen zu verabscheuen – und zwar aus Liebe für das zerrüttete alte Europa, wo man aber immer noch den Geist vermutet –, könnte eine anständige und positive Regung des Herzens sein. – Aber Bewunderung für das, was hier sich vorbereitet und im Werden ist, muß nicht auf Kosten unserer Liebe zu Europa gehen. Schöner wäre, wenn jede neue Liebe, die wir erfahren, unsere Liebe zu Europa reicher und schwerwiegender machte.

Amerika 1936 bis 1945
oder
Escape to Life

Die Menschen in den Vereinigten Staaten haben mehr Verständnis, mehr Mitgefühl und mehr Respekt für unser Leben – das Leben von Menschen, die aufgrund ihrer Überzeugung oder ihrer Rasse Heimat und Existenz verloren haben – als die Leute in Europa. Der Begriff »Emigrant«, der in Europa sogar ein wenig anrüchig klingt, entspricht hier einem Ehrentitel, und unsere amerikanischen Gastgeber hegen die Erwartung, daß wir uns seiner würdig erweisen.

(Klaus Mann)

Als Klaus und Erika Mann im September 1936 zum zweiten Mal nach Amerika reisten, zeigten sie sich beeindruckt von den sozialpolitischen Reformen, mit denen Präsident Franklin D. Roosevelt das Land aus der tiefen Wirtschaftskrise nach dem Börsenkrach von 1929 geführt hatte.

Klaus Mann kam zwar als staatenloser Emigrant, der die Jahre nach der nationalsozialistischen Machtübernahme in Paris, Amsterdam, Küsnacht bei Zürich und anderswo verbracht hatte. Als bedeutender Exilschriftsteller und als zentrale Figur der deutschen intellektuellen Emigration aber sollte er in Vorträgen Auskunft über die Situation auf dem alten Kontinent geben.

Erika Mann hatte sich wie der Bruder durch die Ereignisse aus ihrer politischen Abstinenz aufgerüttelt, mit dem hitlerkritischen Kabarett »Pfeffermühle« in europäischen Städten außerhalb des Dritten Reichs einen Namen gemacht. Als »peppermill« wollte sie 1937 ihre witzig-persiflierende Show in den USA einführen – und scheiterte, weil das amerikanische Publikum eben diese diffizil-sarkastischen Anspielungen nicht verstand. Als Vortragsreisende sollte sich Erika Mann freilich in den folgenden Jahren eine andere, neue Karriere aufbauen.

Während seines dritten Amerika-Aufenthalts im Winter 1937/38 entwickelte Klaus Mann den Plan zu einem Buch über die europäische Emigration. Nachdem er und Erika im Herbst 1938 endgültig in die USA übersiedelt waren, erhielten sie vom Bostoner Verlag Houghton Mifflin den Auftrag zu »Escape to Life«.

Dieses Buch zu schreiben war für uns eine schöne und schwere Aufgabe.

Es war eine schöne Aufgabe: denn wir durften von unseren Freunden und Kameraden erzählen, von vielen Menschen, die uns nahestehen; wir durften von unserer Sache sprechen – und das bedeutet: nicht nur von der Sache der Exilierten, sondern auch von der Sache der wirklichen deutschen Kultur. (...)

Was wir versucht haben, ist: einen Querschnitt durch die Vielschichtigkeit der deutschen Emigration, ein möglichst lebendiges Bild von der Vielfalt ihrer Gesichter und ihrer geistigen Kräfte zu geben. Wir wollten zeigen und anschaulich machen: es sind nicht einzelne Personen, die aus irgendwelchen Gründen vertrieben wurden. Opfer des Nazi-Fanatismus ist vielmehr eine komplexe Kultur – die wahre deutsche Kultur, die immer ein schöpferischer Teil der europäischen Kultur und der Welt-Kultur war.

Mit journalistischer Routine entwarfen Klaus und Erika Mann ein Who's Who des Exils. Das Mosaik der Prominenten reichte von Elisabeth Bergner, Max Reinhardt und Ernst Schrödinger über Lion Feuchtwanger, Bert Brecht und Franz Werfel bis zum Onkel Heinrich und dem berühmten Vater Thomas Mann. Genauso porträtierten sie Opfer des Faschismus – unter ihnen Erich Mühsam und Theodor Lessing, aber auch diejenigen, die sich wie der ehemalige Freund Gustaf Gründgens mit Nazi-Deutschland arrangiert hatten. Wie in den ersten beiden gemeinsamen Büchern – nach »Rundherum« hatten Erika und Klaus Mann 1931 einen alternativen »Riviera«-Reiseführer veröffentlicht – bewiesen sie sich als Meister der lebendigen, anekdotischen Reportage: »Escape to Life« avancierte nach dem Erscheinen im April 1939 zum Verkaufserfolg.

Dankbarkeit und die durchaus stolze Selbstpräsentation als das andere, wahre Deutschland schlossen sich nicht aus. Erika und Klaus Mann mahnten in ihrem Buch aber auch zur politischen Einigkeit innerhalb der Emigration.

Anfang 1940 folgte mit »The Other Germany« das nächste gemeinsame Buch zum Thema. Erika und Klaus Mann appellierten nach Kriegsbeginn an Amerika, Europa vor Hitler zu schützen. Ihr Exilland entschied sich aber zunächst für Neutralität, der Band »The Other Germany« stieß auf wenig Interesse. Die historische Porträtstudie über europäische Besucher in den USA schließlich, die Klaus Mann, da Erika sich zunehmend mit eigenen Projekten beschäftigte, allein unter dem Titel »Distinguished Visitors« verfasste, fand gar keinen Verleger.

Erika Mann, the lecturer

Erika Mann an Katia Mann

Norton/Mass., 19. 3. 1937, Wheaton College
*Frau General-Süsi, – Frau Ober-Annehmlichkeit, –
dies wird nun wirklich ein Kurzgehetzter (...). Bloß von der Massenkistchen vorgestern will erzählt sein, – denn es war das glanzvollste, was ich je gegen die Säue habe abhalten sehn und ich war ganz entzückt, dabei zu sein. Überfüllt der Riesenplatz, – 23 000 in der Tat mehr als Platz haben, und Tausende mußten weggewiesen werden. Keineswegs vorwiegend jüdisch, – geschickter Weise sprach nur ein Jud überhaupt, – im übrigen, wie man ja auch bei Euchzuschweize gelesen haben wird, ein sehr konservativer General und der Arbeiterführer Lewis und klein Erimaus, – das waren die Hauptsprecher. Als des lieben Z(auberers) Namen zum erstenmal laut ward, jubelte das ganze Haus, – es war sehr rührend und hübsch, – die Botschaft, – von mir auf deutsch und englisch zum besten gegeben, hatte größte Wirkung, – und selbst mein Eigenquätschlein fand regsten Widerhall (Frau im dritten Reich und ich übersetzte auch einiges aus den Nürnberger Gesetzen ...). Kurz, – es war ganz groß (...).*

Erika Manns Karriere als Rednerin begann bei der ersten amerikanischen Massenkundgebung gegen Hitler am 15. März 1937 im New Yorker Madison Square Garden; nachdem sie das Grußtelegramm von Thomas Mann, der in der Familie »Zauberer« genannt wurde, verlesen hatte, referierte sie über »Die Frau im Dritten Reich«.

Trotz anfänglicher Sprachprobleme avancierte Erika Mann in den folgenden Jahren zu einer der bekanntesten Lecturer, wurde also eine der meistgefragten Vertreterinnen dieses typisch amerikanischen Berufs. Vermittelt durch die renommierte Agentur Feakins Inc. reiste sie jeweils von Oktober an vier bis fünf Monate kreuz und quer durchs Land, hielt vier bis fünf Vorträge pro Woche. Sie sprach vor Frauenvereinen, Rathausforen oder Studentengruppen über die aktuelle Weltlage und die Situation in Deutschland. Mit ihrer anschaulichen, einfach-anekdotischen, bei aller pathetischen Überspitzung klugen Vortragsweise wusste sie ihr Publikum zu begeistern.

Hatte Erika Mann sich in ihrem Kabarett »Pfeffermühle« mit den Mitteln der Parodie und der Persiflage gegen Hitler gestellt, so entlarvte sie ab 1937 als Rednerin wie Autorin mithilfe authentischer Information und allgemein verständlicher Dokumentation die deutsche Diktatur. Noch bevor sie mit Klaus »Escape to Life« verfasste, schrieb sie für den Amsterdamer Querido-Verlag »Zehn Millionen Kinder«, eine Studie über – so der Untertitel – »Die Erziehung der Jugend im Dritten Reich«. Die englische Übersetzung, die unter dem Titel »School for Barbarians« im September 1938 im New Yorker Verlag Modern Age Book herauskam, wurde ein Verkaufserfolg: Bei aller belehrenden Absicht – Erika Mann hatte zahlreiche reichsdeutsche Schulbücher studiert – beeindruckte sie ihre Leser mit Berichten über Selbsterlebtes.

Ihr siebenjähriges Söhnchen ist Halbjude. Er heißt Wolfgang. Neulich habe ich sie gefragt, wie es dem Wolfgang geht. »Ganz gut«, hat sie geantwortet, – »etwas besser heute, – weil wenigstens die Sonne nicht scheint.« Ich verstand sie nicht gleich, und da sagte sie noch, »wenn das Wetter schön ist, dann spielen die anderen, seine Freunde, so lustig im Hof, – und da weint er immer, weil er doch nie mehr mitspielen darf, – natürlich, als Halbjude.«

Neben den anstrengenden Lecture-Reisen, den gemeinsamen Projekten mit Klaus Mann und ihrer Arbeit für die Londoner BBC veröffentlichte sie 1940 mit »The Lights Go Down« ein weiteres Buch über den Alltag im Dritten Reich.

Erika Mann engagierte sich nie für eine bestimmte politische Gruppe, sie trat als konfliktfreudige Individualistin und tolerante Moralistin gegen alles an, was ihr ungerecht, inhuman oder unehrenhaft erschien. Schriftstellerischen Ehrgeiz entwickelte sie in Zusammenhang mit ihren essayistischen Arbeiten nicht.

Nur an ihre Kinderbücher stellte sie literarische Ansprüche. Nachdem sie schon in Deutschland »Jan's Wunderhündchen« oder »Stoffel fliegt übers Meer« veröffentlicht hatte, schrieb sie 1942 – nun auf Englisch – eine Geschichte über die Abenteuer von Emigrantenkindern; die deutsche Übersetzung von »A Gang of Ten« erschien erst 1990.

Klaus Mann, the writer

16. XI. (1939) Mein Geburtstag. 33 Jahre alt. (...)

Ziemlich deprimiert. Ursachen – soweit es solche je gibt ... –: der Gedanke an Tomski (...). Je sens bien que ça – c'est la fin. La fin d'un amour. Das Ende einer Liebe. Ich habe zuviel versucht. Ich kann nicht mehr. (...) Ich bin ganz allein. (...)

Andererseits: die peinigenden Zänkereien in der deutschen Emigration. (...)

23. XI. Wieder von Morphium geträumt. (In Erikas Gegenwart, unter ihren traurigen Blicken, genommen.) Seltsam: diese Sehnsucht ... Und es ist länger als 1 ½ Jahre her, dass ich völlig aufgehört habe ...

Hatte Klaus Mann noch in den 20er Jahren Homosexualität als Auszeichnung interpretiert, mit seiner Todessehnsucht kokettiert und den Drogenkonsum als Bewusstsein erweiternd erlebt, kämpfte er im Exil immer häufiger mit Einsamkeit, Lebensüberdruss und Sucht. In seinen Tagebüchern protokollierte er das Scheitern vieler Beziehungen, so auch jener zu dem jungen amerikanischen Journalisten Thomas Quinn Curtiss, den er liebevoll Tomski nannte.

Klaus Mann hatte zwar immer nur in Hotels gelebt und war – abgesehen von längeren Aufenthalten bei seinen Eltern in München, Küsnacht und Princeton – das unstete Leben in dauernd wechselnden Freundeskreisen gewöhnt. Da er sich im Exil aber als liberaler Kosmopolit zwischen allen Fronten positionierte, fühlte er sich immer mehr isoliert. Den Depressionen und Selbstmordgedanken konnte er nur mehr in der Arbeit entkommen.

13. XII. (1939) Princeton. (...) Schreibe jetzt fast ausschließlich englisch und es macht mir Vergnügen, wie es besser wird.

26. XII. Den Picasso-Artikel abgeschickt, an »Atlantic Monthly«. Eine nicht ganz unwichtige Arbeit, wie mir scheint. – Kommt mir seltsam vor, daß ich diese Art von Dingen jetzt »hinausgehen« lassen muß, ohne daß ein mir naher Mensch sie geprüft (...) hätte; ohne daß irgendwer am Schicksal des Geschriebenen Anteil nähme. (...) Es war früher anders. Die Zeit, da E(rika) meine »kleinen Sachen« abtippte. (Weltreise.) Alles (...) ohne jede Beziehung zu allem, was ich jetzt unternehme. E(rika), bemüht; aber völlig abgelenkt durch eigene Aktivitäten, eigenen Ehrgeiz, und die Bedrängnis anderer Menschen, die sich penetranter manifestiert als meine. (...)
So allein – wie soll man das schaffen ...?

Klaus Mann hatte 1936 die englischen Übersetzungen seiner Vorträge noch auswendig gelernt. Nach der Übersiedlung in die USA eignete er sich die fremde Sprache schnell an. Ab 1940 schrieb er – anders als die meisten deutschsprachigen Kollegen – fast nur noch englisch. Freilich war Klaus Mann nur mit seinen journalistischen und essayistischen Arbeiten wirklich zufrieden. Die englisch verfassten Erzählungen wie etwa die short story »Speed« hielten seinem eigenen Urteil nicht stand.

Der Preis, den Klaus Mann für seine sprachliche Assimilation an die amerikanische Umgebung zahlte, war hoch. Hatte er in den höchst produktiven europäischen Exiljahren die Romane »Flucht in den Norden«, »Symphonie Pathétique«, »Mephisto« und »Der Vulkan« verfasst, so entstanden in den USA nur mehr wenige literarische Werke.

Auf der Suche nach neuen Aufgaben gründete Klaus Mann, der schon in Amsterdam das Exilblatt »Die Sammlung« herausgegeben hatte, 1941 eine zweite, nun um die, wie es im Editorial hieß, »Beziehungen zwischen amerikanischer und europäischer Geisteswelt« bemühte Zeitschrift.

26. 1. (1941) Princeton ... »Decision« macht noch viel mehr Arbeit als ich mir vorgestellt hatte. Das Diktieren, die Besprechungen im »office«; die Unterhaltungen mit Autoren; die Bemühungen, Geldleute zu umzirzen; das Lesen von Manuskripten.

10. August (1941) ... Die Zeitschrift hält mich fest. Ich bin an New York gebunden. (...)
»Decision« genügt mir nicht mehr. Artikel genügen mir nicht mehr. Ich will etwas Größeres schreiben, etwas Großes: ein Buch!
Ein Buch, in englischer Sprache ... damit ich dem Tomski etwas zu berichten habe (...).

Anfang 1942 musste Klaus Mann seine ambitionierte Zeitschrift, in der Aldous Huxley, Jean-Paul Sartre, Stefan Zweig und andere Prominente veröffentlichten, mangels potenter Geldgeber einstellen. Nach dem japanischen Überfall auf Pearl Harbor im Dezember 1941 und Amerikas Kriegseintritt stieß die »Revue of Free Culture«, wie »Decision« im Untertitel hieß, nur mehr auf wenig Interesse. Auch Klaus Mann selbst wollte die Rolle des Kommentators und Propagandisten aufgeben und in die amerikanische Armee eintreten.

Die noch 1941 begonnene und 1942 abgeschlossene, englisch verfasste Autobiographie »The Turning Point« führt auf diese persönliche Entscheidung hin: Die Erkenntnis, dass es nur mehr die Notwendigkeit gebe, aus dem Krieg eine lebenswerte Welt zu retten, ließ dem Pazifisten und Intellektuellen als einzige Alternative die Rolle des aktiv kämpfenden Soldaten. Jenseits dieser Zuspitzung gelang Klaus Mann in »The Turning Point« aber genauso ein selbstkritisch-ironischer und detailgenauer Bericht über sein Leben wie eine subjektive Bilanz der Zeit- und Kulturgeschichte.

Der Eintritt in die US-Army sollte zugleich persönliche Krisen, zunehmende Einsamkeit und Depressionen überwinden helfen – und die chronischen Geldprobleme lösen. Da er noch nicht amerikanischer Staatsbürger war, musste Klaus Mann aber warten. Dass er, als angeblicher Stalin-Agent denunziert, ins Visier des FBI geraten war, wusste er nicht. Auf 109 Blättern ist die jahrelange Schnüffelei des Geheimdienstes belegt: So interessierte man sich nicht nur für sein politisches Engagement, sondern auch für sein Sexualleben, seinen Gesundheitszustand, seinen Lebenswandel und seine sozialen Kontakte. Am 26. Mai 1942 wurde etwa festgehalten, dass Klaus Mann »a sexual pervert« sei und im New Yorker Hotel Bedford Schulden habe.

Als knapp nach der ersten Musterung der befreundete Arzt und Schriftsteller Martin Gumpert bei ihm Syphilis diagnostizierte, stürzte Klaus Mann in eine schwere Krise.

8. VI. (1942) Es wäre schwierig, wenn nicht unmöglich, die emotionalen Höhen und Tiefen – die Anfälle von Verzweiflung, relativer Zuversicht und Apathie zu beschreiben, die ich seit dem Tag durchgemacht habe, an dem Gumpert mir meine Krankheit mitteilte. Mehrere Nächte sehr nah am Selbstmord. Es scheint töricht, daß ich es letztlich nicht fertigbrachte. Ausschließlich der Gedanke an E(rika) und Mielein hielt mich davon ab.

Obwohl Klaus Mann im Sommer und Herbst 1942 seine Studie über André Gide schrieb und »The Turning Point« nach dem Erscheinen im September von Kritikern und Freunden euphorisch aufgenommen wurde, quälten ihn immer häufiger Depressionen. Oft hielt ihn nur der Gedanke an die Schwester und die Mutter, seine beiden wichtigsten Bezugspersonen, vom Suizid ab.

24. X. (1942) Was für sonderbare und bittere Tage! ... Gestern, als erstes am Morgen, das späte, aber endgültige »No« vom Office of War Information. Entzückender Anfang ... Tomski ruft an und fragt, wie es mir geht. Ich sage ihm, miserabel, und daß ich nichts zu essen habe und kein Geld für den Friseur und ganz und gar nichts. Er sagt, das ist ja furchtbar, und warum wir nicht zusammen essen. (...) Er verspricht, mich um sieben anzurufen. Also sage ich o.k., und verschiebe den Selbstmord. (...)

Tomski (ruft) an, (...) ob wir unsere Verabredung nicht verschieben könnten. Er würde morgen nachmittag vorbeischauen. (...)

– Das ist offensichtlich der richtige Augenblick. Ich beschließe, keine Zeit mehr zu verlieren, sondern »es« schnell zu tun. Ich mache ein heißes Bad zurecht und nehme das kleine Messer – das ich vor ein paar Wochen zu diesem besonderen Anlaß gekauft habe. Ich versuche, mir die Arterie am rechten Handgelenk aufzuschneiden. Aber das Messer ist nicht so scharf, wie ich erwartet hatte. (...) Es tut weh – nicht sehr, aber unangenehm. Ich beginne zu bluten. Ich höre auf – aus Angst, vermute ich.

Klaus Manns zäher Kampf um die Aufnahme in die Army hatte schließlich Erfolg: Am 28. Dezember 1942 wurde er einberufen und begann im Januar 1943 in Arkansas seine Ausbildung. Im April 1943 wurde er einer Propaganda-Einheit in Maryland zugeteilt. Klaus Mann hatte gehofft, in der Army zum ersten Mal in seinem Leben nicht mehr Außenseiter zu sein: Für seine Kameraden blieb er aber »the Professor«, seine Homosexualität musste er gut verbergen. Auch die strenge Hierarchie und der offene Rassismus in den Camps irritierten ihn.

Camp Ritchie (Maryland), den 27. IV. 1943
... laut amtlicher Mitteilung habe ich am nächsten Freitag, dem 30. April, in Baltimore, Maryland, vor dem Richter zu erscheinen, um mich dortselbst zum US Citizen schlagen zu lassen. Wenn ich erst einmal Bürger bin, so steht meiner Verschickung nach »overseas« nichts mehr im Wege (...).

1. V. (...) Es hat nicht geklappt. Ich stand schon im feierlichen Saal zu Baltimore vor der amerikanischen Flagge und dem George-Washington-Bildnis, bereit, den Eid zu leisten, als ein Beamter mir etwas jählings eröffnete, daß meine »naturalization« verschoben werden müsse. Liegt es an Schwierigkeiten technisch-bürokratischer Art? Steckt etwas anderes dahinter?

Camp Crowder (Missouri), den 25. IX. 1943.
Bin amerikanischer Staatsbürger (...)

Bei der Army

Erika Mann an Klaus Mann

Paris, 4. 9. 1944

Mon chou, – ich bin jetzt seit einer Woche hier, und alles ist etwas traumhaft – auch ein bißchen alpdruckartig, was ich als triste Tatsache vermerken muß. (…)
Du reste habe ich eine aufregende und amüsante und anstrengende und bemerkenswerte Zeit gehabt. Hier bei mir ist eine junge Frau – eine Amerikanerin, die für den London Evening Standard arbeitet –, gentille comme tout, wenn auch überaus verrückt und gefährdet. Mein Tomsky, sozusagen. (…) Ich habe einen Wagen gehabt – einen deutschen Ford, kürzlich von den Unsagbaren erbeutet (…). Er ist jetzt zusammengebrochen, und ich bin damit beschäftigt, ein anderes Vehikel herbeizuzaubern, um damit nach Deutschland weiterzufahren. Der Krieg müßte bis zum 10. Oktober vorbei sein. Wo sollen wir uns treffen? WAS WOLL'N WIR SPIELEN? Schreib bald.

Nachdem Erika Mann schon 1943 mit der US-Army in den Nahen Osten gereist war, um möglichst exklusiv, abenteuerlich und persönlich zu berichten, schrieb sie ab Juni 1944 als mit der Armee vorrückende Kriegsberichterstatterin über die alliierte Invasion in der Normandie, die Befreiung von Paris, Brüssel und Antwerpen. Nach Deutschland sollte sie erst Mitte 1945 reisen – und als einzige Frau von den Nürnberger Kriegsverbrecherprozessen berichten.

Obwohl sie ihren Bruder nur selten traf, was dieser in seinen Tagebüchern immer wieder beklagte, sorgte und kümmerte sie sich um ihn. Erika Mann war für ihre Familie oft Retterin aus ausweglos scheinenden Situationen – auf ein Pilzessen anspielend, gab es bei den Manns das geflügelte Wort: »Die Eri muss die Suppe salzen«. Sie wusste, wie gefährdet Klaus war, versuchte immer wieder, ihn von seiner Drogensucht abzubringen und stand ihm während depressiver Schübe zur Seite.

Klaus Mann begleitete seit Anfang 1944 den alliierten Italienfeldzug, schrieb Flugblätter, forderte über Megaphon die Gegner zum Aufgeben auf und war bei Verhören von Kriegsgefangenen anwesend. 1945 sollte er unter den ersten sein, die in das zerstörte und besiegte Deutschland reisten.

Obwohl täglich praktisch gefordert, litt Klaus Mann auch in der Armee unter Depressionen: Vor allem der Konflikt mit dem berühmten Vater blieb virulent und nährte die Zweifel an der eigenen dichterischen Fähigkeit.

Klaus Mann an Thomas Mann

PWB, Headquarter 5th Army, APO 464, Italy, 13 October 1944
Dear Magician-Dad, (...)
das ist natürlich ein Dank für Dein schönes und nahrhaftes Geschenk – »JOSEPH«, der mich wirklich mit einer Menge Trost und Unterhaltung versehen hat. Ich habe das Buch studiert – gierig und gründlich, wirklich von Anfang bis Ende – unter ziemlich seltsamen und manchmal beschwerlichen Umständen: nachts, in Zelten oder zerstörten italienischen Bauernhäusern, ohne Licht außer einer flackernden Kerze, und meistens mit der leicht irritierenden Begleitmusik von Artilleriedetonationen. Aber das alles konnte mich nicht stören. Ich war konzentriert, absorbiert, immer interessiert, häufig amüsiert, manchmal gerührt, niemals gelangweilt (...).

Was meine eigene Leier betrifft, so läßt sich sagen, daß sie dabei ist einzurosten. Wirklich, ich weiß nicht einmal, was für eine Art Buch ich schreiben soll, wenn ich je wieder frei bin, mich solch luxuriösen Beschäftigungen wie Bücherschreiben hinzugeben. Ich fürchte, dieser Krieg taugt nichts – von einem zynischen literarischen Gesichtspunkt aus betrachtet. Alles über diesen Krieg Geschriebene ist zweitrangig oder rein journalistisch. Er hat nichts Inspirierendes, dieser Krieg; er ist »keine Mission, sondern eine Pflicht« (...). Vielleicht wird mein nächstes Sujet das Nachkriegs-Deutschland – so ich eine Chance habe, es zu sehen und zu studieren.

Epilog: Amerika 1945 bis 1951
oder
Ruiniert in einem Land, das ich liebe

Erika Mann an Lotte und Bruno Walter

Pacific Palisades, 3. 11. 1947
Meine sehr Lieben, – (...)
Solange das Un-American Committee zu Washington tagt und Dutzende von Leuten arbeits- und brotlos macht, nur, indem es verkündet, die Angeklagten hegten »linke« Gesinnungen, möchte ich mich über einen Mangel an politischem Interesse nicht beklagen. (...) Mein Kummer (...) ist in erster Linie unpersönlicher und äußerst allgemeiner Art und verankert in meiner Überzeugung, daß all dies nicht nur dazu angetan ist, sondern dazu veranstaltet ist, uns für den Krieg in Form zu bringen. Von letzterem glaube ich, daß er kommen wird, und das betrübt mich sehr. Wo überhaupt »Persönliches« ins Spiel tritt,

betrifft es nicht meinen Drang, mich zu betätigen, sondern die Notwendigkeit, mir mein Brot zu verdienen.

Erika Mann, immer schon konfliktfreudig, stellte sich den Zumutungen der Kommunistenjagd in der konservativen McCarthy-Ära. Sie wurde immer wieder als Stalinistin denunziert, obwohl sie das politische System der Sowjetunion publizistisch angriff. Denn Erika Mann beharrte streitbar auf ihrer Kritik am US-Imperialismus. Auch berufliche Probleme und zunehmende Einsamkeit setzten ihr zu. Selbst krank konnte sie sich nicht mehr so intensiv wie früher um ihren Bruder Klaus kümmern: So blieb es nur bei dem Plan, unter dem Titel »You can't go home again« wieder ein gemeinsames Buch zu schreiben.
Klaus Mann pendelte nach seiner ehrenhaften Entlassung aus der Armee Ende September 1945 rastlos zwischen Europa und Amerika: Weder im Nachkriegs-Deutschland, dem er fehlende Schuldeinsicht vorwarf, noch in den USA, die er früher bis zur bedingungslosen Assimilation verehrt hatte und nun wegen der Eskalationspolitik gegen die Sowjetunion verabscheute, fühlte er sich mehr zuhause. Film- und andere Projekte zerschlugen sich, seine Exilbücher wurden nur schleppend in Frankreich, England und der Schweiz herausgebracht. Neues – abgesehen von dem Theaterstück »Der siebente Engel« – erschien gar nicht. Die 1947 begonnene deutsche Umarbeitung seiner Autobiographie »Der Wendepunkt« sollte erst posthum publiziert werden.

Wegen Depressionen, Suchtproblemen und einer immer hartnäckiger werdenden Schreibhemmung versuchte Klaus Mann, sich im Sommer 1948 im kalifornischen Santa Monica das Leben zu nehmen.

Klaus Mann an Hans Feist

Amsterdam, 23. August (1948)
OLD FOG: (...)
Als ich Dir unlängst, aus Palo Alto war es wohl, schrieb, wußte ich nicht, daß die Geschichte von meinem Malheur in Santa Monica sogar in die Schweizer Presse gedrungen war. Ich brauche wohl nicht zu sagen, wie greulich mir diese »publicity« ist. Was den melancholischen und blamablen Zwischenfall selbst betrifft, so ersparst Du mir wohl weitere »Erklärungen« – deren es ja übrigens, angesichts der furchtbaren Weltlage und meiner eigenen nicht eben einfachen Verhältnisse (um nicht zu sagen »Veranlagung«), kaum bedürfen sollte. Solange ich arbeiten kann, ist alles erträglich. In den letzten Jahren, und vor allem in den letzten Monaten, gab es aber auch auf diesem Gebiet Schwierigkeiten.

Klaus Mann hatte nicht nur das »schlechte Jahrzehnt: 1939-48«, wie er es, die eigene schriftstellerische Produktion bilanzierend, nannte, hinter sich, auch in Hinsicht auf seine künstlerische Zukunft hatte er nur eher vage Ideen: Das

Konzept zu »The Last Day«, einem Roman über den Kalten Krieg, führte er nicht mehr aus.

Hinzu kamen immer wieder verleumderische Anschuldigungen. Im Oktober 1948 wurde Erika Mann auf der Titelseite der Münchener Zeitung »Echo der Woche« als »kommunistische Agentin« denunziert und Klaus als »Salonbolschewist« und »›volksdemokratisch‹ beeinflusster Tausendsassa« eingestuft. In Zeiten des Kalten Kriegs und der Kommunistenjagd waren öffentliche Denunziationen dieser Art sowohl für den amerikanischen Staatsbürger Klaus Mann als auch für seine sich um die US-citizenship bewerbende Schwester gefährlich. Publizistisch setzten sie sich zur Wehr, ihre Klage aber zog die früher keine gerichtliche Auseinandersetzung scheuende Erika Mann 1950 zurück.

Desillusioniert von der weltpolitischen Entwicklung und beruflich immer mehr an den Rand gedrängt, suchte Erika Mann ab den späten vierziger Jahren neue Aufgaben: Sie unterstützte als Sekretärin, Biographin und Managerin ihren Vater. Klaus Mann aber verkraftete die politischen und persönlichen Enttäuschungen immer schlechter: Suchtrückfälle, Entgiftungen, Einsamkeit, Schreibprobleme und Finanznöte stürzten ihn in eine tiefe Depression.

Erika Mann an Klaus Mann

London, 15. 5. 1949, Savoy-Hotel
Schönster Stinkfisch, – ach, ach und dreimal oh! **Gleich wollte ich – sehr natürlich – Dir schreiben (…). Wie Du lebhaft realisieren magst, sind unsere Tage voller als jedes Maß auch Bahr à la der bescheidensten Muße und sis, the shy one, leidet ein wenig (…). Derlei mitzumachen, wenn man selbst der Gefeierte ist, ist leidig und ermüdend genug. Hockt man nicht im Zentrum, ist es noch anstrengender, wiewohl des lieben und (dreimal geklopft) mysteriös dauerhaften Z(auberers) gewaltiger Ruhm mir Spaß macht, und umso größeren, als er ihm in der Hauptsache unseretwegen einiges bedeutet. (…) Daß … er nun dennoch wie zu erwarten stand, (…) nach Deutschland rennt, freut mich natürlich wenig. Nun will ers auch immer noch diskutieren mit mir, – es mir »erklären« und schmackhaft machen, und ich muß mich weigern, einen Gesprächspartner abzugeben (…). Da ich mich aber freundlich weigere, entstand kein Mißton (…).**

Klaus Mann an Erika und Katia Mann

Cannes, 20 May, 1949

DEAREST MOM & SIS:
ich schreibe Euch wieder zusammen, da ich ja jeder von Euch für einen Brief – ein Lieb-Gekritzel und ein Lieb-Getippe – zu danken habe. Weiß es auch sehr zu schätzen, daß Ihr Euch inmitten festlichen Hochbetriebs ein wenig Zeit für eine krankhafte Einsiedlerin und neurotische Maus vom Munde abspart. (…) Ärgerlich, daß die schöne Dollar-Überweisung von Mama irgendwie gar nicht flutscht. (…)
Ernster noch sind die Sorgen, die ich mir weiterhin um den »WENDEPUNKT« machen muß. (…)
Gar nichts Heiteres also? Doch doch, es geht mir leidlich: ich versuche zu schreiben – nur Kleinkram, im Augenblick; aber bald werde ich mich auch wieder an den Roman wagen.

Klaus Mann nahm am Abend desselben Tages Schlaftabletten. Er starb am 21. Mai 1949 in einem Krankenhaus und wurde in Cannes begraben.

Der Selbstmord des Bruders stürzte Erika Mann in tiefe Verzweiflung. Zunächst vertrat sie weiter kampflustig ihre Ideen – und verteidigte etwa 1950 John Peet, den Chef der britischen Nachrichtenagentur Reuter in Berlin, der aus Protest gegen die westlichen Kriegstreiber nach Ostberlin übersiedelt war, gegen Spionagevorwürfe. Schließlich resignierte sie aber.

Ende 1950 fasste Erika Mann gemeinsam mit ihren Eltern den Entschluss, die USA zu verlassen und zurück in die Schweiz zu gehen. Bis zu ihrem Tod am 27. August 1969 engagierte sie sich für Thomas und Klaus Mann: Sie verfasste ein Buch über das letzte Lebensjahr des Vaters, gab dessen Briefe und Werke heraus und übersetzte unter dem Titel »Die Heimsuchung des europäischen Geistes« den letzten großen Essay ihres Bruders.

Hatte Erika Mann Ende der zwanziger Jahre Amerika mit skeptischer Neugier erforscht, hatte sie ab Mitte der dreißiger die USA als ihren Zufluchtsort gewählt und sich für dieses Land während des Krieges vielfach engagiert, hatte sie aus moralischen wie prinzipiellen Gründen nach 1945 die amerikanische Politik des Kalten Kriegs kritisiert, so wandte sie sich Anfang der fünfziger schließlich anklagend von ihrer Exilheimat ab.

Erika Mann, seit ihrer Proforma-Heirat mit dem englischen Lyriker Wystan Auden 1935 Britin, hatte 1947 einen Antrag auf amerikanische Staatsbürgerschaft gestellt. Am 11. Dezember 1950 zog sie diesen zurück. In einem langen Brief an Edward J. Shaughnessy, Director of Immigration and Naturalization im New York District Office, fasste sie die entwürdigenden Erfahrungen der letzten Jahre zusammen – und zog einen Schlussstrich unter ihre Beziehung zu Amerika.

Ich lebte und arbeitete (...) in den USA, und da ich dies auch weiterhin zu tun wünschte, hielt ich es nur für korrekt, mich dem guten Volk dieses Landes auch legal anzuschließen. Ich stellte meinen Antrag vor fast vier Jahren.

Seit diesem Zeitpunkt ist eine Überprüfung im Gange, die unvermeidlich dazu führte, Zweifel an meinem Charakter zu wecken, meine berufliche Laufbahn allmählich zu ruinieren, mich meines Lebensunterhalts zu berauben und mich – kurz gesagt – von einem glücklichen, tätigen und einigermaßen nützlichen Mitglied der Gesellschaft zu einer gedemütigten Verdächtigen zu machen. (...)

Darf ich bemerken, daß es weniger der tatsächlich erlittene Schaden ist als vielmehr die Ungerechtigkeit des ganzen Vorgehens, die mich bis ins Innerste schmerzt und beleidigt. (...)

Dieses Schauspiel war um so quälender, als es die dritte Existenz betraf, die ich mir selbst geschaffen hatte. Der Nazismus vertrieb mich aus meinem Geburtsland Deutschland, wo ich ziemlich erfolgreich gewesen war; Hitlers wachsender Einfluß in Europa veranlaßte mich, den Kontinent zu verlassen, in dem ich auf Gastspielreisen mit meiner eigenen Show über tausend Vorstellungen gegeben hatte; und jetzt sehe ich mich – ohne eigenes Verschulden – ruiniert in einem Land, das ich liebe und dessen Staatsbürgerin zu werden ich gehofft hatte.

Ulrich Chaussy

Zwei Mal Amerika und zurück nach Bayern
Das bewegte Leben des Egon Hanfstaengl

Ich sage ganz gerne – heute und seit geraumer Zeit – I am German by descent – also: deutsch der Abstammung nach – American by birth and nationality – Amerikaner der Geburt und Nationalität nach – but English by aspiration – aber Engländer der Sehnsucht nach, dem Streben nach.

Egon Hanfstaengl. Geboren am 3. Februar 1921 in New York als Sohn des Münchner Kunstverlegers Ernst Hanfstaengl und seiner amerikanischen Frau Helene. Aufgewachsen in den zwanziger und dreißiger Jahren in Bayern. Mit 16 Jahren nach England geflohen und dort zur Schule gegangen. Studium in Harvard, im Zweiten Weltkrieg als Soldat der US-Armee im Pazifik. Nach dem Krieg Dozent für Geschichte an der Columbia University, New York. 1955 mit Familie nach München umgesiedelt, bis zur Aufgabe der Firma letzter Geschäftsführer des traditionsreichen Hanfstaengl-Kunstverlages.

Herr Hanfstaengl, Ihre nicht gedruckte Autobiographie ist in englischer Sprache verfasst, mit deutschen Einschüben, und Sie sind eigentlich zweisprachig. In welcher Sprache träumen Sie?
   Sowohl auf Englisch wie auf Deutsch. Das hängt ganz von Imponderabilien ab. Wenn ich aufwache, dann ist das Erste, was ich höre oder von mir gebe, bestimmend. Das heißt also: Wenn ich zuerst Englisch höre, dann ist meine Tendenz bis auf weiteres, im Englischen zu bleiben. Wenn es Deutsch ist, dann im Deutschen.

Zu den Imponderabilien gehört das klingelnde Telefon, an dem sich Hanfstaengl mit einem namenlosen »Ja, bitte?« meldet und sogleich in der jeweils angeschlagenen Sprache weiterparliert. Dazu könnte auch der Griff in die Bücherregale gehören, vorwiegend gefüllt mit historischer Literatur, thematisch gruppiert, englische und deutsche Werke bunt gemischt. Oder der Blick auf die Galerie von zumeist vergilbten Fotos und Porträts mit der Patina langer Jahre auf dem Bücherregal, viele mit Widmung der Dargestellten und so oft auch mit der Anmutung – »to talk« – oder zu reden – oder zu ratschn. Wenngleich die Vorstellung nicht aufgeht, dass die amerikanische Mutter Egon von Kindesbeinen an englisch, der Vater ihn deutsch angeredet habe. Beide Eltern waren zweisprachig. Egons Mutter Helene Niemeyer war in ihrer New Yorker Kindheit in der Familie sorgfältig in der deutschen Sprache unterrichtet worden.

Egons Vater Ernst Hanfstaengl hatte nach seiner Münchner Gymnasialzeit an der Harvard-Universität Kunst studiert; er lebte und arbeitete bei der Geburt seines Sohnes schon zehn Jahre in Amerika. Umgesiedelt nach Bayern ließen jedoch diese polyglotten Eltern ihren Sohn Egon strikt als Münchner Kindl aufwachsen.

Ich wurde ja im Alter von sechs Monaten bereits nach Deutschland exportiert und wuchs selbstverständlich überwiegend auf Deutsch auf. Meine Mutter hat mir, als ich etwa vier oder fünf war, einige Laute des Englischen beigebracht, die für Deutsche meistens ein Problem sind. Aber ansonsten sprachen meine Eltern immer nur englisch, wenn ich es nicht verstehen sollte. Und das blieb auch so.

Da gab es private Gründe für die Elternheimlichkeiten, die sich dem Kind später enträtselten. Zum einen das allmähliche Zerwürfnis zweier Temperamente, die nicht füreinander geschaffen waren. Zum anderen mag auch sein, dass im englischen Gewisper die politische Aufregung und Unruhe mitschwang, die den München-Rückkehrer Ernst Hanfstaengl wie so viele andere im politischen und wirtschaftlichen Umbruch am Anfang der zwanziger Jahre erfasst hatte. War doch der Großbürger Ernst Hanfstaengl auf seiner Suche nach einem Ausweg aus Inflation und bürgerkriegsähnlicher Zerrissenheit des Landes ausgerechnet auf den aufstrebenden Volksredner Adolf Hitler verfallen. Ihm schloss er sich an und rückte schnell vor in den damals noch überschaubaren Kreis seiner Vertrauten. Aus der Kinderperspektive des zweijährigen Egon vermehrt der nach Hause mitgeschleppte politische Freundestross des Vaters Hanfstaengl die Zahl der Onkel: Onkel Hermann ist dabei – Göring – und vor allem Onkel Dolf.

Dort hab' ich den Hitler als »Onkel Dolf« kennen gelernt und schätzen gelernt. Ich hatte ihn sehr gern und habe mich zeitlebens bemüht, nicht zu vergessen, dass ich diesen schauspielerisch hoch begabten Spielgefährten einstmals sehr, sehr gern gehabt habe, und die Erinnerung daran nicht auszulöschen durch Gedanken an den Unhold der Geschichte, als der er sich dann entpuppte.
Ein Kind erwirbt ja wohl auch Sympathie und Zuneigung zu einem Erwachsenen nicht über das Lesen von irgendwelchen Parteiprogrammen. Es muss also was gegeben haben, was der »Onkel Dolf« mit Ihnen, dem kleinen Egon, gemacht hat?
Mein Lieblingsspiel war also Eisenbahn. Er kniete sich hin, also er war auf Händen und Knien. Er stellte ein Viadukt oder einen Tunnel dar, und ich war die Dampflokomotive, und das Faszinierende für mich war an diesem Spiel, dass er den Begleittext erfand; und der bestand also in dem damals keineswegs von ihm erfundenen Anfahren der Dampflok: Hölfts'ma! Hölfts'ma! Hölfts'ma! Hölfts'ma! Hölfts'ma – Geht scho bessser! Geht scho besser! Geht scho besser – Dankeschön!

Dankeschön! und so weiter. Dieses Ankeuchen der Dampflok hat er immer wieder als Ausgangspunkt benützt. Aber dann kam die Beschreibung des Zuges, den ich hinter mir herzog. Und da hat er Stimmengewirr imitieren können, frappierend, und vor allem dann die Viehwagen am Schluss: das Brüllen der Rinder, das Schnattern der Gänse und so weiter.

Diese kindlichen Spiele, für die hat er sich dann wirklich Zeit genommen, hat sich quasi mit Ihnen separiert und sich zu diesen wirklich bemessenen Zeiträumen ganz und gar mit Ihnen beschäftigt?

Ja, das war eben das Geheimnis. Er war im besten Sinne des Wortes, dem ursprünglichen Sinne des Wortes, herablassend. Er ist auf mein Niveau heruntergegangen und hat sich mir voll und ganz gewidmet, und ich glaube sagen zu dürfen: Kein Kind kann dem widerstehen.

Bleibt das Rätsel, warum Egons Vater Hitler verfiel, der erwachsene, welterfahrene, akademisch gebildete Großbürger Ernst Hanfstaengl, genannt »Putzi«. In seiner Autobiographie »Zwischen Weißem und Braunem Haus«, verfasst mit jahrzehntelangem Abstand erst nach dem Zweiten Weltkrieg, gelang Ernst Hanfstaengl keine klare Antwort. Seine Schilderungen bleiben widersprüchlich, sie fügen sich nicht zu einer Erklärung. Er beschreibt den gesellschaftlichen Emporkömmling Hitler, von Hass und Vorurteilen erfüllt, einen Mann von Provinzialität und nationalistischer Engstirnigkeit sehr eindringlich und so, als habe er, Hanfstaengl, jederzeit innere Distanz halten können. Daran muss man Zweifel hegen. Man kann nicht glauben, dass es der Rhetorik des tief eindringlichen, ja hypnotischen Massenredners Hitler allein gelungen ist, die nicht aufgelösten, kritischen Einwände seines Gefolgsmannes Ernst Hanfstaengl über Jahre hin wegzumassieren.

Sein Sohn Egon Hanfstaengl hat in der Verquickung seines Vaters mit dem frühen Nationalsozialismus ein gut Stück mehr politische Affinität und nicht zuletzt Hanfstaengl-interne Familien-Kabale entdeckt. Die handelnden Personen: Egons Vater Ernst und dessen Bruder Edgar. Beide in München nicht irgendwer, sondern die Enkel des berühmten Lithographen, Photographen und Kunstverlagsgründers Franz Hanfstaengl.

Wichtig war von Anfang an der Bruderzwist zwischen meinem Vater und seinem ältesten Bruder, dem Komplementär unserer Familienfirma. Mein Vater hörte den Hitler als Volksredner und sagte sich: Das ist der kommende Führer Deutschlands! – Meinem Vater ging es darum, die Schmach des Ersten Weltkrieges und des Versailler Diktats abzuschütteln. Er war tief deprimiert, sein geliebtes Vaterland 1921 in dem Zustand vorzufinden, in dem es sich eben damals befand.
Mein Onkel war ein wirklicher Demokrat, Gründungsmitglied der Deutschen Demokratischen Partei in München 1919, und als sich diese Partei dann spaltete, blieb

mein Onkel bei der so genannten Staatspartei und kandidierte noch 1932 gegen Hitler in München. Und der hat natürlich von Anfang an, schon weil mein Vater anderer Ansicht war, gesagt: Was! That mountebank! – Dieser Scharlatan deutscher Führer! Unmöglich! – Und das spielte eine ganz wichtige Rolle von Anfang bis Ende, denn mein Vater genoss es, nach der Machtergreifung auch einen gewissen Druck auf seinen ältesten Bruder ausüben zu können. Leider war's so!

Egon Hanfstaengls Kinderjahre. Die Aufregung des Putschversuchs vom 9. November 1923, als der Vater an der Seite Hitlers mit gezückter Pistole in den Bürgerbräukeller stürmt, kennt er nur aus Erzählungen, auch die als Zweijähriger miterlebte Episode, als Hitler nach dem Putsch ins Landhaus der Hanfstaengls flieht und von Egons Mutter aufgenommen, von einem Selbstmordversuch abgehalten und zwei Tage beherbergt wird, bis ihn die Polizei entdeckt und verhaftet.

Eine erste eigene Erinnerung hat er an einen Besuch mit dem Vater in der Festung Landsberg in Hitlers Gefängniszelle, der nun gleich nach seiner Entlassung an Weihnachten 1924 zum häufigen Gast in der elterlichen Wohnung wird. Beileibe nicht nur, weil Hanfstaengl Geld für die Parteizeitung »Völkischer Beobachter« organisiert und Kontakte für Hitler zur ausländischen Presse geknüpft hat. »Putzi« Hanfstaengl hat Alleinunterhalter-Qualitäten am Klavier. Für einige Jahre wird Hanfstaengl Hitlers Spielmann, besonders begehrt nach den Schweiß treibenden, aufreibenden Reden Hitlers in Bierkellern und Sporthallen.

Hitler konnte tatsächlich sauber die Leitmotive der Wagner'schen Opern pfeifen, und mein Vater spielte Klavier und hat ja auch Märsche komponiert für die Bewegung und vor allem eben Wagner-Opern in Liszt'scher Fassung zum Besten geben können, und der Hitler liebte das, und das hat ihn tatsächlich in einigen etwas deprimierten Situationen aufgerichtet.
Haben Sie dieses Zusammenspiel eigentlich einmal selbst miterlebt?
Meine hauptsächliche Erinnerung an meines Vaters Klavierspiel im Beisein vom Hitler betrifft Weihnachten 1924. Meine Mutter hatte einen sehr hübschen Christbaum hergerichtet, geschmückt im großen Zimmer in der Villa Tiefland im Herzogpark. Wir fingen an mit Weihnachtsgesängen wie üblich, aber dann – mein Vater hatte nach der Hinrichtung von Albert Leo Schlageter einen Schlageter-Marsch komponiert, und irgendwie – zum Missfallen meiner Mutter – gingen mein Vater und der Hitler und auch ich dann über auf diesen Schlageter-Marsch. Der hatte einen Refrain: 20 Millionen, die sind Euch wohl zu viel, Frankreich, das sollst du bereuen, Pfui!!!
In dieser mentalen Melange, in der das Gefühl der politischen Demütigung zusammengerührt ist mit dem musikalisch angefeuerten Gefühl einer besonderen

nationalen Sendung, scheinen sich Hitler und sein Spielmann Ernst »Putzi« Hanfstaengl besonders nahe gewesen zu sein. Und ursprünglich verpuppt, jedoch von Hitler lauthals in seinen Versammlungen herausgeschrien, kennt diese Wagner-Welt aus treuen deutschen Recken ein universelles Feindbild. Mit dem, so meint Egon Hanfstaengl, sei er als Kind wohl auch geimpft worden.

Mein Vater war ein deutscher Patriot ohne das Fronterlebnis. Und jetzt muss ich auf die bedauerliche Tatsache zu sprechen kommen – historisch leicht zu erklären –, dass mein Vater wie fast alle Bürger und Großbürger des Deutschen Reiches antijüdisch eingestellt war. Auf Englisch gibt es den Ausdruck gentile antisemitism. Die Definition dafür ist: Einige meiner besten Freunde sind Juden, aber ... – und dann kommen diese unvergorenen, intellektuell unhaltbaren Vorurteile zum Vorschein. Das war die Situation, in der ich aufwuchs.

Ein Gegengift gegen solche Einflüsse ist vorerst nicht in Sicht. Woher auch und warum? Egon Hanfstaengl lebt eine unbeschwerte und sichtlich privilegierte Jugend, in der allenfalls die unübersehbar voranschreitende Zerrüttung der Ehe seiner Eltern eine Bedrohung darstellt. Wer kann schon wie Egon vorweisen, in des Führers Sommerhaus am Obersalzberg zu einem Ferienaufenthalt eingeladen worden zu sein, wie er und seine Mutter im Frühjahr 1934, als Hitler zum mit Volkswallfahrten bedachten Reichskanzler aufgestiegen war. Draußen am Zaun wälzen sich die Besuchermassen vorbei, die Hitler sehen, begrüßen, berühren wollen. Drinnen darf sich der 13-jährige Bub Egon Hanfstaengl frei bewegen, den die Eltern instruiert haben, jetzt nicht mehr »Onkel Dolf« zu sagen, sondern »Sie« und »Herr Hitler«. Ausgerechnet in dieser von vielen Zaungästen beneideten Lage macht Egon zum ersten Mal Beobachtungen, die ihn ein wenig verstören, die hängen bleiben und ihn weiter beschäftigen.

Mein Onkel Hermann – Göring –, den ich auch gern hatte und den ich bewunderte für seine fliegerische Leistung im Ersten Weltkrieg, der kam rauf und ging mit Hitler so ein kleines Rechteck in dem nicht sehr großen Garten auf und ab, und ich war da hinter Büschen in der Nähe des Hauses. Da kamen die vorbei, und ich hörte meinen Onkel Hermann sagen: Ich habe soeben zwanzig Todesurteile unterzeichnet. – Und der Hitler hat darauf eigentlich nur mit einem Nicken reagiert, wenn ich mich recht erinnere. Aber ich fand die Äußerung Görings höchst bemerkenswert, teilte dies meiner Mutter mit, und die war eher bestürzt. Als Junge ist man da erstaunlich unbefangen. Aber im Großen und Ganzen war die Situation damals für uns zumindest so, dass wir gesagt haben: Man kann kein Omelett machen, ohne Eier zu zerschlagen. Und: Wo gehobelt wird, da fliegen Späne, und all solche Sprüche. Und die beruhten auf einer Grundüberzeugung, dass die Bewegung summa summarum gut war für Deutschland, richtig, und dass unsere Führungspersönlichkeiten zweifellos auch solche Entscheidungen nur trafen, wenn's nicht anders ging. Man hielt ihnen so viel zugute – damals.

Die Marschkompositionen seines Vater wie »Deutscher Föhn« wurden landauf, landab von den Musikkapellen der NSDAP gespielt, und Egon konnte sie sogar im Rundfunk hören. Folgt man jedoch Ernst »Putzi« Hanfstaengls Autobiographie, so lebte er spätestens seit Hitlers Machtergreifung in einem sich beständig vergrößernden Widerspruch. Noch immer hatte er einen – allerdings eingeschränkten – persönlichen Zugang zu Hitler und seine offizielle Funktion als dessen Auslandspressesprecher. Er habe jede Gelegenheit benützt, um sich offen gegen die immer rabiateren antijüdischen Maßnahmen der Reichsregierung und den Kurs der Isolation gegenüber den Westmächten England und Amerika auszusprechen, berichtet er. Nach dem Mord Hitlers und seiner Vertrauten an SA-Stabschef Ernst Röhm und 80 weiteren missliebig gewordenen Personen im Sommer 1934 scheint Hanfstaengl jedoch mit allem gerechnet zu haben. Im Sommer 1936 ist für ihn die Zeit gekommen, sich seinem 15-jährigen Sohn Egon anzuvertrauen.

Mein Vater litt an einem gelinden Verfolgungswahn. Er hat immer befürchtet, wir würden abgehört. Und deshalb hat er in unserem kleinen Segelboot mitten auf dem Starnberger See im Sommer 36 mir dann folgende Eröffnungen gemacht: Er sei also durch seine dauernde Kritik an der politischen Entwicklung und vor allen auch an gewissen Individuen – nota bene: Rosenberg und an dem Mann, den er Gobbespierre nannte (Goebbels), er sei also inzwischen den Machthabern so missliebig geworden, dass es nur eine Frage der Zeit sei, und sie würden ihn, wie das damals hieß, auf den Sandhaufen werfen. Also umbringen. Meine erste Reaktion war: Ja, lieber Vater, wenn du dessen so sicher bist, warum verlassen wir Deutschland nicht jetzt sofort, wo wir's noch gut können. Und seine Antwort hat ihn dann zu meinem damaligen Helden gemacht. Er sagte: Ja, schön wär's, aber ich fühle mich zum Teil verantwortlich für den Aufstieg dieser Bewegung und ich hoffe noch immer, dass es mir und meinen konservativen Freunden gelingt, die alle noch hoffen, den Kurs etwas vernünftiger abändern zu können; die kann ich nicht im Stich lassen. Ich muss also dableiben. Später wurde mir allerdings klar, dass es bei meinem Vater auch immer eine wichtige Rolle gespielt hat, den verlorenen Einfluss, also das Quäntchen Macht, was er je hatte, wiederzugewinnen.

Auf der Bootsfahrt vereinbaren Vater und Sohn, wie im Fall des Falles die Flucht ablaufen soll: Auf das Codewort »perhaps« solle sich Egon sofort ins Ausland aufmachen, keinem Menschen seine Fluchtabsichten und -vorbereitungen anvertrauen, mit Pass und Touristengepäck im Zug ganz normal in die Schweiz reisen, keinesfalls einen illegalen Übertritt an der grünen Grenze wagen. Am 24. März 1937 ist es so weit. Ernst »Putzi« Hanfstaengl ist soeben einem

Mordversuch der Nazi-Führung entgangen, den Göring später als einen »bösen Scherz« herunterzuspielen versucht, und in die Schweiz entkommen. Nun muss sein Sohn Egon handeln.

Ich bin dann durch mein Vaterhaus, die Villa Tiefland im Herzogpark, gegangen und habe Abschied genommen von den Möbeln und Büchern und Bildern. Und dann plötzlich überkam mich eine furchtbare Angst. Ich sagte mir: Du hast keine Chance. Die werden dich fassen, und dann bist du wirklich in Schwierigkeiten. Und ich bin dann in die Speisekammer gegangen und habe eine volle Flasche Cinzano rosso geleert. Ich habe mitgenommen das Gästebuch und ein mir gewidmetes Bild vom Hitler und ich habe mitgenommen die zwölfschüssige belgische Lignose-Pistole meines Vaters. Als wir in Lindau Halt machten, kamen deutsche Grenzer, und da hatte ich die abenteuerliche und absurde Idee, wenn der irgend etwas sagt – Kommen Sie doch auf die Station, da ist noch einiges zu klären, dann schießt du ihn über den Haufen und springst auf der anderen Seite des Zuges hinunter und läufst über die Grenze. Na ja. Es kam Gott sei Dank ganz anders. Der Grenzer hat meinen Koffer aufgemacht und unter einem Hemd oder Handtuch lag das damals gerahmte, mir gewidmete Bild Hitlers. Und da sagte er: Ja, kennen Sie den Führer?! – Ja, freilich! – Und dann hat er den Deckel zugemacht, und das war's.

Wenige Stunden später können sich Vater und Sohn Hanfstaengl auf dem Züricher Bahnhof in die Arme schließen. Eine Woche danach erreichen die beiden am 1. April 1937 nach einer Fahrt durch Frankreich die Kanalküste. Nach der Überfahrt im Fährschiff schält sich ihr erstes Exilland aus dem Nebel. Das Ziel ist London.

Sie leben dort mit dem Vater und Sie gehen auf eine ganz besondere Schule, die St. Paul's School. Wir sehen hier in Ihrem Zimmer ein ganz breites Bild mit hunderten von Jungs vor einem großen Schulgebäude, in mehreren Reihen gestaffelt hintereinander. Das waren Ihre Schule, Ihre Mitschüler. Jetzt haben Sie aber Ihre Sprachlektionen heftig nachholen müssen?

Dort hatte ich einen Klassenlehrer namens Eynon Smith. Er war ein wirklicher Lehrer mit einem erheblichen Schuss Pygmalion – also Professor Higgins. Das fing an mit einem Interview, in dem einer der zahlreichen deutschen Juden, die an dieser Schule waren, als Dolmetscher fungierte, weil der Eynon Smith konnte kein Deutsch, und da ließ er mich fragen: Haben Sie ein deutsch-englisches, englisch-deutsches Wörterbuch? Und ich sagte voller Stolz: Ja! Und dann sagte er: Gut. Das werde ich für Sie verwahren. Sie werden ab jetzt mit dem Concise Oxford English Dictionary zurechtkommen müssen. Das wird verdammt schwierig sein. Aber wenn Sie jemals wirklich Englisch lernen wollen und sollen, dann müssen Sie unbedingt aufhören zu übersetzen. Sie müssen ab jetzt englisch essen, trinken, leben, träumen – alles. Na schön. Das war ja ganz in meinem Sinne. Ich wollte eigentlich ja Engländer werden.

Aber klar ist doch: Sie sind ein Deutscher, vielleicht für manche sogar – dieser Name! Ihr Vater war nicht irgendwer. Ja, und dann treffen Sie dort auf Mitschüler, Sie haben es schon erwähnt, die natürlich jeden Grund haben, sich einen solchen deutschen Mitschüler kritisch anzugucken – die Kinder jüdischer Emigranten?

Das war bezeichnenderweise überhaupt kein Problem. Karl Leiser aus Köln, der dann später in England eine wirklich bemerkenswerte Karriere machte, nämlich Professor of Medieval History at All Souls College, Oxford, mit diesem Karl Leiser habe ich ganz frei über meinen Antijudaismus gesprochen. Es glückte mir mit Hilfe von Karl Leiser, in kürzester Zeit zu der Erkenntnis zu kommen, dass die antijüdischen Vorurteile, mit denen ich aufgewachsen war und die ich in mir hatte, dass die intellektuell nicht haltbar waren. Aber, ich muss gleich hinzufügen: Die irrationalen, emotionalen, gleichsam im Bauch befindlichen Vorurteile machten mir noch lange zu schaffen. Der ganze Vorgang der inneren Reinigung dauerte bei mir zwölf Jahre. Fünf Jahre U.S. Army, wo einige meiner besten Kameraden Juden waren. Erst nach dem Zweiten Weltkrieg wurde mir klar: Wenn du diese irrational-emotionalen Residuen loswerden willst, dann kannst du es eigentlich nur mit Hilfe von ähnlich irrational-emotionalen Antidoten. Und da hatte ich dann das Glück, einer Jüdin zu begegnen, die wirklich allen Grund gehabt hätte, mich sofort zum Schweigen zu bringen in New York; sie hat eigentlich herzlich wenig gesagt, aber sie hat mir geduldig zugehört, und das hat mir dann ermöglicht, diese irrational-emotionalen Residuen meines Antijudaismus loszuwerden. Es mag sein, dass sich in mir noch irgendwelche wirkungslosen Trichinen befinden, aber es ist für mich seitdem kein Problem mehr.

Nach zweieinhalb Jahren St. Paul's School in London trifft noch einmal der Vater Ernst Hanfstaengl eine wichtige Entscheidung über die nächste Station der Lebens- und Bildungsreise seines Sohnes Egon. Der Vater hatte einst selbst im amerikanischen Harvard studiert. Nun gelang es ihm über alte Kontakte, dort einen Studienplatz für seinen Sohn zu ergattern. Egons Schiff nach Amerika ging am 2. September 1939, wenige Stunden, nachdem Deutschland mit dem Überfall auf Polen den Zweiten Weltkrieg ausgelöst hatte. Von Chamberlains Kriegserklärung an Deutschland am 3. September hörte Egon Hanfstaengl auf hoher See. Dass sein Vater schon am Abend zuvor von den Briten als »enemy alien«, als »feindlicher Ausländer«, interniert worden war, erfuhr er erst nach seiner Ankunft in Amerika.

In Harvard waren also meine Noten, gelinde gesagt, überaus dürftig. Ich hatte inzwischen faszinierende Dinge entdeckt, nicht zuletzt die Mädchen. Aber im Großen und Ganzen war ich ja eigentlich recht positiv, freundlich, wohlwollend empfangen und aufgenommen worden. Dennoch erhielt ich soundso viele giftige anonyme Briefe von Leuten, die meine Gegenwart in USA überhaupt nicht mochten, und mir wurde also zunehmend klar, dass ich – wollte ich wirklich im Land meiner Geburt Wurzeln schlagen – etwas Entscheidendes, Spektakuläres tun müsse. Und so kam ich auf den Gedanken, mich freiwillig zu melden. Ich wollte damals Jagdflieger werden, und mein geheimer Vorsatz, den ich erst viele Jahre nach dem Krieg mir selber gegenüber und meinen Freunden und meinen Kindern eingestanden habe, mein geheimer Vorsatz war: Entweder gehst du drauf oder du gewinnst die höchste Auszeichnung. Und dann kannst du hernach irgendwelchen Vorurteilen begegnen mit der Erklärung: Medal of Honour! Match it or shut up!

Egon Hanfstaengl absolvierte eine Ausbildung als Blindfluginstruktor, aber den hochfahrenden Plänen von Heldenehre oder -tod fuhr ein Erlass des Pentagon-Generals D. C. Strong in die Parade, der ihm die Offizierslaufbahn verwehrte und außerdem bestimmte, dass er nicht außerhalb der »continental United States« eingesetzt werden dürfe. Statt dessen schob Hanfstaengl Wachdienste, wurde zum Aufseher diverser Putzkolonnen, »latrine orderly« und »kitchen police«, bis er eines Tages eine neue Chance bekam.

Das ist eine Szene, die in der deutschen Wehrmacht, ich glaube es sagen zu dürfen, niemals stattfinden hätte können. Der Assistant Provo Marshall, Oberleutnant Richard Etter, der im Zivilberuf Motorcycle Cop in Indianapolis gewesen war, rief mich in sein Büro und ich machte zackig Meldung. Dann sagte er: Haben Sie jemals Polizeiarbeit geleistet? – No, Sir. – Wissen Sie etwas über Polizeiarbeit? – No Sir! – Can you fight? – Yes Sir! – Und dann stand er auf, legte seine Garrison Cap auf den Schreibtisch, kam rum und sagte zu mir – und Welten trennten uns, er war immerhin Oberleutnant und ich war Staff Sergeant – dann sagte er zu mir: Zeigen Sie mir, was Sie können, und griff mich an. Und ich lief davon. Was sollte ich sonst schon machen! Ich flüchtete. Und er sagte immer wieder: Come on! Show me what you can do! Und schließlich in meiner Verzweiflung beugte ich mich rasch vor, griff hinter eine Kniekehle und mit meinem Kugelstoßarm warf ich ihn um. Und er lag am Boden und ich stand stramm! Und er sagte, noch auf dem Boden liegend: Okay! You're on! Und so wurde ich zum Chef der Stadt-Patrouille, der Militärpolizei in Macon, Georgia. Und das war eine überaus interessante Tätigkeit, denn man lernt gewisse Aspekte des Lebens nur kennen, wenn man entweder Bulle oder Krimineller ist.

Kurz vor Weihnachten 1942 erhielt Egon Hanfstaengl einen neuen Marschbefehl, man könnte sagen: einen Spezialauftrag. Schauplatz war nicht ein Militärstützpunkt, sondern »Bush Hill«, eine prachtvolle, etwas heruntergekommene Villa im klassizistischen Stil aus dem Jahr 1763. In dem in einem großen Park versteckten Anwesen, nur 35 Kilometer von Washington entfernt, wurde unter ziviler Tarnung und strenger Geheimhaltung das so genannte »S-Project« installiert. In dem Haus wurde ein besonders leistungsfähiger Radio-Weltempfänger installiert, mit dem alle wichtigen Sender zu empfangen waren: BBC, Reichsrundfunk, Italienischer Rundfunk. Das »S« in »S-Project« stand für Sedgewick, den zweiten Namen der Hanfstaengls, der sich von der amerikanischen Verwandtschaft der Familie herleitete. Egons Vater Ernst »Putzi« Hanfstaengl war es gelungen, aus seiner britischen Internierungshaft in Kanada einen Brief an seinen ehemaligen Harvard-Studienkollegen zu schicken, den amerikanischen Präsidenten Franklin Delano Roosevelt, in dem er sich erbot, sein Wissen über Deutschland und seine Führungsspitze in den Dienst der Amerikaner zu stellen.

Ich war zehn Monate lang meines eigenen Vaters Gefängniswärter, Leibwächter und Sekretär in diesem so genannten S-Projekt. Mein Vater verfasste damals Psycho-Porträts von Hitler und den anderen führenden Nazis, und dies war nicht unwichtig. Also abgesehen von der so genannten psychologischen Kriegsführung, die ja überaus problematisch ist, abgesehen davon, war das doch ein Schlüssel zum

Ernst Hanfstaengl mit seinem Sohn Egon in Bush Hill

besseren Verständnis dessen, was die Machthaber des Dritten Reiches taten und tun würden. Seine Grundüberlegung – völlig richtig – war: Deutschland kann den Krieg gegen diese Koalition unmöglich gewinnen. Also ist das Beste, was ich meinem geliebten Vaterland tun kann, dafür zu sorgen, dass der Krieg möglichst rasch zu Ende geht, denn jeder Tag bedeutet den Verlust von Blut und unersetzlichen Kulturgütern. Also völlig richtig. Dennoch empfand er es technisch als etwas ganz anderes. Er echauffierte sich über Fehler, die die Amerikaner machten, weil sie seine Ratschläge nicht befolgten. Und wir, also George Baer und ich, versuchten immer, zwei der drei Leibwächter, Gefangenenwärter versuchten immer wieder, meinen Vater zu beruhigen. Und da explodierte er plötzlich und sagte uns auf Deutsch: Ihr tut euch leicht! Seht ihr denn nicht, dass ich hier Hochverrat begehe!! Da wurde mir dann plötzlich klar, wie innerlich zerrissen mein Vater eben war.

Präsident Roosevelt, der »Putzi« Hanfstaengls Rundfunkanalysen und Dossiers über die NS-Führungsspitze durch den Mittelsmann John Franklin Carter im Weißen Haus direkt auf den Tisch bekam, hatte bereits persönlich über die Verwendung Egon Hanfstaengls als Bewacher seines Vaters entschieden. Roosevelt war es auch, der nach dem Ende des »S-Projects« General Strongs Weisung außer Kraft setzte, Hanfstaengl junior dürfe als Soldat nicht außerhalb der Grenzen Kontinental-Amerikas eingesetzt werden. So diente Egon Hanfstaengl ab 1943 zunächst im Pazifik, kam dann nach Neuguinea und schließlich zur lang ersehnten Kampfausbildung in eine Infantristenschule. Als er sie gerade beendet hatte, war der Krieg aus. Für den Heimkehrer begann nun das schweißtreibende Studium an einem anderen Ort, jedoch mit neuem Schwung noch einmal.

Mein Vater war Historiker. Und ich habe Geschichte und Literatur gewählt. Und dabei blieb es auch, nachdem ich meine Frau, meine zukünftige Frau kennen gelernt hatte in New York und umsiedeln wollte von Harvard nach Columbia, um eben meiner zukünftigen Frau nahe zu sein. History and literature. Amüsanterweise erhielt ich, als ich noch graduate student war, bereits die Möglichkeit, einige Kurse zu dozieren und lehrte einen Kurs in Advanced English Composition. Ich habe also den Eingeborenen ihre eigene Muttersprache beigebracht, und das war damals a bloody good stunt und ist es für mich immer noch.

Anfang der fünfziger Jahre waren Egon und Marjorie Hanfstaengl auf der Suche nach neuen Wohn- und Arbeitsmöglichkeiten. Sie wollten der Metropole New York den Rücken kehren, um ihren damals geborenen Söhnen die Möglichkeit zu geben, in ländlicher Umgebung aufzuwachsen.

Dies wurde begleitet von einem Crescendo von Rufen aus München: Komm rüber und rette die Firma! Und wir hatten ja 1953 – da war ich allein herüben – bereits den Familienvertrag zustande gebracht, demzufolge mein Vater seine 35 % Anteile mir übertragen würde, den Nießbrauch allerdings behalten; und mein Onkel hatte sich bereit erklärt, es mit dem Sohn seines verhassten Bruders Ernst als Lehrling gewissermaßen zu versuchen. Nun ja, und die Maggie und ich haben uns schließlich also gesagt: Ob wir jetzt nach Neuengland oder Arizona ziehen oder nach München, ist eigentlich ziemlich wurscht. Sie sagte dann: Gut, I'll follow you among the alien Krauts! – in Abwandlung eines biblischen Zitats.

So hatte der lange Arm des alten Patriarchen Franz Hanfstaengl auch noch seinen längst nach Amerika entwichenen Urenkel Egon erreicht.

Franz Hanfstaengl, der einst aus Baiernrain nach München zugewanderte Bauernbub, war ein Selfmademan des 19. Jahrhunderts gewesen, ungemein fleißig und geschickt. Aber er war auch mit Glück vorangekommen: Er hatte, ohne dies wissen und planen zu können, mit den Medien Lithographie und Photographie zur rechten Zeit auf aufstrebende Technologien gesetzt. Dieses Glück war seinem Urenkel Egon nicht beschieden. Die letzte geschäftlich erfolgreiche Periode erlebte der Verlag Hanfstaengl unter seiner und der Leitung seiner Kusine Eva Rhomberg Ende der sechziger Jahre.

Unsere Firma hatte eine eigene Lichtdruckerei, und der Lichtdruck galt damals als die weitaus beste, zuverlässigste, authentischste Reproduktionstechnik, die es gab. Aber natürlich ist ein Lichtdruck in der Herstellung ziemlich teuer, und es kam dann ja also im Gegensatz zu dem bildungsbeflissenen Bildungsbürgertum vor dem Ersten Weltkrieg, von dem wir ja eigentlich lebten, es kam dann zu einer völlig anders orientierten Generation von Studenten und jungen Leuten, die also billige Offsetreproduktionen wollten, die überhaupt nicht originalgetreu waren. Und diese kosteten, großformatig und grellbunt, 18 Mark, und unsere Lichtdrucke kosteten eben 50 Mark oder noch mehr. Die jungen Leute haben damals diese Reproduktionen nach Lust und Laune irgendwie mit Reißzwecken an ihre Wände geheftet und sie nach sechs, acht Monaten durch andere ersetzt. Und dies war ein völlig neuer Stil. Wir konnten da eigentlich – nicht nur wir konnten, sondern wir wollten auch nicht mithalten.

1979 stellte der Hanfstaengl-Verlag die Produktion von Kunstdrucken ein. München hatte somit aufgehört, jener magnetische Mittelpunkt zu sein, der es für vier Generationen der Familie Hanfstaengl trotz Unternehmungslust und Fernweh immer gewesen war. Warum ist dann Egon Hanfstaengl bis heute hier geblieben?

Meine Frau fühlte sich hier wohl, unsere Kinder fühlten sich hier wohl, gingen in die Schule. Also: Wozu das alles wieder rausrupfen und nach Amerika verpflanzen wollen? Und was mich persönlich anlangt: Ich hatte mich längst daran gewöhnt, von Luftwurzeln zu existieren, also eigentlich keine Heimat mehr zu haben, in der ich verwurzelt wäre.

Es sei denn, dass bei all den immer wieder nachgespürten Identitäten, die Sie sich erworben haben, irgendwo in einem hinteren Kammerl der besonders bayerisch begründete Urenkel vom Franz Hanfstaengl auch drinsteckt?

Ja, das ist richtig. Ich habe bisweilen, wenn ich also in verschiedenen Teilen der Welt unter irgendwelchen Anfechtungen zusammenzubrechen drohte, mir einfach gesagt: Du bist a Bauernbua aus Baiernroa! Und jetzt reiß' di zsamm!!! Und das hat mir immer geholfen. Das stimmt. Das ist natürlich eine absurde Fiktion, aber das Irrationale wirkt leider entscheidend mit in unserer Welt, und das Rationale, was ich eigentlich gern lupenrein pflegen würde, das reicht eben ab und zu nicht ganz aus.

Ulrike Voswinckel

»Aber was tue ich hier?«
Helen Hessels Jahre in Amerika

133 Central Park West, New York
Saturday, 27. September 1947
Mein Uli,
sogar für mich, die keine Pflichten hat, ist es gar nicht leicht, sich zum Schreiben hinzusetzen. Da bin ich aber nun, nach einer großen Promenade in der Stadt, mit einem starken Kaffee in den Nerven und hab die größte Lust zu schwatzen. Mir gefällt hier vorläufig das Meiste sehr, sehr gut. Die Stadt ist bequem, die Menschen gutmütig, unnervös, das Wetter frisch und sonnig, man glaubt sich in den Bergen, so klar ist die Luft. Du kannst dir kaum die Langsamkeit der Autobusse vorstellen. Nirgends das Blitztempo von Paris. Diese Stadt kommt mir, unter uns gesagt, wie eine deutsche Erfindung vor. Da man hier die »großen Jahrhunderte« in keiner Weise gespürt hat, fällt die »Grazie« aus. Wenn man an etwas anknüpfen will, so fällt mir eher das unbekannte Babylon ein, etwas Antikes.

Vitia hat bei bestem Willen keine Zeit für mich. Sie bringt alle ihre Tagesstunden bis spät abends mit Stéphane in Lake Success und in Flushing zu, wo die Assemblée stattfindet. Sie fahren um 8 Uhr weg und kommen manchmal erst um 10 Uhr wieder. Ich sehe sie kaum. Die beiden sind wirklich sehr glücklich, amoureux, vertrauensvoll, schattenlos einig. Stéphane ist Vitia ganz ergeben, sie hat große Macht über ihn, die sie aber sicher nicht mißbrauchen möchte. Ich verstehe vollkommen, daß die beiden sich völlig genügen und ein Opfer bringen, mich im Hause zu haben. ... Sie leben in einem Kreis von Freunden, die beinahe oder vielmehr absolut eine Clique bilden mit den Voraussetzungen, die dazu gehören, das heißt, über alles, was in den United Nations vor und hinter den Kulissen gespielt wird, auf dem Laufenden zu sein, es gelegentlich ernst zu nehmen und sich mit möglichst viel Esprit lustig zu machen. Man spricht einen Jargon.

Ich bin zu alt, zu wenig eingeweiht, zu wenig dekorativ, um in diesem Kreis auch nur die leiseste Chance zu haben, irgend jemandem zu gefallen. Ich bin auch hier vor allem »müde«. Wenn ich gelegentlich eine etwas betrübte Stunde habe, weil ich tatsächlich außer einem ungestörten Gespräch mit Stéphane allein noch nicht dazu gekommen bin, das zu treiben, was man »Herz ausschütten« nennt, so korrigiere ich mich gleich. Es wäre Wahnsinn, nicht zufrieden zu sein, und wenn ich auch ebenso einsam bin, wie ich es in Paris war und tage-

lang außer mit Herzchen und der reizenden Gallia (der russischen Kinderfrau) kaum ein Wort spreche, so wird sich das vielleicht arrangieren, wenn ich erst anfange, meine alten Freunde zu sehen.

Dimanche, 5. Oktober 1947
Wenn ich dir so wenig schrieb, so ist es, weil ich mich scheue auf die Sachen einzugehen, die mich hier bedrücken. Es sind übrigens die gleichen, die es in Paris zu bekämpfen gab, und sie liegen alle in meiner Geistesverfassung. ... Ich habe irgendwann meine Identität verloren, weiß nicht mehr, wer und wie ich bin. Kann man mich gern haben, muß man mich hassen? Ich wünschte, ich könnte etwas Ordentliches arbeiten. Das wäre die Rettung. Wills versuchen.

Ich bin noch nicht einmal des Abends ausgegangen, war noch nicht in Lake Success. Habe keine Lust, meine alten Freunde zu sehen. Die beiden, mit denen ich es versuchte, waren kein Erfolg für mich. Die Polgars haben mich reizend empfangen, ... ich habe aber den Eindruck, daß sie beide Mühe hatten, ihre Betroffenheit zu verbergen, mich so gealtert und quasi »gebrochen« wiederzusehen. So wird es mir wohl auch mit den anderen gehen.

Siehst du, mein Uli, wie ich es auch anfange, meine Briefe an dich werden trübe. Schreibe mir genauso offen wie ich dir. Melde mir auch das Konkrete, die Kohlenkarte, die Arbeit, die Krisen, die Concierge, das Wetter, die Mahlzeiten, das Geld.

Ich küsse dich und bitte dich sei so glücklich wie du es verdienst.
Deine Helen

Eng geschriebene Zeilen auf dünnem Luftpostpapier fliegen da von New York in das Paris der Nachkriegszeit: Briefe von Helen Hessel an ihren älteren Sohn Ulrich, während sie am Central Park bei ihrem jüngeren Sohn Stéphane und seiner Frau Vitia darüber nachdenkt, wer sie ist und was sie tun könnte, um wieder die zu werden, die sie einmal war. Wann hat sie ihre Identität verloren? Sechs Jahre zuvor, als sie unter entwürdigenden Umständen in Sanary und Marseille mit allen Mitteln darum gekämpft hat, Ausreisevisa nach Amerika für sich und den Sohn Uli zu bekommen, was dann nicht gelang, oder bei Hitlers Einmarsch in Paris, der sie zur Flucht zwang und jegliche Berufstätigkeit beendete? Oder noch früher, 1933, als Hitler an die Macht kam und sie im selben Jahr den Verrat ihres Geliebten entdeckte, den sie daraufhin fast erschossen hätte, und dann nie wieder gesehen hat? Oder umgekehrt gefragt: War sie identisch mit dem, was sie in Paris über das Wesen der Mode geschrieben hat, oder früher, war sie identisch mit dem Bild, das ihr Mann, der Schriftsteller Franz Hessel, in den zwanziger Jahren in seinen Büchern von ihr entworfen hat? Ganz sicher hing ihre Vorstellung von Identität damit zusammen, wie sehr sie Herrin der Lage war und wieweit sie die Möglichkeit hatte, die Umstände zu bestimmen. Und zu ihrem

Selbstverständnis gehörte ganz sicher auch die Macht der Verführung, die Fähigkeit, durch Erotik ins Zentrum des Geschehens zu gelangen. Und Schönheit.

Helen Hessels Sohn Stéphane war seit 1946 einer der ersten Sekretäre der neu gegründeten United Nations Organization, die damals in Lake Success ihren Sitz hatte. Sein Frau Vitia Mirkine arbeitete auch dort als Übersetzerin. Stéphane Hessel schilderte später diese Zeit.

Beim Schreiben wird so manche Erinnerung an diese ersten fünf Nachkriegsjahre am Ufer des Hudson in mir wieder wach: unsere Wohnung über dem Central Park; das erste Lächeln meiner während unserer Überfahrt über den Atlantik entstandenen Tochter Anne; das Pendeln mit Kollegen im car pool zwischen Manhattan und Lake Success über die grandiosen Brücken, die New York mit Long Island verbinden: das intensive, intellektuelle Leben des damaligen eigentlichen Zentrums der Welt, wohin die Pariser Freunde in Scharen reisten, die wir zum Tanzen in Harlem bei den Schwarzen oder zum Trinken in Greenwich Village bei den Italienern ausführten ...

333 Central Park West,
14. Oktober 1947

Mein Schatz, du hast mir einen so guten klugen Brief geschrieben. Er hat mir vieles ins richtige Licht gerückt. Und dann ist es auch so, daß sich die Dinge immer wandeln. Ich kann mich so gut in Vitias Seelenzustände hineinversetzen, daß ich ihr nie böse bin. Ich glaube nur, es tut ihr gut, wenn ich sie veranlasse, das was sie nun einmal unternommen hat (mich hier zu haben) so zu betreiben, dass ich dabei glücklich sein kann.

Stéphane arbeitet tatsächlich enorm. Er ist schmal und müde im Gesicht, aber solch ein schöner Blick und immer lächelnd und lachend. Man liebt ihn überall. Anscheinend hat Mrs. Roosevelt einen Narren an ihm gefressen. Am Sonntag waren sie auf ihrer Besitzung auf dem Land, zu einem Picknick für die Delegierten. Man aß von Papptellern, ich bitte dich!
Helen

17. Oktober 1947
Es ist immer noch schönes Wetter, zu heiß, man schwitzt. ... Mein Abend mit den Schaeffers war sehr nett. Dîner bei ihnen in ihrem Haus zwischen Fifth und Park Avenue. Sehr einfach und ganz alte Tradition von reichen Leuten, deutsche Juden. (Ihre 18jährige Tochter) hat uns in ihrem offenen Chrysler durch die illuminierte Stadt gefahren in dem Moment, als alles in die Theater strömte, ich habe zum ersten Mal hier die elegante Gesellschaft gesehen, Frauen vom Typ Mae West wogten mit einem Rad aus Straußenfedern auf dem Kopf statt eines Hutes und funkelten mit ihrem Schmuck. Schaeffer und ich stiegen beim City Center aus, das ist ein Theater- und Opernhaus, wo »Salome« von

Richard Strauss gespielt wurde, Text von Oscar Wilde – ein Stück, das mich an vergangene Zeiten erinnert hat, an die Oper von Berlin, an die Stimmung vom »Début du siècle« mit ihrer Illusion von ewigem Frieden.

Gestern Nachmittag bin ich mit der Express-Subway nach Downtown gefahren, wo ich in einem Zeitschriftenverlag eine Reportage gesucht habe über den Schwarzmarkt mit Babies. Es gibt so viele unfruchtbare Frauen in diesem Land, daß man sich um die Babies schlägt, die adoptiert werden können. Die jugendlichen Mütter, die ihre Babies loswerden wollen, haben die Qual der Wahl, und die Vermittler nutzen die Lage aus und verdienen Riesensummen. Ich glaube, das wäre ein Thema für die Weltwoche.

Au revoir, darling, je t'aime. Wenn du nur zur Tür hereinkommen und mir dein Lächeln schenken könntest!

Ich umarme dich zärtlich, Helen

Ein Hauch von Welt lässt Helens Lebensmut steigen, die Aussicht auf Arbeit ebenso, und zeitweilig verbessert sich das angespannte Verhältnis zur Schwiegertochter Vitia wieder. Der Opernbesuch: ausgerechnet »Salomé«, die Femme fatale par excellence der Belle Epoque, muss Helen Hessel auch an sich selbst erinnert haben, an die Zeit im oberbayerischen Hohenschäftlarn zu Beginn der 20er Jahre, als sie mit ihrem Mann Franz Hessel und ihren Söhnen in der »Villa Heimat« gelebt hat. Der französische Freund von Hessel, Henri Pierre Roché, kam damals zu Besuch, und die leidenschaftliche Liebe zu dritt, die sich zwischen ihnen wie eine Naturgewalt entwickelte, ist viele Jahre später weltbekannt geworden durch den Film von François Truffaut: »Jules und Jim«. Jules war Franz Hessel, Jim war Pierre Roché, und die Frau mit dem archaischen Lächeln, die beide leidenschaftlich liebten, war Helen Hessel, im Film gespielt von Jeanne Moreau. »Ein archaisches Lächeln – hatte Jules gesagt – es nährt sich von Milch ... und von Blut.«

333 Central Park West,
Samedi, 8. Nov. 1947

Mein süsser Uli, ich habe ein so schlechtes Gewissen, ich sollte dir viel öfter schreiben...

Man stellt sich so leicht vor (ich weiß es aus Erfahrung), daß die »anderen« etwas für einen tun könnten, wenn sie nur wollten. Stéphane tut so enorm viel für seine Freunde und Vitia ist ebenso generös, wenn es sich um ihre Freunde handelt (sie geben und borgen Geld, schicken Pakete, geben Rat, verkaufen Sachen), und das ist immer noch nicht genug, weil alle fast ausnahmslos in Schwierigkeiten sind. 10 Dollar sind hier eine ganze Menge Geld.

Die Gedenktafel mit Hessels Namen rührt mich, das war alles in einem anderen Leben ...

Da ich fast ganz in meinem Zimmer lebe, bleibe ich am Rande der Erlebnisse. Das ist ganz angenehm. Aber nein, ich habe im Verlauf der Zeit, à force de vivre ici, ein New York erlebt, das mir deutlich bewußt ist, ein sehr großartiges New York, unheimlich wie das Leben überhaupt, Gesichter in den Spielräumen, wo man japanisches Billard mit hüpfenden Gummibällen spielt und nach Scheiben in Picassofarben schießt, die Drugstores mit Negern, die verrückten reichen Alten, das Licht, die Klüfte zwischen den Hochhäusern, die sich öffnen und verschieben und die Wäsche, die zum Trocknen hängt, sooft die Schilder an den Läden italienische Namen tragen.

Ich lass dich, ich küss dich. Wenn es nicht bald zu essen gibt, trinke ich ein Glas Milch und gehe zu Bett. Gute Nacht, mein Kind.

Deine Helen

Das andere Leben: Helen hatte Franz Hessel 1912 in Paris kennen gelernt, als sie Malerei studierte und die Abende auf dem Montparnasse im Café du Dôme verbrachte, das damals der Treffpunkt der deutschen Künstler war. Hessel hatte zuvor im Zentrum der Schwabinger Boheme gelebt. Er war beim großen Schwabinger Kosmikerkrach dabei gewesen; später teilte sich Hessel mit Franziska zu Reventlow das Eckhaus in der Kaulbachstraße mit Bogdan von Suchocki – auch eine Art Dreiecksgeschichte, der in Hessels Leben noch diverse andere folgten. Er schrieb damals Gedichte und kleine Prosastücke, auch eine Hommage auf Wolfskehl, den er Pan nannte und grenzenlos verehrte. Als er nach Paris zog, lernte er Henri Pierre Roché kennen, mit dem er jahrzehntelang ungetrübt durch sämtliche Liebeskonstellationen verbunden blieb. Im Café du Dôme verliebte sich Helen in den sanften Franz Hessel – wie sie es 40 Jahre später in einer Gedenkrede beschrieben hat.

Er setzte sich auf die rote Polsterbank neben mich, sah mich mit freundlich geneigtem Kopf aus schmalen braunen Augen an und sagte ruhig: »Sie haben ja Augen wie Goethe in mittleren Jahren.«

Das war doch zu schön. Ich war aus dem Bann mit einem Schlage erlöst, ohne allerdings zu ahnen, daß ich im Begriff war, in einen anderen zu geraten.

Sie heiraten, bekommen zwei Söhne, Ulrich und Stéphane. Franz zieht in den Krieg und hat Angst, auf den französischen Freund Pierre Roché schießen zu müssen; als er zurückkommt, sind Franz und Helen einander fremd geworden. Sie übersiedeln gemeinsam nach Berlin, Franz schreibt über den Beginn ihrer Liebe den wunderbaren kleinen Roman »Pariser Romanze«, in der die Liebenden nicht heiraten.

Die Zeit in der »Villa Heimat« in Hohenschäftlarn südlich von München eröffnet 1920 ein neues Kapitel ihres Lebens, das vielfältig literarisch dokumentiert ist: durch den Roman von Roché, der »Jules und Jim« heißt und nach dem Truffaut seinen Film gedreht hat, durch viele Romanstellen von Hessel, und in den Tagebüchern von Roché und Helen Hessel, die vor einigen Jahren auf Französisch veröffentlicht wurden. Aus diesen Tagebüchern erfährt man den wahren Hintergrund der hinreißend leicht erzählten Geschichte und stellt fest, dass alles so stattgefunden hat – wenn nicht »noch mehr so«, wie Helen Hessel als ganz alte Dame bestätigte. Aus den Tagebüchern von Roché kann man allerdings noch einiges andere entnehmen, nämlich dass er ein wirklich unersättlicher Don Juan war, und dass er darüber hinaus auch noch Zeit fand, ein intensives Leben als Kunstsammler und -vermittler zu führen. Seine täglichen Eintragungen sind gespickt mit Namen der interessantesten Maler und Musiker, die in Paris lebten, und mit vielen von ihnen war er ein Leben lang befreundet. Wie Helen Hessel auch, die mit ihren beiden Söhnen 1925 nach Paris zog, um Roché nahe zu sein und selbst zu schreiben. Ihr Sohn Stéphane schreibt darüber in seinen Erinnerungen.

In unserer ganz im Bauhaus-Stil gehaltenen Wohnung mit den geometrischen Möbeln und den in kräftigen Farben bemalten Wänden, an denen ein paar kubistische Gemälde hingen, empfingen wir Rochés Freunde, die schon bald auch die von Helen wurden. Da waren Marcel Duchamp und dessen Begleiterin Mary Reynolds, Man Ray, der von Helen eine schöne Nacktaufnahme am Strand machte, Le Corbusier und Philippe Soupault, Jules Pascin und Alexander Calder, Constantin Brancusi und Max Ernst, André Breton und Pablo Picasso. Besonders gefiel mir Man Ray mit seinem kleinen Katzenkopf und seiner Vorliebe für Überraschungen. Man langweilte sich nie mit ihm. Er spielte gern. Wie ich.
Franz (Hessel), der damals zusammen mit Walter Benjamin an der Übersetzung von »Auf der Suche nach der verlorenen Zeit« arbeitete, ging wieder nach Berlin. Helen verdient ihren Lebensunterhalt als Modekorrespondentin für die Frankfurter Zeitung. Diese Zeitung gibt eine wöchentliche Beilage »Für die Frau« heraus, deren Inhalt hauptsächlich aus ihren Beiträgen aus Paris besteht. Eine anstrengende, gut bezahlte Arbeit, für die wir sie bewundern. Sie nimmt uns manchmal mit, wenn die großen Couturiers der damaligen Zeit ihre Kollektionen vorführen. Wir ahnen, daß Helen lieber literarische Beiträge schreiben würde, stellen aber auch fest, daß sie aus dem, was zunächst nur ein Broterwerb war, eine Kunst gemacht hat. (...)

New York, 13. November 1947
Mon chéri,
endlich hat Stéphane mich zum Arzt seines Schwiegervaters geschickt, ein charmanter alter russischer Jude, der deutsch spricht und sehr gewissenhaft ist; das Resultat: eine Infektion, die schon seit langer Zeit in mir sein kann, Jahre vielleicht, wer weiß, und die auch meine Depressionen erklären könnte. Ich bin sozusagen erleichtert, daß ich etwas habe, was man »benennen« kann. Ich habe also vielleicht doch nicht meine »Identität« verloren, sondern einfach meine Gesundheit. Wenn mein Blut gereinigt ist, werde ich vielleicht auch meine Courage und meine Selbstachtung wiederfinden. Glaubst Du das? Ich hoffe es sehr. Ich möchte Stéphane und Vitia nützlich sein – und schreiben. Für dich, mein Engel, habe ich noch nichts getan, seit ich hier bin. Das ist schrecklich. Ich werde darüber mit Stéphane sprechen, sobald ich ihn sehe, wann? Ich sehe ihn praktisch nie allein, eine oder zwei Minuten in der Woche, um uns den Nacken oder die Hände zu streicheln und uns mit ein paar Worten und Blicken unserer gegenseitigen Zärtlichkeit zu versichern.

Inzwischen ist hier eisiger Sturm, Zeitungen und sonst Zeug fliegt wie Kinderdrachen bis hoch in den Himmel, Hüte fliegen dazwischen. Die Stadt glitzert mit Licht und erleuchteten Etagen hoch hinauf.
Helen

New York, 23. November 1947
Uli chéri, ich denke immer an dich, das weißt du, das mußt du fühlen. ...

Habe ich dir schon gesagt, daß Varian Fry einen Abend gekommen ist, daß er gealtert ist, daß wir ohne Elan waren, daß ich ihm meinen Ring geschenkt habe?

Ich schreibe an niemanden, ich schiebe es von einem zum nächsten Tag auf.

1. Dezember 1947
Im Moment ist Madame Mirkine bei uns zuhause, mit Diamanten behängt von oben bis unten, behandelt mich wie Dreck. Wir können uns gegenseitig nicht ausstehen. Sie bedauert ihre Tochter, daß sie mich ertragen muß, und es liegt sicher an ihrem Einfluß, daß die entente cordiale zwischen Vitia und mir noch auf sich warten läßt. Was tun? Seitdem ich mich gesundheitlich besser fühle habe ich wieder mehr Mut, den Dingen ins Auge zu sehen. Ich halte dich auf dem Laufenden. Und ich werde brav sein. (...)
Au revoir, auf Wiedersehen, Helen.

Helen Hessel hatte bis zum Ausbruch des Zweiten Weltkrieges in Paris gelebt. 1938 war es ihr gelungen, Franz Hessel aus Berlin nach Paris zu holen. Er war inzwischen Lektor im Rowohlt Verlag geworden und fand, dass er kein Recht

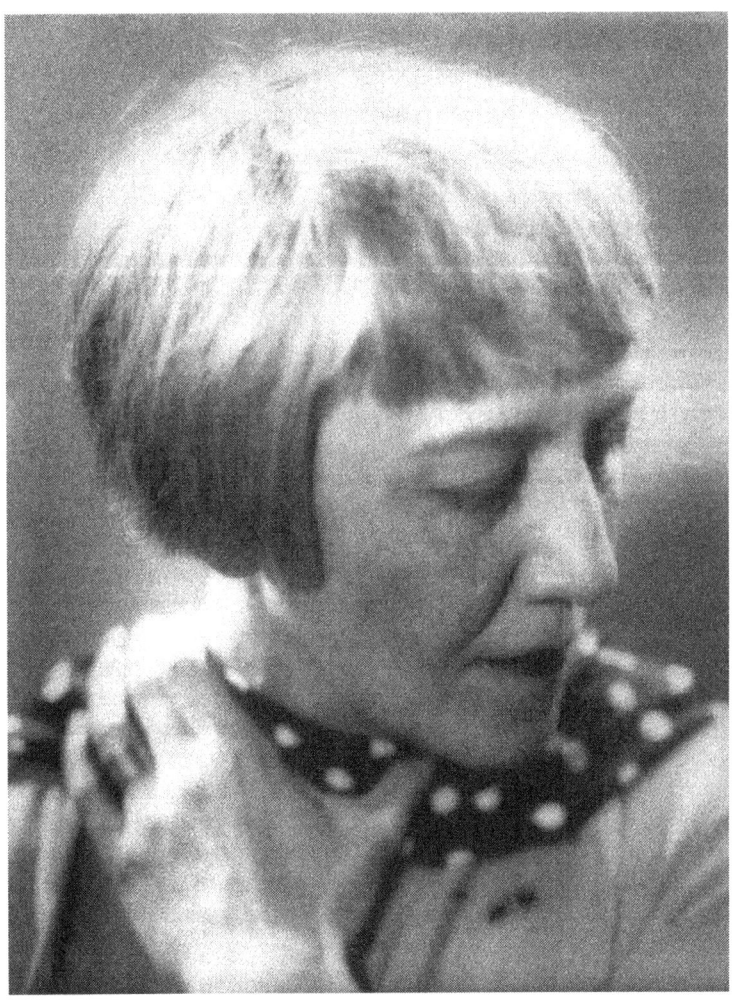

Helen Hessel um 1930

auf ein besseres Schicksal hätte als die anderen bedrohten Juden in Deutschland. Helen Hessel war keine Jüdin und konnte daher bis zum Krieg zwischen Deutschland und Frankreich hin- und herreisen.

Stéphane wurde eingezogen, und da er Absolvent der École Normale Supérieure war, bekam er sofort den Status eines Offiziersanwärters, eine Position, die Helen in den folgenden Jahren bei Gelegenheit ins Feld führen konnte: Als Mutter eines französischen Offiziers hatte sie bestimmte Rechte. Im April 1940, kurz bevor der Exodus in einem chaotischen Flüchtlingsstrom aus Paris und Nordfrankreich nach Südfrankreich begann, fuhr Helen Hessel in ihrem kleinen Auto mit Franz und dem Sohn Ulrich nach Sanary an die Côte d'Azur, wo sie eine Zeit lang in der Villa von Aldous Huxley unterkommen konnten. Sanary, das ist inzwischen ausführlich dokumentiert, war ja ein paar Jahre lang die »Hauptstadt der deutschen Literatur«, wie Ludwig Marcuse sagte. Franz Hessel wurde in Südfrankreich interniert wie alle »feindlichen Ausländer«; als er aus dem Lager »Les Milles« wieder freikam, war er vollkommen erschöpft; er starb am 6. Januar 1941 in Sanary.

Ein Teil der vor den Nazis geflohenen Schriftsteller hatte rechtzeitig Visa für die Weiterreise nach Amerika bekommen, die anderen saßen in Marseille und Umgebung in der Falle: Im Waffenstillstandsabkommen mit Frankreich gab es eine Klausel, in der Flüchtlinge auf Verlangen an Nazideutschland ausgeliefert werden mussten. »Auslieferung auf Verlangen« heißt auch das sensationelle Buch von Varian Fry, in dem er den Hexenkessel Marseille 1940/41 aus intimster Kenntnis beschreibt: Er war der junge amerikanische Journalist, der vom American Rescue Committee nach Frankreich geschickt wurde, um die Rettungsmöglichkeiten der am meisten exponierten Antifaschisten und Schriftsteller zu eruieren. Er kam mit einer Liste von 200 Namen an und sah sich binnen kurzem mit mindestens 3 000 Menschen konfrontiert, deren Leben mehr und mehr von seinem Einfallsreichtum, seinem Mut und manchmal auch von seinen Verbindungen zur Unterwelt abhing. Der 33-jährige Varian Fry traf den zehn Jahre jüngeren Stéphane Hessel in Marseille, als der nach der Flucht aus deutscher Gefangenschaft halb Frankreich mit dem Fahrrad durchquert hatte – das war die erste seiner vielen spektakulären Fluchten.

Unsere Begegnung in Marseille war wie Liebe auf den ersten Blick, und wir blieben zwei Monate lang unzertrennlich. Ich machte mich zu seinem Führer durch Südfrankreich, das er mit der Begeisterung eines kultivierten Amerikaners entdeckte. (...) Zusammen mit ihm suchte ich seine Schützlinge auf: André Breton, Max Ernst, Victor Serge und ihre Gefährten vom »Château«, einer Villa in der Umgebung von Marseille, wo sie auf die Ausreise nach Amerika warteten. (...) Es lag etwas Melancholisches in seiner Rolle eines Hermes, der anderen das Tor zum Meer öffnet und sie davonziehen sieht, während er selbst auf diesem unwirtlichen Terrain zurückblieb, dessen Behörden den Deutschen Flüchtlinge auslieferten, die er zu retten versucht hatte.
(Stéphane Hessel)

Auch Helen Hessel lernte Varian Fry kennen und bot ihm ihre Mithilfe an; gleichzeitig tat sie alles, um für sich und ihren Sohn Uli ebenfalls Visa nach Amerika zu bekommen, was trotz der Fürsprache und Hilfe von Alfred Polgar und verschiedenen anderen Freunden, die schon in Amerika waren, letzten Endes nicht möglich war. Varian Fry schrieb ihr damals: »Es ist nicht wahr, dass die Reichen in Amerika mit Steuern überlastet sind, obwohl sie das oft behaupten. Es kann sein, dass sie wirklich sehr viele Hilferufe bekommen. Wirklich wahr ist, dass es sehr schwer ist, ihnen zehn Dollar zu entlocken.« Eine Erfahrung, die Helen unter anderen Vorzeichen ebenfalls macht, als sie sieben Jahre später schließlich in New York ankommt. Als sie Varian Fry 1947 in New York trifft, hat er gerade sein Buch über die Erlebnisse in Frankreich veröffentlicht und feststellen müssen, dass sich niemand mehr für die Kriegsgeschichten interessiert, und verbittert registriert er auch, dass sich nur sehr wenige der Geretteten zumindest dankbar erweisen. Erst am Ende seines Lebens wurde er in die französische Légion d'honneur aufgenommen, und lange nach seinem Tod, 1996, wurde zu seinen Ehren ein Baum an der Gedenkstätte Yad Vashem in Israel gepflanzt.

333 Central Park West,
11. Dezember 1947

Uli, meine goldene Blume, ich habe solch eine Welle von Gefühl für dich und wünschte, du könntest endlich spüren, wie sehr ich an dich denke. Stéphane ist bis an den Hals mit seinen Dingen und mit seiner Welt beschäftigt. Er hat ein langes Gespräch mit mir gehabt, wir beide in einem deutschen Restaurant, »Rheingold«, und ich habe mit ihm nach und nach in mildester Form über die Schwierigkeit gesprochen, die mir Vitias Feindlichkeit bereitet, während mir immerfort Tränen aus den Augen liefen. Diese Schwäche hat mich sehr beschämt, denn Stéphane leidet, wenn ich traurig bin und leidet besonders, wenn es durch seine Vitia dazu kommt. Es war aber richtig zu sagen, mit welchem Raffinement sie mich verletzt, denn er hat plötzlich verstanden – er kennt ihre bösen Möglichkeiten – daß er für mich eintreten muß.
Helen

5. Januar 1948

Das Leben ist so grausam. Ich habe schlechte Neuigkeiten für dich. Ich möchte, daß du sie so hinnimmst wie Stéphane und Vitia: wir haben heute Nacht zwei kleine Zwillingsjungen verloren. Vitia hat einen Blutsturz gehabt. Man mußte nach einer Bluttransfusion sofort einen Kaiserschnitt machen. Wir hatten so gehofft, daß wenigstens eines der Kinder überleben würde. (...) Das Wichtigste ist, daß Vitia definitiv außer Gefahr ist und daß es ihr seelisch ganz gut geht.

26. Januar 1948

Ich muß eine Entscheidung fällen. Ich muß ganz genau wissen, was du von den Vorschlägen hältst, die ich dir und mir selbst mache. Die rücksichtsvollen

Gefühle, an die wir uns gewöhnt haben, sind nicht mehr angebracht. Man muß wissen, was man will und was man bereit ist, dafür zu opfern. (Zitat)
Nach dieser »Einleitung« nun der Bericht zur Lage: Stéphane hat mich gestern dazu aufgefordert, mit ihm zu schwatzen. Wir saßen uns in meinem Zimmer gegenüber, und ich habe zu ihm gesagt: also los.
Draußen eine Hundekälte, Schnee und Sonne.
Die ersten Worte von Stéphane waren: Eh bien, es geht nicht. Vitia denkt wie ich. Jetzt, wo kein Baby da ist, hat dein Aufenthalt hier keinen Sinn mehr. Außerdem müssen wir versuchen, die Pariser Wohnung zu erhalten. Ich bringe dich also im März nach Paris zurück, wo du dich installieren wirst. Ich werde dir und Uli zusammen 100 Dollar im Monat geben, das sind 25 000 Francs. Das wird nicht einfach, aber machbar.
Ich hätte ihm vielleicht um den Hals fallen und ihm sagen sollen: merci mein Kind.
Statt dessen war ich ebenso eisig wie das Wetter draußen. Ich kann es einfach nicht aushalten, daß man über mich bestimmt.
Nach Paris zurückzukehren, ohne eine Chance gehabt zu haben, hier zu reüssieren, ist mir vollkommen zuwider. Hier zu bleiben mit Vitia ist nicht mehr möglich. Ich würde gern in New York bleiben, ein Zimmer finden und einen Job, der mir erlauben würde, wenn es sein muß, sehr bescheiden zu leben, aber unabhängig. Ich möchte, daß dieser Job mir die Zeit läßt zum Schreiben in den freien Stunden. Ich habe vor einigen Wochen angefangen, mich ernsthaft mit dem Material zu Edgar Allen Poes Leben zu beschäftigen. Das ist sehr spannend. Ich möchte sein Leben in Romanform schreiben. Ich weiß nicht, ob ich dazu imstande bin. Die Jobs, die am meisten angeboten werden, sind Hausarbeit, Babysitting, Köchin. Diese Arbeiten sind natürlich ganz uninteressant, aber das ist auch ihr Vorteil, finde ich. Der Geist bleibt frei für andere Dinge, während die Hände etwas schaffen.

13. Februar 1948
Ach, ach, mein Uli, ich bin eine erbärmliche Bettlerin geworden. Damals, als ich Stéphane »entre leurs mains«, in den Händen der Gestapo wußte, habe ich gebetet: »Mir, gib mir die Torturen.« Ich habe sie bekommen ...
Du sollst mich bitte weiterlieben. Stéphane gibt mir zu verstehen, ich sei eine Egoistin, eine Masochistin, eine Ehrgeizige. Ich erkenne mich darin nicht – tant pis.

Für jemanden, der die Tagebücher von Helen Hessel aus der »Jules und Jim«-Zeit gelesen hat und auch den Roman von Roché, ist es keine Überraschung, Helen verzweifeln zu sehen in einer Situation, in der sie nicht im Zentrum der Aufmerksamkeit steht und abhängig ist von einer Schwiegertochter, die ihr an Stärke nicht nachsteht. Helens Verhältnis zu ihrer Umwelt war in früheren Zeiten immer erotisch geprägt – sie suchte ihre Liebhaber aus und verwarf sie, sie war überwältigend in ihrer Lebensfreude und zerstörerisch, wenn sie sich verletzt fühlte, sie schuf Dramen, wenn Stillstand einsetzte, und erfand die Liebe neu.

Die grenzenlose Zärtlichkeit für ihre Söhne ließ ihr ganzes Leben lang nicht nach. Ulrich, der ältere, an den die Briefe gerichtet sind, war durch eine sehr schwierige Geburt teilweise gelähmt und litt unter epileptischen Anfällen; die Freude über seine errungene Selbständigkeit fern von ihr macht sie stolz.

Der jüngere Stéphane war schon als Kind »ein Liebling der Götter«, wie Helens Freundin Charlotte Wolff bemerkte; sein Lebenslauf bestätigte diese Einschätzung, die vor allem durch seine intensive Fähigkeit zum Glück und durch seinen Mut bewahrheitet wurde. Als er Varian Fry in Marseille traf, befand er sich sozusagen schon auf dem Weg nach England, wo er sich den Forces françaises libres von De Gaulle anschließen wollte. Im Auftrag von streng geheimen Nachrichtendiensten, die Gegenspionage, Sabotage und politische Aktionen betrieben, wurde Stéphane Hessel nach Frankreich geschickt, wo er in Paris ein neues Sendernetz für die Résistance aufbauen sollte. Zwischendurch, man kann es nicht anders sagen, war er so übermütig, seine in Thonon versteckte Mutter zu besuchen und sie in seine geheime Mission einzuweihen. Helen zögerte nicht, sich ihm sofort anzuschließen; und so tauchten beide 1944 in Paris unter und arbeiteten für die Résistance – bis Stéphane nach 100 Tagen verraten, von der Gestapo gefoltert und nach Buchenwald deportiert wurde.

Nicht jeder, der so etwas durchgemacht hat, würde sich als Glückskind bezeichnen, selbst wenn er es überlebt hat.

Der Durst, mit dem ich aus dem Krieg heimkehrte, ist nie gestillt worden. Ich habe diese 50 Jahre nach meinem Überleben intensiv von einem Tag zum anderen gelebt, als würde sich die Zeit über mich ergießen, noch bevor ich auf sie hätte zugehen können. Dieses Bedürfnis, aus meiner neuerlichen Geburt, meinem Sieg über die endgültige Nacht Gewinn zu ziehen, hat Anlagen, die ich von Kindheit an in mir trage, nur noch verstärkt. Am Anfang war das Helen gegebene Versprechen, glücklich zu sein: darin sah sie den wichtigsten Beitrag eines jeden zum Glück aller ...
(Stéphane Hessel)

Es ist evident, dass eine so große affektive Nähe zwischen Helen und ihrem Sohn Stéphane jeder Schwiegertochter das Leben schwer gemacht hätte. Aber Vitia war offensichtlich nicht die Person, die sich von Helen einschüchtern ließ. Sie war ein »wildes russisches Mädchen«, wie Stéphane schreibt, dessen »Finesse und sarkastischer Humor« ihn auf Anhieb faszinierten. Vitia stammte aus einer kultivierten jüdischen Familie, die 1919 nach Frankreich, in »das Land der

Menschenrechte« emigriert war. Ihr Vater, Boris Mirkine-Guetzévitch, war Professor für Menschenrechte in Paris und später in New York an der New School for Social Research. Stéphane und Vitia heirateten in aller Eile zwischen seiner Einberufung und Offiziersausbildung, ohne Helen darauf vorzubereiten.

Ich war so unvorsichtig gewesen, Vitia zu bitten, Helen darüber zu informieren, als ich bereits in Saint-Maixent war. Die Begegnung verlief unterkühlt, und ich brauchte danach fast 30 Jahre, um diese Ungeschicklichkeit wieder gutzumachen. (...) Helens unverblümte Ablehnung mußte unweigerlich den Groll der Mirkine-Guetzévitch hervorrufen. So wurde unsere Hochzeit die unauffälligste, die ich je erlebt habe.
(Stéphane Hessel)

Helen Hessel geht in einer fiktiven Kurzgeschichte, die die Protagonisten nur unwesentlich maskiert, so weit, von »Hass auf den ersten Blick« zwischen ihr und der Schwiegertochter zu sprechen. Kein Wunder also, dass es nicht gut ging, als Helen, von Kriegsentbehrungen geschwächt und verarmt, ihrem Sohn nach Amerika folgte, um der inneren Einsamkeit in Paris zu entgehen. Aber kampflos aufzugeben war noch nie in ihrem Wesen gelegen, und sie war bereit, alles Mögliche auf sich zu nehmen, um sich aus der Abhängigkeit zu befreien.

Helen war über sechzig Jahre alt, als sie sich noch einmal auf ein neues Leben einließ.

333 Central Park West,
lundi 12. April 1948
Mon Uli chéri, ich weiß nicht was ich dir sagen soll, damit du das alles richtig verstehst. Ich fahre also heute ab an das andere Ende der amerikanischen Welt, was eine enorme Entfernung ist zu dem, was man »Heimat« nennen kann. Nach Kalifornien, nach Stanford University, 756 Santa Ynez street zu Mrs. O. L. Elliott. Es gab 7 oder 8 Antworten auf meine Annonce: »Wer lädt Französin, 60, Sohn bei der UNO, ein? Möchte Roman mit amerikanischem Thema im Frühjahr in angenehmer Umgebung auf dem Land beenden. Mithilfe im Haushalt etc., kann Autofahren.«
Ich hätte fast überall hingehen können in diesem riesigen Land, in dem die Leute keine Domestiken haben, ziemlich reich sind und gastfreundlich aus Tradition. Das verlockendste Angebot kam von Mrs. Elliott. Das ist eine Dame gut über 80, ganz beherzt, unabhängig, Professorenwitwe, bewohnt ein schönes Haus, die Kinder und Enkel irgendwo anders. Die einzige Sache, die sie nicht mehr tut, ist Autofahren, zu ihrem großen Bedauern, weil die Landschaft so schön ist, so ähnlich wie die Côte d'Azur, nur frischer. (...) Außer der Dienste eines Chauffeurs erwartet sie nichts von mir. Die Mahlzeiten macht jeder für

sich selbst, es sei denn, daß wir uns so gut verstehen, daß gemeinsame Küche uns Spaß machen würde. Ich werde also keine Ausgaben haben für Essen, Licht, Heizung etc. Sie gibt mir 35 Dollar fürs Chauffieren, und außerhalb dessen bin ich ganz frei. Ihre Briefe sind charmant, sehr liebevoll und sensibel. Stanford ist 50 Meilen von San Francisco entfernt, einer der schönsten Flecken der Welt. Ich werde den Pazifik sehen. Ich werde gegenüber von China sein. Wir haben uns mehrere Briefe geschrieben, ich habe ihr von meinem (lahmen) Bein erzählt und von meinen Söhnen, und ein bißchen auch von meiner Erschöpfung. Sie nimmt mich so wie ich bin.

Galli, das Kindermädchen bei Stéphane, hat mir gesagt, daß man gut mit mir leben kann. Daß ich keine falschen Schlüsse aus meinem Scheitern hier ziehen soll. Ich kann mich vielleicht gut mit Mrs. Elliott verstehen und ihr das Leben erleichtern. Und arbeiten. Und Geld verdienen. Und dich ein bißchen verwöhnen. Und wieder Vertrauen gewinnen. Und einen Mantel kaufen. Und meine Zähne richten lassen. Stéphane hat mir Geld gegeben für eine neue Brille. Die trage ich jetzt, und meine Augen sind nicht mehr rot.
Helen

Helen Hessel bricht also mit großen Hoffnungen nach Kalifornien auf. Aber als sie bei der reizenden Briefeschreiberin ankommt, stellt sich heraus, dass sie eine verbitterte, misstrauische alte Frau ist, die sich in ihrem Haus verbarrikadiert und Helen in Schrecken versetzt. Gleichzeitig ist Helen aber auch neugierig herauszufinden, wo sich der Charme und Geist der Briefeschreiberin hinter der offensichtlichen Fassade von Geiz und Argwohn versteckt hält.

Am 28. Tag zerbrach ich einen Teller. Mrs. Elliott sagte mir, daß sie von nun an die Küche verschließen würde. Keine Mahlzeiten mehr für mich, außer Frühstück. (...)
Ich sagte kein Wort. Sie ging in ihr Schlafzimmer, und als ich vorbeikam, hörte ich sie schluchzen.
»Ist schon gut« sagte ich. »Ich werde sie sofort verlassen, sobald ich eine neue Stelle gefunden habe.«

Sie denkt, dass es mit Hilfe ihrer neu gewonnenen Freunde in Stanford ein Leichtes sei, wieder einen Job zu finden. Die Idee, Deutschunterricht zu geben, scheitert erstens daran, dass Deutsch nach Hitler und dem Krieg sehr unbeliebt ist, und zweitens, dass die wenigen möglichen Stellen schon von den deutschen Flüchtlingen besetzt sind, die früher gekommen sind. Die nächsten Jobs als Haushälterin, die Helen Hessel findet, sind mehr oder weniger frustrierend.
Es liegen keine Briefe aus diesen ersten Monaten vor. Nur der Anfang einer Erzählung über die Odyssee durch amerikanische Haushalte ist erhalten, auf

Englisch geschrieben und von einer Lektorin korrigiert. Ebenso der Brief der Lektorin, der die Schwierigkeiten erkennen lässt, die durch das Schreiben in einer anderen Sprache und für eine andere Kultur entstehen. Zum Beispiel rät die Lektorin Helen dringend davon ab, ihre deutsche Vorgeschichte zu erwähnen – too complicated. Und ebenso hat sie die Erwähnung der United Nations im Zusammenhang mit Helens Sohn gestrichen – »weil unnötig für die Geschichte und sehr problematisch überhaupt. Die U. N. sind in manchen Teilen der USA sehr unpopulär, und ihre Erwähnung würde die Geschichte nicht besser verkaufen, ganz im Gegenteil«. Außerdem sei der Flüchtlingsaspekt schon zu Tode geschrieben, das würde keinen mehr interessieren. Tatsächlich gelang es Helen Hessel nicht (mit Ausnahme eines Artikels), ihre englischen Texte zu verkaufen.

Der nächste erhaltene Brief, ein dreiviertel Jahr später, wieder von einer neuen Adresse, zeigt sie immer noch unternehmungslustig und erleichtert, weil ein Arztbesuch sie von gewissen Ängsten befreit hat. Außerdem ist sie bei einer Dame gelandet, mit der sie eine richtige Freundschaft verbindet.

1221 Middlefield Palo Alto, Kalifornien
c/o Mrs. Sutton
21. Dezember 1948

Was kann ich dir zu Weihnachten erzählen? Unseren Gottesdienst am letzten Sonntag? Bei meinen Presbyterians gibt es nur Sonntage. Feste, die auf Wochentage fallen, haben keinen Gottesdienst, und zu Weihnachten gehen die Leute incl. Pastoren auf Ferien. (...) Im Radio, durchsetzt von »publicity« (Magensäure, Haarschinnen, Zahnpasta) sehr schöne Weihnachtslieder, die von Negern besonders innig.

Unser Pastor ist ein ergrauter Blonder, bel homme, der mir jedesmal leid tut. Es fällt ihm sicher so schwer wie mir mit meinen Modeartikeln, wieder einmal einen neuen Trick auszuknobeln. »Vom Stern zur Krippe« war sein Thema. Was er da alles hineinbugsiert ist unvorstellbar. Statistik über die Lichtgeschwindigkeit der Sterne, die Konstruktion der indischen Häuser mit den Viehkrippen, lange Zitate aus den Schriften seines Großvaters, des Missionars, in China. Zweifel, daß der Stern wirklich vorangegangen ist und über dem Dach Halt machte. Die Illusion der Gläubigen. Und dann plötzlich, in wildes Feuer geratend, ein Appell an die Generosität in dieser Weihnachtszeit, der Kirche so viel zu geben, daß sie eine neue Kirche bauen kann.

Hier ist es mild und sonnig. Was mir moralisch fehlt, ist Entschlußkraft. Siehst du, ich möchte nach Hollywood, housekeeper sein oder so was bei ulkigen Stars und in das Milieu hineinsehen. Amerikaner haben keine Ahnung von guter Küche, keine Ahnung von dieser Sorgfalt mit Dingen und Blumen und Gedecken, die ein harmonisches Zuhause machen. Sie haben keinen Geschmack, keinen Sinn für das Gratisgewese, das, was nichts einbringt, ich meine den Unterbau an ordnender Liebe für das Schöne. Meine Sutton hört meinen Argumenten zu, als käme ich vom Mond.

Palo Alto, 7. Jan. 1949
Mein Schneckenkind, mein Althase, eben klappte der Briefkastendeckel und dein graues Kuvert war drin. Bin oft in Gelächter ausgebrochen. Und der Besuch des Briefträgers vergnügte mich, der mir seine Liebe erklärte und um einen Kuss bat. Du siehst, diese unwahrscheinlichen Sachen passieren noch immer.

Hier fängt man wieder lebhafter an, die deutschen Qualitäten zu bewundern – geht mit dem Anti-Kommunismus zusammen. Es ist hier so, wie es in Deutschland war, schimpfst du jemanden Kommunist, so kann er dich verklagen.

Während Helen Hessel fern von New York und ihren Söhnen, immer in Gedanken mit ihnen sprechend, ein neues Leben versucht, gehört Stéphane Hessel zu den zwölf Mitgliedern der Kommission, die die Menschenrechtscharta der Vereinten Nationen erarbeiten.

Palo Alto, 12. April 1949
Mein Uli,
es ist komisch, wie wir alle – ich spreche von Stéphane, dir und mir – das Abenteuer lieben, in allen seinen Erscheinungsformen. Wenn ich mir vorstelle, daß du nach Ungarn fahren willst! Das ist Wahnsinn. Und daran zu denken, daß du zum Judentum übertreten willst! Was tun, um dich davon abzubringen? Nichts natürlich. Ich – liebe Jesus Christus. Er hat mich nie verlassen. Ich verdanke ihm, daß du am Leben geblieben bist und ein so reines und liebenswertes Wesen geworden bist. Ich verdanke ihm, daß mein Kleinherzchen (Stéphane) wie durch ein Wunder wiedergekommen ist. Ich weiß nicht, was in dir vorgeht. Im Verhältnis zu deinen Vorfahren (zu denen, die wir nicht gemeinsam haben) bin ich eine Barbarin von vorgestern. Ich denke immer an die Worte von Hessel, als er schon im Sterben lag: »Der Christ ist mir zu kalt.«

Findest du vielleicht, wenn du dich diesem alten jüdischen Glauben wieder zuwendest, eine Wärme, die wir anderen dir nicht geben können? Wie will man das wissen? Was immer du machst, davon bin ich überzeugt, wird das Richtige sein. Ich bin aus meinen Urteilen und Vorurteilen herausgewachsen. Ich möchte, du sollst glücklich sein.

Ulrich Hessel lebt in Paris, wo er sich nach dem Krieg eine neue Existenz aufbauen musste. Vor einigen Jahren hat er von diesen Anfängen erzählt.

1947 wurden meine Mutter und ich französische Staatsbürger. Im selben Jahr trat ich als Archivar in das Jüdische Dokumentationszentrum Paris ein, durch die Vermittlung eines Onkels meiner Schwägerin Vitia, des Historikers Léon Poliakov.

Erst nach drei Jahren habe ich meinen Kollegen im Jüdischen Dokumentationszentrum gesagt, daß ich kein religiöser Jude bin, sondern Protestant, und daß meine Mutter keine Jüdin war, wie es das rabbinische Gesetz verlangt. Sie nahmen die Enthüllungen freundlicher auf, als ich gedacht hatte. Bei mir selber habe ich gedacht: Ich bin schon Jude, aber nicht im religiösen Sinn, ich bin ein Einzelexemplar aus einer verpönten Gruppe.

16. Juni 1949 c/o Mrs. Lewis,
101 Atherton Ave. Californien

Mein Uli,

mir sind inzwischen wieder die abenteuerlichsten Dinge passiert. Kaum bei den Storms in Los Altos eingelebt, kam die Nachricht, daß der Senior Storm krank und alt in ein paar Tagen kommen würde. Mrs. Storm war reizend und ganz bestürzt für sich und für mich. Kein Zimmer frei- wir bauten in aller Eile eine neue Annonce, viel zu fein. Da, durch Zufall erfuhr ich, daß Mrs.Lewis wieder jemanden suchte. Ich im Auto hin. Da bin ich nun im schönen Haus bei außerordentlich »foinen Loiten«, koche, putze, plätte, schwatze mit Sophie, (dem russischen Mädchen). Die Lewis sind sehr lieb und »gütig«, führen mondänes Leben, sind mit dem Gouverneur von Kalifornien verwandt und strotzen vor wohlverhehltem Reichtum. Ich werde wohl ein anständiges Gehalt bekommen. Mein Kochen wird gepriesen. Die verstehen eben alle nichts. Ich rauche im Garten, flitze im Auto in freien Stunden und finde es vorläufig sehr lustig.
Helen

3. Juli 1949 c/o Mrs. Beckett
175 Island Drive, Palo Alto

Mein Uli, Sweetheart, gestern abend kam dein Brief. (...)

Mein Geldverdienen ist recht schwach, trotz Auto und Empfehlungen. Wer weiß, wie lange das hier dauert. Das ist in 15 Monaten meine 8. Erfahrung. Erst die teuflische alte Elliott-Hexe (sie lebt immer noch), dann die süße Armstrong, die meine Freundin geblieben ist; dann die unmöglichen Lewis mit dem Mann, der mich in den Popo kniff; dann die sehr großartige Pferde-Pike, bei der ich zwar enorm gelernt habe, die mich aber zu Tode hetzte; dann die Sutton, außerordentlich fair, mich nie ausnutzend, aber so kleines, kleines milieu, alles nur business und so gehetzt, dass ihr Vocabularium sich auf »damn to hell« beschränkte. Dann Mrs. Lewis alias André Gide, weil sie ihm aus dem Gesicht geschnitten war, dieselbe Blässe und kluge komödiantenhafte Schlauheit der kleinen Augen, sehr fein, entsetzlich hochmütig und *standesbewußt. Ich blieb nur drei Wochen und habe wie ein Gott für sie gekocht. Darüber war sie auch sehr entzückt, aber sie wollte, daß ich jeden Abend nach dem späten Dinner und Riesenabwasch die Küche mit Lysol aufwische, und das schlug dem Faß den Boden aus. Wir haben uns in best terms getrennt. Das Haus war sehr schön, großer Stil mit evening dress, auch wenn allein, und ein großer Park, aber kein Plätzchen darin für die Dienstboten. Die Lewis ist bekannt für ihre Ansprüche und ihren Geiz, das habe ich später erfahren. Und doch, sie gefällt mir. Das Ende kam sehr schnell. Sie gab ein Dinner für 15 Personen und meldete mir das um 12 Uhr mittags. Als ich ihr erklärte, was ich dazu brauchte, meinte sie, ich verstünde nicht hauszuhalten. Am selben Abend war ich in Palo Alto im Hotel Ramona und beschlief mir die ganze Situation.*

20. Juli 1949 c/o Mrs. Beckett

Inzwischen passiert, daß ich auch dieses Haus verlassen muß. Ich bin erschüttert von so viel Fehlschlägen. Der Grund? Mrs. Beckett muß sich operieren lassen. Der Arzt verlangt, daß sie – da herzleidend – sich vorbereitend ganz ruhig verhält und am besten eine nurse ins Haus nimmt. Sie will unter keinen Umständen dulden, daß ich ihr die Mahlzeiten ins obere Stockwerk an ihr Bett bringe, kurz, sie hat mich in quasi rührender Weise gebeten, um ihretwillen das Haus zu verlassen. Que faire? Sie nimmt mich in die Arme, weint, sagt: I love you and you are much too good to do housework for me.

Ich küsse dein zartes Gesichtchen und schreibe dir bald wieder. Niemand war, au fond, so roh wie diese herzensgute Frau, die es nicht ansehen kann, daß ich Hausarbeit leiste. Ist das nicht paradox? Auf Wiedersehn, mein Schatz, und mach dir keine Sorgen um mich. Wie es auch geht – alle Dinge müssen zum Besten dienen. Erzähl und schreib. Dein dich liebendes Mömpschen

Nach all diesen Erfahrungen, wie interessant sie auch sein mochten, war Helen Hessel erschöpft. Sie folgte der Einladung einer alten Freundin nach Santa Monica in das Haus von Paul Huldschinsky, der ein paar Jahre zuvor die Innenausstattung der Villa von Thomas Mann in Pacific Palisades gemacht hatte. Helen hatte ihn schon vor ihrer Münchner Zeit gekannt und zeitweilig geliebt; sein Haus ließ plötzlich ein lang verdrängtes Heimweh in ihr ausbrechen. Das andere längst vergangene Leben –

317 Mesa Road Santa Monica Californien
Sunday, 7. August 1949

Mein Olli, mein Abergeniedlichter, du mußt mir verzeihen, du mußt es recht verstehen – da kommt dein Brief in dieses Haus, das so voll von gelebtem Tod und Leben ist, daß ich es kaum ertragen kann. 100 000 Bücher und Bil-

der an allen Wänden. Ich habe mich gleich an Franz Hessel gemacht, von »Laura Wunderl« bis zur »Nachfeier« ist alles vorhanden, und mit Rührung, Bewunderung und manchmal auch mit Seufzen gelesen. Er war besessen von seiner Liebe zum »Verfallenden«, dieser Sucht verfallen und ein echter Dichter. Und da in seinen Büchern die ganze Welt von »Claude« und Thankmar und Bobann und von der Frau mit den runden Nasenlöchern mit ihren beiden Kindern (du und Stéphane) vorkommt, sind mir nachts die Traumwellen über dem Kopf zusammengeschlagen, und ich erwachte wie aus weiter Ferne. Dem Hessel wäre hier paradiesisch wohl, aber ich kann es kaum ertragen. Es ist voll von Gespenstern, als wandelten sie alle in diesen Zimmern, wo der Hulle seinen langsamen Tod starb; es riecht nach Moder, nach Staub, der hinter diesen Büchern lagert und die Schönheit der antiken Möbel, die fast alle etwas wacklig oder brüchig sind, macht mir Atemnot. (…)

Ich möchte zurück, nach Europa, nach Frankreich. Fort von hier. Ich habe keine rechte Lust mehr, bei fremden Leuten zu kochen und abzuwaschen und mich quasi dafür zu entschuldigen, daß ich eine »Lady« bin. Schreiben? Hier könnte ich es und liege doch herum mit entsetzlich schlechtem Gewissen. Aber, um mit Nini zu reden: was tu ich hier? selbst wenn entsetzliche Dinge in Europa ausbrechen, was tu ich hier? Der große ›Coup‹ ist mir nicht gelungen. Ich habe nichts geschrieben, hab nicht einmal versucht, einen Posten in Stanford zu bekommen. Für die »Stellungen« bin ich etwas alt und etwas lahm und etwas eigenwillig wahrscheinlich. Es ist nicht geglückt.

Vielleicht bin ich aber auch nur découragiert im Augenblick, und wenn ich wüßte, wie elend ihr es habt, wollte ich wieder Mut fassen. Am liebsten ließe ich mich mit Emmy und Dir in Hohenschäftlarn in der »Villa Heimat« nieder, en attendant le départ définitif.

»Villa Heimat« – es war sicher nicht nur das Wort, das sie sehnsüchtig machte. Es war die Zeit der großen Liebe gewesen, ihres Allmachtsgefühls, alles mit allem zu verbinden, nicht Franz oder Pierre, nicht Pierre oder die Kinder; die Utopie einer immer währenden Feier des Lebens.

Als Helen Hessel 1950 nach Paris zurückkam, hatte Roché, den sie nach ihrer fast tödlichen Trennung nie wieder gesehen hatte, den Roman »Jules und Jim« endlich geschrieben, aber es vergingen weitere elf Jahre, bis der Film von Truffaut kam, und Helens charismatische Persönlichkeit noch in der Darstellung von Jeanne Moreau Weltruhm erlangte. Ihre amerikanische Zeit blieb ein Intermezzo, das sie befähigte, die erste Übersetzung von Nabokovs »Lolita« zu machen – das war nochmal ein Kapitel zu den Erscheinungsformen der Liebe.

Helen Hessel starb mit 96 Jahren in Paris.

Die Autoren

ULRICH CHAUSSY, geboren 1952, lebt in München, vergräbt sich gern in zeitgeschichtlichen und biographischen Recherchen, die er zwischen Buchdeckel zwängt, soweit dies die Autorentätigkeit für den Bayerischen Rundfunk zulässt; durch die Arbeit an seinem Buch »Nachbar Hitler. Führerkult und Heimatzerstörung am Obersalzberg« lernte er Egon Hanfstaengl kennen.

LISBETH EXNER, geboren 1964 in Wien, promovierte Germanistin, lebt als freie Autorin in München. Zahlreiche Rundfunksendungen und Buchveröffentlichungen, u.a. Monographien zu Salomo Friedländer/Mynona, Grete Weil, Leopold von Sacher-Masoch.

GABRIELE FÖRG, geboren 1948 in München. Studium der Literatur-, Politik- und Kommunikationswissenschaft. Seit 1975 Redakteurin beim Bayerischen Rundfunk, ab 1992 Leiterin der Redaktion »Land und Leute« (Hörfunk) mit einem Faible für spannende Kulturgeschichten.

DIRK HEISSERER, Jahrgang 1957, studierte in Bonn und München Germanistik, Philosophie und Völkerkunde, veranstaltet seit 1988 literarische Spaziergänge und Exkursionen, unterrichtet an der LMU. Autor, Herausgeber. Seit 1999 Erster Vorsitzender des Thomas Mann-Förderkreises München e. V.

THOMAS KERNERT, geboren 1956 in München, Studium der Philosophie und Geschichte. Lebt mit Frau, vier Kindern und Schreibcomputer in München. Seine umfangreiche Autorentätigkeit für den Bayerischen Rundfunk schützt ihn seit vielen Jahren vor Müßiggang und Drogenmissbrauch.

MARITA KRAUSS, geboren 1956 in Zürich, aufgewachsen am Starnberger See. Studium der Geschichte und Politikwissenschaft in München, dort auch Promotion und Habilitation, zur Zeit Professorin in Bremen. Zahlreiche Veröffentlichungen und Ausstellungen zur bayerischen Geschichte.

HENRIKE LEONHARDT, geboren 1943 in Iserlohn. Studium: Erziehungs- und Literaturwissenschaft, Soziologie und Volkskunde in Bonn, Bochum und München. Danach Tätigkeiten und Publikationen im Bildungsbereich. Lebt seit 1971 als freie Buch-, Zeitungs- und Hörfunkautorin in München.

CHRISTOPH LINDENMEYER, Jahrgang 1945, ist Leiter der Hauptabteilung Kultur im Bayerischen Rundfunk und Programmkoordinator Bayern2Radio. Seit seinem Studium der evangelischen Theologie in Erlangen, Heidelberg und München hat er sich u. a. auf die Geschichte der »Salzburger Exulanten« spezialisiert.

WERNER MEYER, geboren 1931. Jahrzehnte lang Chefreporter der Münchner »Abendzeitung«, Theodor-Wolff-Preis, Autor mehrerer Bücher und zeitgeschichtlicher Arbeiten.

URSULA NAUMANN, geboren 1945 in Görlitz. Lebt als freie Autorin im mittelfränkischen Baiersdorf. Arbeiten über Jean Paul, Adalbert Stifter, Charlotte von Kalb, Caroline von Wolzogen und Schiller. Edition von Briefen Annette von Droste-Hülshoffs und Briefe an Friedrich Schiller. Veröffentlichte zuletzt »Pribers Paradies – Ein deutscher Utopist in der amerikanischen Wildnis« (2001).

BERNHARD SETZWEIN, geboren 1960 in München, lebt als freier Autor in Waldmünchen. Veröffentlichte Romane, Lyrikbände und Sachbücher, zuletzt »München – Spaziergänge durch die Geschichte einer Stadt« (2001) und den Roman »Die grüne Jungfer« (2003).

ULRIKE VOSWINCKEL, Autorin und Filmemacherin. 1945 in Hamburg geboren, lebt seit 1967 in München. Studium der Germanistik und Romanistik. Radio-Features vor allem über Literatur, Kunst und Boheme in München (1900 – 1933) und Exilliteratur.